KNAUR

Im Knaur Taschenbuch Verlag ist bereits folgendes Buch der Autorin erschienen:
Schlaf still, mein Mädchen

Über die Autorin:
Doris Bezler schreibt seit vielen Jahren, unter anderem auch Geschichten für ihren eigenen Unterricht als Lehrerin und stellvertretende Schulleiterin an einer großen Gesamtschule in Offenbach. Nach »Schlaf still, mein Mädchen« ist dies ihr zweiter Krimi. Sie lebt mit ihrer Familie in Bad Soden am Taunus.

Doris Bezler

Das verschwundene Kind

Kriminalroman

KNAUR

Besuchen Sie uns im Internet:
www.knaur.de

FSC
www.fsc.org
MIX
Papier aus verantwortungsvollen Quellen
FSC® C083411

Originalausgabe September 2013
Knaur Taschenbuch

Redaktion: Ilse Wagner
Umschlaggestaltung: ZERO Werbeagentur, München
Umschlagabbildung: © Gettyimages / Joseph Shields
Satz: Adobe InDesign im Verlag
Druck und Bindung: CPI books GmbH, Leck
ISBN 978-3-426-51271-5

2 4 5 3 1

Das verschwundene Kind

Samstag, der 6. Oktober

Sie stand im zugigen Treppenhaus vor der Wohnungstür und lauschte in alle Richtungen. Je näher sie diesem Totenhaus gekommen war, desto heftiger jagte ihr das Blut durch die Adern. Niemals hatte sie hierher zurückkehren wollen. Gestern hatte sie in wilder Flucht den grausamen Ort verlassen. In der Nacht waren Gespenster mit geifernden Fratzen gekommen, hatten sie ausgesaugt und blutige Krallen in ihr Fleisch geschlagen. Das erste Licht in den Fenstern half ihr in den Tag. Es ernüchterte sie schlagartig und versetzte sie in einen nie gekannten Zustand von Wachheit und Klarheit. Deine Panik gestern hat dich Fehler machen lassen! Dumme Fehler, die du dir nicht erlauben kannst! Du hast nur an dich und das kleine wimmernde Bündel gedacht. Du glaubtest, er ist hinter dir her und will dich holen. So, wie er sie geholt hat. Wenn man spurlos verschwinden will, lässt man seine Jacke nicht in der Wohnung hängen!

Womöglich befanden sich darin noch verräterische Utensilien, anhand derer er sie schnell gefunden hätte! Er, der unbekannte, bedrohliche Verfolger, der gestern gezeigt hatte, dass er auch morden konnte, leise, heimlich und grausam.

Und dann war ihr noch etwas eingefallen: der Schlüssel zu ihrer Wohnung! Der befand sich auch hier hinter dieser Tür. Irgendwo. Wo nur hatte ihr liebes Mädchen den aufbewahrt? Am Ende gar mit Namen oder einer anderen Kennzeichnung, so dass man schnell herausfinden konnte, in welche Tür er passte! Wenn *er* ihr Mädchen trotz aller Vorsichtsmaßnahmen hier gefunden hatte, würden ihm winzigste Spuren genügen, auch sie ausfindig zu machen. Sie musste jeden Hinweis auf sich verschwinden lassen. Das bedeutete, ihre bebende Angst zu überwinden, sich noch einmal dort hineinzuwagen und die Jacke und den Schlüssel mitzunehmen.

Unten auf der Treppe wurden Stimmen laut. Sie zog das Kopftuch tiefer ins Gesicht. Ihre Hände zitterten so sehr, dass sie mehrere Versuche brauchte, um den Schlüssel ins Schloss zu stecken. Die Handschuhe, die sie sich angezogen hatte, behinderten sie zusätzlich. Aber die Handschuhe mussten sein, der Fingerabdrücke wegen. Vielleicht erwarteten sie bereits Polizisten hinter der Tür, die bemerkt hatten, dass jemand sich Zutritt verschaffen wollte.

Sie presste ihr Ohr gegen das glatte Holz. Außer dem Pochen ihres Herzens und dem Rauschen des Blutes konnte sie nichts wahrnehmen. Der Aufzug schepperte hinter ihr. Sie zog den Türknauf zu sich her und drehte den Schlüssel mit einer schnellen, vorsichtigen Bewegung herum. Die Tür sprang auf. Sie schlüpfte wie eine Katze durch den Spalt und sorgte mit Hilfe des Schlüssels für ein lautloses Zuschnappen des Schlosses. Im dämmerigen Flur schlug ihr ein muffiger Geruch entgegen. Er war süßlich und schwer. Rochen Tote schon nach einem Tag so? War sie denn immer noch da? Wer hätte ihren Tod aber auch bemerken sollen? Wer außer – ihm? Ihr Blick tastete sich vorsichtig zu der Tür am anderen Ende des Flures. Sie stand ein Stück weit offen. Hatte sie gestern in der Panik bei ihrer Flucht nicht gerade diese Tür hinter sich zugeschlagen, um dem Verfolger, den sie in dem Schrank vermutete, ein Hindernis entgegenzusetzen? Hatte sie gestern nicht für den Bruchteil einer Sekunde darauf gewartet, dass sich genau diese Tür in ihrem Rücken öffnen und er sich über sie werfen könnte? Es war nicht geschehen. Sie war unbehelligt hinausgekommen und dann nur noch gerannt, gerannt um ihr Leben. Jetzt war diese Tür, die ins Wohnzimmer führte, geöffnet. Der Anblick trieb ihr Tränen in die Augen. Ein Fuß war zu sehen, verdreht auf dem Teppich. Daneben stand schräg der Schuh, als sei er achtlos abgestreift worden. War das gestern auch so gewesen? Sie ist noch da!, flüsterte es in ihr. Wer immer diese Tür geöffnet hatte, der hatte sie dort liegen lassen. Achtlos. Kaltblütig. Er war also hier gewesen. Sie hatte sich nicht getäuscht. Am Ende hatte er sie heimlich beobachtet und schon längst versucht, ihre Identität herauszufinden. Ihr Blick fiel auf die Garderobe. Dort hing ihre Jacke noch auf dem Bügel. Genau so, wie sie das Kleidungsstück gestern hier aufgehängt hatte. Sie erinnerte sich noch, wie sie dabei gerufen hatte, hallo, mein Mädchen, ich bin wieder zurück, sollen wir uns Pizza kommen lassen? Dann war sie ins Wohnzimmer gegangen.

Als hingen schwere Eisenkugeln an ihren Füßen, machte sie einen ersten Schritt in Richtung der Garderobe und damit in Richtung des bedrohlichen Türspalts. In dem Moment ertönte ein dumpfer Laut, der sie in der Bewegung einfrieren ließ. Er ist da!, schoss ihr durch den Kopf. Das Geräusch war aus dem Badezimmer gekommen. Das befand sich gegenüber der Garderobe. Sie würde niemals an diese Jacke gelangen können, ohne von ihm gesehen zu werden. Jetzt hörte sie es deutlich. Flaschen klirrten. Plastikfolie knisterte. Er war hier! Sie musste weg! Sie wandte sich um. Neben der Tür befand sich das Schlüsselbrett. Einige Schlüsselbunde hingen dort. Welcher war der ihre? In der Dunkelheit des Flures würde sie das nicht schnell genug feststellen können. Ihre behandschuhten Finger umfassten flink und lautlos einen Schlüsselbund nach dem anderen und ließen sie alle in ihre Tasche gleiten, bis die Haken abgeräumt waren. Dann schlich sie davon, mit der beunruhigenden Gewissheit, dass sie wegen der Jacke ein andermal zurückkehren musste.

Montag, der 8. Oktober

Wie eine hingeworfene Puppe lag die Tote auf dem Teppich, bäuchlings, mit verrenkten Gliedmaßen, den Kopf zur Seite gedreht. Langes, in schweren Wellen fallendes Haar verbarg ihr Gesicht. An ihrem Hals schimmerte zwischen den dunkelbraunen Haarsträhnen ein wenig Haut hervor, grau und zart geädert wie Marmor. Es war die Farbe toter Haut. Hauptkommissar Lars Stephan war vorsichtig näher getreten, um sich einen ersten Eindruck vom Tatort zu verschaffen. Ein Blick hatte genügt, um zu wissen, dass für die vor ihm liegende Frau jede Hilfe zu spät kam. Die Spurensicherung musste her, ebenso ein Gerichtsmediziner zur Bestimmung von Todesart und -zeitpunkt.

Situationen wie diese hatte Lars Stephan schon häufig erlebt, schließlich blickte er auf gut fünfzehn Dienstjahre zurück. Dennoch war er erleichtert, dass es sich um einen unblutigen Tatort handelte. Mit scheinbar kühler Miene musterte er aufmerksam den Körper der Toten. Jede Kleinigkeit war jetzt wichtig. Kein Tatortfoto konnte den Eindruck wiedergeben, den sich ein routinierter Profi wie er in den ersten Minuten verschaffte und einprägte. Stephan rümpfte ein wenig die Nase, was einige der Umstehenden veranlasste, es ihm nachzutun. Ein Hauch des unverkennbaren, den Tod begleitenden Geruchs wurde wahrnehmbar. »Sie ist nicht erst seit heute Morgen tot«, sagte er leise. Die anderen nickten bestätigend. Stephan nestelte in der Tasche seines

Lederblousons nach den Einmalhandschuhen und begann, sie sich überzustreifen. Dabei war sein Blick weiter von den Beinen bis zum Oberkörper der Toten gewandert. Ein wohlgeformtes, bleiches Ohr ragte zwischen den dunklen Haarsträhnen hervor. Es war geziert von einem winzigen Brillanten, der bei der kleinsten Bewegung des Betrachters winzige Lichtfunken produzierte und damit in der Stille und Reglosigkeit des Moments eine beklemmende Lebendigkeit demonstrierte. Stephans Blick hing wie hypnotisiert an diesem Funkeln. Seine Miene schien plötzlich aus dem sicheren Gleis der Berufsroutine zu entgleiten. Jede professionelle Distanz vergessend, ging er neben der Toten auf die Knie und griff ihr in das volle Haar.
»Maren! Das darf nicht wahr sein«, flüsterte er, unhörbar für seine Kollegen. Er konnte nicht glauben, was er sah. Aus seiner Erinnerung tauchte das Bild einer dunkelhaarigen Frau auf, die sich mit einer lässigen Handbewegung das lange, braune Haar aus dem Gesicht strich und damit seinen Blick auf das Glitzern ihres Ohrschmucks lenkte. Ein scheues Lächeln lag auf ihrem Gesicht. Auf ihn hatte es früher immer geheimnisvoll gewirkt. Es hatte sich im Schimmer ihrer dunklen Augen, in der Haltung ihres Kopfes und irgendwo in ihren Mundwinkeln versteckt. Manchmal auch im Klang ihrer Stimme.
Ganz sicher war es dieses Lächeln gewesen, mit dem sie ihn bei ihrer ersten Begegnung, damals vor drei Jahren, in ihren Bann gezogen hatte. Die Beziehung zu Maren, sofern man das überhaupt so nennen konnte, hatte nur wenige Wochen gedauert. Ein vorsichtiges umeinander Herumschleichen war es gewesen. Der Anfang von etwas. Und dann hatte sie sich plötzlich entschlossen, zu ihrem Ex-Mann, einem Banker, zurückzukehren. Die Kränkung darüber nagte auch

jetzt noch an ihm. Immer, wenn sie in Gedanken vor ihm aufgetaucht war, hatte er ihr Bild mit aller Kraft zur Seite geschoben. Maren, du bist für mich gestorben, hatte er sich dann gesagt. Jetzt war Maren tot, und seine Verwünschungen waren auf grausame Weise Realität geworden. Selbstvorwürfe stiegen in ihm auf. Die Kollegen beobachteten den neuen Hauptkommissar im Offenbacher K 11, dem Kommissariat für Gewaltverbrechen, aus gebührendem Abstand und kommentierten seine Reaktion mit fragendem Schulterzucken.

Hätte er Maren doch wenigstens angerufen. Es wäre ihm ein Leichtes gewesen, nachzuforschen, wo sie jetzt wohnte. Immer noch in dem kleinen Dörfchen im Taunus, wo sie sich damals begegnet waren? Oder hier in Offenbach, in dieser Wohnung im Domgarten! Er hätte es gleich an der geschmackvollen, modernen Einrichtung bemerken müssen, dass dies Marens Wohnung war. Vermutlich hatte ihr Ex alles finanziert. Vielleicht wohnten sie sogar zusammen. Moment mal, unterbrach er sich in Gedanken. Ein Banker aus Frankfurt, der sich eine Wohnung in Offenbach nimmt? Das gibt es doch gar nicht! Diese Überlegung war es, welche die Flut seiner inneren Bilder ein wenig bremste. Dennoch bedeutete es für ihn einen enormen Kraftaufwand, die antrainierten professionellen Verhaltensmuster abzurufen und sich wieder seinen Kollegen zuzuwenden. Behutsam ließ er das Haar aus seinen Fingern gleiten und zog langsam seine Hand zurück.

Er blickte in die Runde. In den Gesichtern der beiden Streifenbeamten vom Offenbacher Zweiten Revier stand sichtliches Unbehagen. Die Frau war einen Kopf größer als ihr Kollege. Sie stand wie eine große Schwester hinter ihm und hielt ihre Mütze in den Händen. Der kleine Polizist stand breitbeinig im Vordergrund und warf dem Kommissar unter dem tief sitzenden Schirm seiner Mütze skeptische Blicke zu. Brauchst du uns noch?, schien er zu fragen, oder können wir jetzt unserer Arbeit nachgehen? Das, was du hier veranstaltest, sieht allerdings nicht danach aus.

Am wenigsten gefiel Lars Stephan der Gesichtsausdruck von Tobias Hölzinger, des jüngsten Mitarbeiters und Kommissaranwärters aus dem K 11. Allzu deutlich war bei Hölzinger ein Ausdruck von Geringschätzung auszumachen. Du stößt dir auch noch die Hörner ab, du Jungbulle, dachte Stephan. In Kriminalhauptkommissar Gerhard Hecks Gesicht las er väterliche Besorgnis. Der Alte stand kurz vor der Pensionierung und sollte Lars Stephan, der vom Polizeipräsidium Westhessen hierher versetzt worden war, einarbeiten.

»Du kennst sie?«, fragte der alte Kommissar.

Lars Stephan registrierte überrascht, dass der Alte als Einziger Lars Stephans Verhalten angesichts der Toten richtig gedeutet hatte.

Lars Stephan nickte vorsichtig.

»Sie heißt …«, hörte er sich sagen und erkannte plötzlich seine eigene Stimme nicht mehr. Er stockte. Ihren Namen auszusprechen, war ihm nicht möglich.

»Özlemonurhan«, murmelte Heck. Stephan runzelte die Stirn und sah seinen Kollegen fragend an.

»Sie heißt Özlem Onurhan«, wiederholte Heck geduldig und bemüht, jede Silbe deutlich auszusprechen. »Woher kennst du sie?«, ergänzte er dann noch.

Mit einem Schlag war es Lars Stephan klar, dass hier ein Name ausgesprochen wurde. Ein anderer Name. Nicht der, den er erwartet hatte. Einem erneuten Impuls folgend, wobei er abermals alle dienstlichen Gepflogenheiten außer

Acht ließ, kniete er sich neben den Kopf der Toten und strich ihr behutsam, beinahe zärtlich das Haar aus dem Gesicht. Dann packte er den Kopf mit beiden Händen und drehte das Gesicht zu sich her. Das Raunen der Mitarbeiter hörte er nicht. Er betrachtete forschend das rundliche Gesicht. Das waren nicht die ausgereiften Gesichtszüge einer Frau von Mitte dreißig! Die Frau vor ihm konnte nicht viel älter als zwanzig Jahre sein. Sie war wohl sehr hübsch gewesen, doch der Tod hatte ihre Züge bereits entstellt. Die Augen waren unterschiedlich weit geöffnet und blutunterlaufen, die Pupillen wirkten milchig. Die Gesichtshälfte, auf der sie gelegen hatte, war bläulich verfärbt. Der Mund war schief verzogen, die Zunge hing heraus. Ihr Speichel hatte einen dunklen Fleck auf dem Teppich hinterlassen. Einige Haarsträhnen klebten an den Wangen, und am Hals zeigten sich schwarz-bläuliche Striemen. Die Kollegen standen reglos im Halbkreis und mussten nun auch noch mit ansehen, wie der Kommissar die Tote mit geübtem Griff auf den Rücken drehte, um ihr ganzes Gesicht sehen zu können. Der Leichengeruch breitete sich nun deutlich wahrnehmbar aus und ließ die Umstehenden zurückweichen. Keiner wagte, etwas zu sagen, und keiner außer Heck verstand, warum sich ein erfahrener Hauptkommissar am Tatort so eklatant falsch verhalten konnte.

Normalerweise hätte Lars Stephan die Tote unter keinen Umständen angerührt. In jedem anderen Fall hätte er aus dem, was er zu sehen bekam, Schlüsse auf die Todesursache und den Tathergang gezogen. Jeder Tatort erzählt eine Geschichte, wie er bei Fortbildungsveranstaltungen die jüngeren Kollegen gern lehrte.

Mühsam registrierte er die Tatsachen. Nicht Maren, es ist nicht Maren Wiegand, dröhnte es in seinem Kopf. Özlem

Onurhan ist tot, nicht Maren. Özlem Onurhan heißt sie. Und er schämte sich dafür, dass ihn nun eine tiefe Erleichterung durchströmte. Als er erneut in die Gesichter seiner Kollegen blickte, wurde ihm klar, dass sein beruflicher Neubeginn in Offenbach auf dem besten Weg war, sich in einen grandiosen Fehlstart zu verwandeln.

*

Maren Wiegand bremste ihren Wagen ab, um besser nach einer Parklücke suchen zu können. Hinter ihr quietschten Reifen. Im Rückspiegel konnte sie erkennen, dass sie bereits einen kleinen Stau auf der reich befahrenen Wittelsbacher Allee im Osten Frankfurts verursacht hatte. Nun blockierte auch noch ein Lieferantenfahrzeug vor ihr die Fahrspur, und sie musste ausscheren. Aggressives Hupen ließ Maren zusammenzucken. Heute Vormittag schien es unmöglich, einen Parkplatz in der Nähe ihres Wohnhauses zu finden. Ihre morgendliche Hochstimmung wich allmählich der alltäglichen Anspannung. Dabei hatte sie sich so sehr auf die vor ihr liegenden freien Tage gefreut. Maren wollte die Herbstferien nutzen, um das dritte Zimmer in ihrer Wohnung zu renovieren und einzurichten, den Stapel Bücher, den sie sich zurechtgelegt hatte, endlich zu lesen, die Buchmesse zu besuchen, mit ihrer Freundin Sybille shoppen zu gehen, die Turner-Gemälde in der Schirn zu betrachten und endlich zu genießen, wozu während des Schulalltags keine Zeit blieb. Julia, ihre zehnjährige Tochter, war bereits am Samstag mit ihrem Vater, Marens Ex, nach Mallorca geflogen.
Kurzentschlossen parkte Maren ihr Fahrzeug in der nächsten Einfahrt. Auf der Rückbank befanden sich mehrere

Pappkartons mit violetten Erika, gelben Astern, Gräsern und Efeu. Eigentlich hatte sie im Lebensmittelladen nur eine bescheidene Kühlschrankfüllung für die nächsten Tage erstehen wollen, doch dann hatte sie sich in ihrer Ferienstimmung entschlossen, den Balkon neu zu bepflanzen. Der Wetterbericht hatte einen »goldenen Oktober« vorhergesagt, und Maren stellte sich vor, heute Nachmittag bei einer Tasse Kaffee gemütlich inmitten der neuen Bepflanzung zu sitzen und zu lesen.

Gerade hatte sie die hintere Tür des Wagens geöffnet und zwei der Kartons auf dem Gehsteig abgestellt, als sie im tiefsten Hessisch von hinten angeraunzt wurde: »Ja, was gibt dann des, wanns feddisch is? Sehn Sie dann net, des des e Einfaad is?«

Maren wusste schon, wer sie da ansprach. Der Mann wohnte in diesem Mietshaus und kümmerte sich als Hausmeister um einige Häuser in der Nachbarschaft. Grund genug, sich wichtigzumachen. Seinen Namen hatte sie vergessen. Sie hatte seine Dienste bisher nicht benötigt. Jetzt stand er, die Arme vor der Brust verschränkt, im Vorgarten. Sein Pfannkuchengesicht und die von einem graumelierten Haarkranz umgebene Stirnglatze glänzten schweißfeucht. Durch seine Hornbrille mit Gläsern, dick wie Aschenbecher, funkelte er Maren böse an.

Die blaue Latzhose, die er trug, spannte über seinem Bauch. Irgendwie kam er Maren vor wie ein aufgeplusterter Uhu. Neben ihm stand die Mini-Ausgabe dieses seltsamen Vogels, ein etwa siebenjähriger Junge, mit blau umrandeter Kinderbrille, blond und spillerig. Beim Anblick des komischen Duos musste Maren sich alle Mühe geben, ernst zu bleiben. Sie versuchte es mit dem Register »nettes hilfloses Frauenzimmer bittet um wohlwollendes Verständnis« und

säuselte: »Bitte, nur ein paar Minuten. Ich wohne da vorn und will nur schnell ausladen. Versprochen!«
Der Uhu blieb ungerührt. »Naa«, stöhnte er gedehnt. »Des säschd ihr doch alle. Schdeisch ein, oder isch hol die Bolizei!«
»Bis die kommen, bin ich weg. Stellen Sie sich doch nicht so an!«, begann Maren zu schimpfen.
»Die sin schneller da, als ihr dengt«, konterte der Wichtigtuer, »isch hab gude Kondagte zum fünfde Rewier, un wenn isch aaruf, komme die gleisch. Un jetz mach disch endlisch fodd, awer e bissi dalli!«
Maren war sauer. In einer Seitenstraße hatte sie schließlich einen Parkplatz gefunden und musste mehrmals laufen, um alles auszuladen. Die Einkäufe hatte sie schnell auf der Treppe vor der Haustür abgestellt und damit den Weg versperrt, so dass die junge Mutter, die zwei Stockwerke über ihr wohnte, mit dem Kinderwagen nicht zur Haustür hinauskam. Maren entschuldigte sich und räumte hastig einiges beiseite. Dabei brachen die Pflanzen durch den inzwischen aufgeweichten Boden des Pappkartons. Nachdem Maren der Frau geholfen hatte, den Kinderwagen über dieses Chaos zu tragen, machte sie sich an die weiteren Aufräumarbeiten. Ihre Laune war inzwischen unter den Nullpunkt gesunken. Als sie die Tür zu ihrer Wohnung öffnete, rannte ihr Garfield, der rot-weiß getigerte Kater, entgegen und maunzte herzzerreißend.
»Jaja, ich weiß, du hast heute noch nichts bekommen.« Maren seufzte und beeindruckte damit den Kater wenig. Garfield maunzte weiter. Er rieb sich an ihren Beinen und brachte sie mehrfach zum Stolpern. Daher lud sie ihre Einkäufe erst einmal auf dem Küchentisch ab, nahm eine Dose Katzenfutter aus dem Schrank und stutzte. Sie war sich

sicher, dass gestern noch zwei weitere Dosen dort gestanden hatten, und schüttelte verständnislos den Kopf. Garfield fiel über das Futter her, und Maren beobachtete ihn nachdenklich. Sie hatte am gestrigen Sonntag das Haus bereits am Nachmittag verlassen, um ihrer Freundin Sybille beim Vorbereiten eines kleinen Abendessens zu helfen, das diese anlässlich ihres Geburtstages gegeben hatte.
Sybille wohnte nicht weit von hier, in der Comeniusstraße, und Maren war zu Fuß gegangen. Nach der Party hatte sie allerdings nicht allein nach Hause laufen wollen und war bei Sybille und Harry geblieben. Heute Morgen war sie gar nicht erst in ihre Wohnung gegangen, sondern gleich zu ihrem Auto, um erst einmal einkaufen zu fahren. Konnte in der Zwischenzeit jemand die Wohnung betreten und Garfield gefüttert haben, oder hatte sie die Menge des vorhandenen Katzenfutters einfach falsch in Erinnerung? Eigentlich war das nichts, worüber man länger nachdenken müsste. Nur schienen sich Vorkommnisse dieser Art in letzter Zeit zu häufen. Der Fernseher, der auf »Stand-by« stand, obwohl sie ihn ausgeschaltet hatte. Die Klospülung, die nur dann endlos nachlief, wenn man sich nicht eines kleinen Tricks bediente, den nur Maren und Julia kannten. Der aufgegessene Lieblingsjoghurt. Kleine Geldbeträge, die verschwanden. Gab es hier einen unbekannten Dritten, der für diese Vorkommnisse verantwortlich war, oder konnte man das alles mit der üblichen Alltagsvergesslichkeit erklären? Maren versuchte, sich zu beruhigen. Sie war nun mal ein sehr vorsichtiger Typ. Und manchmal hörte sie einfach das Gras wachsen. Sie selbst verließ nie die Wohnung, ohne vorher zu überprüfen, ob alle Geräte ausgeschaltet und alle Fenster geschlossen waren. Aber schließlich war da noch Julia, die mit allem wesentlich großzügiger umging. Wie oft

ließ sie Licht brennen, Türen unverschlossen oder kippte die Fenster.
»Meine Mama ist unsere Sicherheitsministerin«, hatte Julia einmal gesagt. »Wenn wir aus der Wohnung gehen, kontrolliert sie immer, ob wir den Schlüssel auch zweimal umgedreht haben, seit sie in einem Fernsehkrimi gesehen hat, dass man die Tür sonst ganz einfach mit einer Scheckkarte aufkriegt.«
Maren musste schmunzeln, als sie an Julia dachte, die sich jetzt irgendwo an einem sonnigen Strand aalte und ihren Vater zutextete. Rolf, Marens Ex-Mann, arbeitete bei einer Bank in London. Maren und er waren seit vier Jahren geschieden. Plötzlich begann ihr Herz, wie wild zu klopfen. Voller Konzentration versuchte Maren, sich an jede Bewegung zu erinnern, die sie vorhin beim Betreten der Wohnung gemacht hatte. Durch das geriffelte Türglas hatte sie schemenhaft die Umrisse des bettelnden Katers gesehen und sein Geschrei gehört. Mit einer Hand hatte sie die Tür geöffnet, mit der anderen gleich die Einkaufstasche in den Spalt geschoben, um den Kater zurückzudrängen. Sie wiederholte den Vorgang noch einmal in Gedanken und ließ ihn vor ihrem inneren Auge Revue passieren: Rechte Hand dreht Schlüssel im Schloss – klick – und drückt die Tür auf. Linke Hand schiebt die Tasche in den Türspalt. Maren erstarrte. Das ging normalerweise nicht so einfach! Das Schloss klemmte immer dann, wenn der Schlüssel ein Mal umgedreht worden war. Einzige Erklärung: Das Türschloss war nur zugeschnappt gewesen! Julia als Unsicherheitsfaktor fiel aus. Und sie selbst? Hatte sie gestern vor lauter Vorfreude auf das Fest die Tür beim Verlassen der Wohnung nur ins Schloss fallen lassen? Wieder drängte sich ihr heiß der Verdacht auf, dass jemand in der Wohnung gewesen

sein musste. Hektisch lief sie durch alle Zimmer, kontrollierte ihre Schmuckschatulle, Julias Sparschwein, die Schublade mit dem Klimpergeld, Laptop, Fotoapparat. Nichts fehlte. Atemlos ließ Maren sich in Julias Zimmer auf das Bett fallen und suchte nach Erklärungen. Wer außer ihr hatte noch einen Wohnungsschlüssel? Julia, selbstverständlich! Ein dritter Schlüssel war bei Sybille, zum einen, weil ihr diese Wohnung gehörte, zum anderen, falls einmal aus Versehen die Tür zufallen sollte. Und sie hatte ja auch einen Schlüssel zu Sybilles Wohnung in der Comeniusstraße. Der bei Sybille deponierte Schlüssel für Marens Wohnung war auch für Harry, ihren Lebensgefährten, zugänglich. Harry als der große Unbekannte? Stattete er dem Kater, der einstmals ihm gehört hatte, hin und wieder heimlich einen Besuch ab? Verrückt! Maren überlegte, wie sie dies demnächst durch geschicktes Nachfragen herausfinden könnte. Dabei glitt ihr Blick über die Buchrücken im Regal gegenüber von Julias Bett. Ein Buch in der obersten Reihe stand auf dem Kopf. Maren zog es heraus, um es wieder richtig einzuordnen, doch es ließ sich nicht ganz hineinschieben. Nachdem sie sich auf Zehenspitzen gestellt und das Hindernis hervorgekramt hatte, hielt sie völlig verblüfft eine leere Dose Katzenfutter in der Hand.

*

Die Spurensicherung war eingetroffen. Gerhard Heck hatte den Leuten erklärt, dass man die Frau habe umdrehen müssen, weil man nicht sicher war, ob sie noch lebte, wofür er ungläubiges Köpfeschütteln erntete. Lars Stephan würde sich später bei ihm bedanken.
Inzwischen untersuchten sie das zweite Zimmer der Woh-

nung, das mit einer Bettcouch, einem großen Spiegelschrank und einer kleineren Kommode ausgestattet war. Alles wirkte extrem sauber, neu und gepflegt.

»Wenn sie Muslimin ist, müssen wir schnell arbeiten, denn die werden sie baldmöglichst beerdigen wollen, und dann brauchst du gute Gründe, warum das nicht geht«, erklärte der Alte.

Lars Stephan nickte stumm, wobei er weiter die Umgebung musterte. Die Zimmertür war angelehnt, so dass von nebenan die Geräusche der Spurensicherung nur gedämpft herüberdrangen. Man hörte ihre kurzen Kommentare und Anweisungen und auch, dass sie sich über das Abschneiden der Kickers im letzten Spiel unterhielten. Aus dem Wohnungsflur ertönte ein metallisches Geräusch, gefolgt von einem leisen Fluch.

»Wohin?«, fragte einer.

»Geradeaus«, antwortete ein anderer.

Die Kollegen mit dem Zinksarg, dachte Lars Stephan. Die vertraute Routine der dienstlichen Abläufe trug dazu bei, dass er sich allmählich von seinem Schreck erholte und in den Alltag zurückfand. Er nahm sich vor, möglichst bald herauszufinden, wo Maren steckte.

»Fassen wir noch einmal zusammen«, begann Gerhard Heck und schaute in sein aufgeschlagenes Notizbuch. »Özlem Onurhan, dreißig Jahre alt, laut vorgefundenem Personalausweis, Adresse einer Arztpraxis mit Einsatzplan für Mitarbeiterinnen, hat dort vermutlich aushilfsweise als Arzthelferin gearbeitet, zuletzt vor einem Jahr, zurzeit vermutlich keine Berufsausübung. All das haben wir in ihrer Handtasche gefunden, und die war draußen auf dem Balkon versteckt. Ausschlaggebend sind meiner Meinung nach eher die Dinge, die wir nicht gefunden haben. Merkwürdi-

gerweise gibt es nämlich keinerlei Unterlagen, also Steuer, Versicherung, Arbeits- oder Mietverträge, was man halt so hat. Todesursache: wahrscheinlich erdrosselt, Zeit: vor etwa zwei Tagen. Genaueres wissen wir morgen.«
Lars Stephan nickte schweigend und runzelte die Stirn. Die Tote war ihm viel jünger vorgekommen. Jedoch wusste er, wie sehr der Tod das Aussehen eines Menschen verändern und dadurch die Schätzung des Alters erschweren konnte. Er dachte daran, wie diese Frau vor ihm auf dem Teppich gelegen hatte. Jetzt erinnerte er sich auch, schwarz-blau unterlaufene Streifen an ihrem Hals wahrgenommen zu haben. Strangulationsmale, vermutete auch Lars Stephan, und vor seinem inneren Auge lief ein Film ab, in dem jemand von hinten überraschend an die Frau herangetreten war, ihr eine Schlinge um den Hals geworfen und diese unerbittlich zugezogen hatte. Er sah die zitternden Finger der Frau, die verzweifelt versuchten, das Würgeband zu lösen, und erinnerte sich an senkrecht zu den streifenförmigen Malen verlaufende Kratzspuren an ihrem Hals. Irgendwann war die Frau dann in sich zusammengesunken und bäuchlings auf den Boden gefallen. An dieser Stelle kam sein Film ins Stocken, denn die Bauchlage passte nicht zum Ablauf. In Stephans Vorstellung fiel die Tote in Richtung der Zugkraft und kam auf dem Rücken zum Liegen, sofern der Täter sie von hinten gewürgt und mitgeschleift hatte. Dafür sprachen auch die umgeklappten Ecken des Teppichs, an die sich der Kommissar jetzt wieder erinnerte. Stephan versuchte, sich einen Tathergang vorzustellen, bei dem es am Schluss zu dieser Bauchlage kommen konnte. Vielleicht war sie vor dem hinter ihr stehenden Täter in die Knie gesackt, und er hatte sie nach vorn gedrückt, vielleicht sogar rücklings auf ihr gekniet. Entsprechend müsste man Blutergüsse auf

ihrem Rücken finden. Stephan notierte sich das auf seinem BlackBerry und merkte nicht, dass er dabei von Heck mit ironischem Grinsen gemustert wurde. Der alte Kommissar schwor auf sein kleines, schwarzes Büchlein, in das er mit einem sorgfältig gespitzten Bleistift alles Wichtige eintrug.
Lars Stephan rekonstruierte weiter in Gedanken. Bei dem eben skizzierten Szenario kam das Opfer beim Fall frontal auf dem Gesicht zu liegen. Vielleicht hatte sich die seitliche Drehung des Kopfes bei einem letzten verzweifelten Ringen um Luft ergeben, vielleicht aber auch erst post mortem, als der Täter seine Tatwaffe, wahrscheinlich ein Seil oder einen Gürtel, unter ihr hervorgezogen und offensichtlich wieder eingesteckt hatte, denn ein mögliches Tatwerkzeug war nicht identifiziert worden. Konnte man von einem Vorsatz ausgehen, oder hatte der Mörder im Affekt gehandelt?, fragte sich Stephan, ohne seinen Kollegen an seinen Überlegungen teilhaben zu lassen. In dem aufgeräumten Wohnzimmer hatte nichts auf einen Kampf hingedeutet. Vielleicht gab es weitere Hinweise am Körper oder an der Kleidung der Toten? Das würde die Spurensicherung bald herausfinden und noch mehr, denn wenn sich alles so abgespielt hatte wie in Lars Stephans Vorstellung, dann musste der Körper der Toten mit Täterspuren übersät sein. Insofern hegte er eine gewisse Hoffnung, dass dieser Fall schnell aufzuklären sei und er doch keinen so schlechten Einstand auf der neuen Dienststelle geben würde. »Morde sind doch meistens Beziehungstaten«, sagte er leise und wandte sich an Gerhard Heck, der die Geduld besessen hatte, ruhig abzuwarten und ihn seinen Gedanken zu überlassen, und der nun zustimmend nickte.
»Geld oder Liebe. Oder eine Mischung von beidem. Bei Mord ist die Motivlage immer ziemlich einfach.«

Es lag Traurigkeit in seiner Stimme, weil sich Heck auch nach seinen vielen Dienstjahren noch nicht mit dem abfinden konnte, was Menschen einander antaten.
»Wissen wir schon etwas von ihrem Umfeld?«, fragte Lars Stephan. »Wurde der Anrufbeantworter abgehört? Hat jemand nach ihr gefragt?«
Heck zuckte mit den Schultern. Das wirkte bei seiner Größe von bald einem Meter neunzig merkwürdig unbeholfen. »Sie wird von niemandem vermisst«, erklärte er. »Keine Auskünfte der Wohnungsnachbarn. Keine Einbruchsspuren, Täter wurde hereingelassen oder hatte Schlüssel. Unser Grünholz ist übrigens mit Ernie unterwegs und befragt die anderen Leute im Haus.«
Lars Stephan musste über den Spitznamen schmunzeln, den der Alte ihrem jungen Kollegen Tobias Hölzinger verpasst hatte. Mit Ernie meinte er Ernestine Hoff, die mit zum Team des K 11 gehörte, heute Morgen aber noch nicht im Dienst gewesen war, weil sie erst ihren Sohn zum Kindergarten bringen musste.
»Gibt es Verwandte, die wir benachrichtigen müssen?«, fragte Lars Stephan.
Heck nickte. »Der Rest der Familie, zwei Brüder, zwei Schwestern und die Eltern, wohnen alle in einer Siedlung Richtung Mühlheim.«
»Dann müssen wir da zuerst hin«, entschied Lars Stephan.
In Hecks verwittertem Gesicht bildeten sich noch mehr Falten. Mit einem beinahe väterlichen Stirnrunzeln entgegnete er: »Ich mach das mit Sera, ist heute, glaube ich, besser.«
Dabei ließ er seine Hand schwer auf Stephans Schulter fallen, womit er klarstellte, dass Widerspruch nicht angebracht war. Stephan nickte. Mit Sera war offensichtlich Serafettin

Gümüstekin gemeint. Dieser war ihm bei Dienstantritt als Ausländerbeauftragter der Offenbacher Polizei vorgestellt worden. Er erinnerte sich an einen gepflegten, dunkelhaarigen Mann im Anzug und mit ruhigem, freundlichem Auftreten. Dass Heck sofort entschieden hatte, Sera für das schwierige Gespräch mit der türkischen Familie einzuspannen, betonte einmal mehr Hecks Status als alter Fuchs und erfahrener Insider. Von ihm konnte Stephan noch viel über die Offenbacher Verhältnisse und den erfolgreichen Umgang damit lernen.

Heck fuhr fort: »Irgendwann erzählst du mir vielleicht mal bei 'nem Bier, was dich heute so aus dem Gleis geworfen hat.«

Stephan nickte abermals. Er fühlte sich wie ein Schuljunge, der vom Lehrer gerügt, letztendlich aber doch wohlwollend behandelt wurde. Er wandte sich zur Tür und hielt plötzlich inne. Sein Blick war auf einen kleinen Tretmülleimer gefallen, der in einer Ecke hinter der Tür stand und gar nicht zu den übrigen Designermöbeln passte. Er öffnete den Deckel. Dann streifte er schnell Einmalhandschuhe über und zog aus dem Eimer kleine, weiße, mit hellblauen Klebstreifen verschlossene Päckchen hervor.

»Was ist das?«, fragte Heck erstaunt.

»Gebrauchte Babywindeln, ordentlich entsorgt. Kleinste Größe, vermutlich von einem Neugeborenen«, erklärte Stephan.

Heck pfiff anerkennend und grinste. »Bist du sicher, dass sie dich von einer Polizeistation hierher versetzt haben und nicht von einer Kinderstation?«

Ein stilles Lächeln huschte über Stephans Gesicht. Er öffnete nacheinander die Schubladen der Kommode. Alle waren leer. Er tastete die nicht einsehbaren hinteren Bereiche ab und zog ein Faltblatt mit Ernährungs- und Pflegetipps für Säuglinge hervor, das in einem Spalt eingeklemmt war. Er betrachtete die strahlenden Baby- und Müttergesichter auf den Werbefotos.

»Die Frau ist tot, und das Kind ist weg«, sagte er leise.

»Meinst du, da liegt ein Motiv?«, fragte Heck.

Stephan zuckte mit den Schultern. »Kommt dir das hier wie ein Kinderzimmer vor?«, fragte er zurück, und Heck schaute, die Unterlippe vorgeschoben, skeptisch in die Runde.

»Auf jeden Fall fehlt ein Kinderbett.«

»Und so was wie eine Wickelunterlage und Pflegeutensilien«, ergänzte Lars Stephan.

»Na, du kennst dich ja perfekt aus.« Der Alte grinste. »Du gehörst wohl zu den neuen Männern, die artig ihr Wickelpraktikum absolviert haben? Da hatte ich noch Glück, bei mir hat das alles meine Frau übernommen. Die hätte mich gar nicht rangelassen. Wie blöd ich mich schon anstellte, wenn ich die Kleinen mal aus den Bettchen nahm. Das grenzt an fahrlässige Körperverletzung, hat sie gesagt. Das sind doch keine Affen, die sich überall anklammern können. Der Junge ist heute Rechtsanwalt, Strafrecht. Meine Tochter ist Grundschullehrerin. Wie viele Kinder hast du?«

Lars Stephan antwortete nicht und trat ans Fenster. In Gedanken sah er die verschwommenen Konturen eines von einem blonden Haarkranz eingerahmten Kindergesichtes. Es war, als spiegelte sich das kleine Mädchen in der Glasscheibe vor ihm. Jetzt lächelte es ihn an. Verschmitzt und voller Lebensfreude. »Papa, hast du jetzt Zeit?«, schien es zu fragen. Stephan schüttelte den Kopf. Heck wertete das als Antwort auf seine Frage.

»Also noch keine Kinder. Na ja, du bist noch jung genug dafür.«

Stephan presste die Lippen zusammen und zwang sich, durch die Fensterscheibe hinab in den Innenhof der Wohnanlage zu schauen, der sehr sauber und gepflegt wirkte.
»Das hier ist etwas für Besserverdienende, oder?«, fragte er.
Heck stellte sich hinter ihn und schaute ebenfalls hinaus.
»Hier zu wohnen oder in der Siedlung da draußen ist ein himmelweiter Unterschied«, erklärte er.
Lars Stephan ließ seine Blicke noch einmal durch das Zimmer wandern. »Es sieht aus, als habe hier jemand gründlich aufgeräumt und alle Hinweise auf das Kind verschwinden lassen.«
Heck schürzte nachdenklich die Lippen. »Und der Eimer mit den Windeln?«
»Wurde übersehen. Wenn man hereinkommt, verschwindet er hinter der geöffneten Tür.«
Heck nickte. »Da ist was dran. Wir müssen abwarten, was Pathologie und Spurensicherung herausfinden. Dann wissen wir, ob es das Kind der Toten ist und wo hier überall gründlich aufgeräumt wurde.« Mit diesen Worten verließ er den Raum.
Lars Stephan war geblieben und stand am Fenster. Heck, der Hüne, ging jetzt mit ausgreifenden Schritten und hängenden Schultern unten über den Hof, um die Familie der Toten aufzusuchen. Plötzlich blieb er stehen und wandte sich um. Offensichtlich war er von Ernestine Hoff gerufen worden, die ihn mit schnellen Schritten einholte. Erstaunlich, welches Tempo Ernie trotz ihrer barocken Figur an den Tag legte. Sie reichte Heck nur bis zur Brust und sprach, den Hals durchgestreckt und den Blick nach oben gerichtet, auf ihn ein. Hin und wieder fuhr sie sich dabei mit männlich anmutender Geste durch das kurzgeschnittene, braune Haar. Ab und zu sahen sie beide am Haus hinauf. Als sie

Stephan hinter dem Fenster bemerkten, nickten sie ihm beiläufig zu. Die reden gerade über dich und deine Pannen und dass du als Nachfolger für Heck völlig ungeeignet bist, fuhr es ihm durch den Kopf. Ernestine Hoff verschwand wieder im Haus. Klar, dass sie ihre ersten Ermittlungsergebnisse Heck und nicht ihm unterbreiten würde. Der alte Kommissar setzte seinen Weg fort. Stephan schaute ihm nach, bis er in der Toreinfahrt verschwunden war.

Über die Steinplatten des Hofes wehten trockene Blätter. Es ist Oktober, und du suchst wieder nach einem Kind, dachte er. Wie damals vor drei Jahren. Damals hast du Maren gefunden, und jetzt? Eigentlich hatte er sich von der Versetzung einen Neuanfang versprochen. Er hatte den Dienstort Offenbach, von dem viele meinten, dagegen sei das Frankfurter Bahnhofsviertel das reinste Sanatorium, als besondere Herausforderung empfunden. Mit Ende dreißig trat er jetzt in eine Lebensphase ein, die er gedanklich mit dem Motto »Jetzt oder nie und jetzt erst recht!« überschrieben hatte. Jahrelang hatte er vergeblich versucht, sein Leben in ruhigere Bahnen zu lenken. Es war von vielen »psychischen Beben«, wie er diese Vorkommnisse nannte, erfüllt gewesen. Immer dann, wenn er geglaubt hatte, sich in ruhigeren Gefilden zu bewegen, hatte etwas zu neuen Erschütterungen geführt. Daher hatte er sich entschlossen, es jetzt anders zu versuchen und sich bewusst ins Chaos zu stürzen, bevor es unerwartet über ihn hereinbrach. Insofern war sein Versetzungsgesuch nach Offenbach eine logische Konsequenz gewesen.

Offiziell hatte er seinen Wunsch nach dienstlicher Veränderung mit seinem Wohnort begründet. Vom Frankfurter Ostend zum Offenbacher Polizeipräsidium konnte er jeden Morgen mit dem Fahrrad fahren. Eigentlich wogen Begrün-

dungen dieser Art nicht sehr schwer. Höchstens die Anbindung an eine Familie oder Wohneigentum hätten als Grund für eine Versetzung gelten können. Er hatte weder das eine noch das andere vorzuweisen. Trotzdem wurde seinem Antrag zum nächstmöglichen Termin entsprochen. Inzwischen war ihm klar, dass jede Begründung gegolten hätte, denn er war der Einzige, der freiwillig nach Offenbach versetzt werden wollte. Offenbach. Jahrelang hatte er in Frankfurt gewohnt und konnte sich nicht erinnern, auch nur ein Mal hier gewesen zu sein. Selbst bei den seltenen Gelegenheiten, bei denen auf dem Bieberer Berg die Offenbacher Kickers gegen Eintracht Frankfurt, Lars Stephans Lieblingsmannschaft, spielten, war er nicht dort aufgetaucht. Der angekündigte riesige Polizeieinsatz, der nötig war, um die Fans auseinanderzuhalten, hatte ihn abgeschreckt. Beim letzten Mal war alles gutgegangen, was sicherlich an der ausgeklügelten Vorbereitung gelegen hatte. Der Offenbacher Oberbürgermeister hatte mit der Frankfurter Oberbürgermeisterin während einer gemeinsamen Mainfahrt die Fan-Schals getauscht und dann eine Wette auf den Sieger abgeschlossen. Das hatte dazu geführt, dass der Offenbacher Oberbürgermeister nach der Niederlage der Kickers auf dem Frankfurter Römerberg die Treppen kehren musste, was etliche Offenbacher ihm sehr übelnahmen, denn die altbekannte Häme der Frankfurter hatte dadurch noch zusätzliches Futter bekommen.
Jeden Morgen fuhr Lars Stephan jetzt mit dem Fahrrad über die Kaiserlei-Brücke und war in gut zwanzig Minuten in seiner Dienststelle. Inzwischen war ihm bewusst, dass der Main, den er dabei überquerte, zwei Welten voneinander trennte. Die der unaufhaltsam aufsteigenden Metropole Frankfurt, von manchen »Bankfurt« oder »Mainhattan« ge-

nannt, und die Welt Offenbachs, einer Stadt, in der sich die Zahl der Arbeitslosen und Sozialhilfeempfänger im gleichen Tempo in die Höhe schraubte wie Frankfurts neue Wolkenkratzer.

Frankfurt-Bronx war noch eine der witzigeren Bezeichnungen, welche die Frankfurter für ihre Nachbarstadt gefunden hatten. OF, das Autokennzeichen Offenbachs, musste ebenfalls herhalten. Es wurde von den Frankfurtern verschiedentlich interpretiert: Ohne Führerschein, ohne Fahrpraxis, ohne Ferstand ...

Die Tür wurde aufgestoßen.

»Oh, Sie sind ja noch hier«, sagte einer der Kollegen, der an seinem weißen Overall als Mitarbeiter der Kriminaltechnik erkennbar war.

Heck hätte ihn sicher beim Vornamen gekannt und freundlich begrüßt. Lars Stephan war so sehr in Gedanken versunken, dass es ihm nicht gelang, ein wenig entgegenkommend zu wirken. So erhielt er nur einen sehr spärlichen Bericht. Heck hätte sicher mehr erfahren. Lars Stephan spürte, dass er aufpassen musste. Allmählich begann in ihm gegenüber Heck ein Konkurrenzverhalten zu wachsen, das nicht gut sein würde. Schließlich war der Alte heute der Einzige gewesen, der ihn unterstützt und verstanden hatte. Jedoch gerade das schien Stephan besonders zu ärgern.

Zwei Alphas nebeneinander, der eine ein alter Platzhirsch, der andere ein Neuling aus einem fremden Territorium. Ob das auf Dauer gutging, fragte er sich und wandte sich zum Gehen. In der Schranktür begegnete er seinem Spiegelbild. Eigentlich siehst du gar nicht so alt aus, wie du bist, dachte er. Das lag daran, dass er schlank war und dass die blonden, kurzen Haare das erste darin auftauchende Grau gut verbargen. Er trat etwas näher. Rasieren hättest du dich aber noch können heute Morgen, siehst ja aus wie Kater Karlo, tadelte er sich. Männer ohne Frauen verstrauchen wie eine ungemähte Wiese, dachte er und grinste über diesen Vergleich, der ihm eingefallen war, weil er seine Kindheit auf dem Land verbracht hatte.

Dienstag, der 9. Oktober

Das Licht, welches von außen durch ihre Lider drang, schmerzte. Nicht auch noch Schmerzen! Sie versuchte, den Kopf vom Licht wegzudrehen. Doch das verursachte ein Stechen und Reißen im Nacken, das noch schlimmer war als das helle Licht. Sie versuchte, den Mund zu öffnen. Die Lippen klebten aufeinander. Die Zunge fühlte sich an wie ein Pelzklumpen. Dann musste sie wieder im Dunkel versunken sein. Wie lange? Für ein paar Stunden? Oder nur einige Minuten? Es gab keine Zeit mehr. Das war gut so. Sie selbst war aus irgendeinem Grund noch da. Das war weniger gut. Sie wollte ... sie wollte nichts. Doch, sie wollte ohne Schmerzen sein. Nein, sie wollte die Schmerzen behalten. Lieber sie spüren als gar nichts. Das war viel schlimmer. Sie müssen es benennen, hatte die Therapeutin gesagt. Nur, wenn es einen Namen hat, können Sie etwas dagegen tun. Bleiernes Schwarzeis, hatte sie es nach einigem Zögern genannt. Das ist der Name, der mir dazu einfällt. Es liegt wie ein eiskalter, schwerer Panzer auf meiner Brust und nimmt mir den Atem und die Bewegungsfähigkeit. Chronische Depression, hatte die Therapeutin erklärt. Und sie hatte versucht, es Hatice zu beschreiben. Dagegen kann man kaum etwas tun, weil schon der Wille fehlt, etwas tun zu wollen. Willenlos, kraftlos, hoffnungslos, antriebslos. Ein Teufelskreis. Es ist keine Krankheit, denn eine Krankheit ist etwas, das man heilen kann, verstehst du? Hatice wollte nicht verstehen und ließ nicht locker. Und sie drängte, weil sie keine Zeit hatte. Schließlich hatte sie sich Hatices Wunsch gebeugt. Hatice. Der Name hallte in ihrem Kopf, so dass es in den Ohren dröhnte. Sie presste beide Hände gegen den Kopf. Der Lärm im Kopf wurde nur noch lauter, schien alles zu übertönen und trug sie zurück in die Vergangenheit. Plötzlich war sie wieder Kind. Die Arme schützend über dem Kopf, saß sie in einer Ecke und ertrug die Hiebe, die auf sie einprasselten. Man musste das einfach aushalten und abwarten, hatte sie damals gelernt. Bloß keine Regung zeigen! Jede Bewegung wurde als Auflehnung missdeutet und animierte den anderen, weiter zu schlagen, immer heftiger, immer rasender.

Hatice war nicht mehr da. Sie würde reglos verharren und zuschauen, wie sich die Risse im Schwarzeispanzer wieder schlossen. Sie atmete ein und war ein wenig erstaunt darüber, wie mühelos das ging. Sie bewegte vorsichtig und roboterhaft den Kopf wie ein Insekt, das aus der Winterstarre erwacht, und ließ ihre Blicke langsam im Raum umherwandern. Sie wusste nicht, welcher Tag heute war, wie viele Stunden sie hier – wo eigentlich? – gelegen hatte. Nur, dass der schwarze Dämon sich wieder auf ihr niedergelassen hatte. Der Verkehrslärm von draußen und das Licht zerrten sie allmählich in den Tag. Nach einiger Zeit gelang es ihr, sich aufzurichten. Sie hatte auf ihrer Couch gelegen. Sie war in ihrer Wohnung, einem Ort, den andere Menschen als ihr Zuhause bezeichnen würden. Für sie war es ein Versteck, in das sie sich zurückzog. Manchmal war es eine Höhle, in die sie wie ein Tier ihre Beute schleppte. Beute, die sie um sich lagern musste als Beweis für ihre Existenz. Du hast was, du bist was. Gut tat es, anderen etwas zu nehmen. Gut tat es ebenso, anderen etwas geben zu können. Aber aus dem Be-

stand in ihrer Höhle konnte sie nichts hergeben. Deshalb nahm sie es von anderen und gab es weiter. Manchmal war ihre Wohnung wie ein Gefängnis aus schlechten Erinnerungen, dem sie Hals über Kopf entkommen musste. Dann brauchte sie einen Ort, an dem es für sie keine Erinnerungen gab, wo sie frei sein konnte. Atmen. Jemand anders sein.
Mildes Nachmittagslicht drang durch das Gaubenfenster. Von ihrer Couch aus konnte sie einige Zweige der haushohen Platanen sehen, die sich wie mahnende Finger in das klare Blau des Herbsthimmels reckten. An den handförmigen, großen Blättern kräuselten sich braun und spröde die Blattränder. Die Blätter bebten im Wind, als wollten sie sich dem unausweichlichen Fall mit letzter Kraft widersetzen.
Sie blickte sich im Zimmer um. Es war vollgestellt mit Dingen. Der Boden war vollständig bedeckt. Neue Flaschen waren hinzugekommen. Die mussten weg. Sie waren das Einzige, was sie wirklich aus dem Haus tragen und wovon sie sich trennen konnte. Diese Spuren ihres Lebens beseitigte sie von Zeit zu Zeit sorgfältig. Alle anderen mussten bleiben, weil sie sich nie sicher war, ob bei etwas, von dem sie sich trennte, nicht doch ein entscheidender Teil von ihr mitging, den sie später einmal brauchen würde, um sich zu finden. Sie kannte sich nur so, als ewig Suchende. Sucht kommt von Suchen, das wusste sie. Unruhe trieb sie durch den Tag wie der Wind die Herbstblätter. Willenlos, ziellos.
Komm, hatte Hatice gesagt und sie bei der Hand genommen. Grelle Kreise drehten sich jetzt vor ihren Augen. Sie wollte aufstehen, um sich Wasser zu holen. Sie schreckte zusammen. Im Zimmer nebenan hatte sich etwas geregt. Was war das? Es jammerte wie eine rollige Katze.

*

Lars Stephan war mit dem Dienstwagen weggefahren, ohne Heck Bescheid zu sagen, wohin. Der hatte nur kurz über den Rand seiner Lesebrille geschaut, aber nicht nachgefragt, als Stephan das Büro verließ. In der Tür wäre dieser beinahe mit Ernestine zusammengeprallt. Auch sie hatte ihn nicht gefragt. Wahrscheinlich waren die beiden froh, ihn in dem winzigen Büro los zu sein. Wahrscheinlich störte er sie bei den Ermittlungen. Und wobei noch? Es gab Gerüchte. Im Präsidium nannte man sie »das Duo« oder in Anlehnung an die Sesamstraße »Ernie und Gerd«. Ein eingeschworenes Team. Nur beruflich? Das ging ihn nichts an. Doch wenn er sich nicht ranhielt, würden sie den Fall ohne ihn lösen. Er musste gegen die Geheimnistuerei der beiden eine Gegenverschwörung aufbauen. Er allein, denn auf Mitarbeiter konnte er noch nicht hoffen. Stephan lenkte den Wagen in den Kaiserlei-Kreisel. Dann fuhr er über die Brücke. Hier hörte Offenbach auf, und Frankfurt fing an. Rein dienstlich betrachtet, hatte er hier nichts mehr verloren. Wenige Minuten später befand er sich in der Wittelsbacher Allee auf Parkplatzsuche und hatte Glück. Aus einer Lücke unmittelbar vor ihm fuhr ein anderer Kleinwagen heraus. Er stieg aus. Durch eine Toreinfahrt war er in einen Hinterhof gelangt, wo sich die Eingangstür des Hauses befand. Er las die Namen auf den Klingelschildern. Auf der zweiten Klingel von unten stand Wiegand. Er trat ein wenig zurück und blickte an der Fassade hinauf. Das Haus war ein stilvoll renovierter Altbau. Nach hinten hinaus hatte man nachträglich Balkons in einem technischen, modernen Stil angebaut, die deutlich größer waren als die kleineren Originalbalkons vorn zur Straße hinaus mit ihren Sandsteinsockeln und schmiedeeisernen Gittern. Marens Balkon im ersten Stock war liebevoll mit Herbstblumen bepflanzt. In der Nachmittagssonne glühten sie vielfarbig. Lebte Maren dort nur mit Julia, oder blickte er gerade auf einen gemütlichen Familien-Frühstücksbalkon? Diese Information war dem Türschild, das keinerlei Vornamen aufwies, nicht zu entnehmen. Er stellte sich vor, wie er da jetzt klingelte und plötzlich Rolf, Marens Ex und vielleicht wieder neuem Ehemann, gegenüberstand oder, noch peinlicher, wie ihm von einem knackigen, jungen Kerl geöffnet wurde, der sich als neuer Lebensgefährte Marens vorstellte. Nein, so ging das nicht. Er musste sich erst ein paar Hintergrundinformationen beschaffen, sozusagen in eigener Sache ermitteln. Weiter kam er nicht mit seinen Gedanken, weil er wahrnahm, dass oben die Verriegelung der Balkontür geöffnet wurde. Als Versteck gab es nur noch die Möglichkeit, sich dicht an die Hauswand zu pressen.

Von oben hörte er eine wohlbekannte Frauenstimme fluchen: »Garfield, du Biest! Lauf mir nicht vor den Füßen herum!«

Ein dumpfer Schlag folgte. Eine zu Boden gegangene Plastikgießkanne, wie sich herausstellte. Ein Wasserschwall ergoss sich durch die Ablaufrinnen des Balkons auf Lars Stephan.

Als er hörte, dass Maren den Balkon wieder verlassen hatte, begab er sich zügig zu seinem Auto. Die Lederjacke hatte einiges abgehalten. Aber es war ihm Wasser über den Kopf in den Hemdkragen geflossen. Stephan öffnete den Kofferraum. So etwas wie ein Handtuch gab es da nicht, nur eine grellgrüne Signalweste mit der roten Aufschrift POLIZEI. Er schüttelte das Wasser von der Lederjacke ab und legte sie ausgebreitet in den Kofferraum. Dann zog er das Hemd aus und rubbelte sich mit dem Rückenteil, das nicht so durchnässt war, die Haare trocken.

»Sache Sie mal, was mache Sie dann da?«, sagte plötzlich ein älterer Mann mit blauer Latzhose, der Lars Stephans nackten Oberkörper alarmiert musterte.
»Haare abtrocknen, sieht man doch«, antwortete Lars Stephan.
»Ei un wieso des?«
»Weil ich gerade geduscht habe!«
»Ei, wo dann des?«
»Ich wohne hier nämlich«, erklärte Lars Stephan und zeigte auf das Auto.
Dabei fiel Latzhoses Blick auf das Nummernschild.
»Offebach«, stöhnte er, »vorne O un hinne Ach!«
»Tja, Wohnungen sind nun mal teuer!«, sagte Stephan, stieg ein und fuhr davon.

*

Es schrie schon wieder. Sollten Babys nicht stundenlang ununterbrochen schlafen? Dieses hier tat das nicht. Es trank einige Schlucke, dann begann es sich plötzlich zu winden, drehte den Kopf zur Seite, nahm den Schnuller der Flasche nicht mehr an und schrie gellend los, egal, ob es Tag war oder Nacht. Manchmal schlummerte es ein wenig ein, für zwanzig Minuten oder höchstens eine Stunde. Das war kurze, geschenkte Zeit, mit der sie nichts anzufangen wusste. Sie saß dann wie gebannt da und beobachtete das kleine Bündel, das mit kurzen Atemzügen in das Kissen atmete. Irgendwann ging wieder ein Zucken durch seinen Körper. Noch im Schlaf begann es erneut zu wimmern. Sie konnte es nicht ertragen, wenn von ihr etwas nachdrücklich gefordert wurde. Sie spürte, wie sie begann, das Schreibündel dafür zu hassen. Sie hatte schon alles versucht, um es zur Ruhe zu bringen. Es gab ein Buch. Das hatte Hatice mitgebracht. Das Buch enthielt viel Werbung über Babynahrung, aber auch Ratschläge zur Pflege. Dreimonatskoliken stand dort als Erklärung für unbändiges Schreien, und es gab einen Hinweis auf einige Teesorten, die angeblich helfen sollten. Sie hatte die Tees ausprobiert. Sie nützten nichts. Inzwischen hatte sie zwei andere Möglichkeiten entdeckt. Die eine stand bei ihr schon längere Zeit im Schrank. Mehrere Flaschen hatte sie sich inzwischen zusammengehamstert für eigene schlechtere Zeiten. Von Apotheke zu Apotheke war sie gezogen und hatte Geschichten erzählt, warum sie das Rezept für diesen Hustensaft nachreichen würde. Ein, zwei Teelöffel davon, und das Bündel schlief fünf oder sechs Stunden durch. Man konnte die Schlafzeit noch verlängern, indem man es mit dem Kinderwagen nach draußen stellte. Die kleine Terrasse war tief in das Dach eingelassen, so dass sie von außen nicht eingesehen werden konnte. Das war gut. Die kühlen Herbsttemperaturen schienen eine positive Wirkung auf den Schlaf des Bündels zu haben. Wenn es nur nicht schrie! Dann war es, als wäre es gar nicht da, als wäre das alles nicht geschehen. Genau das war es, was sie sich zutiefst wünschte.

Mittwoch, der 10. Oktober

Lars Stephan blickte aus seinem Bürofenster hinüber zu den alten Bäumen des Dreieichparks, deren Laub und Nadeln von Dunkelgrün über Orange-Gelb bis Feuerrot und sogar Violett die ganze Skala der Herbstfarben zeigten. So einen schönen Ausblick haben die in ihrem grauen Riesenbunker in Frankfurt nicht, dachte er. Überhaupt hatte dieses Gebäude aus den sechziger Jahren etwas Beschauliches wie ein alter Heinz-Rühmann-Film, wo selbst ein Taschendieb sympathisch wirkte. Einen solchen Film könnte man hier jederzeit ohne große Änderungen der Dekoration drehen. Dass das Offenbacher Stadtsäckel nicht gerade üppig gefüllt ist, hat manchmal auch seine Vorteile. Notwendige Renovierungsarbeiten unterbleiben, und viele Gebäude, die schon ein paar Jahrzehnte auf dem Buckel haben, sind dafür nahezu stilecht erhalten. Dazu gehörten die Sandsteinsockel der Gründerzeit ebenso wie die nüchternen Nachkriegsbauten. Stephan erinnerte sich, wie er vor wenigen Wochen zum ersten Mal die breite Treppe zum Haupteingang des Präsidiums hinaufgegangen war. Oben vor der in Metall gefassten Glasschwingtür hatte er sich noch einmal staunend umgeschaut. Über der Treppe befand sich ein rechteckiges Dach, das nach vorn wie ein Buch aufklappte und an beiden Seiten von filigranen Stahlsäulen getragen wurde. Alles in allem wirkte dieser Eingang an dem sonst eher nüchternen, rechteckigen Flachdachbau mit den vielen schmalen Fenstern einladend. Ob das die Offenbacher Kundschaft der Polizisten ähnlich wahrnahm, war fraglich. »Hier war früher mal eine Versicherung drin«, hatte Heck ihm später erklärt. »Falls du dich wunderst, dass das Offenbacher Polizeipräsidium so klein ist, muss ich dir sagen, wir haben nicht alles an einem Ort untergebracht wie die Frankfurter, sondern in verschiedenen Dependancen. Zum Schießen musst du nach Mühlheim. Die Ermittlungsbehörde sitzt in der Schumannstraße. Das hat den Vorteil, dass die Polizei in Offenbach überall präsent ist. Bevor was passiert, sind wir schon da. Ha, ha.«

Bereits damals hatte Stephan bemerkt, dass Heck bei allem, was andere vielleicht an den Offenbacher Gegebenheiten heftig kritisiert hätten, auf die positive Seite verwies. Auf sein Offenbach ließ er nichts kommen.

Heck räusperte sich laut und vernehmlich, und Lars Stephans Gedanken kehrten wieder zurück in den kleinen Büroraum, in den sich das Team für eine Lagebesprechung gedrängt hatte.

Er und Heck saßen an ihren einander gegenüberstehenden Schreibtischen. Hinter dem alten Kommissar an der Wand prangte ein riesiges signiertes Poster der Offenbacher Kickers. Stephan hatte es noch nicht gewagt, an seiner Wand das Pendant von Eintracht Frankfurt anzubringen, und daher einfach ein Kalenderblatt mit einem tauchenden Delphin hingehängt, von dem er glaubte, dass es äußerst neutral sei. Heck hatte ihn gleich darauf angesprochen: »Bist du Greenpeace-Aktivist, oder was?«

Ernie saß auf einem Stuhl dicht neben Heck. Liebe Kinder, gleich kommen Ernie und Gerd, witzelte Stephan in Gedanken. Hölzinger lehnte mit verschränkten Armen am Rollschrank neben der Tür.

»Fassen wir mal zusammen, was wir haben«, begann Heck. Sofort sprudelte Tobias Hölzinger ungefragt seinen Bericht heraus. Während es um Hecks Mundwinkel unwillig zuckte, hing Ernestine begeistert an den Lippen des jungen Kollegen. Mit seinem Outfit hätte er in jeder Vorabend-Polizeiserie auftreten können. Er trug eine halb geöffnete Blousonjacke, welche den Blick auf die Sicherheitsweste freigab. Die breiten Träger des Pistolenhalfters bauschten die Hemdsärmel zu imposanter Größe auf. An seinem muskulösen Halsansatz konnte man erkennen, dass Hölzinger fleißig Kraftsport betrieb.
Statt dessen Bericht zu folgen, stellte Lars Stephan Betrachtungen über Hölzingers Frisur an und überlegte, was es wohl kostete, sich die Haarspitzen in diesem aufdringlichen Gelbblond einfärben zu lassen, und wie lange und wie viel Haargel man morgens wohl brauchte, um sich das Haar zu einem derart gockelhaften Kamm zu stylen. Inzwischen fiel ihm auch ein, woran ihn der junge Kollege erinnerte: an die Stachelschweine im Frankfurter Zoo. Deren Stacheln zeigten auch jenen dunklen Farbansatz an der Haut und helle Spitzen. Die leichte Nackensteifigkeit, die bei Tobias Hölzinger ihren Grund in den zu eng sitzenden Polizeiutensilien hatte, wurde bei den Stachelschweinen durch ihre Ganzkörperbestachelung verursacht.
Stephan war gerade dabei, sich Hölzinger in einer frisurschonenden Stellung über einer Frau vorzustellen, als er Hecks herausfordernden Blick auf sich gerichtet fühlte. Sichtlich ungehalten über den blumigen, aber substanzarmen Bericht des jungen Polizisten und die Unaufmerksamkeit des neuen Kollegen, atmete Heck schnaubend ein und wiederholte seine Frage an Stephan: »Ich hatte dich gefragt, woher die dreitausend Euro monatlich kommen könnten,

die Özlem Onurhan seit März regelmäßig als ›Eingang‹ in ihrem Notizbuch verzeichnet hat. In verschiedenen Behältern und Kissen in der Wohnung haben wir insgesamt fünfundzwanzigtausend Euro gefunden. Möglich, dass noch mehr Geld vorhanden und entwendet worden war. Also, woher könnte das Geld stammen?«

»Prostitution, Drogenhandel, Geldwäscherei«, zählte Stephan mechanisch auf und erkannte an dem Gesichtsausdruck seines Kollegen, dass dieser kurz vor einer Explosion stand.

Mühsam beherrscht presste Heck hervor: »Hat noch jemand von euch gestern Abend Krimis geguckt und kann etwas dazu beisteuern?«

»Vielleicht von ihren Eltern«, antwortete Tobias Hölzinger prompt, und Heck schlug sich mit der flachen Hand an die Stirn.

Ernestine brachte sich ein und las von ihrem Notizblock vor: »Der Vater arbeitet bei der Stadtreinigung. Die Mutter in einer Kindertagesstätte in der Küche. Sie spricht offensichtlich kaum Deutsch, obwohl sie schon seit achtundzwanzig Jahren in Deutschland ist. Die Kinder der Familie sind, außer Özlem, in Offenbach geboren. Özlem hat eine vierjährige Schwester namens Filiz, die noch in den Kindergarten geht, und einen Bruder namens Erkan, fünfzehn Jahre alt, der die neunte Klasse einer Gesamtschule besucht. Es gibt eine Akte, weil der Verdacht besteht, dass er an einem Straßenraub beteiligt war. Er ist im Alter von dreizehn, vierzehn Jahren auch wegen anderer Gewaltdelikte aufgefallen, seit einem Jahr allerdings unauffällig.«

»Da haben wir's«, unterbrach sie Tobias Hölzinger. »Da wäre ja schon ein Ermittlungsansatz. Der Bruder könnte seine Schwester auf dem Gewissen haben, weil sie mit ihrem

Lebenswandel Schande über die Familie gebracht hat. Das ist bei denen durchaus üblich.« Niemand reagierte auf Hölzingers Bemerkung, und Ernie fuhr ungerührt fort: »Eine weitere Schwester von siebzehn Jahren namens Sümeyye besucht die Oberstufe eines Offenbacher Gymnasiums, ein weiterer Bruder namens Yunus ist zwanzig Jahre alt, studiert an der Fachhochschule Maschinenbau und Elektrotechnik.«

»Auch das noch!«, war Tobias Hölzinger wieder zu vernehmen. »Wir müssen auf jeden Fall den Staatsschutz einschalten!« Und als er die ratlosen Mienen der anderen registrierte, fügte er hinzu: »Dieser letzte Bruder erfüllt doch voll die Kriterien für die Rasterfahndung. Vielleicht ist der zu Hause im Keller schon fröhlich am Bombenbasteln. Die mehr westlich orientierte Schwester hat das herausgefunden oder vermutet und wurde zum Schweigen gebracht. Ihr wisst ja, auch die gewählte Tatwaffe sagt einiges aus. Also, die meisten Erwürgten sind Leute, die daran gehindert werden sollen, etwas auszuplaudern. Auf jeden Fall sollten wir diesen Bruder dem BKA melden, am Ende haben sie ihn sogar schon auf ihrer Liste als Gefährder rot angestrichen! Das ist eine Spur, die wir auf jeden Fall verfolgen sollten!«

Heck saß zusammengesunken und mit halb geschlossenen Augen an seinem Schreibtisch und betrachtete einen dünnen Stift, den er erstaunlich geschickt zwischen den Spitzen seiner klobigen Zeigefinger balancierte. Die Geduld, mit der er das Ende von Hölzingers Erklärungen abwartete, hatte etwas Bedrohliches. Stephan bemerkte davon nichts, denn er war gerade dabei, auf dem Papier seiner Schreibtischunterlage ein kleines Stachelschwein zu zeichnen, das auf einer großen, schwarzen Kugel mit einer Zündschnur saß. Am Ende der Zündschnur züngelte ein kleines Flämm-

chen. In Stephans Kopf hatte sich dazu noch die Titelmelodie der Sesamstraße als Ohrwurm eingenistet.
Nach Hölzingers Bericht stellte sich ein beklemmendes Schweigen ein.
Ernestine Hoff schaute ratlos in die Runde, dann blickte sie hilfesuchend in ihre Unterlagen und ergänzte: »Es gibt noch eine Merkwürdigkeit. Wir haben zwar viel Bargeld gefunden, aber keinerlei Sparbücher, Bankunterlagen oder Kreditkarten. Özlem Onurhan scheint den Banken nicht vertraut zu haben.«
Stephan lachte auf. »Was verständlich ist in diesen trüben Zeiten!«
Alle schauten zu Stephan. Aus seiner Haltung mit dem gezückten Stift schien man zu schließen, dass er auf seinen Einsatz wartete. Er schob hastig einen Locher über seine Zeichnung und begann, geschäftig in den Papieren zu stöbern, die er vorhin beim Hereinkommen achtlos auf den Schreibtisch geworfen hatte.
»Ja, dann«, sagte er schnell und setzte eine amtliche Miene auf, »dann werde ich jetzt mal vorlesen, was die Spusi herausgefunden hat. Also, ich fasse kurz zusammen«, berichtigte er sich mit einem Blick auf den schmollenden Heck. »Özlem Onurhan wurde mit einer breiten Schnur oder einem zusammengerollten Tuch erwürgt.«
»Erdrosselt«, bellte Heck dazwischen.
Lars Stephans Nicken wirkte mehr wie ein erschrecktes Zusammenzucken. Der Ohrwurm war schlagartig verstummt. In der abwartenden Stille fühlte Stephan sich wie ein neuer Schüler, der vor einer lauernden Klasse Rede und Antwort stehen musste. Um sachliche Richtigkeit bemüht, fuhr er fort: »An dem Tuch muss Goldfarbe gewesen sein, vielleicht war es auch eine Schmuckkordel mit Goldfäden. Jedenfalls

wurden entsprechende Farbspuren am Hals der Toten gefunden, was genau, wird noch weiter untersucht. Weiterhin gab es Abdrücke am Hals, die vermutlich von einer dünnen Goldkette stammen. Ein Kettenglied davon lag auf dem Teppich, 585er Gold. Die Kette muss also während der Tat zerrissen sein. Kette und Tuch sind bis jetzt nicht gefunden worden.«

»Wow! Eine Muslimin, die mit einer Weihnachtskordel erdrosselt wird, das ist ja mal was«, witzelte Hölzinger. Niemand reagierte.

Stephan schließlich verzog das Gesicht, als habe er auf etwas schlecht Schmeckendes gebissen, und fuhr fort: »Daran ist sie nicht gestorben, also durch das Würgen, äh, Strangulieren, mit Tuch oder Kordel, sondern weil sie bewusstlos auf dem Rücken lag und ihr die Zunge in den Hals gerutscht ist. Da … wir sie aber bäuchlings mit dem Kopf in Seitenlage fanden, muss jemand ihre Lage nach dem Tod noch einmal verändert haben. Das muss einige Stunden nach dem Tod gewesen sein, was man aus der Verteilung der Totenflecken schließen kann. Vielleicht hat das der Mörder getan, vielleicht aber auch jemand, der sie später tot auffand. Todeszeitpunkt: Freitagabend gegen siebzehn Uhr. Am Montagmorgen ging ein anonymer Anruf beim Zweiten Revier ein. Eine männliche Stimme, vermutlich verstellt, meldete kurz die Adresse und dass dort in der Wohnung eine Tote zu finden sei. Weitere Ergebnisse: Özlem Onurhan hat vor etwa zwei bis drei Wochen ein Kind geboren. Vermutlich unter professioneller Betreuung, denn es gibt einen medizinisch exakt versorgten Dammschnitt. Zu dem Kind muss sie auch am Todestag noch Kontakt gehabt haben, da Säuglingshaare und Speichel mit Muttermilchresten an ihrer Kleidung gefunden wurden. Sie hatte eine leichte Entzündung der Milchdrüsen. Vermutlich, weil sie das Kind nicht regelmäßig gestillt hat, so dass es zu einem Milchstau gekommen ist. Dann gibt es da noch alle möglichen Fussel und Haare. Viele Menschenhaare, von blond über braun bis schwarz. DNS wird gesichert. Ach so, wir sollen sicherheitshalber auch noch einmal Haarproben abgeben, steht hier, und Fusselproben von der Kleidung, die ... nein, Moment, da bin nur ich gemeint, also von mir wollen sie das, weil ich vorher an der Toten dran war. Und dann wurden auch noch Tierhaare gefunden«, schloss er und sah in die Runde. Dabei versuchte er, mittels Pokergesicht möglichst zu verbergen, wie peinlich ihm sein unprofessioneller Auftritt am Tatort inzwischen war.

Ernestine rettete die Situation, indem sie ablenkte.

»Tierhaare?«, fragte sie.

Stephan vertiefte sich noch einmal in den Bericht, den er vorher nicht gelesen hatte, weil er die Lektüre des Sportteils in der *Offenbach Post* vorgezogen hatte.

»Ja, Tierhaare. In der Wohnung und auch an der Kleidung der Toten. Katzenhaare, rötlich und weiß, und Kaninchenhaare, Angora, eingefärbt.«

»Na prima, dann können wir die Rasterfahndung noch auf das Tierheim am Buchhügel ausweiten«, sagte finster der Alte und richtete seinen Blick auf Tobias Hölzinger. Der sog hörbar Luft ein, um etwas zu erwidern, doch Heck hinderte ihn sofort mit einer abwehrenden Handbewegung daran.

»Ich will jetzt Vorschläge!«, donnerte Heck.

Wenig später befand sich Lars Stephan auf einem sonnigen Herbstspaziergang durch den Dreieichpark Richtung Frankfurter Straße. Bei ihren Planungen für das weitere

Vorgehen hatten sie beschlossen, dass es bei der Vielfalt der Ermittlungsansätze besser sei, wenn man, in Zweiergruppen aufgeteilt, den verschiedenen Spuren nachginge. Gerhard Heck und Ernestine Hoff wollten nach dem Baby fahnden. Stephan hatte mit unbeweglicher Miene dagesessen, als Heck ihm ausgerechnet Tobias Hölzinger als Teampartner zuteilte. Sie sollten das soziale Umfeld Özlem Onurhans erkunden. Bereits auf dem Parkplatz vor dem Präsidium hatte er sich mit einer spitzfindigen Idee seiner lästigen Begleitung entledigt, über die er sich jetzt noch diebisch freute.

»Hör zu, Hölzinger«, hatte er den jungen Kollegen angefüttert, »ich habe einen besonderen Auftrag für dich, ein bisschen konspirativ, könnte aber eine wirklich heiße Spur werden. Ich hab da nämlich einen Tipp bekommen. Es gibt eine Person, die die Tote eventuell gekannt hat, und die müsste man mal genauer unter die Lupe nehmen. Du verstehst?«

Tobias Hölzinger war sofort Feuer und Flamme für den besonderen Auftrag, der in seiner Phantasie vermutlich sofort zum entscheidenden Schlüssel für die Lösung des Falls wurde. Daraufhin hatte Stephan ihm Marens Namen und Adresse mitgeteilt.

»Morgen früh erwarte ich einen genauen Bericht. Jede Einzelheit könnte von immenser Wichtigkeit sein, also, was sie rund um die Uhr tut, und vor allem, wo und mit wem. Und lass dich nicht von den Frankfurter Kollegen erwischen! Und kein Wort zu Ernie und Gerd! Verstanden?«

»Warum machen wir das nicht zusammen?«, hatte Tobias gefragt, und Lars hatte sofort eine Antwort parat: »Das ist mehr was für Sportskanonen wie dich. Könnten ja Fassadenklettereien oder sonst was auf uns zukommen, und mein

Knie macht das nicht mehr mit. Also, meinen Segen für außergewöhnliche Methoden hast du, Hauptsache, wir kriegen Ergebnisse. Ich werde mich der langweiligen Fragerei nach dem ehemaligen Berufsleben der Toten widmen, damit Heck zufrieden ist.«

Aus diesem Grund war Lars Stephan jetzt zu Fuß auf dem Weg zu der Arztpraxis, in der Özlem Onurhan zuletzt gearbeitet hatte. Hölzinger hatte sich mit dem Dienstwagen in Richtung Frankfurt aufgemacht. Stephan blickte hinauf zu dem lichtdurchfluteten Blätterdach und überlegte, dass man die Frankfurter Straße eigentlich Frankfurter Allee hätte nennen sollen, denn sie war rechts und links von hohen Platanen gesäumt, die der kopfsteingepflasterten, schmalen Fahrbahn mit den Straßenbahnschienen in der Mitte eine mediterrane Atmosphäre verliehen. Eigentlich schön hier in Offenbach, dachte er und wusste, dass er mit solchen Äußerungen bei Heck sofort einen Stein im Brett hätte. Bei der Arztpraxis handelte es sich um eine internistische Gemeinschaftspraxis, der drei Ärzte angehörten. Das einstöckige Haus lag etwas zurückgesetzt von der Straße im Schatten mächtiger, alter Bäume.

Die Praxis war das, was Lars Stephan für sich als ultramodernen Schnelldurchlauf-Betrieb bezeichnete. Im Eingangsbereich befand sich eine schwungvolle, zart silbergrau getönte Theke mit durchlöchertem Metalldekor, hinter der verschiedene, äußerst gepflegte und attraktive junge Damen herumeilten, Computer bedienten oder Sortier- und Schreibtätigkeiten verrichteten. Das Telefon klingelte fast ununterbrochen, und eine Frau war allein nur zu dessen Bedienung abgestellt. Die jungen Damen hinter der Theke trugen ihr Haar glatt nach hinten gekämmt und zu Pferdeschwänzen oder Zöpfen zusammengebunden. Wahrschein-

lich entsprach das hier der Kleiderordnung. Bezüglich des sonstigen Outfits waren die Regeln offensichtlich etwas lockerer, stellte Lars Stephan fest, als sich ein tiefer Ausschnitt mit fülligen Apfelbrüsten in sein Blickfeld schob. Von weiter oben, wo er noch nicht hingesehen hatte, fragte eine Quetschstimme, was sie für ihn tun könne. Seine ehrliche Antwort wäre in diesem Moment eher unpassend gewesen. Da er die nervtötende Stimme jedoch als unharmonische Ergänzung zu dem verlockenden Dekolleté empfand, gelang es ihm problemlos, sein Anliegen mit der gebotenen dienstlichen Sachlichkeit vorzubringen.
Nachdem er mit der Nonchalance eines Fernsehkommissars seinen Ausweis gezückt hatte, genoss er ein Bad in den Blicken professionell geschminkter Mädchenaugen, in denen respektvolle Bewunderung lag. Eines musste man den Vorabendserien der letzten Jahre lassen. Sie hatten das Berufsbild des Polizisten enorm aufpoliert. Vorbei waren die Zeiten, in denen Ordnungshüter schlichtweg als Einfaltspinsel oder bestenfalls besserwisserische Knöllchenschreiber porträtiert wurden. Stattdessen waren Polizisten in den Augen der Mehrheit nun schwiegersohntaugliche Alltagshelden.
Die Befragung der jungen Damen ergab leider keine nennenswerten Anhaltspunkte. Die meisten hatten Özlem nur kurz oder gar nicht gekannt. Die Quetschstimme hieß sinnigerweise Svenja Stummer und hatte immerhin ein paar Wochen gemeinsam mit Özlem in der Praxis gearbeitet. Ihr Entsetzen über Özlems Tod erschien Lars allerdings genauso übertrieben und gekünstelt wie das der anderen, die augenrollend und »Oh, mein Gott« seufzend, aber dennoch mit Make-up-schonender Mimik reagierten, eben so, wie man das aus amerikanischen Serien kannte.

Auch die Befragung der Ärzte brachte wenig. Sie verwechselten die Damen, was Lars Stephan sogar nachvollziehen konnte. Einer, Herr Dr. Kling, um die fünfzig, silbergrau eingefärbt, mit weißem Oberhemd und Seidenkrawatte unter dem Arztkittel, konnte sich überhaupt nicht erinnern. Die Art, wie dieser Mann unter Strom stand, sich ständig schneuzte und seine Konzentrationsprobleme durch hektisches Durchblättern irgendwelcher Kalender zu vertuschen suchte, ließ den Polizisten Stephan Koks- oder Amphetaminmissbrauch vermuten.

»Wann, sagten Sie noch, soll das gewesen sein?«, hatte Dr. Kling mindestens fünfmal gefragt.

»Vor etwa einem Jahr«, antwortete Stephan ebenso häufig.

»Nein, bedaure, ich kann Ihnen leider nicht weiterhelfen«, lautete Dr. Klings abschließende Antwort. »Aber ich werde in den Unterlagen nachschauen und sie Ihnen zukommen lassen, wenn Sie möchten.«

Stephan bedankte sich und überlegte, ob einige der Damen vielleicht an der Steuer vorbei ihre Arbeit leisteten und Dr. Kling möglicherweise genau wusste, dass es nichts gab, was Özlem Onurhans Präsenz an diesem Ort dokumentieren könnte.

Nachdem er sich von den Thekentäubchen mit dem erhabenen Ernst eines Fernsehkommissars verabschiedet hatte und sie ihm zum Dank bewundernd hinterhergurrten, machte er sich auf den Rückweg zum Präsidium, das in dem beschaulichen kleinen Offenbach zu seinem Bedauern nur wenige Fußminuten entfernt lag. Um die Milde dieses strahlenden Herbstnachmittags noch ein wenig genießen zu können, beschloss er, sich seinem Ziel auf Umwegen zu nähern, und bog in die Tulpenhofstraße ein. Abermals musste er zu seiner Überraschung feststellen, dass es in dieser Stadt

Straßenzüge gab, wie er sie in Offenbach nie vermutet hätte. Hier gab es stilvoll verwilderte Gärten und von Rankgewächsen überwucherte, alte hochherrschaftliche Häuser in äußerst gepflegtem Zustand.

Als er durch das schmiedeeiserne Tor einer Jugendstilvilla den überquellenden, blühenden Staudengarten bewunderte, fiel sein Blick auf ein Türschild aus poliertem Messing. *Dr. Anselm und Dr. Veronika Kling* war dort in zarter, verschnörkelter Schrift eingraviert. Er folgte einem Impuls und betätigte die Klingel. Kurze Zeit später wurde ihm von einer sehr schönen, blonden Frau geöffnet, die er auf Mitte vierzig schätzte. Sie war ein wenig kleiner als Lars Stephan und sehr schlank, hatte halblanges, glattes Haar und helle, grüngraue Augen mit dunkel umrandeter Iris, was diese wie arktische Eislöcher erscheinen ließ. Ihr Make-up war ausgesprochen dezent. Nur die Lippen waren in einem auffälligen Rot geschminkt. Sie gaben makellose Zähne frei, als sich die Frau mit wohlklingender Altstimme nach seinem Anliegen erkundigte. Dann bat sie ihn herein, nahm ihm mit einer sanften Bewegung die Lederjacke ab und deponierte sie auf einer kleinen Holzbank im Flurbereich. Kurze Zeit später führte sie ihn, mit katzenhaft geschmeidigen Schritten vorangehend, in das Innere des Hauses, aus dem ihm der moderig-holzige Geruch antiker Möbel entgegenströmte.

Er fühlte sich wie von einer schönen Fee entführt und hätte ihr stundenlang durch ihr Märchenschloss mit seinen teuren Vasen, verglasten Bibliotheksschränken und Silberleuchtern folgen können. Vor allem aber behagte es ihm, ihren biegsamen Körper zu betrachten und den leichten Moschusduft einzuatmen, der ihm entströmte. Ihre langen Beine steckten in hautengen Leggins und ihre zarten, schlanken

Füße in schwarzen Ballerinas, was das Katzenhafte ihrer Erscheinung noch verstärkte. Darüber trug sie einen sehr engen apricotfarbenen Pullover aus weicher Wolle, der so lang war, dass er fast bis zu den Knien reichte. Dadurch spannte er über ihrem Hinterteil und gab ihm das Aussehen einer wohl gerundeten Aprikose.

Plötzlich hielt die Katzenfee inne und bot ihm einen Platz in einem schweren, alten Ledersessel an. Lars Stephan versank sofort in dem tiefen, ein wenig durchgesessenen Polster. Frau Dr. Kling setzte sich ihm gegenüber auf die vordere Kante ihres Sessels, aufrecht, mit kerzengeradem Rücken. Die Beine hatte sie ein wenig schräg gestellt, was ihre Länge besonders betonte. Die Hände waren artig über den Knien gefaltet. Sie wirkte in dieser bewusst arrangierten Bravheit extrem aufreizend. Stephans Blick verfing sich sofort an jenen, wie mit Samt überzogenen kleinen Höckern, die sich deutlich unter der dünnen Wolle abzeichneten. Dass die Brustwarzen nicht zu erkennen waren, erklärte sich Stephan damit, dass sie unter dem Pullover einen perfekt gefütterten, eng sitzenden BH trug. Seine Hochrechnung ergab, dass sie eigentlich das war, was Männer gemeinhin als »flach wie ein Bügelbrett« bezeichneten. Es sprach von höchster Kunst des Stylings, dass es dieser Frau gelungen war, dieses Nichts so wirkungsvoll in Szene zu setzen.

Konsequenterweise begann er jetzt, sie sich nackt vorzustellen, und versuchte, seine Augen noch einmal möglichst unauffällig über ihre Erscheinung spazieren zu lassen. Dabei verhakte sich sein Blick plötzlich in dem ihren. Er hielt ihrem Blick stand, weil er sich zunächst nicht sicher war, was er da wahrnahm. Neugier? Nein, eher eine Mischung aus Heißhunger, Gier und abgrundtiefer Sehnsucht. Aber wonach? Ihm wurde heiß.

Sie schien das zu bemerken, denn in ihren signalroten Mundwinkeln zuckte ein geheimes Lächeln. Ihre Blicke glitten von seinen Augen über die Nase zu seinem Mund, dort saugten sie sich ein Weilchen fest, bis sie dann über Schultern und Arme tiefer wanderten und sich um seinen Hosengürtel schlangen. Plötzlich wurde ihm bewusst, dass sie gedanklich mit ebendem beschäftigt war, was er zuvor mit ihr getan hatte. Unglaublich, dass eine Frau … Er konnte sich nicht erinnern, je schon einmal in einer solchen Situation gewesen zu sein. Er schwitzte, und ihm fiel sein verwaschener Slip mit dem ausgeleierten Gummizug ein. Heute Morgen hatte er ihn aus dem hintersten Winkel seines Schrankes hervorgekramt. Morgen musste er unbedingt einen Waschtag einlegen, ermahnte er sich und war mit einem Schlag ernüchtert.

Mit kühler Gelassenheit löste er sich aus ihrem Blick und zückte sein elektronisches Notizbuch, um ihr die Fragen zu stellen, deretwegen er eigentlich gekommen war. Ihre Antworten gaben nicht viel her. Sie habe das genannte Mädchen nicht gekannt und nie gesehen. Die Praxis ihres Mannes sei sein Reich, für das sie sich wenig interessiere. Sie selbst hatte zwar ebenfalls Medizin studiert, jedoch nur kurze Zeit als Ärztin praktiziert, da sie nach einer schweren Erkrankung den Glauben an die Schulmedizin verloren hatte.

»Jetzt widme ich mich ganz dem Shiatsu«, erklärte sie, »und habe ein kleines Studio in der Innenstadt.« Sie registrierte seinen verständnislosen Blick.

»Das kennen Sie nicht – Shiatsu?«, fragte sie nach.

»Ich bin eher mit Taekwondo und Karate vertraut«, antwortete er.

Ihre roten Lippen produzierten ein spöttisches und zugleich verzeihendes Lächeln. »Das ist keine Kampfsportart,

Herr Kommissar«, säuselte sie, »Shiatsu ist die Kunst der Entspannung durch Berührungsdruck. Wenn Sie Interesse haben, können Sie gern in meinem Studio vorbeischauen!« Sie war aufgestanden und hatte aus der kleinen Schublade eines Sekretärs eine zartlila Visitenkarte entnommen und ihm ausgehändigt. Er hatte ihr ebenfalls seine Karte überreicht, falls ihr noch etwas einfiele, und sich dann eilig aus dem Staub gemacht.

Die Nachmittagssonne stand tief, und die niedrigen Temperaturen zeigten an, wie sehr ihre Kraft bereits nachgelassen hatte. Dennoch breitete sich aufgrund der Windstille über allem der Zauber eines friedlichen Spätsommerabends aus, den Lars Stephan weder im Büro noch zu Hause verbringen wollte. Er wohnte in der Bornheimer Landwehr in einem Mehrfamilienhaus mit günstigen Beamtenwohnungen auf einer kleinen Anhöhe unweit des Frankfurter Ostparks. Zu Hause hatte er sich schnell seine Sportsachen angezogen, damit er in dem nahe gelegenen Park ein paar Runden joggen konnte. Es gab nach diesem Tag einiges, das er sich von der Seele laufen musste. Lars Stephan stand auf einem der Wege, die abwärts in den Park führten, und entschied sich für die große Außenrunde, denn die kleine Runde um Wiese und See wimmelte wetterbedingt von Spaziergängern, Joggern, Hundebesitzern und Kindern. Etwas abseits, an einen dicken Baumstamm gelehnt, schlief ein Obdachloser unter einer ausgebreiteten Zeitung. Kopf und Oberkörper waren vollständig bedeckt, nur die Beine, die in teuren Markensportschuhen steckten, waren sichtbar. Wo der die wohl geklaut hat?, sinnierte Lars Stephan. Der Mann saß merkwürdig steif und regungslos da. Als verantwortungsvoller Polizist müsstest du jetzt eigentlich hingehen und nachsehen, ob er noch lebt, dachte Stephan. Doch dazu kam es nicht, denn sein Blick war auf den Weg am See gefallen, den eine Frau mit langen, braunen Haaren leichtfüßig und zügig entlangjoggte. Das gibt es doch nicht, dachte er und warnte sich gleichzeitig. Schließlich hatte er sich vor kurzem schon einmal getäuscht. Dennoch war er alarmiert und wollte unbedingt herausfinden, ob sie es war, natürlich, ohne selbst bemerkt zu werden.

Er zog sich die Kapuze seines Trainingspullovers über den Kopf und schloss sie mit dem Zugband so eng, dass nur noch Mund und Nasenspitze hervorlugten und er Mühe hatte, unter der weit in die Stirn gezogenen Kapuze hervor noch etwas sehen zu können. Dann machte er sich auf den Weg. Er kürzte quer über die Wiese ab und hatte sie bald eingeholt. Sie trabte gleichmäßig und schaute konzentriert vor sich hin. Er blieb dicht hinter ihr, so dicht, dass er ihr Parfum wahrnehmen konnte. Ein blumig pudriger Duft, den er unter Hunderten sofort wiedererkannt hätte, wehte ihm entgegen. Maren! Sie war es wirklich. Ihr braunes Haar wippte im Rhythmus ihrer Schritte und glänzte im Licht der Abendsonne wie frische Kastanien. Am liebsten hätte er hineingegriffen und es sich durch die Finger gleiten lassen. Als sie seiner Nähe gewahr wurde, drehte sie sich nicht nach ihm um, sondern wich auf den Rand der Wiese aus, um ihn vorbeizulassen. Wenn sie jetzt an der Wegkante stolpert und umknickt, hätten wir das perfekte Déjà-vu, dachte er in Erinnerung an die Situation, in der sie sich kennengelernt hatten. Dann überholte er sie zügig und konnte später nur noch aus der Ferne beobachten, wie sie auf einem gepflasterten Zufahrtsweg den Park wieder verließ. Wo war eigentlich dieser Vollpfosten von Hölzinger, der sie observieren sollte? Lars Stephan ärgerte sich schon jetzt über den spärlichen Bericht, der ihn morgen erwarten würde.

Donnerstag, der 11. Oktober

Tobias Hölzinger saß hinter dem Lenkrad des Dienstwagens, der auf dem Parkplatz des Polizeipräsidiums abgestellt war, Lars Stephan neben ihm auf dem Beifahrersitz. Er hatte ihr Treffen an diesen Ort verlegt, um keine Mithörer zu haben, wenn Tobias Hölzinger ihm die Ergebnisse seiner gestrigen Observation präsentierte. Viel versprach er sich allerdings nicht davon und war umso überraschter, als Hölzinger loslegte:

»Woher du den Geheimtipp über die mögliche Tatbeteiligung dieser Frau auch hast, das war auf jeden Fall ein guter Hinweis. Die Frau hängt mit drin, da bin ich mir sicher!«

Lars Stephan schüttelte abwehrend den Kopf. »Jetzt übertreibe nicht gleich. Ich hatte angedeutet, dass sie möglicherweise etwas weiß. Möglicherweise!«

Hölzinger war etwas verdutzt über die Heftigkeit, mit der Stephan ihm die Tatbeteiligung der Frau ausreden wollte, fasste sich jedoch schnell, um seinen erfahrenen Kollegen vom Gegenteil zu überzeugen.

»Die ZP, also die Zielperson, hat sich am frühen Nachmittag mit einer blonden, etwa gleichaltrigen, etwas molligen Frau an der Station Bornheim Mitte auf der Frankfurter Berger Straße getroffen. Beide Frauen sind von dort aus mit der U4 in die Innenstadt gefahren und haben die Kunstausstellung in der Schirn besucht. Etwa zwei Stunden später haben sie sich vor dem Museum mit einer weiteren Frau, einer schlanken Rotbraunen mit Kurzhaarschnitt und Designerbrille, getroffen. Die hat den beiden Frauen einen Kinderwagen mit einem Baby und ein etwa zweijähriges Kind übergeben. Na, merkst du langsam, was ich meine?«

»Das hört sich ziemlich genau nach einem Frauennachmittag mit Babysitting an, damit die Freundin auch mal was für sich machen kann«, brummte Lars Stephan.

Hölzinger fuhr fort: »Das Kind hat aber ziemlich geweint, als es übergeben wurde. Und geschrien! Und mit den Beinen gestrampelt!«

Lars Stephan atmete geräuschvoll aus. »Das tun die lieben Kleinen nun einmal, wenn etwas nicht nach ihrem Willen geht!«

Hölzinger schüttelte den Kopf. »Die Rotbraune, also die angebliche Mutter, hat versucht, das Kind zu beruhigen, aber ohne Erfolg, es schrie nur noch heftiger! Fraglich, ob das überhaupt die richtige Mutter war!«

Stephan gähnte unterdrückt. »Bestimmt! Dieses Schicksal teilt sie mit vielen Müttern dieser Welt. Die lieben Kleinen kreischen gerade bei der eigenen Mutter besonders laut, weil die ja am ehesten ihre Wünsche erfüllt.«

Hölzinger verzog beleidigt das Gesicht. »Na, du musst es ja wissen! Und dann ist diese Rotbraune auch noch ziemlich hastig in Richtung Römerberg verschwunden!« Der Ton, in dem Hölzinger das von sich gab, und seine Miene dazu, hätten besser zu dem Satz gepasst: Und dann hat sie ein Maschinengewehr aus der Handtasche gezückt und wild um sich geschossen.

Stephans Gesichtszüge blieben provozierend entspannt. »Verständlich, bei dem Geschrei!«

Hölzinger schlug mit den Händen auf das Lenkrad, dass der Wagen wackelte. »Was soll das auf einmal, Kollege?

Gestern noch sagst du mir, die Frau hat was damit zu tun. Und kaum liefere ich dir ohne Ende Hinweise, da wiegelst du nur noch ab! Kannst du es nicht aushalten, wenn andere außer dir Fahndungserfolge vorzuweisen haben?«

Stephan hob beschwichtigend die Hände. Diese Geste der Ergebenheit brachte Hölzinger endgültig aus der Fassung. Er verzog das Gesicht wie ein Kleinkind, dem man ein Lieblingsspielzeug entwunden hatte. Heul doch, dachte Stephan amüsiert und schaute zur Seitenscheibe hinaus. Draußen auf dem Parkplatz liefen Heck und Hoff in sein Blickfeld. Sie waren aus Richtung des Dreieichparks gekommen und unterhielten sich angeregt miteinander. Die reine Show, dachte Stephan. Er konnte sich nicht vorstellen, dass Hecks Adleraugen ihn und Hölzinger im Dienstwagen nicht entdeckt hatten.

»Also, willst du meinen Bericht noch zu Ende hören?«, erkundigte sich Hölzinger trotzig.

Lars Stephan nickte und sah Heck und Hoff hinterher, wie sie im Gebäude verschwanden.

»Die beiden Frauen sind in die U4 gestiegen und wieder zur Berger Straße zurückgefahren. Die blonde Frau ist dann mit den Kindern in Richtung Günthersburgpark verschwunden. Ich konnte mich nicht zweiteilen, daher habe ich die ZP weiter verfolgt. Die ist über die Mainkurstraße zurück zu ihrer Wohnung in der Wittelsbacher Allee gelaufen. Und jetzt kommt's!« Hölzinger legte eine deutliche Kunstpause ein. »Weißt du, was ich ständig hörte, während ich mich unten im Hof hinter dem Haus noch eine Weile aufhielt?«

»Nee, was denn?«, fragte Stephan mit gespieltem Erstaunen.

»Ein Baby hat ständig geschrien! Und wie!«

»Ein Baby?« Lars Stephan runzelte die Stirn. Sollte Maren etwa …?

»Kam das Geräusch aus der Wohnung der Frau im ersten Stock?«

Hölzinger schüttelte den Kopf und registrierte mit zufriedenem Grinsen das gestiegene Interesse seines Kollegen. »Eher von weiter oben. Man konnte nichts sehen, aber es klang so, als wäre das Kind im Freien, zumindest an einem offenen Fenster.«

Lars Stephan atmete sichtlich beruhigt ein. Dann stellte er nüchtern fest: »Also alles ganz harmlos. Eine Frau trifft sich mit ihren Freundinnen in der Stadt, und die eine Frau übernimmt das Babysitting für die andere.«

Hölzinger schüttelte heftig den Kopf. »Harmlos! So sollte es wohl aussehen. Aber was ist, wenn es hier zum Beispiel um einen schwunghaften Handel mit Kleinkindern geht? Das könnte ein Mordmotiv sein! Die Onurhan wollte ihr Kind diesem Händlerring verkaufen und hat es sich dann plötzlich anders überlegt.«

»Du siehst zu viel fern!«, kommentierte Stephan.

»Die Spurensicherung wird uns zeigen, wer recht hat«, antwortete Hölzinger und zog einen durchsichtigen Kunststoffbeutel hervor, in dem sich ein kleines rosafarbenes Stoffbärchen befand, aus dessen Bauch eine kleine Klingel tönte, wenn man es bewegte.

»Wo hast du das Babyspielzeug her?«, fragte Stephan erstaunt.

Hölzinger grinste zufrieden. »Die beiden sind auf der Berger Straße noch in eine Metzgerei gegangen und haben den leeren Kinderwagen vor dem Laden abgestellt.«

»Und du hast daraus das Spielzeug geklaut?«

»Sichergestellt«, berichtigte ihn Hölzinger. »Da ist Baby-

sabber dran, also genug genetisches Material, um festzustellen, ob das vom Kind unserer Leiche stammt.«
Lars Stephan stöhnte. »Um die Babysuche geht es in diesem Zusammenhang aber gar nicht. Ich hatte dir gesagt, du sollst feststellen, in welchen Verhältnissen die Frau lebt. Allein, oder ob es einen Mann gibt.«
»Ein Mann war da auch«, erklärte Hölzinger.
»Ein Mann? Was für einer? Beschreibung!«, drängelte Stephan. Hölzingers Grinsen ging in ein überlegenes Siegerlächeln über. »Das war später im Park. Sie hatte nämlich keine fünfzehn Minuten später wieder ihre Wohnung in Sportklamotten verlassen und war dann zum Ostpark gelaufen und hat dort mehrere Runden um den Weiher gedreht. Der Typ ist ihr dort dicht hinterhergelaufen. Eine ziemlich verdächtige Erscheinung, wenn du meine Meinung wissen willst. Würde mal sagen, ein Komplize, der nicht erkannt werden wollte. Jedenfalls war er vermummt und als Jogger getarnt, dabei ist er eher unsportlich gelaufen. Die beiden taten zwar so, als würden sie sich nicht kennen, aber ich bin sicher, dass sie Informationen ausgetauscht haben.«
»Blödsinn«, raunzte Stephan.
Hölzinger verzog das Gesicht und starrte durch die Windschutzscheibe in die Ferne.
Stephan beobachtete ihn von der Seite, sein Blick wanderte schließlich an Hölzinger hinab zu dessen Füßen, die nervös auf den Pedalen wippten und in blitzsauberen Markenturnschuhen steckten.
Stephan seufzte. »Okay, das war's, was ich wissen wollte. Hast mir sehr geholfen, Kollege!«
Hölzinger schaute Stephan erstaunt ins Gesicht, dann blickte er auf die Hand, die ihm entgegengehalten wurde. Gerade hatte er sich entschlossen, Stephan großzügig zu verzeihen

und einzuschlagen, als dieser mit der Hand wedelte und forderte: »Das Spielzeug! Gib's schon rüber!«
»Soll das nicht zur Spusi?«, fragte Hölzinger renitent.
»Ich kümmere mich schon darum«, entgegnete Stephan, nahm das Beutelchen entgegen und ließ es in seiner Jackentasche verschwinden. Dann stieg er aus und warf die Beifahrertür zu. Wenige Sekunden später riss er die Tür an der Fahrerseite auf und brüllte: »Was ist denn das da, bitte schön? Hast du das auf den Dienstwagen gebappt?« Dabei zeigte er auf einen grün-bunten Aufkleber in Kleeblattform auf der Heckscheibe des Dienstwagens.
»Das ist der Hit-Radio-Glückskleber. Wenn die Leute von Hit-Radio dich aussuchen und ansprechen, hast du die Chance, einen 1er BMW zu gewinnen«, erklärte Hölzinger.
»Auf dem Dienstwagen? Man stelle sich das mal vor!«, schrie Stephan und schlug sich mit der Hand an die Stirn. »Du steckst gerade in einem Einsatz und observierst verdeckt, und plötzlich bist du mitten in einer Radiosendung! Hast du sie noch alle?«
Tobias Hölzinger zuckte mit den Schultern, stammelte etwas davon, dass die Gewinnchancen ohnehin gering seien und ebenso die Wahrscheinlichkeit, dass die Leute vom Radio ihn ausgerechnet während eines wichtigen Einsatzes ausgucken würden, aber dass andererseits so ein 1er BMW schon ein geiles Auto sei ... Bevor er seine Rechtfertigung beendet hatte, bemerkte er, dass er inzwischen allein vor sich hin sprach.
Lars Stephan war längst in Richtung Dreieichpark verschwunden. Er musste den Gedankenmüll, den Hölzinger ihm ins Hirn gepustet hatte, wieder loswerden. Er umrundete den See, an dessen Ufer sich buntgefiederte Gänse tummelten, und las wenig später die Tafel, die erklärte, dass

es sich bei dem Betonbogen, der sich über den Weg spannte, und dem kleinen Tempel daneben um erste Bauwerke mit dem neuen Werkstoff handelte. In Offenbach 1879 hergestellt. Meine Güte, so alt war dieser Park schon! Und die Zubetonierung der Welt hatte in Offenbach begonnen! Er erklomm eine kleine, von hohen, tiefdunkelgrünen Eibenbüschen bewachsene Anhöhe. Dort fand er, gut geschützt vor unnötigen Einblicken, eine Sitzbank. Er zog unter seiner Lederjacke die *Frankfurter Rundschau* hervor. Die auf seinem Schreibtisch im Präsidium liegende *Offenbach Post* würde er nachher in der Mittagspause vor aller Augen lesen können. Nachdem er den Sportteil eingehend studiert hatte, nahm er sich die Lokalnachrichten vor.

Kurz darauf stand er allerdings vor Gerhard Hecks Schreibtisch und musste sich nun doch als Leser dieser Frankfurter Zeitung outen. Zu wichtig war ihm, was er entdeckt hatte. Stephan hielt Heck das Blatt unter die Nase und deutete aufgeregt auf eine Kurzmeldung. Heck runzelte die Stirn und blätterte bedächtig zur Titelseite der Zeitung.

»Von heute«, sagte er, »hast du die abonniert?«

Lars Stephan erwiderte: »Das ist doch jetzt wohl nicht wichtig. Lies mal – eine junge, dunkelhaarige Frau wurde tot aufgefunden. Erdrosselt. Keine Einbruchsspuren. Vielleicht haben wir es mit einem Serientäter zu tun, der es auf alleinstehende, dunkelhaarige Frauen abgesehen hat?«

Heck zuckte mit den Schultern. »Das ist in Frankfurt passiert«, sagte er, als spreche er von einer weit entfernten Weltengegend.

»Im Nordend«, bekräftigte Stephan aufgeregt, »das sind höchstens fünf Kilometer Luftlinie zwischen den beiden Tatorten!«

Heck sog hörbar die Luft ein, als müsse er große Widerstän-

de überwinden. »Wir können uns ja mal mit den Frankfurtern in Verbindung setzen«, beschwichtigte er Stephan.
Stephan war sich nicht sicher, ob Heck dies bald tun würde, und rief wenig später einen Frankfurter Kollegen an, den er von einer Fortbildung her kannte.
Manfred Brunner, genannt Brunni, brauchte einen Moment, bis er sich an Lars erinnerte.
»Salami-Malaikum, Steff«, polterte er kumpelhaft. »Stimmen die Gerüchte, dass du freiwillig nach Frankfurt Nahost ausgewandert bist?«
Stephan musste sich noch einige plumpe Witze aus dem Repertoire des Kollegen anhören, bis er ihm endlich von dem Offenbacher Fall und seinem Verdacht berichten konnte. Er erfuhr, dass man auch in Frankfurt noch völlig im Dunkeln tappte. Die Frau sei alleinstehend gewesen. Finanziell gut versorgt. Dem Täter schien sie die Tür geöffnet zu haben. Vielleicht sei es jemand gewesen, der zum Freundeskreis gehörte, vielleicht aber auch ein Aufkäufer für verschiedene Möbel, welche die Frau hatte loswerden wollen. So jedenfalls hatte eine Nachbarin berichtet. Erdrosselt worden sei sie mit einem Tuch oder einem Stoffgürtel. Die Tatwaffe sei nicht gefunden worden.
»Beschreibe mir genau, wie die Frau aussah«, bat Lars Stephan.
»Langes, glattes, dunkles Haar, Anne-Will-Typ. Sehr hübsch. Ende zwanzig. Allerdings kein Kopftuch, kein Kaftan wie bei euch da drüben.« Brunni prustete los.
Lars Stephan unterließ es, den Kollegen über die Einzelheiten des Offenbacher Falles aufzuklären. Was hätte das schon gebracht? Die nächsten Stunden war Stephan ziemlich unruhig und verbiss sich in die Vorstellung, dass es sich um einen Serientäter handelte, und er verstand immer weniger,

warum Heck das nur als eine Möglichkeit unter vielen sah. Stephans Alarmstimmung wurde durch Hecks Gelassenheit noch verstärkt.
Schließlich gestand Stephan sich ein, dass er nur deshalb so nervös war, weil Maren in das Opferprofil passte. Er versuchte, sich damit zu beruhigen, dass es schon ein unglaublicher Zufall wäre, wenn ausgerechnet Maren das nächste Opfer würde. Doch dann dachte er wieder an seine Panikreaktion beim Anblick der toten Özlem. Um seine innere Ruhe wiederzufinden, gab es nur eines: Er musste Maren aufsuchen, noch heute Abend! Er schob hastig die Akten auf seinem Schreibtisch zusammen und schaute auf die überquellenden Papierberge, die eine zerklüftete Landschaft auf Hecks verwaistem Schreibtisch bildeten. Ein zwei Handbreit großes Tal zeigte an, wie viel von der Schreibunterlage sichtbar geblieben war. Stephan hatte keinen Nerv mehr, sich jetzt in alle Akten zu vertiefen. Kurzerhand nahm er von seinem Schreibtisch die Sammlungen »Bericht Spusi«, »Zeugenbefragung Arztpraxis« und erhöhte damit das Gebirge auf dem Schreibtisch des Kollegen.
Die Akte »Befragung Dr. Veronika Kling« warf er in seine Schreibtischschublade. Zurzeit befand sich darin lediglich ein Blatt mit einer Stachelschweinzeichnung. Den Bericht über die Kling musste er noch ausarbeiten, der momentan nur aus einem Blatt mit den Stichworten bestand: *10. Oktober, scharfe Frau mit hungrigem Blick, weiß nichts, auch Ärztin, Shiatsu. Googeln!* Dazu würde er jetzt noch den Aktendeckel mit dem neuesten Vorgang legen. »Serientäter« lautete die Beschriftung. Obwohl er eigentlich möglichst bald Feierabend machen wollte, klappte er die roten Pappdeckelseiten noch einmal auseinander und las sich schließlich fest. So kannte er sich, er war der Jagdhund, der

die Spur aufnehmen musste. Im Moment schnüffelte er mit der Nase am Boden in jedem Winkel, um den Hinweis zu finden, der ihn schließlich überzeugte und nicht mehr losließ, bis er die »Beute« aufgestöbert hatte. Wie oft waren ihm schon nach mehrfachem Spuraufnehmen – sprich: Durchlesen – plötzlich Geringfügigkeiten und neue Zusammenhänge oder Fragen aufgefallen, die sich letztendlich als der Schlüssel zur Lösung entpuppt hatten.

Stephan vertiefte sich noch einmal in die Seiten. Detailreich hatte er Gemeinsamkeiten und Unterschiede des Frankfurter und des Offenbacher Falles aufgelistet und zu seinem Schrecken festgestellt, dass es einige Gemeinsamkeiten gab. War es ein Zufall, dass beide Frauen dunkelbraunes, langes Haar hatten? War es Zufall, dass beide Frauen auf dieselbe Art getötet wurden und dem Täter Zutritt in ihre Wohnung gewährt hatten? Stephan recherchierte die Mordstatistiken der Stadt Offenbach aus den letzten Jahren. Die Zahlen erstaunten ihn. Im Gegensatz zum schlechten Ruf der Stadt war Mord eine äußerst seltene Straftat. Deshalb gab es noch nicht einmal eine dauerhaft arbeitende Mordkommission. Das K 11 beschäftigte sich grundsätzlich mit jeder Art von Gewaltdelikten. Geschah eine Tat mit unklarer Todesfolge, so wurde die Arbeitsgruppe des K 11, die sich dieses Falles annahm, als Mordkommission auf Zeit bestimmt.

Stephan erweiterte seine Recherche um das Thema »Serientäter«. Dazu fertigte er sich Notizen an: *Serientäter gibt es mehr im Film oder in der Literatur als in der Realität, Täter sieht in der Tat eine Art »Erlösungserlebnis«, das allerdings nur kurzfristig anhält, muss also erneut aktiv werden, um wieder einen »Kick« zu bekommen, Opfer sind meistens Frauen oder Kinder. Motive: teilweise sexuell, aber eher Lust an Macht und Unterwerfung, das gottgleiche Gefühl*

der Macht über Leben und Tod. Täter möchte mit der Tat eine Art Rechnung begleichen, jemanden strafen oder sich selbst etwas beweisen. Täter ist meist selbst als Opfer traumatisiert, lebt aber relativ unauffällig, oft völlig integriert in soziale Netze. Rituelle Handlungen wie in Film und Literatur sind eher selten. Trotzdem:
Jede Tat zeigt die »Handschrift« des Täters!
Täterwissen isolieren!, hatte er sich dick markiert.
Wo lag in diesen beiden Fällen das Täterwissen? Zunächst einmal bei der Auswahl des Opfers. Wie hatte er sie getroffen? Wo hatten sich die Wege von Täter und Opfer gekreuzt? Es gab so viele Möglichkeiten: bei der Freizeitgestaltung, irgendwo in einem Schwimmbad oder auf einem Sportplatz, in bestimmten Lokalen, im Internet und, und, und. Entwirren konnte man das nur, wenn man sich akribisch damit beschäftigte, welche Hobbys und Gewohnheiten die Opfer hatten. Man musste jede Minute ihres Alltags rekonstruieren!
Das Kind!, fiel es Stephan plötzlich ein. Gab es im Umfeld des Frankfurter Opfers auch ein Kind, oder war das Kind für den Täter in Offenbach ein störendes Anhängsel gewesen, das er kaltblütig entsorgt hatte? Vor seinem geistigen Auge sah Stephan, wie eine grobe Hand einen Säugling in einen Pappkarton steckte, mehrfach mit Klebeband umwickelte und dann in einem großen Müllcontainer unter dem Müll vergrub. Ihn schauderte. Gleichzeitig wurde eine Erinnerung wach. Letztes Jahr hatte an seiner alten Dienststelle eine Geschichte die Runde gemacht und für allerhand Entrüstung gesorgt. In verschiedenen Stadtteilen hatten Anwohner in Müllcontainern in ebendieser Weise entsorgte Hundewelpen entdeckt. Die meisten waren erstickt, einer wurde rechtzeitig entdeckt und gerettet. Als Motiv für die

Tat nahm man an, dass illegale Hundehändler auf diese Weise ihren Überschuss entsorgt hatten.
Der Polizeipsychologe erläuterte jedoch noch eine andere Theorie. Sein Argument war, dass es eigentlich unvorstellbar sei, dass illegale Hundehändler sich diese Mühe mit der Verpackung und der Deponierung der Tiere in verschiedenen Containern verschiedener Stadtteile gemacht hätten. Er war daher eher der Meinung gewesen, dass es sich um einen Täter handelte, der seine Taten sorgfältig vorbereitete und seine Machtphantasien dadurch auslebte, dass er »Gottesurteile« herbeiführte. Vermutlich habe er sich sogar irgendwo in der Nähe aufgehalten und die Entwicklung beobachtet. Die Art der Tatausführung sei neu gewesen, aber ähnlich hätten schon Täter gehandelt, die ihre Opfer irgendwo im Wald an einen Baum banden, dann von ferne ihr Siechtum beobachteten und ihre Tat vor sich damit rechtfertigten, dass sie dem Opfer eine faire Chance eingeräumt hätten. Durch ihre Art der Tatausführung vergrößerten sie ihren Kick und ihre Allmachtsphantasien noch, weil sie sich nun zusätzlich als Teil der Macht des Schicksals sahen.
Stephan schluckte. Er kämpfte gegen die Übelkeit, die in ihm aufstieg. Er hatte viel Phantasie, das war in seinem Beruf ein Segen und ein Fluch zugleich. Wie oft schon war es ihm kraft dieser Fähigkeit gelungen, sich auch in die abwegigsten Denkwege von Tätern einzuloggen. Auch jetzt sah er Verbindungen, die er nicht außer Acht lassen wollte. Was, wenn es dem Wiesbadener Täter nicht mehr genug Nervenkitzel bedeutete, das langsam schwächer werdende Gewinsel des Welpen im Container zu belauschen, was, wenn das der erste Fall war, in dem er sich ein Kind genommen hatte?
Stephan schrieb auf. *Serientäter? Kind als Motiv? Brunni fragen, ob es bei Frankfurter Opfer irgendwo ein Kind gibt.*

Stephans Blick fiel erneut auf den hervorgehobenen Begriff ***Täterwissen.*** Was wusste nur der Täter im Offenbacher Fall? Er ließ alle Informationen und Eindrücke der letzten Tage noch einmal Revue passieren und notierte:

Grund für das Verschwinden des Kindes? Hat Täter es mitgenommen, oder war es zur Tatzeit nicht in der Wohnung?
Bauchlage des Opfers beim Auffinden, Rückenlage nach der Tat?
Wer hat es umgedreht? Rückkehr des Täters zum Tatort?
Spontane oder langfristig geplante Tat?
Grund für Täter / Opfer Kontakt?
Motive: Geld? Abweichendes Sexualverhalten? Das Kind? Ehrenmord?
Aussehen des Tatwerkzeugs: Tuch, Kordel? Woher die Goldfarbe?
Aussehen der zerrissenen Halskette.
Wo und wie wurden Tatwaffe und Schmuck entsorgt?
Woher kam das Tatwerkzeug? Aus Besitz des Opfers? Oder vom Täter mitgebracht?

Stephan atmete tief durch und lehnte sich in seinem knarrenden Schreibtischstuhl zurück.
Das waren schon eine Menge Ermittlungsansätze! Er nickte zufrieden und las noch einmal die Telefonnotiz, die er sich beim Gespräch mit Brunni angefertigt hatte. Dick unterstrichen stand auf dem Blatt: *Wollte alte Möbel verkaufen. Täter als Kunde in die Wohnung?* Auch das war ein Hinweis, dem er nachgehen musste. Er erinnerte sich an einen großen, antiken Schrank im Wohnzimmer von Özlem Onurhan. *Wollte sie den Schrank verkaufen? Wo annonciert? Zeitung? E-Bay?*, schrieb er auf und schnalzte zufrieden. Er

plazierte den Aktendeckel zuoberst, ließ die Schreibtischschublade mit einem sanften Schubs zurückgleiten und begutachtete seinen leeren, »abgearbeiteten« Schreibtisch. Dann erhob er sich, um zu gehen.

Als er die Klinke umfasste, wurde die Tür mit Schwung von außen aufgezogen. Einen Sekundenbruchteil hielt er sie fest und ließ dann schlagartig los. Die Tür schwang auf und brachte mit einem deutlichen Plumps Ernestine Hoff auf dem glatten Flur zu Fall. Trotz ihrer Körperfülle war sie erstaunlich schnell wieder auf den Beinen. Mit hochrotem Gesicht richtete sie sich dicht vor ihm auf.

»Spinnst du, Kollege?«, fauchte sie und rieb sich mit einer Hand den Steiß.

Etwas in ihm warnte ihn davor, es sich mit der Hoff zu verscherzen, wenn er ein entspanntes Verhältnis zu Heck haben wollte. Ein Blick in ihr vor Wut verzerrtes Gesicht verriet ihm allerdings, dass er gerade erfolgreich an seinem Minuskonto arbeitete. Um das wieder auszugleichen, setzte er seinen Frauenversteherblick auf, verbeugte sich ein wenig und bat in aller Form und in liebenswürdigstem Ton um Verzeihung. Er sei gerade fertig mit seinen umfangreichen Aufträgen geworden und wollte heute ausnahmsweise mal ein bisschen früher gehen. Die Tür sei ja leider nicht durchsichtig. Er gebe natürlich zu, ein bisschen heftig reagiert zu haben, und hoffentlich tue es ihr bald nicht mehr weh, aber das sei Polizisteninstinkt, immer bereit, sich gegen jede Gefahr zu wehren, deshalb hätte er die Klinke erst einmal festgehalten. Den letzten Satz hatte er als kleinen Scherz verpackt. Dann schwieg er, denn er hatte registriert, dass keines seiner gezogenen Register irgendetwas bei der Hoff bewirkte. Sie hatte seinem Theater mit eisiger Reglosigkeit zugehört.

»Lass es gut sein, Kollege«, sagte die dann, und das Wort »Kollege« spuckte sie aus wie einen ausgelutschten Kaugummi. »Ich bin hier, weil ich von dir noch deine Jacke haben will, bevor du gehst und das Ding noch einen weiteren Tag kontaminierst. Du hättest das längst erledigen müssen!«
Er starrte die Hoff verständnislos an, als habe sie ihm gerade ein chinesisches Gedicht in Landessprache aufgesagt. Dann dämmerte ihm, worauf sie hinauswollte. Sie erinnerte ihn gerade an seinen größten Anfängerfehler, den er sich in Offenbach geleistet hatte. Das erklärte ihm auch den Ton von übermächtiger Überlegenheit, der in ihrer Stimme mitschwang.
In ihren Augen war er offensichtlich die größte Null des Jahrhunderts, wie überhaupt Männer bei ihr nicht hoch im Kurs standen. Alle Männer. Außer einem. Den schien sie zu vergöttern. Heck, ihr Leitwolf. Hoff, die Leitwölfin. Der Rest war winselndes Rudel, das weggebissen werden musste. In dem Augenblick fletschte sie wirklich die Zähne, als sie ihn mit kaltem Blick durchbohrte, ihm die Hand entgegenstreckte und forderte: »Los! Ausziehen!«
Dabei lief es ihm eiskalt über den Rücken. Mit unbeholfenen Bewegungen schälte er sich in dem engen Büro aus seiner Jacke. Er versuchte, die Arme so dicht wie möglich am Körper zu halten, damit er nicht Gefahr lief, gegen Ernestine Hoff zu stoßen. Sie schaute ihm mit gelassener Miene zu und konnte ein kleines, höhnisches Zucken um die Mundwinkel nicht unterdrücken.
Lars Stephan schoss der Gedanke durch den Kopf, dass sich ein Jugendlicher, der auf dem S-Bahnhof von Jackenrippern gestellt wurde, genauso vorkommen musste wie er jetzt. Es war erniedrigend. Es war würdelos. Genau das wollten diese Täter. Um die Jacken ging es denen gar nicht, sondern

nur um das berauschende Machtgefühl. Dies war einer der Gründe, warum er Polizist geworden war, um sich diese feigen Typen vorzuknöpfen und ihnen zu zeigen, was für arme Würstchen sie waren.
Diese Gedanken hatten Lars Stephan wieder aufgerichtet. Er stand nun vor der Leitwölfin, hielt ihr die Jacke hin und sah ihr direkt in die Augen. Mit fester und betont ruhiger Stimme sagte er: »Ich hatte noch keine Zeit, sie zur Spusi zu bringen. So wichtig ist das nicht, oder hältst du mich für den Täter, Kollegin?«
Ihre Lippen schoben sich über die Eckzähne. Sie tarnte das als abfälliges Grinsen. Doch Stephan spürte ihren Rückzug und hielt weiter ihrem Blick stand. Da senkte sie die Lider, griff hastig nach der Jacke und stopfte sie in einen mitgebrachten, geräumigen Plastiksack.
Ohne ihn noch einmal anzusehen, sagte sie: »Du müsstest doch eigentlich wissen, dass wir eine sehr umfangreiche und sehr unübersichtliche Spurenlage an diesem Tatort haben. Da müssen unbedingt die Spuren herausgefiltert werden, die Kollegen aufgrund ihres unprofessionellen Verhaltens dort auch noch abgelegt haben.«
»Dir sind wohl noch nie Fehler passiert, Kollegin?«, fragte er spitz.
»Solche nicht, die dürfen einfach nicht passieren.«
»Wir haben einen Beruf, in dem wir ständig mit Fehlern konfrontiert werden, die eigentlich nicht passieren dürfen, Kollegin.«
»Ja, die Täter machen die Fehler, aber nicht wir.«
»Dann wollen wir mal hoffen, dass du nie eines Besseren belehrt wirst, Kollegin!«, sagte er.
Mit einer schnellen Handbewegung nahm er seinen Fahrradschlüssel und das Handy von der Schreibtischplatte und

steckte es sich im Gehen in die Hosentaschen. Mit einem zügigen Schritt trat er auf Ernestine Hoff zu. Sie wich mit einer schnellen Bewegung zur Seite und ließ ihn durch, was er mit einem gnädigen Lächeln registrierte.
»Schön' Tach noch, Kollegin«, flötete er ihr zu.
»Schön' Feierabend«, zischte sie ihm hinterher.
Er ging beschwingt davon und stellte mit einem zufriedenen Blick durch die Treppenhausfenster fest, dass sich das goldene Herbstwetter an diesem Tag auch bis zum Abend fortgesetzt hatte. Schönen Feierabend, ja, den wünsche ich mir auch, dachte er.

*

Über dem Ostpark lag der Geruch von Holzfeuer, der vielleicht aus den Kleingartenanlagen in der Nähe kam und sich mit dem würzig modrigen Duft der feuchten Herbstblätter vermischte. Das Tosen des Verkehrs auf dem Ratsweg war hier im Park nur als fernes Rauschen zu vernehmen. Ab und an schallten dröhnende Signalhupen und Lautsprechermusik von der nahe gelegenen Dippemess, einem Volksfest, das zweimal im Jahr in Frankfurt auf dem Festplatz am Ratsweg stattfand.
Maren hatte heute mit ihren Joggingrunden etwas früher begonnen und ihr Programm bereits absolviert. Am Abend wollte sie mit Sybille und Harry ins Kino. Danach vielleicht noch in ein schönes Lokal auf der Berger Straße. Sie setzte sich auf eine Bank in der Nähe des Parkeingangs am Ratsweg, zog das Handy hervor und schrieb Sybille eine SMS. Als sie das Telefon wieder einsteckte und in die Runde blickte, sprang sie erschrocken auf und versteckte sich hinter dem Stamm eines dicken Lederhülsenbaumes. Immer

wieder hatte sie in den letzten Jahren damit gerechnet, ihm im Ostpark zu begegnen. Schließlich wohnte er in der Nähe. Dass das immer noch so war, wusste sie. Sie hatte im Telefonbuch nachgesehen, ein paar Mal sogar bei ihm angerufen und ihn nicht erreicht. Eines Tages hatte er sich plötzlich gemeldet. Überrascht hatte sie etwas von »falsch verbunden« gestammelt und aufgelegt. Du benimmst dich, als wärst du fünfzehn Jahre alt, schalt sie sich jetzt. Warum war sie nicht auf der Bank sitzen geblieben und hatte einfach gewartet, bis er sie entdeckte? Alles andere hätte sich von selbst ergeben. Dutzende Male hatte sie überlegt, was sie ihm sagen könnte. Lars, was damals passiert ist, tut mir unendlich leid. Du kannst dir gar nicht vorstellen, wie sehr ich mir inzwischen wünsche, dass alles anders gelaufen wäre. Unsinn! Das war zu dick aufgetragen. So ganz unschuldig war er ja auch nicht daran. Schließlich hatte er ihr gegenüber fast nur mit verdeckten Karten gespielt. Das war nicht gerade eine Basis für eine vertrauensvolle Beziehung. Dennoch.

Maren lugte vorsichtig hinter dem Stamm hervor. Lars stand noch immer auf der Anhöhe des Weges, der hinab in den Park führte, und blickte über die große Wiese hinüber zum Weiher, als suche er jemanden. Es wäre ein Leichtes für sie, jetzt ihr Versteck zu verlassen und zu ihm hinüberzuschlendern. Was hinderte sie daran? War es die Angst vor einer Niederlage, die Angst, dass er sie zurückweisen und jeden weiteren Kontakt mit ihr ablehnen würde? Er könnte sich aber auch freuen, sie wiederzusehen. Doch warum hatte er sich dann nie bei ihr gemeldet? Es war nicht schwierig, herauszufinden, wo sie wohnte. Für einen Polizisten schon gar nicht.

Lars Stephan beobachtete aufmerksam das Getümmel im

Park: Fußballspieler, Frauen, die im Kreis standen und gymnastische Übungen vollführten, Jogger und Joggerinnen auf allen Wegen, aber keine sah aus wie Maren. Es wäre auch ein zu großer Zufall, sie ausgerechnet jetzt wieder hier anzutreffen. Dann verdunkelte sich sein Blick, als er eine Gestalt wahrnahm, die eben noch am Rand der Wiese gestanden und einem Fußballspiel zugesehen hatte und sich jetzt grinsend auf ihn zubewegte.

»Was, um alles in der Welt, machst du hier?«, zischte Lars Stephan.

»Du hast mir nicht gesagt, dass ich die Observation beenden soll«, entgegnete der Angesprochene.

»Die Observation ist beendet«, teilte ihm Stephan postwendend mit.

Hölzinger begehrte auf: »Wenn das mal kein Fehler ist! Sie verhält sich nämlich äußerst verdächtig!«

»Aha, und wie kommst du darauf?«

»Sie hat sich da drüben hinter dem Baum versteckt und beobachtet das Gelände.«

Lars Stephan blickte zu dem Baum, auf den Tobias Hölzinger gezeigt hatte, und entschied: »Okay, du kannst gehen, ich übernehme!« Als Hölzinger sich nicht sofort in Bewegung setzte, wurde er noch deutlicher: »Du kannst heimgehen, habe ich gesagt, also avanti!«

Und Hölzinger ging davon, nicht ohne sich mehrfach umzudrehen und Stephan zu beobachten. Der stand noch immer an derselben Stelle und fixierte den Baum.

Maren schaute dem davongehenden Hölzinger vorsichtig nach und wartete auf eine Regung Lars Stephans. Viel hatte er sich nicht verändert, dachte sie. Er war immer noch der schlanke, jungenhafte Typ mit kurzen, ein wenig borstigen, blonden Haaren, den sie vor drei Jahren kennengelernt hatte.

Sie erinnerte sich an sein verhaltenes Lächeln, seine felsenfeste Ruhe und Zuverlässigkeit, an seine hellen Augen, in denen immer jener Zug von Trauer lag, dessen Ursache sie inzwischen kannte. Dann gab sie sich einen Ruck. Es war absolut albern, hier hinter einem Baum zu stehen und zu warten, was passierte. Entschlossen setzte sie sich in Bewegung und ging einfach auf ihn zu.
Er rührte sich nicht von der Stelle, und dann standen sie voreinander.
»Hallo«, sagte sie, »das nenne ich aber mal eine Überraschung!« Erleichtert stellte sie fest, dass er lächelte.
»So ein Zufall«, sagte er.
Sie nickte und lächelte ebenfalls. »Bist du auch zum Joggen gekommen?«, fragte sie.
Er nickte. »Es ist so ein Traumwetter. Das muss man nutzen.«
»Ein Himmelsgeschenk«, bekräftigte sie mit verklärtem Gesichtsausdruck, der ihn sofort an einen Engel denken ließ.
»Ja«, bestätigte er und meinte eigentlich nicht das Wetter. »Wohnst du jetzt hier in der Nähe?«, fragte er so beiläufig wie möglich.
Sie strahlte ihn an, während sie erklärte: »In Sybilles Wohnung in der Wittelsbacher Allee. Der Umzug stand doch damals an.«
»Ach so, ja«, sagte er, als hätte er es vergessen.
»Und du?«, fragte sie. »Wohntest du nicht damals schon in Frankfurt?«
»Ja, da oben, in der Bornheimer Landwehr«, bestätigte er und deutete in die Richtung.
»Ach so, da. Da sind wir ja beinahe Nachbarn und haben nichts davon geahnt.« Sie kicherte verhalten.
Er nickte. »Wie geht es Julia?«, fragte er.

»Gut«, antwortete sie, und ihre Miene wurde wieder ernst. »Sie ist seit diesem Jahr auf dem Gymnasium. Jetzt ist sie gerade im Urlaub – mit Rolf.«
Eine kleine, verlegene Pause war entstanden, während der er allen Mut zusammennahm, um die Frage zu stellen, die ihm auf der Seele brannte: »Bist du wieder mit ihm zusammen?«
Sie schüttelte heftig den Kopf. »Nein, ich war damals genau zwei Tage und eine Nacht mit auf Fuerteventura. Dann bin ich allein abgereist. Es war ein Fehler, mich so zu entscheiden.« Sie sah ihm fest in die Augen.
Unmerklich atmete er auf. Sie registrierte seine entspannte Miene.
»Und sonst, wie geht es dir sonst?«, fragte er leichthin.
»Einigermaßen gut«, antwortete sie. »Ich arbeite als Vertretungslehrerin an vier verschiedenen Schulen und hoffe immer noch auf einen längerfristigen Angestelltenvertrag. Von einer Beamtenstelle wage ich gar nicht zu träumen. Mit den Fächern Kunst und Deutsch und meinen schlechten Examensnoten sieht es im Moment nicht gut aus. Und du? Arbeitest du noch bei der Polizei?«
»Ja«, sagte er. »Hast du immer noch was dagegen?«
»Ich hatte nie etwas dagegen«, entrüstete sie sich. »Es war damals nur alles ein bisschen viel auf einmal.«
Er nickte und blickte an ihr vorbei zur großen Wiese, als könnte er von dort erfahren, wie es nun weitergehen sollte. Noch waren sie auf einer unverbindlichen Ebene und hatten die Möglichkeit, sich wieder freundlich voneinander zu verabschieden und ihrer Wege zu gehen. Er wusste längst, dass er das nicht wollte, und suchte nach einem Übergang, den dann zu seinem Erstaunen sie anbot: »Das Wiedersehen sollten wir ein bisschen feiern, findest du nicht?«

»Doch«, sagte er und merkte, dass er verlegen wie ein Schuljunge wurde.
»Heute Abend um acht Uhr im ›Basilikum‹ auf der Berger?«, fragte sie.
»Ja«, bestätigte er.
Sie strahlte. »Ich freu mich«, sagte sie, hauchte ihm einen Kuss auf die Wange und lief davon.
Am Parkausgang wäre sie beinahe mit einem jungen Mann zusammengestoßen, als dieser unvermittelt hinter einem Busch hervor auf den Weg trat. Sie entschuldigte sich und lief weiter.
»Jetzt verstehe ich gar nichts mehr«, sagte Hölzinger zu Stephan.
»Musst du auch nicht«, erklärte Stephan, der sich plötzlich in aufgeräumter Stimmung befand. Er ließ den verblüfften Kollegen stehen und trabte zu seiner großen Runde um den Park an.

*

Sie stand eine Weile vor der verschlossenen Wohnungstür. Reste des Polizeisiegels waren noch zu erkennen, aber jetzt war es endlich beseitigt. Beim letzten Mal hatte sie nicht gewagt, das Siegel zu brechen. Sie lauschte noch einmal eingehend an der Tür, bevor sie langsam und leise den Schlüssel in das Schloss schob. Die Tür sprang auf, und sie glitt vorsichtig in den Flur der Wohnung. Es roch anders als beim letzten Mal. Nach Chemie und Putzmitteln. Ihr Blick fiel sofort auf die Garderobe. Ihre Jacke hing tatsächlich immer noch dort neben Hatices Ledermantel und dem Mantel von Sümeyye, Özlems Schwester. Wie dumm von ihr, diese Jacke zu vergessen, doch keiner schien Notiz davon genommen zu haben. Sie atmete bebend ein und blieb einige Minuten reglos lauschend stehen. Dieses Mal schien niemand in der Wohnung zu sein. Oder versteckte er sich irgendwo, vielleicht wieder in dem Schrank, so wie sie es schon einmal vermutet hatte? Nein, das konnte nicht sein. Die Tür des alten Möbelstücks knarrte. Sie hätte beim Hereinschleichen hören müssen, wenn jemand dort verschwunden wäre. Und wenn er einfach nur still dastand und auf sie wartete? Sie bewegte sich mit kleinen Schritten vorwärts. Links ging eine Zimmertür ab. Die war geschlossen. Rechter Hand war die Küche. Langsam schob sie sich zum Türrahmen und linste durch die Öffnung. Grelles Tageslicht flutete durch das Fenster. Ihre Augen mussten sich einen Moment an die gleißende Helligkeit gewöhnen. Die Küche war leer. Hier hatte jemand aufgeräumt und alles picobello gereinigt. Sie machte noch einen Schritt. Nach der Küche kam das Bad. Die Tür war angelehnt. Ihr Herz pochte zum Zerspringen. Ganz zart tippte sie das Türblatt an, bereit, jeden Augenblick zurückzuspringen und zu fliehen. Die Tür schwang auf. Leer! Ihre Schultern sanken herab. Doch ganz entspannte sie sich noch nicht. Er könnte hinter der Tür lauern. Sie drückte die Tür so weit auf, bis sie an der Wand anschlug. Nein, hier war wirklich niemand. Sie atmete bebend aus, wandte sich wieder in den Flur, nahm die Jacke vom Bügel und zog sie hastig über. Sie spürte, dass ihre Gliedmaßen wieder zu zittern begannen. Noch immer steckte ihr die Panik in den Knochen. Niemals würde sie das alles vergessen können! Jetzt hatte sie die Jacke und konnte endlich gehen, gehen für immer, um niemals wieder an diesen schrecklichen Ort zurückkommen zu müssen. Hatte sie wirklich alle Spuren von sich beseitigt? Sie schaute in Richtung der angelehnten Tür zum Wohnzimmer. Sollte sie es nun doch wagen, dort noch einmal hineinzugehen? Ihre Knie wurden weich. Nein, es ginge nicht. Sie würde sie wieder dort liegen sehen mit ausgebreiteten Armen, rücklings auf dem Teppich. So als habe sie sich entspannt zum Sonnenbad auf eine Wiese gelegt. Sie war zu ihr geeilt, wollte scherzhaft fragen: Hey, Mädchen, hast du keine schöne Couch zum Liegen? Die Augen waren das Schreckliche. Diese halb geschlossenen, blutunterlaufenen Augen und dann der geöffnete Mund, der stumm nach dem letzten Atemzug gerungen hatte. Dennoch hatte sie einen Versuch unternommen, sie wieder ins Leben zu holen. Sie glaubte, in den Wangen einen Rest von Wärme zu spüren. Sie schlug vorsichtig darauf, rief ihren Namen. Der Kopf fiel schlaff zur Seite. Aus dem Mund rann Speichel. Sie wollte nicht mehr in diese schreckliche Fratze schauen. Sie wälzte den Körper herum und spürte, dass er sich steif anfühlte wie eine mit Sägemehl gefüllte Puppe. Da verstand sie endlich. Mädchen, flüsterte sie, mein kleines Mädchen, wer hat dir das angetan? Oder hatte sie sich gar selbst umgebracht? Ein lebenslustiges Gesicht erschien vor ihr mit vor Zuversicht funkelnden Augen. Alles wird jetzt besser, hatte sie gesagt. Die Hand der Fatima hat mich beschützt und mir Glück gebracht. Ich werde leben, endlich frei leben ohne Angst. Nein, sie hatte das nicht selbst getan. Da gab es jemanden, einen dunklen Schatten, der sie verfolgte und bedrohte. Sie hatte nicht darüber gesprochen, aber es war zu spüren gewesen. Jetzt hatte er zugeschlagen. Panik ergriff sie. Am Ende war er noch hier, lauerte irgendwo, vielleicht dort in dem großen, finsteren Ungetüm von Schrank. Der war leer. Das wusste sie. Ausgeräumt, fertig zum Abholen. Angstvoll hatte sie sich umgeblickt. Dann hatte sie das Kind gegriffen und war geflohen. Am nächsten Tag war sie gekommen, um ihre Jacke zu holen. Doch der Unbekannte war im Badezimmer gewesen. Bei der Flucht hatte sie das Schlüsselbrett abgeräumt, in der Hoffnung, dass ihr eigener Schlüssel dabei wäre. Zu Hause hatte sie dann festgestellt, dass sie nur fremde, ihr unbekannte Schlüssel mitgenommen hatte. Ihr Schlüssel, den sie Hatice für alle Fälle überlassen hatte, musste noch irgendwo hier in dieser Wohnung sein. Sie würde es nicht fertigbringen, noch einmal alle Räume zu betreten und zu durchsuchen. Eigentlich war es ja auch unwahrscheinlich, dass man die Wohnung eines Menschen anhand eines Schlüsselbundes ausfindig machen konnte. Es sei denn, Hatice hatte den Schlüssel zur Kennzeichnung mit ihrem Namen versehen. Hatte sie das? Das wäre leichtsinnig gewesen. So war Hatice nicht. Im Gegenteil, sie war immer auf der Hut gewesen, immer misstrauisch – aus gutem Grund. Letztlich hatte es ihr nichts genützt. Sie wandte sich wieder zur Tür. Ihr Blick fiel auf das leere Schlüsselbord. Sie würde die Schlüssel, mit denen sie nichts anfangen konnte, wieder an ihren Platz hängen. Auch den Schlüssel, den sie zu dieser Wohnung hatte, würde sie dazuhängen. Sie wollte ja nicht wiederkommen. Sie lauschte nach draußen. Sachte schlüpfte sie durch die Tür und ließ sie lautlos ins Schloss gleiten. Sie band sich ein Tuch um den Kopf. Auf diese Weise wurde sie wie üblich für die Nachbarn unsichtbar.

Freitag, der 12. Oktober

Sybille warf zwei Süßstofftabletten in ihren Kaffee und rührte eifrig. Maren saß ihr gegenüber am Küchentisch, in weitem T-Shirt und Leggins, und beobachtete ihre Freundin amüsiert, während sie sich die Hände an ihrem Kaffeebecher wärmte.

»Ich kriege ihn ohne Milch und Zucker nicht herunter«, erklärte Sybille und seufzte. »Du hast es gut, dir schmeckt der Kaffee schwarz, und deshalb schaffst du es auch, so schlank zu bleiben. Du hast hunderttausend Gründe, kalorienarm zu leben, weil dir das ganze bittere, saure, magere Zeug auch noch schmeckt.«

Maren blickte kurz zum Küchenfenster, durch das die späte Vormittagssonne hereinschien. Sie hob die Schultern und spannte die Rückenmuskulatur an. Sybille, die immer noch in ihrem Kaffee rührte, bemerkte nicht, wie zufrieden und genussvoll sich ihre Freundin räkelte. Maren dachte an den gestrigen Abend im »Basilikum«, die üppige Fischplatte für zwei, das Tiramisu. Sie sah das Prosecco-Glas in Lars' Händen und prostete ihm in Gedanken noch einmal zu. Sie spürte wieder, wie diese Hände ihr später sanft die Haare aus dem Gesicht strichen. Sybille war aufmerksam geworden. Sie beobachtete Maren, die ihr wirres Haar hinter die Ohren schob.

»Wo hast du eigentlich deine Ohrstecker? Hoffentlich nicht verloren?«, fragte Sybille, woraufhin Maren nur albern gluckste. Vor ihrem inneren Auge spielte sich die Situation von gestern Abend noch einmal ab. Lars hatte neben ihr auf der Couch gesessen und plötzlich wie gebannt auf ihre Ohrringe gestarrt.

»Was ist?«, hatte sie rasch gefragt und schon angefangen, sich ein wenig um den weiteren Verlauf des Abends zu sorgen. Sie wusste noch von früher, wie schnell Lars sich plötzlich in eisiges, undurchdringliches Schweigen hüllen konnte.

»Könntest du die Ohrringe bitte ablegen?«, hatte er sie zu ihrem Erstaunen gebeten.

»Nur die Ohrringe?«, hatte sie gefragt, und die Situation hatte sich in Lachen aufgelöst und sie in eine gemeinsame Nacht gleiten lassen, deren Nachwirkungen Maren noch jetzt voller Behagen spürte. Sie rutschte unruhig auf dem Stuhl hin und her. Ich hab schon wieder Lust, registrierte sie und fragte sich, wie sie es die letzten Jahre ohne Sex ausgehalten hatte. Falsche Frage, korrigierte sie sich in Gedanken. Sie hatte kaum ein Bedürfnis verspürt. Sich selbst und allen, die es hören wollten, hatte sie versichert, es ginge ihr gut, sie fühle sich frei und hatte bestimmte Bereiche einfach ausgeklammert, weggeschlossen. Das war von jeher ihre Strategie zur Bewältigung schwieriger Situationen gewesen. Jetzt wollte sie das ändern.

»Ich muss viel offensiver werden und das Leben so richtig bei den Hörnern packen«, erklärte Maren plötzlich.

»Eigentlich hatte ich ja nach deinen Ohrsteckern gefragt«, entgegnete Sybille. »Das sind doch echte Brillis, oder?«

Maren nickte und schnitt ein Brötchen auf. »Die liegen irgendwo drüben im Wohnzimmer.«

Sybille gab sich nicht zufrieden. »Sind die Ohrringe ein Geschenk von Rolf?«

Maren schüttelte den Kopf und dachte daran, dass das vielleicht auch der Grund war, warum Lars sie gestern Abend gebeten hatte, den Schmuck abzulegen. Na, das konnte ja noch heiter werden mit ihm.

»Die Ohrringe habe ich schon sehr lange. Sie sind für mich eine Art Unabhängigkeitssymbol. Meine Eltern gaben mir seinerzeit dreitausend Mark, damit ich mir in Frankfurt mein Studentenzimmer ein bisschen einrichten und wichtige Bücher zulegen konnte. Und dann lief ich über die Zeil und ließ diese Großstadt auf mich wirken, die mein neues Territorium werden sollte, in dem ich mich frei und fern von jedem elterlichen Einfluss bewegen konnte. Es war berauschend, plötzlich ganz und gar Herrin meiner Entscheidungen zu sein. Du weißt ja, wie streng meine Eltern mich erzogen haben, wie behütet ich aufwuchs. Im Bravsein hätte ich damals die Goldmedaille verdient. Und dann stand ich auf einmal vor dem Schaufenster des Juweliers und hatte dieses Geld in der Tasche, das mir meine Eltern einerseits zur freien Verfügung überlassen hatten, dessen Verwendungszweck sie aber letztendlich klar definiert hatten. Und anstatt mein Startkapital entsprechend ihren Wünschen einzusetzen, ging ich plötzlich in den Laden und kaufte diese Brillantohrstecker. Der Rest reichte gerade noch für einen Hamburger.«

Sybille prustete los. »Das hätte ich dir nicht zugetraut! Warum hast du mir das noch nie erzählt?«

Maren bestrich sich ihr Brötchen dick mit Haselnusscreme, was Sybille neidvoll beobachtete, und antwortete nachdenklich: »Weil ich im Grunde wohl immer noch denke, dass es sich nicht gehört, einfach mal das zu machen, wonach mir der Sinn steht. Oft beobachte ich mich dabei, wie die Schere in meinem Kopf mich auf das brave Mädchen zurückstutzt. Bloß nicht laut werden und die Dinge selbst in die Hand nehmen! Ich warte artig, bis ich an der Reihe bin.«

»Damit hast du dich eben ganz gut beschrieben. Und wie oft habe ich dir schon gesagt, dass du von dir aus in die Gänge kommen musst, nicht erst, wenn dich jemand dazu antreibt. Obwohl – seit du hier wohnst, habe ich wirklich das Gefühl, dass du auf dem Weg der Besserung bist!«

Maren biss in ihr Brötchen und kaute genüsslich. »Als ich damals Rolf kennenlernte, war das der totale Rückfall. Es hätte mich stutzig machen müssen, wie begeistert meine Eltern von diesem ehrgeizigen BWL-Studenten waren. Im Grunde hat Rolf in mir einfach die alten Programme aufgerufen, und ich fiel bereitwillig wieder in die gelernten Verhaltensmuster zurück, weil sie bekanntes Terrain für mich waren und mir Sicherheit boten. Beruflich durchlebte ich damals eine heftige Krise. Den Arbeitsalltag als Lehrerin hatte ich mir ganz anders vorgestellt. Es war die Hölle, als junge Referendarin vor diesen überfüllten Klassen und den pubertierenden Jugendlichen zu stehen. Vor den Unterrichtsbesuchen der Ausbilder habe ich nächtelang kein Auge zugetan. Das zweite Staatsexamen habe ich dann nur noch als Pflichtübung absolviert. Mit Note Vier bestanden, also gerade so. Julia war damals schon unterwegs, und ich wusste, dass ich mittelfristig eine andere Berufung hatte. Nichts wie weg von der Schule, hinein ins Ehe- und Familienglück. Aus der braven Tochter wurde eine brave Ehefrau und Mutter. Heute kann ich das nicht mehr verstehen. Wenn ich Rolf beobachte, wie er agiert, fällt mir immer wieder auf, wie sehr er mich an meinen Vater erinnert. Warum habe ich das damals nur nicht bemerkt?«

»Wahrscheinlich, weil es dir gefallen hat«, vermutete Sybille.

Maren nickte stumm. »Rolf darf ich dabei gar keinen Vorwurf machen. Ich habe mir eine traditionelle Frauenrolle gewünscht und darauf hingearbeitet. Auch wenn ich es vor Rolf und den anderen so dargestellt habe, es war kein ›Betriebsunfall‹, dass ich damals schwanger wurde. Von wegen Magen-Darm-Grippe und nicht wirksamer Pille. Die hatte ich längst abgesetzt.«
»Und Rolf hat nichts davon gewusst?«, fuhr Sybille auf.
»Bis heute nicht«, erklärte Maren und fügte beschwörend hinzu: »Und du behältst es doch auch für dich?«
»Klar«, versicherte Sybille. »So viel Berechnung hätte ich dir gar nicht zugetraut. Aber so ist das mit den braven Mädchen. Sie betreiben ihre Machtpolitik in aller Stille und ziehen die Kerle am Schwanz dahin, wo sie wollen. Diese Vanessa, mit der Rolf dich damals betrogen hat, ist doch auch rechtzeitig schwanger geworden.«
»Bevor du mich jetzt zur bösen Hexe machst und Rolf zum armen verführten Prinzen, möchte ich dich an das erinnern, was ich vorhin gesagt habe. Diese Zeiten sind vorbei. In Zukunft wird alles anders sein. Es gibt kein Versteckspiel mehr, sondern ein Miteinander auf Augenhöhe und mit offenem Visier!«
»Mit Rolf?«, fuhr Sybille erstaunt auf.
Maren schüttelte abwehrend den Kopf. Auf ihrem Gesicht lag ein Ausdruck tiefster Zufriedenheit, den Sybille erst jetzt zu deuten wusste, obwohl sie ihn bereits bei ihrem Eintreffen registriert hatte. Sie hob fragend die Augenbrauen.
»Kenne ich ihn?«
»Lars? Klar!«, erklärte Maren.
»Ich glaub's nicht!«, rief Sybille aus und schlug mit der Hand auf den Tisch, dass das Geschirr klirrte. »Erzähl! Wie seid ihr wieder zusammengekommen?«

»Mehr oder weniger zufällig gestern beim Joggen im Ostpark.«
»Und da hat er dich angesprochen und gefragt, ob du noch auf einen kleinen Après-Sport Lust hättest?«
»Dieser Vorschlag kam von mir«, erklärte Maren mit gewissem Stolz.
»Alle Achtung!«, erwiderte Sybille und fuhr dann nachdenklich fort: »Da seid ihr euch drei Jahre lang nicht begegnet, und du gehst eines Tages zum Joggen, und plötzlich steht er vor dir. So ein Zufall!«
»Na ja, ganz so war es nicht«, räumte Maren mit spitzbübischem Lächeln ein.
»Hat er dir aufgelauert?« Sybille lachte.
»Nein, für ihn war es wirklich ein Zufall. Aber ich bin den Sommer über zu den unterschiedlichsten Zeiten im Park gejoggt, in der Hoffnung, ihn dort zu treffen. Ich wusste ja, dass er in Bornheim wohnt und gern joggt. Da lag es doch nahe, dass wir uns irgendwann einmal begegnen mussten. Inzwischen habe ich Beine und einen Knackhintern wie eine Marathonläuferin.«
Sybille kicherte. »Kompliment! Aber erzähl schon, wie ging es weiter!«
Maren grinste. »Mit einem himmlischen Menü und ein paar Glas Chianti im ›Basilikum‹. Und den Rest der Nacht dann hier. Wir haben minutenweise geschlafen, viel geredet …«
»Nur geredet?«, wollte Sibylle wissen.
Maren lächelte geheimnisvoll. »Nein, natürlich nicht.«
Sybille wiegte den Kopf. »Ich dachte schon … So wie ich ihn in Erinnerung habe, wäre er durchaus der Typ für so eine Psychonummer.«
»Blödsinn«, wehrte Maren ab. »So gut kennst du ihn doch

gar nicht. Die Situation damals war ziemlich kompliziert. Jetzt ist es anders.«

Sybille nickte. »Verstehe, kein Versteckspiel mehr und so. Hast du ihm gestanden, dass du dem Zufall ein bisschen auf die Sprünge geholfen hast?«

»Natürlich nicht«, entrüstete sich Maren. »Das war doch nur eine kleine Manipulation.«

Sybille winkte ab. »Schon gut. Jedenfalls freut es mich für dich.« Eine Weile hing jede ihren Gedanken nach.

»Du«, setzte Maren plötzlich an, »was ich dich schon lange mal fragen wollte. Wie kommst du in letzter Zeit eigentlich mit deiner Spirale zurecht? Du sagst gar nichts mehr wegen der Beschwerden, die du immer hattest.«

»Willst du jetzt von Pille auf Spirale umsteigen?«, fragte Sybille.

»Mit über dreißig Jahren soll es mit der Pille ein erhöhtes Thrombose- und Brustkrebsrisiko geben, habe ich neulich erst wieder gelesen.«

»Warum solltest du ausgerechnet jetzt mit der Pille aufhören, wo du sie doch offenbar gut verträgst. Bei mir war das etwas anderes. Ich hatte ständig Kopfschmerzen und habe zugenommen, sobald ich Essen auch nur angeguckt habe. An deiner Stelle würde ich bei der Pille bleiben.«

»Was heißt dabei bleiben? Ich müsste neu damit anfangen und weiß nicht, ob ich sie heute so gut vertrage wie vor vier Jahren.«

Sybille sah Maren entgeistert an. »Willst du damit sagen, dass du seit Jahren nicht verhütest?«

Maren versuchte zu erklären: »Es gab doch keinen Grund. Dieses letzte Mal mit Rolf auf Fuerteventura war ein Ausrutscher, der zum Glück ohne Folgen blieb.«

»Ausrutscher«, wiederholte Sybille ungläubig und starrte

Maren verständnislos an. »Und letzte Nacht? Habt ihr da ...?«
»Bloß keine Gummis«, fiel ihr Maren ins Wort. »Das hätte nur die schöne Stimmung ruiniert!«
»Ich glaub's nicht«, flüsterte Sybille. »Du willst mir doch nicht sagen, dass du als erfahrene Frau es fertiggebracht hast ...«
»Jetzt stell dich nicht so an«, unterbrach Maren. »Erst neulich habe ich in einer Broschüre bei meiner Frauenärztin gelesen, dass nach dem dreißigsten Lebensjahr die Fruchtbarkeit von Frauen deutlich sinkt. Was denkst du, warum so viele, die es erst nach dreißig versuchen, nicht schwanger werden?«
Sybille würgte einen Bissen ihres Brötchens hinunter, als sei es ein dicker Kloß. Ihre Augen schimmerten feucht, was Maren zunächst auf die Krümel im Hals zurückführte. Sybille tupfte sich mit einer Papierserviette die Wangen ab, doch die Tränen ließen sich nicht zurückhalten. Maren musterte sie besorgt.
»Ich ahne es schon«, wisperte Sybille schließlich und unterdrückte dabei ein Schluchzen. »Du bist diejenige von uns beiden, die ohne Anlauf und Vorbereitung einen Volltreffer landet. So ist das mit dir. Du tust nichts und hast am Schluss die Nase vorn. Und ich? Du hast doch schon ein Kind!«
Maren fuhr auf: »Mensch, Bille, ich hatte keine Ahnung, dass du schwanger werden willst. Und bis jetzt hat es noch nicht geklappt?«
Sybille nickte. Maren kam um den Tisch herum und drückte Sybilles Schultern.
»Das tut mir so leid. Ich dachte immer, du und Harry, ihr geht beide so auf in euren Jobs, dass Kinder für euch gar nicht in Frage kommen.«

Sybille schüttelte den Kopf. »Ich bin bald fünfunddreißig, und Harry ist vierzig! Da läuft einem die Zeit davon. Und auf einmal hast du nur noch einen Gedanken im Kopf. Hat es diesmal geklappt oder nicht? In der ersten Hälfte des Monats misst du Temperatur und hoffst, dass du dir nicht gerade eine Erkältung einfängst, die das Ergebnis verfälscht. Dein Badezimmer wird zum Labor, dein Schlafzimmer zur Besamungsstation. Wenn Harry plötzlich während meiner fruchtbaren Tage auf Dienstreise muss, krieg ich die Krise. Unsere Beziehung definiert sich plötzlich nur noch in dieser Richtung. Eigentlich hatte ich mir ja vorgenommen, alles entspannt anzugehen. Aber mit jedem negativen Testergebnis zieht es mich tiefer in den Keller. Vorgestern, als Vera zum Arzt musste und wir ihre Kinder hüteten, ertappte ich mich plötzlich bei dem Gedanken, was wäre, wenn ich mir einfach die Kinder schnappen und mit ihnen ins Ausland verschwinden würde. Und weißt du was? Ich hab nicht mal ein Unrechtsbewusstsein verspürt. Irgendwie hatte ich sogar das Gefühl, diese Kinder stünden mir zu, weil Vera sich nicht so gut um sie kümmert, wie ich das täte. Das ist doch bedenklich, oder?«
Maren streichelte Sybilles Oberarme. »Warum hast du mir denn nie davon erzählt? Ich hätte dir vielleicht helfen können.«
»Du hattest ganz andere Probleme«, wehrte Sybille ab.
»Aber das heißt ja nicht, dass ich dich nicht verstehen kann. Ich weiß doch, was Julia mir bedeutet, und kann mir sehr gut vorstellen, was mir fehlen würde, wenn sie nicht da wäre«, entgegnete Maren.
Sybille schüttelte Marens Hände ab. »Jetzt fang bitte nicht auch noch an, mir von Julia vorzuschwärmen! Ich betrachte dich längst unter einem anderen Blickwinkel. Ich beneide

dich, dass du Mutter sein kannst. Deshalb war vorhin auch mein erster Gedanke, als du mir sagtest, dass du nicht verhütet hast: Jetzt wird sie schwanger und ich nicht! Ich spüre förmlich, wie die Spermien in dir um die Wette laufen und vielleicht genau jetzt, während ich hier sitze, dir ungewollt etwas bescheren, wonach ich mich mit jeder Faser meines Herzens sehne.«

Maren setzte sich wieder auf ihren Stuhl und fragte nervös lächelnd: »Genau jetzt, meinst du?«

Sybille nickte. »Und er? Weiß er, dass du nicht verhütet hast?«

Maren biss sich auf die Lippen. »Vermutlich nicht. Wir haben nicht darüber gesprochen. Sicher hat er angenommen, ich würde die Pille nehmen und dass ich ihn darauf aufmerksam machen würde, wenn nicht.«

»Von wegen kein Versteckspiel mehr!«, kommentierte Sybille bitter. »Wollt ihr denn überhaupt zusammenbleiben, oder war das nur ein One-Night-Stand?«

»Ich will, dass es für länger ist«, sagte Maren fest.

»Und er?«

»Ich hoffe, dass er das auch will.«

Sybille schüttelte den Kopf. »Das ist ja wirklich eine solide Basis für ein Kind! Was machst du, wenn der Test positiv ist? Treibst du dann ab?«

»Sybille, ich glaube nicht, dass ich schwanger bin. Und solange es keinen Grund dafür gibt, werde ich mich mit dieser Frage nicht beschäftigen!«

»So einfach ist das also für dich!«, brauste Sybille auf. »Was machst du, wenn er sich von dir hereingelegt fühlt und das Kind nicht will? Das kann ich mir bei seiner Vergangenheit übrigens sehr gut vorstellen! Treibst du es dann ab, oder willst du es allein durchfüttern ohne Unterhalt und ohne feste Anstellung? Baust du darauf, dass die verständnisvolle Sybille dir hier die Miete erlässt? Ist das dein Plan?«

»Sybille! Jetzt komm wieder runter! Du übertreibst maßlos!«, rief Maren.

Sybille schluchzte auf. »Du redest genau wie Harry. Wir schreien uns nur noch an. Heute Morgen hatte ich meinen Temperaturanstieg. Es gab einen Riesenstreit, und er hat die Tür zugeknallt und ist einfach gegangen. Ich will keinen Streit – auch nicht mit dir!«

Maren griff nach ihrem Kaffeebecher.

»Ist schon gut. Irgendwie bin ich dir ja dankbar, dass du mich zum Nachdenken gebracht hast. Und heute Morgen war ich einfach noch auf Wolke sieben und habe gar nicht bemerkt, wie mies es dir geht, tut mir wirklich leid. Weißt du, was ich jetzt mache? Ich rufe im ›Basilikum‹ an und bestelle für dich und Harry einen Tisch. Und heute Abend quatscht ihr euch bei einem guten Essen mal richtig aus, und du denkst mal an nichts anderes als an einen wunderschönen Abend zu zweit.«

Sybille nickte zaghaft. Maren lächelte.

»Und außerdem bin ich nicht schwanger. Wetten?«

*

Lars Stephan wunderte sich, dass die Kollegen von der Spurensicherung die Wohnungstür nicht mehr versiegelt hatten. Offensichtlich waren sie der Meinung, dass der Tatort ausreichend untersucht war, und hatten die Wohnung wieder freigegeben. Er stand etwas unschlüssig vor der Tür und starrte auf das ausgebreitete Schlüsselbund in seiner Hand, das er sich in der Asservaten-Abteilung gegen Unterschrift hatte aushändigen lassen, ohne dass Heck etwas davon wusste. Mit dem einen Schlüssel hatte er unten die Haustür geöffnet. Der kleine war der Briefkastenschlüssel. Den hatte er gerade unten ausprobiert und zu seinem Erstaunen festgestellt, dass der Briefkasten keinerlei Post, noch nicht einmal die übliche Werbung, enthielt. Dann gab es da noch drei weitere Schlüssel. Einen kleinen, vielleicht für einen weiteren Briefkasten? Aber wo sollte der sein? Außerdem zwei weitere Sicherheitsschlüssel. Für eine weitere Haustür und eine weitere Wohnungstür? Welcher war der Schlüssel zu dieser Wohnungstür? Er probierte alle Schlüssel durch, keiner passte.

Er bückte sich, entzifferte blinzelnd die Markenbezeichnung des Schlosses und stellte fest, dass es sich um eine Schließanlage handelte, bei der Haustür und Wohnungstür mit demselben Schlüssel zu öffnen waren. Er notierte sich: Bund mit fünf Schlüsseln. Drei davon gehören zu einem unbekannten Haus. Er öffnete die Wohnungstür und trat vorsichtig in den Flurbereich. Dort blieb er abwartend stehen und ließ die Umgebung auf sich wirken. Er hatte sich vorgenommen, heute alles besser zu machen und noch einmal von vorn zu beginnen. Der Tatort sollte ihm noch einmal seine Geschichte erzählen, ergänzt durch das, was die Spurensicherung inzwischen ermittelt hatte.

Als er die Wohnungstür hinter sich geschlossen hatte, entdeckte er an der rechten Wandseite eine bronzene Hakenleiste mit Blütenmotiven. An zwei Haken hingen je ein Bund Schlüssel. Das eine Bund wies nur zwei Schlüssel auf: einen Briefkastenschlüssel und einen Sicherheitsschlüssel der Schließanlage. Das war wohl ein Ersatzschlüssel für diese Wohnung. Das andere Bund war größer und bestand aus einem kleinen und zwei größeren Sicherheitsschlüsseln. Als Anhänger hatte dieser Schlüsselbund eine silberne Marke

mit eingeprägtem Halbmond und Stern. Wofür war dieser Schlüsselbund? Hatte die Spurensicherung das schon überprüft? Stephan sinnierte, es war möglich, dass das der Schlüssel zur Wohnung der Eltern war.
Dann tat er das, was er immer tat, wenn er sich erste Eindrücke eines Tatortes verschaffen wollte. Er stand still und schloss die Augen, um Geräusche und Gerüche auf sich wirken zu lassen. Es roch etwas muffig in der Wohnung, ein wenig nach Desinfektionsmitteln. Aber da war noch ein anderes, leicht moderiges Aroma, das ihm bekannt vorkam, das er aber zunächst nicht einzuordnen wusste. In der Küche schien der Wasserhahn zu tropfen, sonst gab es nur Außengeräusche: Schritte in der Wohnung oben, das Zuschlagen einer Tür. Schließlich ein Dröhnen, das in der Küche Gläser zum Klirren brachte. Die Einflugschneise, dachte er und erinnerte sich daran, wie heftig die Offenbacher gegen den weiteren Ausbau des Rhein-Main-Flughafens protestierten. Er öffnete wieder die Augen. Gleich links neben der Eingangstür befand sich eine Türsprechanlage. Lars Stephans Blicke wanderten weiter an der linken Wand entlang. Dort führte die Tür zu dem Zimmer, in dem er die Babyutensilien gefunden hatte. Der Treteimer war verschwunden. Der Kleiderschrank in diesem Zimmer enthielt wenig Alltagskleidung. Die meisten Fächer und Bügel waren leer. Babykleidung gab es überhaupt nicht. Er ging zurück in den Flur. Neben der Zimmertür an der Wand gab es einen großen, goldgerahmten Spiegel, der in eine Garderobe eingebaut war. Dort hingen ein brauner Leder- und ein schwarzer Wollmantel. Ein kleiner Schuhschrank beherbergte drei Paar modischer Damenschuhe in Größe achtunddreißig. Neben dem Schuhschrank stand ein Paar Lederstiefel mit hohen spitzen Absätzen, Größe vierzig. Auf der Ablage

über den Mänteln stapelten sich fünfzehn sorgfältig zusammengefaltete Tücher in unterschiedlichen Farben und Stoffen. Er dachte mit einem Lächeln an Marens Flur, den er gestern betreten hatte. Soweit er sich erinnern konnte, hatten dort nur zwei Schals gehangen. Stephan wandte sich zu der geschlossenen Wohnungstür, neben der sich die Türsprechanlage befand. In Gedanken hörte er das Läuten der Klingel, sah, wie die dunkelhaarige Frau mit leichten Schritten den Flur durchquerte. Vielleicht mit einem Lächeln auf den Lippen, weil sie Besuch erwartete. Der Besuch hatte sich über die Sprechanlage gemeldet, sie hatte geöffnet. Deroder diejenige hatte hier im Flur Jacke oder Mantel abgelegt, Schuhe ausgezogen und war ihr dann geradeaus in das Wohnzimmer gefolgt. Es ging gar nicht anders, der Mörder oder die Mörderin musste viele Faserspuren, vielleicht auch DNA-Spuren hinterlassen haben. Es war die Kunst der Spurensicherung, diese aus den anderen Spuren herauszufiltern. Eigentlich dürfte das nicht so schwierig sein, denn in der Wohnung einer alleinstehenden Person würde sich der Publikumsverkehr in Grenzen halten.
Er ging weiter in Richtung Wohnzimmer und drückte im Vorübergehen sanft gegen die leicht angelehnte Küchentür auf der rechten Seite. Er registrierte eine aufgeräumte, kleine Einbauküche mit blitzenden Gerätschaften und einer teuren Espressomaschine. Leichter Kaffeegeruch hing in der Luft. Stephan runzelte nachdenklich die Stirn. Hielt sich dieser Geruch tagelang?
Danach führte eine Tür in das Badezimmer, dem ein feuchter Geruch entströmte, als habe jemand dort gerade erst geduscht. Dieser Wahrnehmung würde er später noch genauer nachgehen. Schließlich nahm er sich das Wohnzimmer vor. Der Tatort. Der Teppich, auf dem die Tote gelegen hat-

te, war verschwunden. Auf dem Parkettboden sah man ein helles Rechteck. Der Boden glänzte blitzblank. Hier hatte sich jemand große Mühe gemacht, dass nichts mehr an die grausamen Ereignisse erinnerte. In der Zimmerluft war der Modergeruch, den er beim Betreten der Wohnung registriert hatte, intensiv wahrnehmbar. Er war vermischt mit einem scharfen Anteil, der ihn seit Kindheitstagen an das Bohnerwachs erinnerte, mit dem seine Oma ihre Treppe poliert hatte. Als Geruchsquelle machte Stephan schließlich den voluminösen, mit Intarsien und Schnitzereien verzierten Kleiderschrank aus, der inmitten der weißlackierten Regalwände als besonderes Einzelstück wirkte. Der Schrank war vermutlich keine Nachbildung, sondern tatsächlich antik. Was kostete so etwas? Entsprach ein solches Möbelstück dem Geschmack einer jungen Frau? An der Wand neben dem Schrank hing ein großer Flachbildschirm. Darunter gab es ein Regal aus silbergrauem Metall, das Radio, CD-Player und weitere elektronische Geräte in gleicher Farbe beherbergte. Es gab drei CDs. Keine sonstige Elektronik wie Computer, Handy oder Festnetztelefon. Eine Handvoll Bücher war in den geräumigen Fächern der Regale verteilt. Schulbücher! Biologie, Mathematik, Englisch. Dazu Effi Briest und ein Weltatlas. Zwei kleine Blumenvasen standen etwas verloren herum. Alles wirkte, als sei jemand gerade eingezogen oder habe begonnen, seine Sachen zu packen. Wenn man alle beweglichen Besitztümer einschließlich der Kleidung zusammennahm, hätten sie nicht mehr als zwei große Koffer gefüllt. Hatte hier jemand ein Leben auf Abruf geführt, oder gab es noch eine andere Bleibe?

Als Stephan den Schrank öffnete, stellte er zu seinem Erstaunen fest, dass dieser außer einer zusammengefalteten

Tischdecke nichts enthielt. Ein Gedanke schoss ihm durch den Kopf. Hatte Özlem Onurhan diesen Schrank ausgeräumt, weil sie vorhatte, ihn zu verkaufen? War dies die heiße gemeinsame Spur mit dem Frankfurter Fall? Hatte sie am Freitagnachmittag nicht einen Bekannten, sondern einen Käufer erwartet? Stephan schloss die Schranktür und ließ seine Blicke weiterwandern. In seinen Adern kribbelte es, das schärfte seine Sinne.

Zwei Stunden lang untersuchte er mit akribischer Sorgfalt jedes Zimmer der Wohnung und machte sich Notizen. Schließlich saß er auf der weichen, hellen, mit kleinen Kissen übersäten Ledercouch und resümierte. Die ganze Wohnung war extrem sorgfältig gereinigt worden. In einigen Schränken gab es leere Fächer, auch in dem Spiegelschrank im Badezimmer. Aus dem Bericht der Spurensicherung war zu entnehmen, dass man die Wohnung schon in diesem Zustand vorgefunden hatte. Hatte also jemand nach dem Mord und vor dessen Entdeckung die Wohnung ausgeräumt und gereinigt, um eigene Spuren zu beseitigen? Wieso gab es keinerlei Fotos von Özlem Onurhan? Nichts Persönliches? Ihre Handtasche mit dem Personalausweis hatte man auf dem Balkon unter einem umgestülpten Blumentopf gefunden. Hatte die Person, die hier so gut aufgeräumt hatte, dieses Versteck übersehen? Gab es jemanden, für den es wichtig war, Özlem Onurhans Identität zu verbergen? War es für sie selbst wichtig gewesen? Ging diese Aufräumaktion auf das Konto des Mörders oder auf das Konto einer anderen Person, die unerkannt bleiben wollte? Wer war der Anrufer gewesen, der den Mord gemeldet hatte? Der Mörder selbst? Oder eine Person, die den Mord entdeckt hatte? Die frischen Wasserspuren in der Dusche und das feuchte Handtuch im Bad verrieten, dass die Wohnung vor kurzem von jemandem betreten und benutzt worden war. Jemand, der nach dem Mord noch einmal hier aufgeräumt und sauber gemacht hatte. Jemand, der alle Erinnerungen tilgen wollte. In diesem Moment hörte er, wie sich ein Schlüssel im Türschloss drehte. Er sprang auf, hielt blitzschnell nach einem Versteck Ausschau und verschwand in dem antiken Schrank, was er sofort bereute. Nicht nur war es darin stockdunkel, sondern es gab auch keinen Spalt, durch den er etwas sehen konnte. So musste er sich allein auf die akustischen Signale konzentrieren, die gedämpft zu ihm drangen.

Im Flur rasselte ein Schlüsselbund, ein Kleiderbügel schlug gegen die Rückwand der Garderobe. Ein Handy meldete sich mit einem fetzigen Popsound, und eine muntere Mädchenstimme antwortete, nachdem sie offenbar eine Weile zugehört hatte.

»Dazu hab ich keinen Bock! Ist doch nur Abhängen! Außerdem will ich noch Mathe lernen. Nach den Ferien geht es richtig los mit den Arbeiten, und dann ist kaum noch Zeit … Kino ist gut, aber erst später, ich gebe vorher noch Nachhilfe … Gut, kann ich machen. Dann um achtzehn Uhr vor dem Cinemax. Ciao.«

Er hörte, wie das Mädchen sich durch die Wohnung bewegte. In der Küche klirrte ein Glas. Dann wurde im Wohnzimmer etwas auf dem Glastisch abgestellt und eine sprudelnde Flüssigkeit eingeschenkt. Tastengeräusche eines Telefons.

»Hallo, Frau Neumüller, hier ist Sümeyye Onurhan. Ich wollte fragen, ob ich die Deutschnachhilfe für Kevin heute auf fünfzehn Uhr vorverlegen kann … gut, fünfzehn bis siebzehn Uhr. Vielen Dank, bis dann.«

Nun war es klar, dieses Mädchen war Özlems jüngere Schwester. Erstaunlich, wie munter sie nach dem tragischen

Ereignis wirkte. Auch musste Stephan sich eingestehen, wie verwundert er über das gute Deutsch des Mädchens war. Gleichzeitig ärgerte er sich über seine Vorurteile. Klar, schließlich ist sie in diesem Land geboren und aufgewachsen – wie du. Nachdem Sümeyye gegangen war, konnte er sein dunkles Gefängnis endlich verlassen und fragte sich, ob dieser Schrank vielleicht auch anderen schon als Versteck gedient hatte.
In der Küche entdeckte er jetzt auf der Spüle ein Glas, das dort umgekehrt zum Trocknen aufgestellt war. Er steckte es in einen kleinen Plastikbeutel und nahm es mit. Beim Gehen fiel ihm auf, dass die Stiefel aus dem Flur verschwunden waren, ebenso das Schlüsselbund mit dem Halbmondanhänger. Zu seinem Entsetzen musste er ebenfalls feststellen, dass auch die Schlüssel, die er benutzt hatte, nicht mehr zu finden waren. Wo, um alles in der Welt, hatte er sie liegen lassen? Er klopfte seine Taschen ab. Nichts! Konzentriert versuchte er, jede Bewegung zu rekonstruieren. Hatte er gar aus Gewohnheit die Schlüssel nach dem Betreten dieser Wohnung an den Haken gehängt? Da befand sich jetzt nur noch das Bund mit dem Einzelschlüssel der Schließanlage und dem Briefkastenschlüssel. Vermutlich hatte Sümeyye die übrigen Schlüssel eingesteckt. Da er vermutete, dass dort am Haken noch ein Zweitschlüssel für diese Wohnung hing, nahm er ihn an sich, um sich den Zutritt weiterhin zu sichern. Er hatte bereits die Tür zugezogen, als ihm einfiel, dass er den Plastikbeutel mit dem Glas im Flur stehen lassen hatte. Ärgerlich steckte er den Schlüssel ins Türschloss. Doch die Tür öffnete sich nicht. Was war das für ein Schlüssel, und wie kam er dort an den Haken? Eigentlich hätte die Spurensicherung das längst überprüfen müssen. Hatte sie vermutlich auch getan. Aber hängte die Spusi die Schlüssel

dann wieder ordentlich ans Brett? Ihm hatte man den Wohnungsschlüssel in einem Plastikbeutel verpackt ausgehändigt, und er hatte mit seiner Unterschrift den Erhalt bestätigt.

Er betrachtete nachdenklich den Schlüssel in seiner Hand. Es war ein Schlüssel der gleichen Schließanlage, jedoch nicht der Schlüssel zu dieser Wohnung, sondern wahrscheinlich zu einer anderen Wohnung in diesem Haus. Das war ein Detail, von dem möglicherweise weder die Spurensicherung noch seine Kollegen etwas wussten. Da er in inoffizieller Mission handelte, würde ihm nichts anderes übrigbleiben, als demnächst durch Ausprobieren an sämtlichen Wohnungstüren dieses Komplexes herauszufinden, in welches Schloss dieser Schlüssel passte. Jetzt hatte er leider keine Zeit mehr dazu, er konnte nicht zu lange ohne plausiblen Grund auf Außendienst sein. Als er im Parterre an den Briefkästen vorbeilief, fiel ihm ein, dass er den Besitzer des Schlüssels auf viel einfachere und unauffälligere Art ermitteln konnte. Seine Blicke glitten über die Reihe der Kästen. Er wollte mit denen beginnen, die reich befüllt und daher seit einigen Tagen nicht geleert worden waren. Bereits beim dritten Kasten hatte er Erfolg. Er notierte sich den Namen F. Sauer und nahm sich vor, die Daten zu recherchieren. Nach der Systematik der Briefkästen könnte es sich um die Wohnung handeln, die einen Stock höher, rechts neben der Wohnung Onurhan lag.

Samstag, der 13. Oktober

Maren war abrupt wach geworden und starrte mit schreckgeweiteten Augen in die Dunkelheit, die sie umgab. Seit ihrer Kindheit kannte sie die Angst vor nächtlichem Aufwachen in einem dunklen Zimmer. Automatisch setzten daher bei ihr die Mechanismen der Selbstberuhigung ein, die sie sich antrainiert hatte. Zuerst einmal musste sie sich orientieren. Sie blinzelte in die Richtung, aus der die Geräusche kamen: Motorengeräusche, quietschende Bremsen, das Schleifgeräusch einer anfahrenden Straßenbahn. Verkehrslärm, irgendwo in der Ferne ein Martinshorn, das leise Sirren eines einfliegenden Flugzeugs. Das waren die üblichen Geräusche einer Großstadtnacht. Durch die Schlitze des Rollladens drang das Sepialicht der Straßenlaternen.

Maren, du bist zu Hause, in der Wittelsbacher Allee, sagte sie sich. Sie atmete tief durch, nun schon deutlich ruhiger. Beim Blick zur Decke sah sie die Ziffern des Projektionsweckers – 4:00 Uhr. Was hatte sie veranlasst, um diese Uhrzeit aufzuwachen? Es waren doch Ferien! Immerhin noch eine Woche, bis die Schule wieder losgeht. Und dann, am Samstag, kommt Julia zurück. Marens Herz begann, freudig zu klopfen. In diesem Moment spürte sie einen kalten Luftzug von der Tür her. Frische Nachtluft! Hatte sie am Abend ein Fenster geöffnet? Nein, nur im Bad war das Fenster gekippt. Aber sie hatte die Badezimmertür geschlos-

sen. Dessen war sie sich sicher. Doch von dort kam der Luftzug. Die Badezimmertür öffnete sich nicht von allein. Das hatte es noch nie gegeben.
Maren erstarrte. Im Flur waren jetzt leise Schritte auf den Dielen zu hören. Die Klospülung lief. Von diesem Rauschen war sie aufgewacht! So musste es gewesen sein! Sie richtete sich auf. Welcher Einbrecher benutzte als Erstes die Toilette in einer Wohnung? Maren fielen mit einem Mal wieder alle Ungereimtheiten der letzten Tage und Wochen ein. Sie hatte es nicht mit einem gewöhnlichen Einbrecher zu tun. Derjenige, der sich in ihrer Wohnung seit Wochen zu schaffen machte, war ein sadistischer Psychopath, dem es gefiel, sein Opfer immer weiter an den Rand des Wahnsinns zu treiben. War das sein Ziel? Labte er sich an dem Machtgefühl, das er dadurch entwickeln konnte? Beobachtete er sie heimlich? Sie dachte an den vermummten Jogger, der sie neulich im Park verfolgt und bedrängt hatte. Sie hatte sich nicht umgedreht und nur an der Nähe seines Keuchens erkennen können, wie dicht er ihr auf den Fersen war. Unter Aufbietung aller Kräfte war es ihr gelungen, so zu tun, als bemerke sie ihn nicht. Letztlich hatte diese Strategie auch geholfen. Er hatte schließlich von ihr abgelassen. Solche Kerle brauchten immer eine Bestätigung. Daher war es richtig, ihnen diese nicht zu geben, keine Angst zu zeigen, neutral zu bleiben. Auch jetzt musste sie die Nerven behalten. Wenn sie hier ruhig liegen bliebe, würde er vielleicht wieder auf dem Weg verschwinden, auf dem er gekommen war. Und noch heute würde sie das Türschloss austauschen lassen, koste es an einem Samstag, was es wolle!
Eines war auf jeden Fall klar: Alle Wahrnehmungen der letzten Zeit waren keine Hirngespinste gewesen! Es gab eine Person, die sich heimlich Zutritt zu ihrer Wohnung

verschaffte! Wie zur Bestätigung knarrte jetzt die lockere Diele im Flur, die sich kurz vor der Küchentür befand. Das also war die Richtung, in die er sich bewegte! Das hatte nicht nur Maren erkannt. Sie fuhr erschrocken zusammen, als Garfield auf ihr Bett sprang. Er hatte seinen Ruheplatz auf dem Bücherregal verlassen, um schnellstmöglich in die Küche zu gelangen. Menschen, die eine Küche betraten, hatten für ihn etwas Verlockendes. Egal, um wen es sich handelte. Maren dachte, dass es vielleicht doch besser gewesen wäre, den großen Hund zu behalten, anstatt ihn den ehemaligen Nachbarn im Taunus zu überlassen. Verfressene Kater sind einfach nicht loyal, sinnierte sie. Nun hörte sie auch noch das leise Schnappen der Kühlschranktür, das in Garfields Ohren wie Musik klang, denn er stimmte laut maunzend in das Geräusch ein.

»Dich füttert hier wohl keiner, was?«, fragte eine Männerstimme.

Lars! Maren atmete erleichtert auf, und ihr fiel wieder ein, dass sie ihm Julias Schlüssel gegeben hatte. Es könnte heute später werden, hatte er gesagt.

Als das erste Morgenlicht milchig grau durch die Ritzen der Läden drang, lag Maren in Lars' Armen und versuchte, eine Position zu finden, in der ihr sein Atem nicht im Ohr kitzelte. Er war von einer Minute auf die andere eingeschlafen. Sie lag hellwach neben ihm, wahrscheinlich, weil ihr Adrenalinspiegel nach dem nächtlichen Schrecken und dem heftigen Sex mit ihm noch immer hoch war.

Vorhin hatte sie ihm zu erklären versucht, woher ihre Nervosität rührte, und ihm von den unerklärlichen Phänomenen berichtet, die ihr in den letzten Wochen begegnet waren. Als er nach Beispielen fragte und sie Klospülung, Stand-by-Modus und nicht verschlossene Türen nannte,

hatte sie an seiner entspannten Körperhaltung gespürt, dass er dies als harmlos einordnete. Dann war ihr noch mehr eingefallen. Sie schilderte den vermummten Jogger und berichtete von dem Kerl mit den Igelhaaren, der sie neulich im Park fast umgerannt hatte und der dann auch noch unten im Hof stand und mindestens eine Stunde lang die Rückseite des Hauses beobachtete.
Erstaunlicherweise alarmierte auch das Lars nicht besonders. Er hielt das für harmlos. Es gäbe dafür bestimmt eine ganz alltägliche Erklärung.
Maren hatte so schnell nicht aufgegeben. Sie erzählte von den Dingen, die verschwunden waren. Kleingeld. Oder am Mittwoch, oh, wie peinlich, das teure Markenspielzeug von Veras Baby. Das Kind war noch viel zu klein, um es aus dem Wagen zu werfen. Auch dies hatte Lars nicht beunruhigt. Daraufhin hatte Maren beschlossen, sich auch nicht mehr darüber aufzuregen und den Austausch des Türschlosses doch nicht zu veranlassen. Sie wollte nicht, dass Lars sie für hysterisch hielt. Dennoch nahm sie sich vor, noch einmal gründlich nach den Brillantohrringen zu suchen, denn die waren irgendwo hier im Bereich der Bettcouch des Wohnzimmers spurlos verschwunden. Sie hätte wetten können, sie vorgestern Abend in der kleinen Glasschale auf dem Tisch abgelegt zu haben. Und dann war da noch das selbstbemalte Seidentuch, blaue Blüten mit Goldgutta umrahmt, das schon seit Wochen fehlte. Aber von diesen Dingen würde sie ihm nicht auch noch erzählen.

Sonntag, der 14. Oktober

Lars räumte das Frühstücksgeschirr in die Spülmaschine und genoss die Trägheit des späten Sonntagvormittags. Der Kaffeeduft und das Aroma der längst verspeisten Frühstücksbrötchen hingen noch in der Luft. Wie in keinem anderen Augenblick zuvor spürte er, dass er sich längst von seinem Singledasein verabschiedet hatte und sich nichts mehr wünschte, als dass das so weiterginge mit diesen Sonntagen, mit diesem abendlichen Nachhausekommen. Zugegeben, gestern nach dem Dienst war er erst einmal in seiner Wohnung verschwunden und hatte seine Notizen fixiert und mit Klebezetteln an die große, leere Wand in seinem Wohnzimmer geheftet. Er hatte sich auf die gegenüberliegende Couch geflegelt und seinen Gedanken freien Lauf gelassen. Darüber war er eingeschlafen und hatte sich erst im Morgengrauen Richtung Maren auf den Weg gemacht. Schließlich hatte er ihr ja versprochen zu kommen. Zugegeben, er würde sich daran gewöhnen müssen, dass die alten Abläufe – Kühlschranktür auf, Bier raus, Tiefkühlpizza in den Ofen, Fernseher an – nicht mehr zum Feierabendritus gehören würden. Stattdessen gemeinsames Kochen, Reden über den Tag, aber auch Streiten und mühsames Verhandeln. So viel Realitätssinn besaß er, um zu ahnen, dass es in Zukunft nicht unbedingt bequemer werden würde.

Am Ende der Woche würde noch Julia dazukommen. Was sie wohl sagte, wenn sie ihn plötzlich an der Seite ihrer

Mutter wiedersah? Eigentlich hatte er sich gut verstanden mit ihr. Damals. Inzwischen waren drei Jahre vergangen. Das war viel Zeit im Leben eines Kindes. Auch hätte sie dann gerade einen Urlaub an der Seite ihres Vaters hinter sich, eines reichen Vaters, der sich sicherlich in einer Form erkenntlich gezeigt hatte, wie es Lars mit seinem Polizistengehalt niemals würde tun können. Von diesem Gehalt finanzierte er einen Teil des Lebens von Silke, seiner Immernoch-Ehefrau, wie er das für sich nannte. Vor fünf Jahren hatten sie sich getrennt. Sie war mit ihrem neuen Freund nach Berlin gezogen. Angeblich hatte sie wieder ein Kind. Eigentlich wollte er das alles gar nicht wissen, hatte sich seine Ruhe durch einen Abbuchungsauftrag erkauft. So viel psychologisches Grundwissen hatte er mittlerweile erworben, um zu wissen, dass diese Antriebsarmut bezüglich der Regelung seines Privatlebens etwas mit einem traumatischen Erlebnis in seiner Vergangenheit zu tun hatte. Seine Strategie war bisher gewesen, bestimmte Phasen einfach auszublenden. Er wusste, dass er einiges in Angriff nehmen und ordentlich abschließen musste, wenn er sich einer neuen Zukunft stellen wollte. Einer Zukunft mit Maren. Wollte er das? War er wirklich schon so weit? Seine Lebenserfahrung, die zu großen Teilen auch durch seinen Beruf geprägt war, sagte ihm, dass man sich nicht gleich auf die erste Idee stürzen, sondern erst einmal weitere Erfahrungen sammeln sollte. Das würde er tun, beruflich wie privat.

Maren räumte irgendwo in der Wohnung herum. Jetzt rief sie ihn. Ihre Stimme klang gedämpft. Er fand sie am anderen Ende des Flurs in dem dritten Zimmer der Wohnung.

Es war vollgestellt mit alten Möbeln und Pappkartons. Dazwischen ragte eine Staffelei mit einem skizzierten Bild heraus. Maren stand am Fenster, das zum Hof hinausführte.

»Das ist ein sehr ruhiges Zimmer«, erklärte sie und kam Lars wie eine Pensionswirtin vor, die ihrem neuen Gast ein Zimmer zur Untermiete schmackhaft machen wollte. Welche Antwort erwartete Maren jetzt von ihm? Wie weit waren ihre persönlichen Zukunftsplanungen, und wie sehr würde er sie enttäuschen, wenn er jetzt falsch reagierte? Etwas in diesem Raum alarmierte ihn. Zunächst konnte er es nicht bestimmen. Er entschloss sich zur Strategie der Ablenkung.

»Die Skyline von Frankfurt«, sagte er. »Gut getroffen. Hast du das gemalt?«

Sie nickte. »Angefangen, aber dann keine Idee mehr gehabt, wie es weitergehen sollte. Das Zimmer ist zur Abstellkammer für all das geworden, womit ich mich nicht weiter beschäftigen wollte. Ich habe mich entschlossen, das jetzt in Angriff zu nehmen. Es ist doch eigentlich ein Frevel, so ein schönes Zimmer ungenutzt verkommen zu lassen. Meinst du nicht?«

»Ja«, sagte er knapp. Daraus war kaum die Begeisterung zu hören, die sie vielleicht erwartete.

»Hast du eine Idee?«, hakte sie nach.

Er schwieg einen Moment und wich ihrem fragenden Blick aus. »Du könntest Julia fragen, ob sie lieber in dieses Zimmer möchte«, schlug er vor.

»Julias Zimmer nach vorn hinaus ist größer. Der Straßenlärm macht ihr nichts aus«, erklärte sie.

»Du könntest dir hier ein ruhiges Arbeitszimmer einrichten«, war seine nächste Idee.

Sie nickte, was er erleichtert registrierte. »Oder ein Schlafzimmer«, meinte sie vorsichtig. »Das abendliche Bettenbauen im Wohnzimmer ist umständlich.« Sie beobachtete lauernd seine Miene.

»Ein Schlafzimmer steht den ganzen Tag leer. Das ist Platzverschwendung«, erklärte er.
Nun wich sie seinem Blick aus und schaute in die Runde. Dann machte sie einen entschlossenen Schritt über einen Karton und stand vor einem großen Schrank aus dunklem Holz.
»Egal, was aus diesem Zimmer wird. Auf jeden Fall werde ich dieses Ungetüm entsorgen.« Sie drehte den Schlüssel um und zog die Schranktür auf. Der modrige Geruch reizte Lars' Schleimhäute. Plötzlich wusste er, was ihn vorhin so aufgeschreckt hatte. Wo war ihm dieser Geruch in letzter Zeit begegnet? Und er erinnerte sich.
»Willst du ihn zum Sperrmüll geben?«, fragte er.
»Nein«, wehrte Maren ab. »Das ist ein Erbstück von einer Großtante. Ein antiker Mahagonischrank. Wenn man genügend Platz rundherum hat, sieht er sogar ganz gut aus. Aber in so einem engen Zimmer macht er alles auf Anhieb zu dunkel. Ich werde ihn verkaufen.«
»Über E-Bay?«, fragte Lars.
Maren schüttelte den Kopf. »Da weiß man nie, welche Leute man sich ins Haus holt. Ich habe bei einem Antiquitätenhändler angerufen. Er meint zwar, es gäbe gerade keinen Markt für solche Möbel, aber er will ihn sich einmal ansehen.«
»Ansehen?«, fuhr Lars auf.
Maren musterte ihn irritiert. »Ja, wieso nicht?«
»Wann?«, fragte er.
Maren runzelte die Stirn. »Übernächste Woche. Mittwochnachmittag.«
»Mittwochnachmittag?«, wiederholte Lars nachdenklich, und Maren beobachtete ihn verständnislos.
»Stört dich etwas daran?«, forschte sie.

Lars schüttelte abwesend den Kopf. »Wie bist du an den Händler gekommen?«, fragte er.
»Branchenverzeichnis. Gleich bei A.«
»Und er sagte sofort den Hausbesuch zu?«
»Nicht sofort. Erst hatte er noch einige Fragen.«
»Welche Fragen?«
»Größe. Aussehen. Geschätztes Alter.«
»Von dir?«
»Des Schrankes! Was glaubst du denn«, entrüstete Maren sich. »Was soll überhaupt die Fragerei?«
Lars blieb hartnäckig. »Erinnere dich doch bitte ganz genau! Hat er in irgendeinem Zusammenhang durch seine Fragen etwas über dich herauszufinden versucht? Hast du ihm Informationen über dich gegeben?«
Maren dachte nach. »Na ja, wir haben uns ein bisschen unterhalten. Er war sehr nett. Ich habe ihm von der Erbtante erzählt und wie gut sie ihre Möbel pflegte und dass ich den Schrank früher in unserem großen Haus im Taunus im Gästeschlafzimmer stehen hatte. Und dass ich jetzt nach dem Umzug keinen rechten Platz mehr dafür habe.«
Lars fiel ihr kopfschüttelnd ins Wort. »Und so nach und nach hat er in diesem Gespräch erfahren, dass du jetzt allein mit deiner Tochter hier in dieser Wohnung lebst!«
»Von Julia habe ich ihm nichts erzählt«, sagte Maren trotzig. »Aber ich sagte ihm, dass übernächste Woche keine Ferien mehr sind und ich nur noch spät am Nachmittag kann. Daraus konnte er vermutlich schließen, dass ich Lehrerin bin und allein wohne. Aber was ist daran so schlimm, bitte schön?« Sie funkelte ihn an.
Er entgegnete bissig: »So was können nur Frauen.«
»*Was?*«, zischte sie.
»Die Schilderung ihrer kompletten Lebensgeschichte und

-umstände in ein fünfminütiges Telefongespräch komprimieren. Und das mit einem Wildfremden.«
»Immer noch besser als Männer, die es abends nicht fertigbringen, auch nur drei Worte über ihren Tag zu verlieren.«
»Ah, soll das an mich gerichtet sein? Du vergisst, dass ich einen Beruf habe, in dem ich verpflichtet bin, gewisse Dinge zu verschweigen. Spielen wir jetzt diese alberne Wie-war-dein-Tag-mein-Schatz-Nummer?«
»In funktionierenden Beziehungen spielt *so was* eine sehr wichtige Rolle!«, fauchte sie und fügte hinzu: »Allerdings glaube ich, dass wir im Moment gerade Polizeiverhör spielen.«
»Das heißt Befragung«, korrigierte er.
Ihre Blicke begegneten einander herausfordernd. Keinem fiel auf Anhieb noch etwas ein. Sie hatten ihr Pulver verschossen und schienen beide zu spüren, wie albern die Auseinandersetzung war. Er zwinkerte belustigt. Um ihre Mundwinkel zuckte es.
»Tatü-tata, Herr Kommissar«, neckte sie. »Vermuten Sie in dem netten Altmöbelhändler einen getarnten Massenmörder, der seine Opfer häutet und in antiken Goldrahmen zum Trocknen aufspannt?« Lars erstarrte, und Maren amüsierte sich über die plötzliche Blässe seines Gesichtes. Sie kletterte wieder über den Karton und schlang ihm die Arme um den Hals. »Hat es dich jetzt erschreckt, wie viel kriminelle Phantasie in mir steckt?«
Er umfasste ihre Oberarme, als wolle er sie fortziehen, und sagte leise: »Das ist kein Spaß, Maren. Es gibt immer wieder mal Fälle, in denen sich jemand, als Käufer oder Mieter getarnt, Zutritt in die Wohnungen alleinstehender Frauen verschafft.«
Die ernste Sorge in seinem Gesicht schmeichelte ihr, und sie

fragte sanft: »Hat das etwas mit einem konkreten Fall zu tun, an dem du gerade arbeitest?«
Sein Gesicht blieb ernst und unbeweglich. Er schüttelte leicht den Kopf. »Nichts Konkretes«, meinte er.
Sie atmete unmerklich auf und lächelte versöhnlich.
»Jedenfalls könnte ich dir diesen Termin abnehmen. Ich bin der geborene Möbelverkäufer«, schlug er in bemüht harmlosem Ton vor.
Maren stimmte lachend zu.

Montag, der 15. Oktober

Lars Stephan saß an seinem Schreibtisch und betrachtete nachdenklich das Schlüsselbund, welches er in den Händen hielt. Er ließ die Ereignisse des Samstags noch einmal Revue passieren. Er hatte sich seinen Blaumann angezogen, ein Kleidungsstück, das sich für ihn in vielerlei Hinsicht bereits als praktische Anschaffung erwiesen hatte. Am Samstag war er somit in das Outfit eines Handwerkers geschlüpft. Mit dem Schlüssel der Schließanlage hatte er die Haustür in der Domstraße geöffnet, wohl wissend, dass er am Wochenende keine Gefahr lief, dem Hausmeister der Anlage zu begegnen. Der Blaumann war eine Art Tarnhemd. Gewitzte Diebe wussten das längst. Gewitzte Polizisten auch. Er benutzte nicht den Fahrstuhl, sondern näherte sich der Wohnung über die Treppen. So war er besser in der Lage, jede Bewegung im Haus zu registrieren. Als er Özlems Wohnungstür passierte, öffnete sich diese plötzlich. Stephan war abrupt stehen geblieben und hatte beobachtet, wie zwei Frauen in langen Mänteln und mit weit über die Stirn gezogenen Kopftüchern die Wohnung verließen. Die eine war etwa einen Kopf kleiner als die andere. Sie unterhielten sich angeregt, vermutlich in türkischer Sprache, und nahmen keine Notiz von ihm. Die eine schloss die Wohnung sorgfältig ab. Vielleicht war ja sogar eine von den beiden Sümeyye, Özlems Schwester, gewesen, doch wirklich zu erkennen waren die Gesichtszüge wegen der Tücher

nicht. Schuhgröße achtunddreißig und vierzig könnte hinkommen, sinnierte er.
Wie er vermutet hatte, passte der Schlüssel zur rechten Wohnung eine Etage höher. Am Türschild war der Vorname ausgeschrieben: Florian Sauer.
Stephan nestelte einen neuen Aktendeckel aus dem Schrank neben der Tür und versah ihn mit dem Namen. Inzwischen hatte er einiges zum privaten Hintergrund der Person recherchiert. Er las seine Notizen noch einmal durch: *Florian Sauer. 23 Jahre alt. Geboren in Offenbach, 1. Wohnsitz bei den Eltern auf dem Buchhügel, gute Gegend, sagt Heck. Mutter: Jutta Sauer, Krankengymnastin. Vater: Lutger Sauer, Chefarzt an Privatklinik im Vordertaunus, »Storchennest«, ist eine Art Guru für Eltern mit unerfülltem Kinderwunsch. Wohnung Domstraße: Florians Zweitwohnsitz. Eigentümer: die Eltern.*
Stephans Gedanken wanderten zurück zu seiner Unternehmung am Samstag. Als auf das Klingeln hin niemand reagierte, hatte er die Tür mit dem Schlüssel geöffnet und die Wohnung gründlich durchsucht. Bücher, Unterlagen und Utensilien wiesen darauf hin, dass der Wohnungsinhaber Medizin studierte und als Rettungssanitäter arbeitete.
Küche und Bad wirkten unbenutzt. Ein Topf Basilikum ließ bedrohlich die Blätter hängen. Auf dem kleinen Balkon drängte sich eine stattliche Anzahl von welkenden Blütenpflanzen in großen Kübeln. Florian Sauer war offensichtlich seit mehreren Tagen nicht mehr in seiner Wohnung gewesen.
Lars Stephan ergänzte mit diesen Notizen seine Unterlagen und runzelte die Stirn.
Wieso besaß Özlem Onurhan einen Schlüssel zu Florian Sauers Wohnung? Stephan griff zu der Telefonliste, die ne-

ben seinem Telefon in einer Klarsichthülle deponiert war, und suchte die Nummer von Frank Günther heraus.
»Griminaldechnik Gündä!«, bellte dieser kurz darauf mit deutlich hessischem Akzent ins Telefon und ließ durch sein heftiges Atmen den Anrufer am anderen Ende hörbar spüren, dass er gerade mit Arbeit überlastet war. »'tschuldigung, nur ganz kurz«, wehrte Stephan daher bereits im Vorfeld ab.
In der Leitung grunzte es als Antwort, was Stephan als Genehmigung zum Vortrag seines Anliegens interpretierte.
»Habt ihr euch auch den Flur der Wohnung Onurhan vorgenommen?«
Ein verächtliches Schnauben ertönte. »Mir habbe uns alles vorgenomme. Wieso fräschs denn du des?«
»Dort gab es eine Hakenleiste für Schlüssel, habt ihr ein Protokoll erstellt, welche Schlüssel sich dort befunden haben, und versucht, herauszufinden, wozu sie gehören?«
Am anderen Ende der Leitung wurde gestöhnt wie unter einer schweren Last. »Was e Fraaach«, erwiderte Günther, und eine Weile war nur noch das Rascheln von Papier zu vernehmen.
»So. Hier isses! Nix dadevo«, vermeldete der Kriminaltechniker schließlich.
Stephan hakte nach: »Was soll das heißen?«
Und Frank Günther wiederholte seine Botschaft in anderen Worten, wobei er sich bemühte, seine Vorstellung von Hochdeutsch anzuwenden: »An derer besagten Hagenleiste befand sich kein Schlüsselbund. Der einzige Schlüsselbund, wo mir gefunne habbe, war in dere Handtasche von der Onurhan, un den has du dir ja am Freidach von mir aushändische lasse. Da warn übrischens drei Schlüssel dran, von dene mir net rekonstruiern konnde, wozu die gehörn. Wann krisch isch des eischendlisch zurick?«

»Die Tage«, antwortete Stephan knapp und fügte dann aber noch hinzu: »Danke, Frank, hast mir sehr geholfen.«
Günther grunzte, dann wurde das Gespräch unterbrochen. Stephan legte den Hörer zurück und starrte nachdenklich aus dem Fenster hinaus zu den Bäumen des Dreieichparks. Heute war das Wetter trüb, und in der Frühe auf dem Weg zur Arbeit hatte er beobachtet, wie der erste Reif auf den Blättern lag. Jetzt hatte sich der eisige Überzug verflüchtigt, und grauer Nebel waberte zwischen den Stämmen.
Das passt zu diesem undurchsichtigen Fall, dachte Stefan. Wie war es zu erklären, dass nach dem Tod der Frau diese Schlüssel in die Wohnung gelangt waren? Er würde dringend mit Florian Sauer sprechen müssen. In dem Moment wurde die Bürotür aufgestoßen, und Heck donnerte mit der Wucht seiner vollen Größe durch den Türrahmen. Es wehte frische, erdige Herbstluft mit herein, die ein wenig mit kaltem Zigarettenrauch angereichert war. Die Frische in den Kleidern brachte er mit, weil er wie Stephan viele Wege mit dem Fahrrad zurücklegte. Heck war eingefleischter Nichtraucher, und der Geruch nach Rauch rührte daher, dass er vermutlich schon wieder irgendwo neben der qualmenden Ernestine gestanden hatte.
Stephan war es ein Rätsel, was diesen Mann ständig in die Nähe dieser Frau trieb. Aber eigentlich ging es ihn ja auch nichts an. Er klappte schnell den Aktendeckel zu, den er vor sich liegen hatte, was Heck sofort mit einem aufmerksamen Blick registrierte.
»Moin, Kollege«, sagte er und ließ sich auf seinen Schreibtischstuhl sinken, der unter dem Gewicht ächzte. »Wir sollten uns wieder einmal über den Stand der Dinge austauschen. Berichte mal, was du herausgefunden hast aus dem beruflichen Umfeld der Toten.«

Stephan zuckte mit den Schultern. »Nicht viel. Die haben eine ziemliche Personalfluktuation da in der Praxis. Kaum einer kann sich an sie erinnern. Sie muss recht unauffällig gewesen sein.«

»Und sonst hast du mir nichts zu sagen?«, hakte Heck weiter nach. Er beugte sich vor und schielte über den Rand seiner Lesebrille.

Stephans Hand ruhte auf dem geschlossenen Aktendeckel, so dass die Beschriftung nicht lesbar war.

»Nein«, antwortete Stephan mit unschuldigem Schulterzucken.

»Und das da?«, fragte Heck und nickte in Richtung des Schlüssels.

»Ach das«, meinte Stephan, »ist ein Schlüssel.«

»Hm.« Heck nickte stumm, seufzte schließlich tief und wandte den Blick in Richtung Fenster. Er starrte in die Ferne und sagte leise: »Schade.«

»Schade? Wieso?«, fragte Stephan.

Heck sah Stephan fest in die Augen. »Schade, weil ich nach dem, was ich über dich gehört hatte, große Stücke auf dich hielt und richtig froh war, dich hier in unserer Abteilung haben zu können. Und dass wir uns gleich richtig verstehen, es ist nicht meine Art, den großen Kontrolletti zu spielen und jede Minute von jedem eine Berichterstattung zu erwarten. Ja, ein guter Polizist muss auch mal die Chance und die Freiheit haben, einem eigenen Gedanken, einer eigenen Idee nachzugehen. Aber seit letztem Mittwoch höre ich von dir nichts, sehe dich nur irgendwo herumwurschteln, nicht ein Bericht, nicht eine Notiz landet auf meinem Schreibtisch. Auch von Hölzinger, mit dem du zusammenarbeiten solltest, bekomme ich nur unklare Aussagen.« Stephan horchte auf. Heck fuhr fort: »Er behauptet, ihr hättet ein paar vage Spuren, die ihr noch überprüfen wollt, und ihr würdet gerade an dem Bericht darüber arbeiten. Stimmt das?«

»Hm«, antwortete Stephan und nickte zaghaft. In Gedanken beschäftigte er sich mit der Frage, ob Hölzinger aus Beschämung über die unklaren Ergebnisse oder aus Loyalität zu ihm solch kryptische Aussagen dem Chef gegenüber getätigt hatte. Letzteres hätte er dem jungen Kollegen nicht zugetraut, so wie er ihn behandelt hatte! Er nahm sich vor, mit Hölzinger in Zukunft etwas nachsichtiger umzugehen.

Heck sog hörbar die Luft ein und fuhr mit seinem Vortrag fort: »Auch Teilergebnisse sind Ergebnisse. Ich möchte nicht, dass wir uns so weit voneinander entfernen, dass wir uns am Ende gegenseitig bei den Ermittlungen behindern. Das kann schnell passieren. Du bist kein Anfänger mehr, sondern ein ausgebuffter Profi. Es wundert mich daher, dass du annimmst, ich würde nicht mit Frank Günther reden. Du hast ihm weisgemacht, es sei mit mir abgesprochen, dass er dir diese Schlüssel da aushändigen soll. Ich habe dich nicht auffliegen lassen, noch nicht, aber ich erwarte von dir, dass du in Zukunft in der Lage bist, zu erkennen, wann der richtige Zeitpunkt gekommen ist, mit Ermittlungsergebnissen und Vermutungen gegenüber den Kollegen herauszurücken und diese erfolgreich einzubinden, verstehst du?«

Stephan nickte. Wieder einmal kam er sich vor wie ein zurechtgewiesener Schüler. Und wieder einmal machte es ihm Heck mit seiner verständnisvollen Art schwer, eine trotzige Gegenposition zu beziehen. Wie leicht wäre es für Heck gewesen, ihn jetzt vorzuführen, seine Verfehlungen aufzuzählen und ihm, sogar vor den Augen der Kollegen, abzukanzeln. Nichts von alldem tat er. Warum eigentlich?

Hecks fleischiger Zeigefinger löste sich aus den auf dem Tisch verschränkten Händen und deutete in Richtung des Schlüssels. »Ich denke, du weißt, dass wir keine Zutrittsberechtigung zu dieser Wohnung mehr haben, seit die Versiegelung aufgehoben ist?«
Stephan nickte.
»Hat dich jemand dort gesehen?«
Stephan schüttelte den Kopf.
»Dann sollte dieser Schlüssel jetzt so schnell wie möglich wieder zurück zu Frank Günther, damit er den Verwandten mit den anderen Sachen ausgehändigt werden kann.« Heck beugte sich vor und streckte ihm die geöffnete Hand entgegen.
Stephan nahm zögerlich den Schlüsselbund auf und sagte dann: »Das ist nicht der Wohnungsschlüssel der Onurhan.«
Heck starrte ihn verblüfft an, und Stephan schilderte ihm seine Erlebnisse von Freitag und Samstag.
Danach ließ sich Heck den Bund aushändigen und lachte bitter.
»Da siehst du es mal, wie wenig sich solche Alleingänge auszahlen. Wir nehmen die Schlüssel zu den Asservaten und warten mal ab, ob jemand danach fragt, und wenn, werden wir demjenigen auf den Zahn fühlen. Was weißt du über diesen Florian Sauer?«
Stephan reichte seinen Aktendeckel hinüber, und Heck vertiefte sich in die Notizen. Anschließend sah er auf: »Und du hast definitiv herausgefunden, dass der Schlüssel des jungen Mannes erst nach dem Mord am Schlüsselbrett der Wohnung hing?«
»So bestätigt es Frank aus seinen Unterlagen.«
Heck biss sich auf die Unterlippe und starrte zum Fenster hinaus. »Dass Schlüssel von Nachbarn in Wohnungen hän-

gen, ist ja eigentlich nichts Ungewöhnliches. Da hilft man sich gegenseitig aus, leert den Briefkasten, gießt die Blumen, wenn der andere mal weg ist, und so weiter. Aber dass man eine Tote bittet, Blumen zu gießen, ist eher ungewöhnlich.« Dann wandte er sich Stephan zu und schlug mit der flachen Hand auf die Tischplatte.

»Okay, wir bleiben dran an dem jungen Mann. Allerdings können wir ihn nicht mit illegal erlangten Informationen konfrontieren. Wir werden ihn uns vornehmen, erst mal im Rahmen einer netten, kleinen Befragung. Reine Routine, werden wir ihm erklären!« Heck reichte den Aktendeckel zurück.

Stephan nahm ihn entgegen. »Geht klar!«

Für zehn Uhr hatte Heck eine Lagebesprechung im dafür vorgesehenen Raum angeordnet. Stephan erschien überpünktlich. Nach ihm trafen Tobias Hölzinger, Serafettin Gümüstekin, Ernestine Hoff und schließlich Gerhard Heck ein. Die meisten versorgten sich mit Kaffee aus der bereitgestellten Maschine, dann nahmen sie um den großen eckigen Tisch Platz, der den Raum fast vollständig ausfüllte. Tobias Hölzinger postierte vor sich wie üblich eine große, mit Mineralwasser gefüllte Kunststoffflasche. An der rechten Wand verlief eine kleine Küchenzeile mit Waschbecken und der vor sich hinblubbernden Kaffeemaschine. Heck postierte sich an der Stirnseite neben der Tür, weil die weißgestrichene Wand dort als Projektionsfläche genutzt wurde. Er schaltete den altmodischen Tageslichtprojektor ein, dessen Kühlpropeller ratterten und einen unangenehmen Geruch nach verbranntem Staub im Raum verteilten. An der gegenüberliegenden Seite verlief die Fensterfront Richtung Dreieichpark, und Hölzinger bewegte sich noch einmal dorthin, um einige Fenster zu kippen.

»Wir haben mehrere Ermittlungsansätze und müssen die heute mal zusammentragen. Ein Schwerpunkt ist die Familie. Da sind uns einige Dinge merkwürdig aufgestoßen. Ernestine, kannst du das einmal zusammenfassen? Am besten chronologisch?«

Ernestine nickte. »Die Familie haben ich und Serafettin gleich am Montag aufgesucht, um ihnen die Todesmitteilung zu überbringen. Nachmittags hatten wir in der Wohnung niemanden erreicht. Die Nachbarn sagten uns, dass alle arbeiten oder in der Schule seien. Wir suchten die Mutter an ihrer Arbeitsstelle auf, machten ihr die Mitteilung und brachten sie dann nach Hause. Sie reagierte sehr entsetzt, aber dann doch auch wieder sehr gefasst. Sie rief sofort ihre Tochter Sümeyye auf dem Handy an, teilte ihr mit, was geschehen ist, und bat sie, die Jüngste vom Kindergarten abzuholen und nach Hause zu bringen. Sie solle auch ihren Brüdern Bescheid sagen, dass die Polizei am Abend zur Familie kommen würde.«

Serafettin schaltete sich ein. »Es war dann Aufgabe der Brüder, den Vater zu benachrichtigen. Wir haben am Abend die ganze Familie in der Wohnung der Eltern angetroffen und mit ihnen gesprochen. Yunus, der älteste Sohn, ist zwanzig Jahre alt und wohnt in einer Wohngemeinschaft in der Bettinastraße. Er studiert an der Fachhochschule und verdient sich seinen Unterhalt durch Vierhundert-Euro-Jobs. Er ist ein sehr ernsthafter, gut integrierter, junger Mann. Erkan ist fünfzehn, geht noch zur Schule. Der hat seinen Weg noch nicht gefunden und versucht vor allem, sehr ›cool‹ zu erscheinen.«

Ernestine ergänzte: »Auffällig war überhaupt dieses sehr kühle Verhalten der männlichen Mitglieder der Familie. Sie beteuerten zwar, dass sie eine solche Tat verabscheuten, je-

doch konnte man bei ihnen wenig Mitgefühl erkennen. Özlem war schließlich ihre Schwester!«
Serafettin fügte hinzu: »Es war auch ungewöhnlich, dass der Vater sich völlig zurückhielt. Man hatte den Eindruck, er hätte sich gerne auf mangelnde Deutschkenntnisse berufen, um möglichst nichts aussagen zu müssen. Da ich aber anwesend war, konnte er sich mit mir auf Türkisch unterhalten, doch auch dabei hatte ich den Eindruck, dass er sehr vorsichtig war und darauf achtete, möglichst wenig Informationen herauszulassen. Ich befragte ihn nach Özlems Alltag. Er meinte, sie sei ausgezogen, hätte ihr eigenes Leben gelebt. Er wisse nicht, wie sie ihr Geld verdient habe. Er sei auch nie in der Wohnung gewesen. Als ich ihn fragte, ob es einen Mann im Leben der Tochter gegeben habe, der ihr das vielleicht alles finanziert habe, reagierte er sehr heftig und beteuerte, sie sei kein schlechtes Mädchen gewesen. Völlig erstaunt war er, als ich von dem Baby erzählte. Davon wisse er nichts.«
Ernestine berichtete weiter: »Aber auch bei den Frauen hatte man den Eindruck, dass sie ihre Worte mit Bedacht gewählt hatten. Sie gaben zu, Özlem hin und wieder, in letzter Zeit aber gar nicht mehr in der Domstraße besucht zu haben. Sie hätten sie nie nach ihren Einkünften befragt. Von einer Schwangerschaft oder einer Geburt hätten sie nichts gewusst. Dazu gibt es übrigens interessante Aussagen aus der Nachbarschaft in der Domstraße. Zwar wussten die Nachbarn wenig bis gar nichts, aber einigen war aufgefallen, dass in letzter Zeit häufiger eine Türkin mit Kinderwagen dort ein und aus gegangen war. Manche dachten, es sei Özlem gewesen. Eine Nachbarin aus der Wohnung rechts neben der Onurhan behauptet jedoch fest, dass es nicht Özlem, sondern eine andere Frau mit Kopftuch gewe-

sen sei, die das Kind hin und wieder gebracht und abgeholt habe.«

»Diese Sümeyye behauptet also, zu der Wohnung der Schwester keinerlei Bezug gehabt zu haben?«, hakte Heck noch einmal nach. Ernestine nickte. Hecks und Stephans Blicke begegneten sich. »Kannst du mit Hölzinger das bitte noch einmal genauer unter die Lupe nehmen und diese junge Dame befragen? Vielleicht weiß sie deutlich mehr, als sie uns glauben machen will.«

Stephan nickte und gab etwas in sein BlackBerry ein.

Serafettin räusperte sich: »In dem Zusammenhang sollte man auch noch einmal den jüngeren Bruder befragen. Seine Schule liegt in der Nähe der Domstraße. Er behauptete uns gegenüber, die Wohnung zwar zu kennen, aber wie die Schwestern und die Mutter in der letzten Zeit nicht dort gewesen zu sein.«

»Das klingt alles ziemlich abgesprochen«, schaltete sich Hölzinger ein. Heck nickte. »Okay, Lars und Tobias nehmen sich auch den jüngeren Bruder noch einmal vor. Den Rest der Familie werden Ernestine und Sera noch einmal befragen.«

»Ich möchte euch noch berichten, was ich bis jetzt über den Verbleib des Kindes ermitteln konnte«, erklärte Heck. »Vorneweg möchte ich noch einmal an alle appellieren, die Sache mit dem Kind weiterhin stillschweigend zu behandeln. Wir geben darüber erst einmal nichts an die Presse, ermitteln verdeckt. Wir bauen darauf, dass wir hiermit über wichtiges Täterwissen verfügen.«

»Früher oder später müssen wir damit an die Öffentlichkeit, gerade weil das Kind vielleicht zurzeit in Lebensgefahr schweben könnte«, wandte Ernestine ein.

»Da hast du recht, aber solange wir noch nicht die geringste

Ahnung haben, warum das Kind überhaupt mitgenommen wurde, schützen wir es vielleicht sogar dadurch, dass wir dem Täter keinen Fahndungsdruck machen und er mehr oder weniger entspannt mit dem Kind öffentlich durch Offenbach spazieren kann.«

*

Hölzinger lenkte den Wagen, weil er sich besser in Offenbach auskannte. Sie fuhren auf der Berliner Straße und unterhielten sich über Hecks Bericht zu den Recherchen bezüglich des Kindes. »Die DNS hat also ergeben, dass es sich um ein Mädchen handelt und dass es auf jeden Fall das leibliche Kind dieser Frau ist, von dem die gesamte Verwandtschaft nichts bemerkt haben will. Schon ein bisschen unglaubwürdig«, resümierte Hölzinger. Von Lars Stephan kam kein Kommentar. Hölzinger musterte seinen Beifahrer von der Seite. Hatte der überhaupt zugehört? Er schaute mit gelangweilter Miene zum Fenster hinaus und beobachtete das Treiben auf der Straße. Hölzinger gab nicht auf und raunte in verschwörerischem Ton: »Übrigens! Ich habe Heck nichts von den verdächtigen Frauen gesagt, die wir beobachteten. Meinst du, da ist was dran, dass die mit Kindern handeln?«
»Eher nicht«, antwortete Stephan endlich, allerdings ohne nähere Erklärungen zu geben.
Hölzinger fuhr auf: »Ich versteh dich nicht, Kollege. Erst setzt du mich auf die Frauen an, und plötzlich findest du, dass sie unschuldig sind. Ich meine, es wäre denkbar, dass sie das Kind haben. Ich habe neulich einen Bericht in der Glotze darüber gesehen, dass viele Leute Kinder haben wollen und nicht kriegen können. Die sind zu allem bereit,

vor allem auch dazu, eines illegal zu erwerben und einen Haufen Geld dafür hinzulegen. Hast du eigentlich das Babyspielzeug bei der Spusi abgegeben? Jetzt, wo wir die DNS haben, wäre es doch total easy, herauszufinden, ob das von unserem Kind ist.«

»Hm«, kam es von Stephan. Er überlegte, wo er das vermeintliche Asservat überhaupt hingetan hatte. Plötzlich rief er: »Halt! Fahr rechts ran! Dalli!«

Hölzinger zuckte zusammen, reagierte sofort und lenkte das Fahrzeug vor einer Fußgängerampel schräg auf den Bordstein. Passanten wichen kopfschüttelnd aus. Jemand schlug wütend auf das Wagendach.

Stephan ließ sich nicht beirren. Er stieß die Wagentür auf und hechtete zwischen den Leuten hindurch auf eine Gruppe Jugendlicher zu. Zwei hatten die Lage blitzschnell erkannt und sprinteten Haken schlagend davon. Einen weiteren, der sich den Flüchtenden anschließen wollte, packte Stephan unsanft am Arm und drehte ihm diesen mit schnellem Griff auf den Rücken, so dass sich der Junge mit schmerzverzerrtem Gesicht vornüberbeugte und regungslos stehen blieb. Vor ihm auf dem breiten Gehweg lag eine gekrümmte Gestalt, die mühsam versuchte, auf die Beine zu kommen. Inzwischen war auch Hölzinger eingetroffen und half dem Opfer, einem etwa fünfzehnjährigen, etwas schmächtig gebauten Jungen, aufzustehen. Die ausgeleierten Jeans mit hängendem Hosenboden betonten seine schwächliche Erscheinung noch. Auch schlotterte der Junge vor Kälte in der frischen Herbstluft. Sein knochiger Oberkörper war nur mit einem dünnen, ärmellosen Hemdchen bekleidet, das bei anderen als »Muskelshirt« gegolten hätte, hier aber eher wirkte wie ein schlaffes Fähnchen. Stephan hatte bereits die Situation gedeutet und verstärkte den

Druck auf den Arm seines Gefangenen, so dass dieser aufheulend tiefer in die Knie ging.
»Gib es zu, ihr habt dem Jungen hier gerade die Jacke gerippt!«, fauchte er.
Ein weiterer Schmerzensschrei ertönte. »Ey, Mann, lassen Sie mich los. Ich hab nichts getan.«
»Das sagt ihr alle«, fuhr ihn Hölzinger in schnarrendem Polizistenton an und wandte sich mit deutlich sanfterer Stimme dem anderen Jungen zu: »Komm, sag uns, was er hier und seine Freunde dir angetan haben!«
Der schmächtige Junge schob die geschwollene Unterlippe vor und musterte den anderen mit düsterem Blick. Der stöhnte auf, weil Stephan den Druck auf seinen Arm verstärkte. »Ey, Mann, sag denen, dass ich nichts gemacht habe! Sag denen, dass das hier bloß ein Spaß war. Los, sag schon!«
Inzwischen hatten sich rundherum etliche Schaulustige versammelt, unter anderem auch Jugendliche, und Stephan war sich nicht sicher, ob nicht auch die beiden Geflohenen wieder zurückgekehrt waren und sich mit harmloser Miene zu den anderen gestellt hatten.
Der zarte Junge griff sich mit gespreizten Fingern in seine schmutzig blonden, leicht gewellten Haare. Dann sagte er kaum hörbar: »Es stimmt. Er hat nichts gemacht. Es war nur ein Spaß.«
Hölzinger und Stephan tauschten misstrauische Blicke aus, Stephan lockerte seinen Griff. Die Gestalt vor ihm richtete sich auf. Der Junge war etwas kompakter gebaut und mit knapp einem Meter sechzig um etwa einen Kopf kleiner als sein vermeintliches Opfer. Die drahtigen, schwarzen Haare saßen helmartig auf seinem Kopf. Der dichte Pony verlief in der Mitte der Stirn mit einer Spitze zur Nasenwurzel hin. Lars Stephans Phantasie ergänzte über dem stupsnasigen

Gesicht mit den kecken Knopfaugen ein großes, schwarzes Ohrenpaar. Sich diese Micky Maus als Gewalttäter vorzustellen, fiel nun auch ihm schwer. Er gab den Arm des Jungen frei. Der straffte die Schultern. Einen Augenblick zuckte so etwas wie ein zufriedenes Grinsen über sein Mausgesicht, dann blickte er in Richtung des vermeintlichen Opfers, das die Augen niederschlug und in sich zusammensank. Für Stephan eindeutige Zeichen, dass Micky Maus doch nicht ganz so harmlos war, wie er tat.

»Können wir jetzt gehen?«, fragte Micky Maus betont gelangweilt.

»Nicht, bevor wir eure Personalien haben«, erwiderte Hölzinger. Mit einer gelassenen Handbewegung fasste Micky Maus in seine Brusttasche und reichte Lars Stephan einen Schülerausweis.

»Und du?«, fragte Stephan das Opfer und streckte die Hand aus.

»Hab ich nicht«, sagte der Junge leise, »ist in meiner Jacke.«

»Aha, und wo ist deine Jacke?«, schnarrte Hölzinger.

Der Junge biss sich auf die blutverkrusteten Lippen. »Die hat er in der Schule gelassen. Ihm war zu warm«, erklärte Micky Maus, und der andere nickte bestätigend.

»Ja, in der Schule, mir war zu warm«, bestätigte er schlotternd.

Stephan schüttelte den Kopf und begutachtete den Ausweis in seiner Hand. Er sog hörbar die Luft ein und meinte: »Hör mir mal gut zu, Abdelhamid Ben Alhallak, ich glaube dir kein Wort von dem, was du erzählst. Ich bleibe dabei, du und deine Freunde, ihr habt ihn hier überfallen und seine Jacke gerippt. Irgendwie habt ihr ihn im Griff, und deshalb schützt er euch jetzt.«

Micky Maus' Gesicht blieb ungerührt. »Dann meinen Sie

das halt, aber so war es nicht. Aussage gegen Aussage, können wir jetzt gehen?«

Stephans Blick wurde kalt und saugte sich an Micky Maus' schwarzen Knopfaugen fest. Doch die hielten stand. »Wer sind Sie überhaupt? Können Sie sich denn selber ausweisen?«, forderte der Junge frech.

»Sachte, sachte, Junge«, zischte Stephan. »Wir sind die Polizei.«

»Ha, ha, das hat ja inzwischen jeder gemerkt, aber Sie müssen sich auch ausweisen!«

»Schön, dass du die Regeln so gut kennst. Hast wohl öfter mit der Polizei zu tun?«

»Schon. Aber immer nur als Zeuge. Ich helfe gern.«

Hölzinger stöhnte auf. Stephan hatte beschlossen, Micky Maus einfach zu ignorieren, und wandte sich an den anderen Jungen. »Wie heißt du?«

»Tim. Tim Martens. Ich gehe mit ihm in eine Klasse, auch in die neun c.«

»Geht ihr in diese Schule, da vorn Richtung Kaiserlei?«

Beide nickten artig.

Stephan und Hölzinger tauschten Blicke aus. »Kennt ihr einen namens Erkan Onurhan?« Keine Reaktion. Hölzinger ergänzte: »Wir waren nämlich gerade auf dem Weg zu ihm. Wir haben die Information, dass er auf eure Schule geht. Klasse neun c. Merkwürdig, wenn ihr ihn nicht kennt.«

»Was wollen Sie von ihm?«, fragte Abdelhamid.

»Nichts Schlimmes, nur als Zeugen befragen«, erklärte Stephan, »vielleicht hilft er ja genauso gern wie du.«

Micky Maus überhörte die Spitze gelassen und meinte: »Ach so, wegen der toten Frau von dort drüben.« Abdelhamid deutete mit einer lässigen Kopfbewegung in Richtung der Parkplätze, die sich an den breiten Bürgersteig anschlos-

sen. Jetzt erst erkannte Stephan, dass an dieser Stelle, von der Berliner Straße aus gut sichtbar, die Domstraße in spitzem Winkel abzweigte und er den großen Torbogen des Tathauses vis-à-vis deutlich sehen konnte. Insgeheim beschloss er, sich demnächst einem Crash-Kurs bezüglich der Ortskenntnisse in Offenbach zu unterziehen. Er schaute auf seine Armbanduhr.
»Vierzehn Uhr. Treffen wir da euren Kumpel überhaupt noch in der Schule?«
Abdelhamid nickte: »Klar, wir haben noch Nachmittagsunterricht. Wir sind Ganztagsschule.«
»Und was macht ihr dann hier?«, fragte Hölzinger und erhielt außer einem starren Blick keine Antwort. Einige Jugendliche lösten sich aus dem Kreis der Zuschauer und entfernten sich zügig.
»Wann fängt der Unterricht an?«, erkundigte sich Stephan.
»Vor zehn Minuten«, erklärte Abdelhamid lapidar.
»Na, dann aber los – kommt, steigt ein«, sagte Stephan und öffnete einladend die hintere Wagentür.
Tim zögerte noch, doch Abdelhamid schob ihn vorwärts: »Ey, Mann, steig ein, die fahren uns in die Schule, ist doch echt krass.«
Bevor jedoch Stephan und Hölzinger einsteigen konnten, fuhr ein Streifenwagen scharf vor ihren Kühler. Warnblinkanlage und Blaulicht wurden eingeschaltet. Die Menge der Zuschauer wuchs wieder an. Ein uniformierter Mann und eine uniformierte Frau stiegen aus.
»Sie können hier nicht stehen! Sie blockieren den Fußgängerüberweg«, rief der Polizist, während er sich ihrem Fahrzeug näherte.
Abdelhamid betätigte den Fensterheber und rief: »Schönen Tag, lange nicht gesehen!«

Der Polizist erstarrte. Die Polizistin beugte sich hinunter zu Abdelhamids Fenster.
»Hey, Abdel, was machst du denn hier?«, fragte sie erstaunt und erhielt prompt die Erklärung: »Die haben uns gerade hier aufgegabelt und bringen uns in die Schule.«
Die Polizistin richtete sich auf, musterte Stephan und Hölzinger mit misstrauischem Blick und fragte scharf: »Was wollen Sie von den beiden Jungen?«
Bevor Stephan seine Verblüffung überwunden hatte, antwortete Abdelhamid: »Das ist schon korrekt. Die beiden sind auch Polizisten. Kripo im Einsatz. Die haben nur vergessen, ihr Blaulicht aufzusetzen.«
Die beiden Uniformierten schienen noch nicht endgültig überzeugt. Sie musterten ihre vermeintlichen Kollegen mit finsteren Blicken.
Stephan und Hölzinger blieb nichts anderes übrig, als ein entschuldigendes Grinsen aufzusetzen und ihre Ausweise zu zeigen, die eingehend studiert wurden. Stephan spürte förmlich Abdelhamids genüssliche Knopfaugenblicke im Rücken.
»In Ordnung«, sagte die Polizistin schließlich, als sie Stephan den Ausweis zurückreichte.
In der Schule angekommen, zeigte sich Abdelhamid ungefragt als hilfreicher Fremdenführer. Nachdem er auf ein Schild am Schuleingang hingewiesen hatte, das verlangte, dass schulfremde Besucher sich im Sekretariat anzumelden hätten, führte Abdelhamid sie durch verwinkelte Gänge dorthin. In der Luft lag ein Mief aus Suppenküche und ungelüfteter Umkleidekabine. Ein Geruch, der Stephan sofort in finstere Zeiten seines Schülerlebens zurückkatapultierte. Er kam sich fehl am Platz vor und folgte dem selbstbewusst vorauseilenden Abdelhamid. Hinter sich hörte er Hölzin-

gers quietschenden Turnschuhschritt auf dem Linoleum und das leichte Klingeln des Schlüsselbundes, das Tim mit einem langen Band am Hosenbund trug. Warum war Tim eigentlich noch mit dabei? Was wollte er? Hatte er die Order, sich in Abdelhamids Nähe zu halten, oder genoss er einfach die Möglichkeit, mit gutem Grund dem Unterricht noch ein bisschen fernzubleiben? Jede Person, der sie auf ihrem Weg begegneten – einem Hausmeister, zwei Lehrkräften, einigen Schülern –, schien mit Abdelhamid gut bekannt zu sein. Jedes Mal hob er seine Micky-Maus-Pfote, sagte: Tag, Herr Wendt – hallo, Frau Reinhardt – hey, Leon, was geht? Und alle grüßten mit undurchdringlicher Mimik zurück. Der Blick, mit dem die diensthabende Sekretärin den eintretenden Abdelhamid betrachtete, zeigte ebenfalls, dass ihr dieser Schüler nicht fremd war. Sie fragte nicht, wie vielleicht zu erwarten gewesen wäre, nach seinem Anliegen, sondern wandte sich direkt an Stephan und Hölzinger.

»Was hat er angestellt?«

Abdelhamid antwortete sofort: »Gar nichts, ich helfe nur.«

Der Gesichtsausdruck der Sekretärin blieb unverändert. »Möchten Sie den Schulleiter sprechen, oder soll ich gleich seine Eltern anrufen?«

*

Als sie nach dem Gespräch mit Erkan Onurhan die Schule verließen, lief ihnen erneut Abdelhamid vor die Füße. Treuherzig erkundigte er sich, ob sie mit der Zeugenbefragung zufrieden gewesen seien, und verabschiedete sich schließlich höflich mit den Worten: »Bis zum nächsten Mal. Ich helfe immer gern. Und übrigens, Sie können gerne Abdel zu mir sagen.«

Er streckte Lars Stephan kumpelhaft die Hand entgegen. Dieser schlug nicht ein, sondern sagte: »Lass es gut sein, Junge, es reicht jetzt!«
Abdelhamid blieb unbeeindruckt und schloss sich dann einigen Mitschülern an, die die Szene misstrauisch beäugt hatten und die Polizisten weiterhin mit vorsichtiger Neugier musterten.
Hölzinger zupfte Stephan am Ärmel und deutete auf einen Schüler, der fernab der anderen allein seines Weges ging. Jetzt erkannte er ihn, es war Tim Martens. Er trug jetzt wieder eine Jacke.
»Hattest du eigentlich auch den Eindruck, dass dieser Erkan längst darüber informiert war, dass wir ihn heute befragen wollten«, argwöhnte Hölzinger.
Lars Stephan nickte. »Über Handy ist nun mal alles möglich, und diesem Abdelhamid traue ich zu, dass er ihn unter unseren Augen benachrichtigt hat.«
In der Tat war dem Jungen nicht die geringste Überraschung anzumerken gewesen. Als der Schulleiter mit ihnen zu einem Klassenraum gegangen war, um Erkan aufzurufen, war dieser sofort beim Öffnen der Klassenzimmertür aufgestanden und zu ihnen gekommen.
Dann, in einem Nebenraum, hatte er die Antworten mechanisch aufgesagt: Nein, er habe seine Schwester in letzter Zeit nicht besucht. Er kenne die Wohnung in der Domstraße, sei aber ewig nicht mehr dort gewesen. Dass sie ein Baby gehabt haben sollte, wusste er nicht.
»Aber das haben wir doch alles schon gesagt!« Bei dem »wir« horchte Lars Stephan auf, und Erkan rief aufgebracht: »Glauben Sie, wir reden in der Familie nicht miteinander?«
»Miteinander reden ist das eine, Aussagen absprechen ist das andere«, maßregelte Hölzinger.

Erkans Miene blieb kühl und scheinbar desinteressiert. Hölzinger ließ sich davon provozieren. »Ich erzähle dir jetzt eine andere Geschichte«, fuhr er fort: »Ihr wusstet alle genau, dass deine Schwester ein uneheliches Kind erwartete. Das hat die Ehre der Familie gekränkt und bedeutete das Todesurteil für sie. Es wäre nicht das erste Mal, dass so was vorkommt bei Leuten wie euch!«
Erkans dunkle Augen funkelten. Man sah, wie seine Kiefermuskeln arbeiteten. Er zog an seinen Fingern, dass die Gelenke knackten. Dann sagte er mühsam beherrscht: »Und Leute wie ihr denken immer nur, dass wir schuld sind. Wir waren das nicht, Mann! Niemand aus meiner Familie! Aber Leute wie ihr glaubt uns ja nicht. Für euch sind immer wir die Schuldigen! Scheißdeutsche!«
Hölzingers Hand schnellte vor und packte Erkan am Kragen. »Sei vorsichtig mit dem, was du sagst! Beamtenbeleidigung kann teuer werden!«
Erkan trat einen Schritt zurück, und Hölzinger ließ los. »Ey, ihr beleidigt mich auch mit dem, was ihr da für Scheiße labert!«
Erkan und Hölzinger fixierten einander wie Raubtiere in der Arena. Lars Stephan trat zwischen die beiden und bemühte sich um einen ruhigen Ton.
»Es ist für uns ein denkbares Motiv, dem wir nachgehen müssen. Und wenn du so fest davon überzeugt bist, dass es anders war, wäre es schön, wenn du nicht so einsilbig wärst, sondern mehr kooperieren würdest.«
Erkan verschränkte die Arme vor der Brust und schaute eine Weile seitlich zum Fenster hinaus. Dann sagte er: »Keiner von uns war das. Mehr sag ich nicht dazu. Und wenn Sie mich für schuldig halten und nicht nur als Zeugen befragen wollen, wie Sie das vorhin erklärt haben, dann müssen Sie

meine Eltern anrufen, und die haben das Recht, einen Anwalt mitzubringen.«
»Na, da weiß aber einer richtig gut Bescheid«, sagte Hölzinger ironisch. »Wer hat dir das denn alles erklärt?«
»Abdelhamid hat mir das erklärt, und er hat recht«, erwiderte Erkan kühl. Und Lars und Hölzinger zuckten zusammen, als hätten sie beide eine Ohrfeige bekommen.

Sie schlenderten hinter den fröhlich quasselnden Schülern dem Ausgang des Schulhofes zu.
»Hast du eigentlich auch den Eindruck, dass wir hier nach Strich und Faden veräppelt werden?«, fragte Stephan.
»Klar«, bestätigte Hölzinger, »und von dem da besonders.« Er deutete auf Abdelhamid, der, die Fäuste tief in den Hosentaschen und mit wiegenden Schritten, in einer Gruppe von Jugendlichen ging, die ihn alle überragten.
»Was ist das eigentlich für einer? Kannst du dir einen Reim auf den machen?«, fragte Lars.
»Der? Ich denke, der ist das, was Heck immer so schön als ›echte Offenbacher Kanalratte‹ bezeichnet. Der kennt alles und jeden, hat seine neugierige Nase überall drin und einige Leute mit seinem Wissen fest im Griff. Im Grunde kein gefährliches Raubtier, eben nur ein anpassungsfähiges, kleines Nagetier.«
Lars Stephan grinste. »Kanalratte. Das passt.«
Hölzinger fuhr fort: »Heck sagt auch, du hast gewonnen, wenn du dir die gängigen Offenbacher Kanalratten anfütterst. Dann weißt du immer mehr als die anderen.«
»Interessante Strategie«, sinnierte Stephan.
Später auf dem Weg ins Präsidium, als er die Ereignisse des Nachmittags noch einmal Revue passieren ließ, huschte plötzlich für den Bruchteil einer Sekunde ein Gedanken-

blitz durch Stephans Kopf, zu schnell, um ihn greifen zu können, aber er war sich sicher, dass es etwas mit einer von Abdels Bemerkungen zu tun hatte. Stephan kannte diese Art von Eingebungen und wusste, dass er ihnen unbedingt nachgehen musste. Es war eine kleine Irritation, ein kleines Unbehagen gewesen. Wobei nur? Eine widersprüchliche Aussage? Er würde nachher beim Abfassen des Protokolls noch einmal jedes Wort, das heute Nachmittag gefallen war, rekonstruieren und sich jede Geste in Erinnerung rufen.

Am Abend machte er sich müde und enttäuscht auf den Heimweg. Der Gedanke hatte sich nicht mehr aufnehmen lassen. Überhaupt war dieser Fall sehr undurchsichtig, je mehr man ermittelte, desto mehr hatte man das Gefühl, sich in klebrigen Fäden zu verfangen. Nirgendwo gab es eine greifbare Spur, ein greifbares Motiv. Und die Menschen, mit denen man zu tun hatte, wirkten nicht gerade kooperativ. War das die besondere Note in Offenbach, oder lag es an ihm selbst?

Stephan trat in die Pedale und genoss die frische Herbstluft, die ihn umwehte. Er wollte jetzt erst einmal alles ad acta legen und sich auf den Feierabend mit Maren freuen. Ein wenig hatte es ihn irritiert, dass er sie telefonisch nicht erreichen konnte. Auch auf seine SMS hatte sie nicht reagiert. Anstatt erst noch einmal in seiner Wohnung vorbeizufahren, machte er sich gleich auf den Weg zu ihr. Im Hintergrund stieg schon wieder jene diffuse Ahnung auf, dass es einen Täter gab, der sich an alleinstehende Frauen heranmachte. Voller Sorge schloss er die Wohnungstür auf.

Er fand Maren auf dem Küchenboden kniend vor. Sie hatte große Bögen weißer Tapete ausgebreitet und darüber eine Landschaft aus merkwürdigen dunklen Flusen, kleinen Hölzchen, Büroklammern und verwelkten Blättern arran-

giert. Daneben hatte sie eine Stehlampe postiert, die alles in grelles Licht tauchte.
Maren war so konzentriert damit beschäftigt, mit spitzen Fingern die Staubflocken aufzunehmen und zu zerdrücken, dass sie Lars gar nicht bemerkt hatte. Vielleicht lag es auch an seiner Polizistenart, sich unhörbar zu bewegen. Als er leise »Hallo« sagte, zuckte sie zusammen, sprang auf und schaute ihn mit glasigem Blick an.
»Ich habe dich gar nicht kommen hören«, hauchte sie. Sie wirkte fahrig und übernervös.
Er zog sie in die Arme und sagte: »Du warst so intensiv mit deinem Kunstwerk beschäftigt, da hast du wohl alles um dich herum vergessen.«
Sie löste sich aus seinen Armen und sah ihn entsetzt an. »Kunstwerk? Diese Sauerei ist doch kein Kunstwerk! Wofür hältst du mich? Ich habe den Staubsaugerbeutel aufgeschnitten und suche meine Brillantohrstecker. Ich habe die ganze Wohnung danach abgesucht. Der Staubsauger ist der letzte Ort, wo sie noch sein könnten!«
Wenig später saß er mit Maren, deren Verzweiflung stetig wuchs, auf dem Boden und wühlte im Dreck. Lars hatte sich nach diesem Arbeitstag den Abend deutlich anders vorgestellt. Er konnte Marens Aufgeregtheit nicht teilen. Bedeutete Frauen so ein dämlicher Schmuck wirklich so viel, dass sie eine Fahndung inszenieren mussten, als ginge es um Leben und Tod?
Gegen Ende der Suche rückte er mit dem Versprechen heraus, ihr neue Ohrstecker zu schenken, viel schönere. Wenn sie nur endlich mit dieser schrecklichen Beschäftigung aufhören könnten, fügte er in Gedanken hinzu und war sich darüber im Klaren, dass er für diesen Feierabend einen hohen Preis zahlen würde. Doch Maren ließ sich nicht beruhi-

gen, sie wollte diese Ohrstecker finden und keine anderen. Lars' Laune war längst im Minusbereich angekommen. Womöglich rückte sie noch damit heraus, dass diese verdammten Ohrstecker eine wichtige Erinnerung an schöne Zeiten mit ihrem Ex waren, dann würde er auf der Stelle gehen. Vor seinem geistigen Auge entstand bereits der nicht unangenehme Gedanke, wie er diese Stätte verlassen, sich in seine Wohnung begeben und mit einer Fertigpizza und einem kühlen Bier vor den Fernseher setzen würde.
Marens Verzweiflung war nicht mehr normal. Sie schluchzte heftig. Zunächst konnte er gar nicht verstehen, was sie meinte, dann jedoch drangen ihre Worte allmählich in sein Bewusstsein. Es ging ihr gar nicht um die Ohrstecker. Es ging ihr um das Verschwinden als solches. Dies sei ein weiterer Beweis, dass es jemanden gab, der sich in ihrer Wohnung zu schaffen machte. Mit dem schönen, selbst bemalten Seidentuch hatte alles angefangen. Dann immer wieder die laufende Klospülung. Die nicht verschlossene Eingangstür, der Fernseher auf Stand-by und dann diese Merkwürdigkeit mit dem Katzenfutter im Bücherregal. Niemals würde sie so etwas Abwegiges tun! Maren erwartete, dass Lars wieder abwiegeln würde. Doch zu ihrem Erstaunen hörte er ihr aufmerksam zu. Schließlich sah er blitzschnell auf seine Uhr.
»Die Baumärkte haben noch geöffnet. Ich fahre und hole dir ein anderes Türschloss und baue es heute noch ein.«
»So was kannst du?«, fragte sie schluchzend.
»Ja«, bestätigte er und kam sich vor wie Humphrey Bogart in *Casablanca*.
»Ich liebe dich«, sagte sie.
Er verzog das Gesicht zu einem gequälten Lächeln und griff nach den Schlüsseln seines Fahrradschlosses.

Dienstag, der 16. Oktober

Durch einen Telefonanruf hatte Heck herausgefunden, dass sich Florian Sauer zurzeit in seinem Elternhaus in der Buchhügelallee aufhielt, und ihren Besuch angekündigt. Nun standen Heck und Stephan vor einer modernen Eingangstür aus glattem, grauem Stahl, an der ein langer Edelstahlstab als Griffstange angebracht war. Rechts und links der Tür befand sich jeweils ein Band von milchverglasten Kassettenfenstern, so dass man den melodischen Ton der Türglocke drinnen zwar hören, aber nicht erkennen konnte, ob im Haus jemand reagierte.

Stephan blickte an der frisch renovierten Fassade des einstöckigen Gebäudes hinauf. Er war sich sicher, hinter einem Fenster im ersten Stock das leichte Schwanken eines Innenrollos bemerkt zu haben. Wenig später wurde die schwere Tür mit sanftem Gleiten geöffnet. Vor ihnen stand ein zart gebauter Junge mit welligem, rostrotem Haar in einem Brave-Buben-Schnitt mit Seitenscheitel. Auf der leicht rosigen Gesichtshaut bildete sich ein Sternenhimmel voller Sommersprossen ab. Die Stupsnase verstärkte den jungenhaften Eindruck noch.

Beinahe hätte Stephan gefragt: »Hallo, ist dein großer Bruder da?«, als die spärlichen Barthaare auf Oberlippe und Kinn ihn dazu veranlassten, die Altersschätzung doch etwas höher anzusetzen. »Florian Sauer?«, erkundigte sich Heck. Der junge Mann nickte. »Wir hatten gerade telefoniert«, erklärte Heck und zückte seinen Dienstausweis. Stephan tat es ihm nach.

Florian Sauers blassblaue Augen huschten kurz über die Dokumente, dann trat er einen Schritt zurück in die Eingangshalle. Stephans Blick fiel auf Florians Füße, die in buntgemusterten, handgestrickten Socken steckten. Die Röhrenjeans betonte seine mageren Beine. Er trug ein ordentlich gebügeltes, kariertes Hemd und eine dunkle Lederweste. Alles teure Markenkleidung von einem Anbieter, der sich mit dem Flair umgibt, den Landadel zu versorgen, dachte Stephan. Das Haus war spärlich mit hellen Möbeln und Accessoires aus Naturmaterialien in einem modernen Landhausstil eingerichtet. Florian Sauer ließ seine Besucher auf hellen Ledersofas im Wohnzimmer Platz nehmen, von wo aus man durch bodentiefe, große Fenster einen Blick in den gut eingewachsenen, herbstlichen Garten hatte. Artig bot Florian Tee an, und Heck nahm freundlich nickend an. Heck zeigte einmal mehr seine Qualitäten als alter Fuchs. Zunächst schuf er durch das Teetrinken und das Gespräch über den Garten, Florians Sanitäterausbildung und den Erfolg seines Medizinstudiums eine entspannte Atmosphäre. Ein wenig erzählte er auch von den eigenen Kindern und verwandelte den Polizisten in einen gutmütigen Papi. »Der Große studiert Jura, Strafrecht«, und so weiter. Stephan kannte die Geschichte inzwischen. Dann fiel Heck ganz nebenbei die Frage ein, warum Florian überhaupt eine Wohnung in der Domstraße benötige, wenn er doch so gute Möglichkeiten in diesem wunderschönen, großen Elternhaus hätte.

Stephan glaubte wahrzunehmen, dass beim Stichwort »Domstraße« ein Schatten über das Gesicht des Jungen huschte. Dann berichtete er von einer Kapitalanlage des Va-

ters in unsicheren Zeiten. Betongold, nannte er das. Auch sei es für einen erwachsenen Sohn mal ganz gut, eine eigene Wohnung zu haben und für sich selbst zu sorgen. Stephan fiel dazu der verwelkte Basilikumtopf aus Florian Sauers Küche ein.
Unvermittelt fragte Heck plötzlich: »Kannten Sie eigentlich Özlem Onurhan?«
Florian Sauers Gesicht überzog sich mit einer tiefen Röte.
»Sie meinen die Türkin, der die Wohnung unter mir in der Domstraße gehört?«
Stephan runzelte die Stirn und tauschte einen unauffälligen Blick mit Heck. War das die richtige Frage? Hätte er nicht vielmehr fragen müssen, ob das der Name der ermordeten Frau sei?
»Sie ist ermordet worden«, ergänzte Heck.
Florian Sauers Gesicht brannte, sonst zeigte er keine Reaktion.
»Kannten Sie sie näher?«, fügte Heck hinzu.
Florian Sauers knochiger Adamsapfel hüpfte. »Nur vom Sehen«, antwortete er und schaute an Heck vorbei hinaus in den Garten. Heck sah Lars Stephan auffordernd an, und Stephan wusste, was das bedeutete. Es ging um das Spiel guter Polizist, böser Polizist. Heck hatte bereits die Rolle des guten Gesetzeshüters besetzt, jetzt lag es an Stephan, eine schärfere Gangart vorzugeben.
»Wie erklären Sie sich, dass sich in der Wohnung Onurhan ein Schlüssel zu Ihrer Wohnung befand?«
»Zu meiner Wohnung? Den haben Sie gefunden? Tja, das ist länger her. Ich war im Urlaub, und sie bekam den Schlüssel wegen Blumen gießen, Briefkasten leeren und so.«
»Da haben Sie aber viel Vertrauen, wenn Sie den Schlüssel jemandem überlassen, den Sie kaum kennen.«

Von Florian Sauer kam dazu kein Kommentar. Er starrte wieder hinaus in den Garten. Wirkten seine Augen glasig, oder lag das am Licht in diesem hellen Raum.

»Können Sie uns sagen, was Sie am Freitag, den fünften Oktober, gemacht haben?«, stellte Stephan die übliche Frage.

Der Adamsapfel hüpfte wieder. Die zarten, knochigen Finger verschränkten sich ineinander. »Vormittags war ich in der Uni. Mittags die große Vorlesung von zwölf bis dreizehn Uhr. Danach war ich kurz hier bei meinen Eltern zum Kaffee. Dann von sechzehn Uhr bis dreiundzwanzig Uhr hatte ich Dienst beim Roten Kreuz.«

»Na, das ist ja sehr genau«, lobte Heck. »Ein Gedächtnis wie ein Elefant, obwohl das ja doch schon ein Weilchen her ist. Mir wäre nicht so schnell eingefallen, was ich an dem Tag gemacht habe.«

Florian Sauer hatte die Spitze bemerkt. Er schaute auf und begegnete mit regungsloser Miene Hecks Blick. Die Röte aus seinem Gesicht war verschwunden und hatte einer milchigen Blässe Platz gemacht, die seine Sommersprossen wie Stockschimmelflecken auf einer weißen Tapete aussehen ließ.

»Eine kleine Bitte hätten wir noch an Sie«, fuhr Heck in bemüht neutralem Ton fort. Er kramte dabei ein verschlossenes Glasröhrchen aus seiner Mappe hervor. Als Medizinstudent wusste Florian Sauer auf Anhieb, was das war, denn er zuckte sichtbar zusammen.

»Verdächtigen Sie mich, die Frau ermordet zu haben?«, fragte er mit spröder Stimme.

»Nein, nein«, wiegelte Heck in väterlichem Ton ab. »Das ist reine Routine. Wir müssen Spuren sammeln, um manche Dinge ausschließen zu können. Sehen Sie es andersherum. Es beweist, dass Sie das nicht waren.«

»Ich war es auch nicht«, entfuhr es Florian Sauer beinahe trotzig, »und ich kann diesen Test auch verweigern.«
Hecks Gesicht verdüsterte sich, dann veränderte er seine Miene zu einem Ausdruck väterlicher Enttäuschung. »Na, da wären Sie ja dumm, wenn Sie das verweigern. Wenn Sie ein reines Gewissen haben, und davon gehe ich aus, versteht sich das doch von selbst.«
Er stand auf und ging mit dem langstieligen Wattestäbchen auf Florian Sauer zu wie ein Degenfechter, der eine Offensive startet. Sauer zögerte einen Moment, dann jedoch öffnete er den Mund wie ein artiges Kind beim Schulzahnarzt und ließ Heck die Probe nehmen.

*

Als sie aufwachte und in Richtung der Fenster blinzelte, wusste sie wie so oft nicht, wie viel Zeit sie im Land des Vergessens verbracht hatte und welcher Tag heute war. Wichtig war das nicht. Es gab nur immer wieder die Verwunderung darüber, dass sie doch wieder aufgewacht war. Etwas in ihrem Körper wollte das so. Ein letzter Rest von Selbsterhaltungstrieb, gegen den sie nichts ausrichten konnte. Ein Strahl Nachmittagssonne brach durch die trüben Scheiben der Gaubenfenster. Ein heftiger Wind tobte draußen in den beinahe blattlosen Ästen der Bäume und jagte bauschige Wolkenschafe über den blassblauen Himmelsausschnitt, den sie in dem kleinen Karree erkennen konnte. Eine Weile folgte sie diesem Schauspiel und stellte zu ihrem eigenen Erstaunen fest, dass der an den Nerven zerrende Zustand des Getriebenseins, der sie in der letzten Zeit heimgesucht hatte, einem Gefühl von gleichförmiger Ruhe gewichen war. Ruhe! Wie oft hatte sie sich danach gesehnt und

dann nur Einsamkeit und Leere gefunden. Jetzt war es Ruhe, eine tiefe, stählerne Ruhe. War das der Zustand der Gleichgültigkeit, der sich einstellte, wenn man mit allem abgeschlossen hatte? Wenn man am Abgrund stand, kurz vor dem Sprung? Kein Geräusch war in der Wohnung zu vernehmen. Nur irgendwo weit weg raunte der Straßenverkehr. Es war das Lebenszeichen im Blutkreislauf eines riesigen, übermächtigen Organismus, zu dem sie längst nicht mehr gehörte. Kein Geräusch in der Wohnung? Eine Erinnerung tauchte auf. Hätte *es* nicht schon längst wieder schreien müssen, dieses Bündel, das ihr so viel Ruhe geraubt hatte. Jetzt war es still. Auch gut. Wo war es überhaupt? Sie wälzte sich auf die andere Seite und stellte fest, dass sie zusammengekrümmt auf dem Fellteppich mit den schmuddeligen, langen Fransen gelegen hatte. Um sie herum knisterte Papier, eine Flasche klirrte, als sie gegen eine andere schlug. Sie blickte in Richtung der Zimmertür, die geschlossen war. Panik durchfuhr sie. Wer hatte das getan? Jemand musste hier gewesen sein. Sie selbst ließ die Tür immer weit geöffnet. Sie musste den Flur sehen, die Gewissheit haben, dass sich niemand näherte. Sie ertrug nicht das geringste Gefühl des Eingeschlossenseins. Wie oft war sie als Kind nach harten Schlägen in den Heizungskeller gesperrt worden. Manchmal hatten sie sie dort vergessen.
Ihr Blick wanderte von der Tür aus weiter zu den hellen, bodentiefen Glastüren, die hinaus auf die kleine Dachterrasse führten. Jetzt fiel es ihr wieder ein. Das Bündel! Sie hatte es im Kinderwagen dort draußen abgestellt! Dort draußen in der kühlen Herbstluft hatte es viel länger Ruhe gegeben als hier im stickigen Zimmer.
Sie richtete sich auf und konnte das hochgeklappte Verdeck des Kinderwagens sehen. Es war über und über mit Laub

bedeckt. Wie lange stand es denn nun schon da draußen? Einige Stunden oder einige Tage? Sie erstarrte. Hinausgehen und nachsehen? Das würde sie nicht ertragen. Sie würde es dabei belassen. Schicksal. Ein Gottesurteil. Es war nicht ihre Schuld. Sie hatte sich das nicht ausgesucht. Sie hatte Hatice gleich gesagt, dass sie für diesen Plan nicht geeignet war. Doch diese hatte darauf bestanden, und sie hatte sich gefügt, um Hatice nicht zu verlieren. Hatice war verloren und das Bündel nun auch. Das war gerecht.

Sie kroch auf allen vieren weg von diesem Anblick und in Richtung der Zimmertür. Mit letzter Kraft drückte sie die Klinke nach unten und manövrierte sich in den Flur. Dort blieb sie einen Augenblick erschöpft liegen. Dann richtete sie sich auf, um die Tür hinter sich zu schließen. Für immer! Diesen Bereich würde sie ab sofort nicht mehr betreten. Ausgeklammert, ausradiert aus meinem Leben. Die einzige Strategie, die ihr bisher geholfen hatte, Unannehmlichkeiten zu beseitigen. Vorübergehend würden ihr Küche und Bad als Rückzugsort genügen. Gut, dass sie noch eine andere Bleibe hatte, einen heiligen Zufluchtsort, der sie aufnahm und sie alles vergessen ließ. Sobald sie wieder etwas bei Kräften war, würde sie ihn aufsuchen können. Sie kroch auf Knien zwischen Müll und Kleiderbündeln in Richtung Küche. Dort auf dem Boden fand sie zwischen verschimmelten Nahrungsresten eine halb gefüllte Wasserflasche, trank sie gierig aus, warf sie von sich und ließ sich erschöpft auf den Rücken fallen.

Sie hörte das Summen der Fliegen, die in Scharen an dem Dachflächenfenster über ihr hochkrochen und mit dumpfen Geräuschen gegen die Glasfläche prallten. Die Kälte des Bodens stach ihr in den Rücken. Sie spreizte ein wenig die Beine und ließ sich gehen. Sie spürte die feuchte Wärme zwischen den Schenkeln hinablaufen, genauso wie damals im Heizungskeller. Das habt ihr nun davon, dass ihr mich vergessen habt! Eure Strafe! Es war ein letztes Fetzchen Macht, über das sie verfügte und das sie auskostete. Dann schloss sie die Lider und ließ die Dunkelheit zurückkommen.

Mittwoch, der 17. Oktober

Heck und Stephan saßen in ihrem Dienstzimmer, jeder an seinem Schreibtisch in die Akten vertieft, die vor ihnen lagen. An Hecks zurückhaltender Begrüßung heute Morgen hatte Stephan genau gespürt, dass etwas Unangenehmes in der Luft lag. War Heck nur allgemein schlechter Laune wegen der geringen Ermittlungserfolge, oder hegte er einen Groll gegen Stephan? Er war sich keiner Schuld bewusst und schrieb weiter an dem Protokoll zu Florian Sauers Aussage.

»Wissen wir schon ein Ergebnis zu Sauers DNS?«, fragte Stephan.

»Morgen«, brummte Heck, dann klappte er plötzlich den vor ihm liegenden Aktendeckel zu und suchte Stephans Blick. Stephan begegnete ihm mit belangloser Miene.

»Aber wir haben ein anderes Ergebnis«, erklärte Heck.

»Was denn?«, erkundigte sich Stephan ehrlich interessiert.

»Von deiner Jacke.«

So, wie Heck das sagte, klang es nicht gut, und Stephan ging in Gedanken alle Möglichkeiten durch, warum seine Jacke Grund zur Beanstandung geben könnte. Sein Suchergebnis blieb negativ.

»Fällt dir wirklich nichts dazu ein?«, fragte Heck, und sein Ton klang, als hätte er sich gerade danach erkundigt, ob Stephan den Mord zu gestehen gedenke.

Stephan zuckte ahnungslos mit den Schultern und begegnete Hecks scharfem Blick mit möglichst unschuldiger Miene.

»Dann erkläre mir doch bitte einmal, wie es kommt, dass die KTU an deiner Jacke diese roten Katzenhaare gefunden hat, die wir vereinzelt dort in dem Wohnzimmer und an der Toten hatten?«

»Ich habe mich vermutlich damit kontaminiert, als ich mich auf den Teppich kniete und an der Toten dran war«, erklärte Stephan.

Heck schüttelte heftig den Kopf. »Dann hättest du die Haare an den Knien oder außen an deiner Jacke. Die Katzenhaare waren aber vor allem innen im Kragen! Innen! Das heißt, du hattest mit dieser verdammten Katze bereits vorher Kontakt. Welche Verbindung gibt es zwischen dir und der Toten? Was war das für eine Reaktion, die du am Tatort zeigtest? Tut mir leid, Kollege, aber ich werde den Verdacht nicht los, dass du auf irgendeine Weise – ob dummer Zufall oder nicht – mit drin hängst! Und du weißt, was das heißt!«

Stephan wurde blass. Er stammelte: »Ich hatte anfangs die Tote mit einer Frau verwechselt, die ich kannte, äh, kenne.«

»Das hattest du mir schon einmal erklärt. Aber wieso gibt es die gemeinsame Spur mit den Tierhaaren? Es gab übrigens nur einen Ort in dieser Wohnung, an dem wir ebenso viele von diesen Katzenhaaren gefunden haben wie bei dir, und zwar an einer Damenjacke, die im Flur hing und wohl der Toten gehörte. Irgendwo muss diese Özlem Onurhan gewesen und mit dieser Katze zusammengetroffen sein. Ein Ort, an dem vielleicht auch du dich aufgehalten hast. Mensch, denk mal nach! Bist du der Onurhan schon einmal irgendwo begegnet? Habt ihr gemeinsame Bekannte, die eine Katze haben? Arbeitet ihr ehrenamtlich für dasselbe Tierheim? Irgendwas muss dir doch dazu einfallen!«

Stephan starrte regungslos vor sich hin und hoffte, dass Heck nicht bemerkte, wie es hinter seiner Stirn arbeitete. War die Erklärung vielleicht ganz einfach, und diese Özlem Onurhan kannte Maren, hatte sie in ihrer Wohnung besucht und war dort auf Garfield getroffen. Ein irrer Zufall! Er würde Maren unauffällig danach fragen müssen.
Heck redete weiter:
»In deiner Jacke waren übrigens nicht nur die Katzenhaare, sondern auch die Fusseln von dem gefärbten Kaninchen, die wir am Oberkörper der Toten fanden. Wohlgemerkt, *in* deiner Jacke, nicht außen dran. Was fällt dir dazu ein?«
»Ich kenne niemanden mit einem Kaninchen«, erklärte Stephan.
»Und mit rot getigerter Katze?«, fauchte Heck.
Der Sekundenbruchteil, den Stephan zögerte, genügte Heck bereits. »Also, wer? Spuck es aus!«
Stephan schluckte. »Kann man durch den DNS-Abgleich denn genau herausfinden, dass es dieselbe Katze ist, oder könnte es zufällig auch eine andere rote Katze sein?«
Heck verzog das Gesicht. »Bei Tieren kann man das noch nicht so genau zuordnen, sagt Frank Günther, aber er ist sich anhand des Streifenmusters und der Fellkonsistenz zu neunzig Prozent sicher, dass es dieselbe Katze, vielmehr ein Kater ist.«
Bei dem Wort Kater zuckte Stephan unwillkürlich zusammen, und hinter seiner Stirn blinkte in großen Leuchtbuchstaben der Schriftzug GARFIELD. Hecks Augen waren inzwischen schmale Schlitze.
»Also, wo lebt diese Katze?«
Stephan setzte sein oft trainiertes Pokerface auf und zuckte harmlos mit den Schultern. »Keine Ahnung.«
Heck schnaufte wie ein Walross nach dem Tauchgang. Ste-

phan scannte bereits seine körpereigene Festplatte mit einem Suchlauf. *Maren und Garfield. Verbindungen zur Onurhan möglich? Wenn, dann Zufall. Keine relevanten Fakten zur Aufklärung des Falles. Ergebnis? Es gab keinen Grund, Maren in diese undurchsichtige Geschichte mit hineinzuziehen und sie Heck preiszugeben.* Vor allem musste er sich selbst Klarheit verschaffen, wie es dazu kommen konnte, dass Garfields Haare in die Wohnung des Mordopfers gelangt waren. Außerdem gab es ja noch zehn Prozent Wahrscheinlichkeit, dass es sich um zwei verschiedene Katzen handelte. Und die Haare in seiner Jacke? Plötzlich stand ihm klar die Erinnerung vor Augen, wie Marens Gießkanne über ihm auf dem Balkon umgefallen war und das Wasser sich in seinen Kragen ergossen hatte. Klar! Damit waren auch die Katzenhaare vom Balkon gespült worden. Das war eine plausible Erklärung! Und die Kaninchenhaare?

»Befanden sich die Kaninchenhaare auch im Kragen meiner Jacke?«, fragte Lars Stephan unvermittelt.

Heck las in der Akte nach. »Nein, die waren recht gleichmäßig auf das Innenfutter verteilt. So, als hätte sich das Kaninchen genüsslich dort zur Ruhe gelegt.«

»Ein gefärbtes Kaninchen? Wer, um alles in der Welt, färbt sein Kaninchen?«, fragte Lars Stephan.

»Jemand, der das Fell zu Wolle verarbeitet und daraus einen teuren Angora-Pullover, -Pullunder, -Schal – was weiß ich, was – stricken lässt«, erklärte Heck und beobachtete, wie Stephan die Stirn runzelte und angestrengt nachdachte.

»Und? Fällt dir etwas dazu ein?«, drängte Heck.

Stephan schüttelte irritiert den Kopf. »Jemand mit einem Angorapullover«, sinnierte er und ging in Gedanken alle Kleidungsstücke durch, die er von Maren kannte. Ein Angorapullover war zu seiner Erleichterung nicht dabei.

Heck fasste zusammen: »Eine rote Katze und eine Person mit einem Angorapullover sind dir und der Toten sehr nahe gekommen. Ich finde es schon sehr merkwürdig, dass dir dazu nicht im Geringsten etwas einfällt.«
Stephan zuckte mit den Schultern. Er konnte Heck verstehen. Er selbst hätte mit einem solchen Mitarbeiter nicht so viel Geduld gezeigt wie der alte Kommissar mit ihm.
»Ich werde weiter darüber nachdenken und auch nachforschen. Wenn ich etwas herausfinde, sag ich dir sofort Bescheid«, lautete Stephans Friedensangebot.
Heck verzog säuerlich das Gesicht. »Damit kannst du gleich anfangen. Wieso hattest du in deiner Jackentasche ein Babyspielzeug in einem Asservatenbeutel eingeklebt?«
Auch das noch, dachte Stephan entsetzt. Im Moment hatte sich alles gegen ihn verschworen. Warum hatte er das nicht längst im Müll entsorgt? Er versuchte eine Erklärung: »Ach so, dieses Babyspielzeug. Das hatte ich ganz vergessen. Hölzinger und ich hatten ein paar Frauen mit kleinen Kindern beobachtet. Bei einer hatte Hölzinger den Verdacht, dass es vielleicht nicht ihr eigenes Kind sei, und er nahm das Spielzeug für einen DNS-Abgleich mit.«
»Und warum hast du es dann nicht abgegeben?«
»Vergessen. Echt vergessen.«
»Frank hat es untersucht.«
»Und?«
»Es ist nicht unser Kind«, konstatierte Heck.
Stephan atmete erleichtert aus und wurde dabei von seinem Gegenüber scharf beobachtet.
»Wo ist Hölzinger überhaupt?«, bellte Heck.
»Er wollte diese Sümeyye Onurhan mal ein bisschen intensiver in die Mangel nehmen.«
Heck stöhnte auf. »Da wird nicht viel mehr herauskommen

als bei den anderen Familienmitgliedern auch. Insofern wundert es mich, dass er dafür so viel Zeit beansprucht.«
»Ich werde mich nachher mit ihm treffen und mir anhören, was er herausgefunden hat«, erklärte Stephan.
Heck nickte mit finsterer Miene.

*

Eigentlich wollte Hölzinger sich um vierzehn Uhr mit Stephan in der Fußgängerzone vor der Stadtbibliothek treffen. Stephan hatte die Atmosphäre im Büro nicht mehr ausgehalten. Daher machte er sich bereits zwei Stunden früher zu Fuß in Richtung Innenstadt auf den Weg. Er wollte die Zeit nutzen, seine geographischen Offenbach-Kenntnisse weiter zu vertiefen. In der Frankfurter Straße fand er ein kleines, rustikal ausgestattetes Lokal, das ausschließlich Suppen und Eintöpfe anbot. Er entschied sich für eine herbstliche Kürbiscremesuppe mit Ingwer und Sherry und war, nachdem er die wohlige Wärme im Bauch spürte, wieder etwas mehr mit der Welt versöhnt. Danach schlug er durch einige Seitenstraßen die ungefähre Richtung zur Innenstadt ein. Ein Straßenname rief plötzlich eine Erinnerung in ihm wach. Aus seinem Portemonnaie zog er eine fliederfarbene Visitenkarte. Stimmt! Wenig später stand er vor einem aufwendig renovierten Altbau mit von Sandstein eingefassten Fenstern und Gesimsen. An der geschnitzten Holztür mit Glasfüllung und schmiedeeisernen Gittern prangte ein nobles Schild mit verschlungenen Lettern. *Praxis für Krankengymnastik, Physiotherapie und Shiatsu. Dr. Veronika Kling. Jutta Sauer.* Jutta Sauer? War das nicht der Name von Florian Sauers Mutter? In seinem Kopf begannen sich unsichtbare, rote Fäden zu spinnen, hakten sich an einzelnen

Anknüpfungspunkten fest und verbanden Teile miteinander. Eine Frau ist tot, die ein Baby hatte. Sie arbeitete als Arzthelferin bei Herrn Dr. Kling. Dessen Ehefrau betreibt mit der Mutter von Florian Sauer eine Praxis. Florian Sauer lebt in einem Haus mit der Toten und will sie nicht näher gekannt haben. Florian Sauers Vater betreibt eine Klinik für Leute mit unerfülltem Kinderwunsch.
Irgendwo hinter diesem Gespinst verbarg sich ein Motiv. Dessen war er sich plötzlich sicher und wusste, dass er der Praxis der beiden Damen bald einen Besuch abstatten würde. Er rieb sich den Nacken. Da war eine kleine Verspannung. Über den Offenbacher Marktplatz lief er in großem Bogen zur Berliner Straße. Fünfzehn Minuten später stand er vor dem Offenbacher Rathaus, einem hässlichen Hochhausklotz aus der Waschbetonzeit, der geschätzte zwanzig Stockwerke hoch in den Himmel stach. Stephan ließ seinen Blick in der Ebene wandern. Rundherum wölbte sich klotziger Beton. Erfreulicher war der Anblick der gegenüberliegenden Straßenseite, wo Rasenflächen und Buschwerk die Ränder des Büsingparks anzeigten. Inmitten des Grüns erhob sich ein verglaster Bau in Form einer übergroßen Tortenhaube. Die Lettern am Eingang wiesen auf eine Hotelkette hin.
Jetzt fiel es Stephan wieder ein, was Heck neulich erklärt hatte, als sie im Auto hier vorbeigekommen waren: Das war nicht immer ein Hotel, früher war es das Parkbad. Hier habe ich meinen Rettungsschwimmer gemacht. Michael Groß hat noch hier trainiert! Was war das für ein schönes Schwimmbad! Mitten in der Stadt, gut erreichbar. Das Tambourbad oben in Bieber haben sie dann auch zugemacht. Kein Geld mehr da! Jetzt gibt es nur noch ein Schwimmbad auf der Rosenhöhe. Im Sommer ein Freibad, im Winter mit

einer Traglufthalle. Schön ist was anderes! Voller Wehmut hatte Heck die besseren Zeiten seiner Heimatstadt geschildert, damals, als Offenbach noch die Lederstadt war mit soliden Gewerbesteuern im Stadtsäckel. Doch eine Fabrik nach der anderen hatte geschlossen.
Stephans Blick wanderte vom Hotel nach rechts in Richtung einer kleinen, putzig renovierten Kirche. Zwischen Kirche und Hotel erstreckte sich ein Flachdachbau, in dem er ein Bistro entdeckte.
Die andere Straßenseite der Berliner gefiel ihm wesentlich besser als die graue Betonwüste vor dem Rathaus. Er könnte dort drüben noch einen Cappuccino trinken und sich dann langsam in Richtung der Bibliothek auf den Weg machen. Irgendwo hinter den Gebäuden musste sie liegen, am besten, er fragte einen kompetenten Offenbacher nach dem Weg. Er hielt Ausschau. Eine Gruppe verhüllter Musliminnen wagte er nicht anzusprechen. Ein junger Mann zuckte freundlich lächelnd, aber hilflos mit den Schultern. Schließlich fiel sein Blick auf einen älteren Herrn mit zurückgekämmter, silbergrauer Haarmähne. Er kam gerade auf dem Radfahrweg mit einem roten Klappfahrrad angesaust. Seine Kleidung hätte besser in einen ordentlichen Mittelklassewagen gepasst. Er trug einen dunklen Anzug, ein weißes Hemd, dessen Manschetten unter den hochgeschobenen Ärmeln des Jacketts hervorblinkten, und wirkte businesslike. Dem Dresscode entgegen stellte sich allerdings die Tatsache, dass er keinen Schlips, sondern einen lässig geknoteten Schal um den Hals trug. Stephan hielt ihn für ein Original aus der Künstlerszene. Der Mann stieg ab und schob sein Rad über den Rathausvorplatz.
Stephan ging auf ihn zu. Jetzt konnte er erkennen, dass auf dem Fahrrad die Aufschrift prangte *Offenbacher sind über-*

all. Der Offenbach-Allround-Künstler gab freundlich und äußerst präzise Auskunft. In seinem aufmerksamen Gesicht tummelten sich einige Schmunzelfalten. Stephan bemerkte, dass Passanten stehen geblieben waren und neugierig zu ihnen herübersahen. Am Ende war der Mann ein in Offenbach bekannter Sänger oder Schauspieler, den man hier kennen musste. Peinlich. Er würde später einmal Heck fragen, vielleicht konnte der mit der Personenbeschreibung etwas anfangen.

Stephan bedankte sich höflich und überquerte die Berliner Straße. Einen Moment stand er unschlüssig vor der großen Glasfront des Bistros. Plötzlich zuckte er zusammen und suchte Deckung hinter einer großen, mediterranen Topfpflanze, die als Dekoration den Eingang zierte. Zwischen den Zweigen hindurch schaute er in das Innere des Bistros. Er hatte sich nicht getäuscht. Dort an einem Fenstertisch saßen sie sich gegenüber. Sie war eine exotische Schönheit, anders konnte man das nicht bezeichnen. Langes, dunkelbraunes Haar ergoss sich in schweren Wellen über ihre Schultern. Ein harmonisch geformter, roter Mund gab bei jedem Lächeln eine Reihe makelloser, weißer Zähne frei. Ihre dunklen Augen waren umsäumt von einem Kranz dichter Wimpern. Darüber verliefen in sanftem, perfektem Schwung zwei kunstvoll gezogene, feine Augenbrauenstriche. Ihrer Mimik war es deutlich anzusehen: Sie flirtete! Und das sehr geschickt! Wenn sie lachte, schlug sie in scheinbarer Scheu die Augen nieder, nickte ihrem Gegenüber bestätigend zu, was immer er gerade erzählte. So etwas gefiel einem Mann. Ihre zarten Hände mit den langen, schmalen Fingern und den gut gepflegten Nägeln spielten mit dem Anhänger einer zartgliedrigen Goldkette, die locker um ihren schmalen Hals lag. Alles, was sie tat, wurde

von dem Mann ihr gegenüber genauestens beobachtet. Immer wieder glitten seine Blicke in tiefer Bewunderung über ihre Erscheinung und verfingen sich an der glatten, milchkaffeefarbenen Haut ihres Halsausschnittes, von dem aus nur ein einziges geöffnetes Knöpfchen in der weißen Bluse einen Hauch von Einblick in tiefere Regionen gestattete. Bei manchem, was sie sagte, zauberte sie verlegene Röte in sein Gesicht. Mannomann! Den Kerl hatte es voll erwischt! Der war zu keinem vernünftigen Gedanken mehr fähig, dachte sich Stephan. Der Mann, der gegenüber der schönen Frau saß, war Tobias Hölzinger, von dem er seit gestern Nachmittag nichts mehr gehört hatte. Was hatte er gesagt? Er wollte Sümeyye Onurhan noch einmal so richtig in die Mangel nehmen? Von wegen!
Stephan grinste und beobachtete die Frau weiter. Plötzlich wirkte ihr Blick sehr traurig und niedergeschlagen. Alles an ihr schrie nach Schutz und Hilfe. Hölzinger hatte die Zeichen sofort erkannt, streckte beide Hände aus und umfasste die ihren, die wärmesuchend um die Kaffeetasse lagen. Sie ließ es zu, sah ihn an. In ihren Augen schimmerte es feucht. Hölzinger redete auf sie ein. Sie nickte. Wieder dieses kleine, scheue Lächeln. Eine Träne löste sich. Stephan stöhnte. Das war ja nicht mehr mit anzusehen! Eine Sekunde überlegte er, ob er einen Auftritt hinlegen und das Stelldichein beenden sollte. Dann jedoch kam ihm die Idee, dass es vielleicht wesentlich interessanter war, vor dem Hintergrund dieser Beobachtungen nachher zu hören, was Hölzinger ihm zur Befragung der Onurhan berichten würde. Also schlenderte Stephan an der kleinen Kirche vorbei durch die Fußgängerzone in Richtung der Stadtbibliothek. Tiefes Erstaunen ergriff ihn. Was war das für ein wunderschöner Straßenzug! Kleine, edle Geschäfte, Lokale mit Außentischen,

gepflegt und einladend gedeckt, und dann tauchte linker Hand plötzlich so etwas wie ein kleines, barockes Schloss auf mit zwei langgezogenen Seitenflügeln, die durch ein eindrucksvolles Haupthaus miteinander verbunden waren und eine Art Schlosshof umgaben. Stephan fand eine Tafel und las interessiert, dass sich das Gebäude Büsing-Palais nannte.

»Man denkt, das ist ein Schloss, aber das ist es gar nicht«, hörte er plötzlich eine helle Stimme hinter sich.

Stephan fuhr herum und blickte in die blanken Augen von Micky Maus, genannt Abdel Ben Irgendwas.

»Hallo, Abdel«, sagte er tonlos. Abdel ließ sich von Stephans abweisender Miene nicht abhalten, sondern plapperte munter weiter. »Da sehen Sie es: 1775, ein Schnupftabakfabrikant hat sich das als Sommerhaus gebaut. Der muss voll die Knete gehabt haben. Einfach nur reingeholt, indem er Tabak vertickt.«

Unwillkürlich musste Lars Stephan grinsen. Was konnte sich dieser Abdel unter Schnupftabak vorstellen? Wohl eher nichts. Aber die Wahrscheinlichkeit, dass es in Abdels Bekanntenkreis einige gab, die Geld damit machten, dass sie etwas zum Rauchen vertickten, war vermutlich hoch. Insofern war Abdels ehrfürchtige Reaktion verständlich. Stephans freundlichere Stimmung gab Micky Maus Aufwind, und er schnurrte einen kleinen Vortrag herunter: »Der Baustil ist Neobarock. Im Zweiten Weltkrieg war es Schutt und Asche. Es ist noch gar nicht so lange her, dass sie alles neu aufgebaut haben. Da siehst du noch die Gerüste. Ganz fertig sind sie immer noch nicht, aber bald. Es steht unter Denkmalschutz.«

Stephan pfiff leise durch die Zähne. »Na, du kannst dir dein Geld ja bald als Fremdenführer verdienen!«

Abdel senkte die Lider und lächelte treuherzig. »Ich weiß das, weil ich gerade hier in der Bibliothek war und recherchiert habe. Mein Team und ich brauchen das für unsere Projektprüfung.«
»Projektprüfung? Was ist denn das?«, erkundigte sich Stephan.
Abdel entwich ein Laut des Erstaunens. »Wissen Sie das echt nicht, Mann?«
»Erkläre es mir!«
Ein Ausdruck der Überlegenheit zeigte sich in Abdels Miene. »Wenn du deinen Haupt machen willst, musst du eine Projektprüfung machen. Mit einer Gruppe von Leuten aus deiner Klasse denkst du dir ein Thema aus und präsentierst es dann. Mein Team und ich sind auf die Idee gekommen, einen arabischen Stadtführer für Offenbach zu machen, also alle wichtigen Ämter, Krankenhäuser, Friedhöfe und so, was man halt so braucht, aber auch Geschichte und Sehenswürdigkeiten, damit die Leute sich besser auskennen lernen.« Während seiner Erklärung waren seine Blicke suchend über den Boden gehuscht, als könne er dort etwas ablesen.
Stephan pfiff anerkennend. »In arabischer Sprache und Schrift? Das nenne ich Arbeit!«
Abdel wirkte verlegen. »Ja, erst hatten wir das so vor. Aber als meine Mutter die erste Seite gelesen hatte, meinte sie, das Arabisch von uns wäre so grottenschlecht, da würde keiner schlau daraus. Jetzt schreiben wir das für alle Ausländer in Offenbach, aber auf Deutsch. Dann können das auch Leute wie Sie lesen, die keine Ahnung von Offenbach haben.«
»Und dein Deutsch ist besser?«
»Rechtschreibung und Grammatik ist Scheiße. Aber meine Schwestern lesen das noch einmal durch, die sind besser in der Schule. Mädchen eben.«

Stephan lachte. »Ich würde dich um ein Exemplar bitten, wenn es fertig ist. Wann ist denn deine Hauptschulprüfung?«
»Projektprüfung im November. Die schriftliche nächstes Jahr im Mai. Ich gehe dann aber nicht ab, sondern ich mach im Jahr darauf noch den Real.«
»Na, du scheinst ja einen klaren Plan vor Augen zu haben«, lobte Stephan.
Abdel nickte zaghaft.
Stephan wechselte das Thema und deutete auf das Gebäude, neben dem sie standen. »Ist das die Stadtbibliothek?«
Abdel nickte. »Da war ich gerade. Meistens mach ich meine Hausaufgaben dort.«
»Kann ich verstehen, bestimmt gibt es dort ohne Ende Nachschlagewerke.«
»Und Computer«, ergänzte Abdel. »Meine Mutter hat mir zu Hause gerade Computerverbot gegeben. Außerdem ist es dort eh zu laut. Ich habe noch fünf Geschwister.«
»Fünf Geschwister?«, rief Stephan. »Wie groß ist eure Wohnung?«
»Groß«, erklärte Abdel. »Drei Zimmer.«
»Was? Nur drei Zimmer bei so vielen Leuten?«
»Reicht doch«, erwiderte Abdel gleichmütig. »Drei Schwestern in einem Zimmer, ich mit meinen beiden Brüdern in dem anderen Zimmer, und meine Eltern schlafen mit dem Baby im Wohnzimmer.«
»Dann seid ihr sieben Kinder!«, stellte Stephan fest.
Abdel wischte sich über die Augen. »Ja, sieben«, bestätigte er kleinlaut.
Stephan betrachtete den Jungen mitleidig. »Da kann man verstehen, dass du lieber außer Haus bist und deine Hausaufgaben in der Bibliothek anfertigst. Und mit dem Taschengeld ist es wahrscheinlich auch nicht so üppig?«

Micky Maus schob die Lippen vor und zuckte mit den Schultern. »Ich komme zurecht«, erklärte er. »Den Stadtführer müsste ich Ihnen allerdings verkaufen. Wir haben Unkosten.«

»Klar«, bestätigte Stephan.

Einen Moment standen beide da und beobachteten das Treiben in der Fußgängerzone. Eigentlich war das Gespräch beendet, und man hätte sich verabschieden können, doch Abdel blieb stehen und starrte auf das Pflaster zu seinen Füßen.

»Ist noch was?«, fragte Stephan.

»Wie läuft es eigentlich in dem Fall mit der toten Frau?«, fragte Abdel.

Stephan durchzuckte es wie ein Blitz. Da war es wieder! Das, was ihm neulich keine Ruhe gelassen hatte, diese kleine, merkwürdige Ungereimtheit. Jetzt bemerkte er erneut, was ihm damals aufgefallen war. Warum sprach Abdel als Erkans Klassenkamerad nicht von »Erkans Schwester« oder sagte »Özlem Onurhan«, der Name musste ihm doch geläufig sein? Warum sprach er so distanziert von »der toten Frau«. Und warum erkundigte er sich überhaupt danach?

»Eigentlich darf ich dir so was nicht mitteilen«, eröffnete Stephan, »aber einer wie du, der viel in Offenbach herumkommt, könnte vielleicht mit hilfreichen Informationen beitragen.«

Abdel nickte bestätigend. »Ich helfe immer gern. Erkan sagt, dass Sie ihn verdächtigen.«

»Hat er denn etwas damit zu tun?«, fragte Stephan vorsichtig.

Abdel schüttelte vehement den Kopf. »Erkan ist in Ordnung! Die Familie auch. Die müssen Sie in Ruhe lassen! Die haben damit echt nichts zu tun. Von wegen Ehrenmord und so, das kann schon deshalb nicht sein, weil …« Abdel stockte jäh.

»Weil was?«, hakte Stephan nach.

Abdel rollte die Augen und verzog gequält das Gesicht. »Ich verstehe nicht, warum die Ihnen das nicht schon längst gesagt haben. Da machen die sich eher selbst schuldig, als dass sie damit herausrücken.«

»Was sollen sie denn sagen?«

»Eigentlich darf ich Ihnen das nicht verraten, aber eigentlich wäre es auch gut für Erkan, wenn das endlich einmal einer den Bullen steckt.«

»Gut, dann raus mit der Sprache!«, forderte Stephan.

Abdel schaute seinen Füßen zu, die über den Boden schabten. Dann sah er kurz auf. Er war sichtlich bemüht, sich einen bedürftigen Gesichtsausdruck aufzusetzen. In Gedanken sah Stephan im Spiegel von Abdels glänzenden Augen zwei Eurozeichen aufleuchten. Abdel schaute wieder zu Boden. Endlich hatte Stephan verstanden. Er zückte seine Brieftasche und zeigte Abdel einen Zwanzig-Euro-Schein. Abdels Hungerblick blieb. Stephan zog einen Fünfzig-Euro-Schein.

»Danke«, hauchte Abdel, griff blitzschnell nach beiden Scheinen und ließ sie in seinen Hosentaschen verschwinden. Stephan verzog verblüfft das Gesicht. »Das muss aber echt was wert sein, was du mir jetzt sagst.«

»Ist es auch«, bestätigte Abdel, »aber Sie haben es nicht von mir.«

»Nein, nun rück schon raus damit!«

Einen kurzen Moment starrte Abdel ins Leere, dann schaute er sich vorsichtig um und trat einen Schritt näher an Stephan heran. »Die Tote ist gar nicht Erkans Schwester, son-

dern eine andere Frau. Özlem lebt verheiratet in Frankfurt und heißt jetzt anders mit Nachnamen.«
»Was?«, fuhr Stephan auf. »Das glaubst du doch selber nicht!«
Abdel hielt den Zeigefinger vor den Mund. »Pssst. Ist aber so!« Dann hatte er es plötzlich eilig und zog davon.
Stephan blickte dem kleinen Jungen kopfschüttelnd nach, wie er, die Fäuste in den Hosentaschen seiner Jeans, mit wiegenden Schritten zwischen den Passanten verschwand. Auf dem Rücken baumelte ein schlaffer, dunkler Rucksack.

*

Wenig später tauchte Hölzinger wie verabredet vor der Bibliothek auf. Auf seinem Gesicht lag eine rosige Milde, die alle harten Konturen glättete. Er lächelte sogar sanft, als er Stephan erblickte, was diesem sichtlich unangenehm war. Daher drängte er barsch: »Du bist zehn Minuten zu spät! Wir haben unsere Zeit nicht im Lotto gewonnen. Erzähl, was du rausgekriegt hast. Viel kann es wohl nicht sein.«
Das Lächeln verschwand aus Hölzingers Gesicht, dennoch blickte er Stephan mit der verzeihenden Gelassenheit eines sanften Engels an. »Du wirst dich wundern. Wir haben eine völlig neue Konstellation in dem Fall, aber das muss ich dir erklären. Komm, lass uns in den Park gehen.«
Sie nahmen auf einer Sitzgelegenheit mit Blick auf den Nordflügel des Büsing-Palais Platz. Die nachmittägliche Herbstsonne schien blass und mild und entzündete einige Plusterhärchen, die sich aus Hölzingers Frisur selbständig gemacht hatten, zu einem feurigen Schein um sein sanftmütiges Gesicht. Der Junge ist nicht mehr von dieser Welt, dachte Stephan und empfand wachsende Sympathie für sei-

nen Kollegen. Es stand ihm gut, dass ihm mit der Auflösung seiner strengen Gelfrisur auch die demonstrierte Coolness abhandengekommen war.

Hölzinger holte tief Luft und versicherte sich, dass niemand in Hörweite war. Dann begann er zögerlich – nicht mehr in diesem schnarrenden Polizeiton, sondern sehr moderat: »Also, Sümeyye hat, ehem, Sümeyye Onurhan hat sich mir anvertraut, und ich habe ihr zugesichert, dass es keine größeren rechtlichen Konsequenzen für sie und ihre Familie haben wird. Ich weiß, das hätte ich nicht tun dürfen, aber ich denke eigentlich, dass es – äh – so etwas wie eine Nothilfe war, die sie begangen haben. Um es erst einmal kurz zu sagen: Die Tote ist nicht Özlem Onurhan, sondern Hatice Ciftci. Özlem Onurhan heißt jetzt Özlem Peters und wohnt in Frankfurt.«

Stephan sog hörbar die Luft ein. In Gedanken sah er zwei Geldscheine, die kleine Flügelchen bekamen und sich ins Blaue davonmachten. Hölzinger beobachtete seinen Kollegen vorsichtig von der Seite. Eigentlich hatte er eine strenge Zurechtweisung erwartet, doch Stephan wirkte erstaunlich ruhig, also fuhr Hölzinger fort.

»Ich erkläre jetzt die Zusammenhänge: Eine entfernte Cousine, namens Hatice Ciftci, hat vor zwei Jahren verzweifelt bei Özlem und Sümeyye um Hilfe gebeten. Hatice wohnte früher in Frankfurt, war dort auch zur Schule gegangen und dann mit ihrer Familie nach Bonn umgezogen. Ihr Vater war anfangs genauso wie der Vater Onurhan ein gemäßigter, nicht strenggläubiger Moslem. Allerdings hatte er sich in Bonn Leuten angeschlossen, die ihn fundamentalistisch prägten. Die hatten ihm auch die größere Wohnung und einen besseren Arbeitsplatz besorgt. Scheint eine Art Netzwerk dort zu existieren, das müssten wir mal mit dem

Staatsschutz abklären. Jedenfalls glaubte Hatices Vater, dass er vor diesen Leuten bestehen müsste. Er hatte große Sorge, seine Ehre zu verlieren, und begann, seine Frau und die Töchter zu zwingen, genauso strenggläubig zu werden wie er. Die Frau und die anderen Kinder fügten sich. Hatice, die Älteste, nicht. Sie war schon viel zu sehr hier verwurzelt, hatte Freunde, einen guten Schulabschluss und eine Ausbildungsstelle als Arzthelferin. Der Vater beschimpfte sie als schlechtes Mädchen, das die Ehre der Familie beschmutzt, und schlug sie. Immer häufiger verbrachte sie die Nacht bei Freunden, floh ins Frauenhaus, aber wirklich helfen konnte ihr niemand. Bei einer Urlaubsreise der Familie in die Türkei sollte sie mit einem Cousin verheiratet werden. Jemand verriet ihr den Plan ihres Vaters, und sie flüchtete auf dem Weg zum Bahnhof, schlug sich nach Offenbach durch und stand eines Tages vor Özlems Tür in der Domstraße. Özlem hatte die Wohnung von ihrem damaligen Verlobten, einem Immobilienmakler, günstig gekauft. Da Özlem vorhatte, demnächst zu heiraten und mit ihrem Mann in ein Reihenhaus in Frankfurt zu ziehen, kam sie auf die Idee, ihren alten Personalausweis als verloren zu melden und Hatice in der Offenbacher Wohnung unter ihrem Namen leben zu lassen. Das ging auch eine Weile gut. Den Nachbarn fiel das nicht auf, denn sowohl Özlem, Sümeyye als auch Hatice trugen Kopftücher, wenn sie das Haus betraten oder verließen. Hatice fand sogar Arbeit bei Dr. Kling, der es nicht so genau nahm mit den Referenzen. Ihm genügten die Zeugniskopien von Özlem, um sie auf Minijob-Basis einzustellen. Als Hatice allerdings eines Tages glaubte, dort in der Sprechstunde einen ihrer Verwandten entdeckt zu haben, ging sie nicht mehr hin. Sie jobbte als Kellnerin, Kassiererin in Supermärkten oder als Babysitterin, wechselte oft die

Arbeitsstellen, denn immer wieder glaubte sie sich verfolgt.«
Stephan unterbrach. »Damit ist erklärt, warum wir keinerlei Papiere fanden und sie ihre Handtasche und ihr Bargeld in der Wohnung versteckt hat. Die Frage ist nur, ob man mit diesen Jobs so viel verdienen kann, wie wir gefunden haben.«
Hölzinger nickte bestätigend. »Vielleicht war es sogar noch mehr Geld, schließlich hatten wir ja den Eindruck, dass jemand in der Wohnung sorgfältig aufgeräumt hatte. Vielleicht hat er nicht alle Verstecke gefunden?«
»Möglich«, sagte Stephan. »Konntest du noch mehr erfahren?«
Hölzinger fuhr fort: »Sümeyye und Özlem versuchten, herauszufinden, ob wirklich einige Cousins und der Vater von Hatice in Offenbach aufgetaucht waren, um nach ihr zu suchen. Doch sie konnten nichts dergleichen feststellen. Seit einigen Monaten gab es eine Veränderung. Hatice wollte plötzlich nicht mehr, dass Sümeyye und Özlem zu ihr in die Domstraße zu Besuch kommen. Aber so ganz vertreiben ließen sie sich nicht, schließlich gehörte die Wohnung Özlem, und die hatte Sümeyye versprochen, dass sie sich dort aufhalten könnte, wenn sie mal Ruhe vor der Familie brauchte. Sümeyye ärgerte sich über Hatices undankbares Verhalten und auch, dass dies auf Kosten ihrer eigenen Unabhängigkeit gehen sollte. Du musst wissen, Sümeyye ist wirklich ein sehr selbständiges Mädchen, intelligent, viel reifer als andere in ihrem Alter und …«
Stephan räusperte sich und unterbrach Hölzinger: »Schon gut, erzähl weiter von dieser Hatice!«
Hölzinger bemühte sich um Sachlichkeit. Aber irgendwo in seiner Miene irrlichterte ein versonnenes Lächeln. »Weil die

Schwestern sie schließlich zur Rede stellten, gestand Hatice ihnen eines Tages, dass sie einen Mann kennengelernt habe und plante, sich mit ihm eine Existenz aufzubauen. Wenig später gestand Hatice, dass sie schwanger war. Sie waren bestürzt und fragten sich, wie es Hatice unter diesen Umständen weiterhin gelingen sollte, ihre Identität geheim zu halten. Doch Hatice beruhigte die Schwestern. Sie hätte längst einen Plan. Auch finanziell sei alles in bester Ordnung. Sie verriet den Schwestern nicht, wer der Vater des Kindes war, und bat sie dringend darum, sie nicht mehr zu besuchen. Daran hielten sie sich. Wenige Wochen später erfuhren sie durch uns von dem Mord.«

»Und den Eltern und den Geschwistern hat Sümeyye vorgegaukelt, dass die eigene Schwester gestorben ist? Das kann doch nicht sein!«, entrüstete sich Stephan.

»Nein, die ganze Familie war eingeweiht. Die Brüder und der Vater haben ja ständig ihre Beziehungen spielenlassen, um herauszubekommen, ob sich einer von dem Ciftci-Clan nähert. Davor hatten sie alle Angst, denn dieser Cousin muss ziemlich gefährlich sein.«

»Alle Achtung! So haben alle Familienmitglieder unter Einsatz ihres Lebens das Mädchen geschützt!«

»Ja, ich hoffe, dass das als strafmildernd für sie anerkannt wird. Was meinst du?«

Stephan verzog nachdenklich die Mundwinkel. »Was sind das überhaupt für Straftatbestände?«

»Falschaussage. Urkundenfälschung. Irreführung der Behörden. Vortäuschen einer Straftat.«

Stephan lachte bitter. »Die Straftat haben sie gar nicht vorgetäuscht, die war doch da, nur mit anderer Besetzung. Im Grunde ist es eigentlich unsere Schuld, dass wir das nicht gründlich genug überprüft haben.«

»Meinst du, die Onurhans kämen da noch einigermaßen gut bei weg?«
Stephan grinste. »Das wünschst du dir wohl?«
»Ja, das wünsche ich mir«, sagte Hölzinger düster.
»Hat Sümeyye Onurhan eine Idee, was mit dem Kind passiert sein könnte?«, fragte Stephan.
»Sie hat keine Idee. Sie glaubt noch nicht einmal, dass der leibliche Vater es mitgenommen hat, denn bei ihrem letzten Treffen mit Hatice hatte Sümeyye den Eindruck, dass der sich längst aus dem Staub gemacht hatte. Hatice wirkte so, als habe sie inzwischen alles allein geregelt.«
Stephan schlug sich auf den Schenkel. »Wenn wir diese Neuigkeiten Heck erzählen, wird das seine Laune nicht gerade heben. Aber immerhin, es wird ihn ablenken.«
»Wovon?«
»Von – hm – anderen Irrwegen. Übrigens habe ich kurz vor dir die Nachricht von der wahren Identität der Toten auch erhalten.«
Hölzinger fuhr auf: »Woher?«
»Von Radio Micky Maus. Ich denke, das ist eine Quelle, an der man unbedingt dranbleiben muss.«
»Woher kann er das wissen? Von Erkan, Sümeyyes Bruder?«
»Möglich, aber dieser kleine Kerl hat seine Nase überall, wer weiß, welche Quellen er noch anzapft. Irgendwie hat man bei ihm immer den Eindruck, der hat noch etwas in der Hinterhand. Richtig in die Augen sehen kann er einem meist auch nicht.«
»Das hat nichts zu sagen!«, rief Hölzinger. »Du musst wissen, in seiner Kultur gilt es als aufmüpfig, wenn man einer Respektsperson direkt in die Augen blickt. Es ist also eher ein Zeichen von Respekt und Höflichkeit, wenn er dich nicht direkt anschaut.«

»Woher weißt du denn das?«
Hölzinger holte tief Luft. Dann erklärte er: »Wenn man in einer Stadt wie Offenbach arbeitet, in der so viele Kulturen gemeinsam leben, tut man gut daran, sich für ihre Sitten und Riten zu interessieren, sonst kommt es schnell zu Missverständnissen und Fehleinschätzungen, wie man an deinem Beispiel sehen kann.«
»Hört, hört, Kollege, das sind ja ganz neue Töne!«, lobte Stephan.

*

Feierabend. Lars Stephan stellte sein Rad im Hof von Marens Haus ab. Im Treppenflur schlängelte er sich zwischen zwei Kinderwagen und einem Dreirad hindurch, die mit Fahrradschlössern an das Geländer gekettet waren. Eine zarte Berührung musste das Rädchen in Bewegung gesetzt haben, jedenfalls schlug die Lenkstange hart gegen Stephans Schienbein. Er kam ins Taumeln und trat in einen Eimer mit Sandspielzeug, der auf dem Treppenabsatz stand, umkippte und den Inhalt laut polternd über die Stufen verteilte. Stephan griff fluchend nach dem Geländer, sammelte alles wieder ein und fragte sich, ob es normal war, dass kleine Kinder schon so viel Kerschel besitzen mussten. Er rieb sich das Schienbein und lief wie ein verwundeter Löwe, der sich nach der Stille seiner Höhle sehnt, die Stufen zu Marens Wohnung hinauf. Im Wohnzimmer fand er alles andere als das ersehnte Bild vor. Rundherum auf den Sitzmöbeln und dem Boden tummelte sich eine unübersichtliche Schar großer und kleiner Menschen, von denen sich die großen eindeutig als weiblich zuordnen ließen. Darauf verwies unverkennbar eine entblößte Brust, an der saugend ein kleines, schwarzhaariges Baby hing, das seine Fingerchen immer wieder in das weiche Fleisch krallte. Eine andere Frau saß im Schneidersitz auf dem Teppich und baute mit einem Kleinkind einen Turm aus Bauklötzen. Die Baumeisterin hatte kurzgeschnittenes, rotbraunes Haar, eine schmale Brille mit breitem, dunklem Hornrand im Nana-Mouskouri-Look und wurde ihm von der Frau, die neben dem Tisch stand und eine Kaffeekanne in der Hand hielt, als »das ist meine Kollegin Vera Schneck-Walz, und das ist ihre Freundin Christine Schneider-Dennhardt mit ihrem Baby« vorgestellt.

Langsam erhielt Stephan einen Überblick. Die mit der Kaffeekanne war Maren. Den Namen Vera Schneck-Walz hatte sie ihm gegenüber schon einmal erwähnt und die andere … Er wagte gar nicht hinzusehen, doch im Augenwinkel bemerkte er ein kleines Plopp, mit dem die zuletzt Genannte den Säugling von seiner Quelle trennte, was ein herzhaftes Wimmern zur Folge hatte. Ein Pullover wurde lieblos über die dralle Brust gezerrt. Jetzt wagte Stephan, die Frau anzuschauen, die ihm ein pausbackiges, rotglühendes Gesicht unter einem Wust wilder, rostblonder Locken zuwandte. Ein wenig störte die streberhafte Brille mit goldenem Metallgestell den Eindruck, dass diese Frau bei jeder Werbeaktion für Mutterglück und gesundes Leben ein absoluter Hingucker gewesen wäre. Die Anzahl der Kinder im Raum konnte Stephan noch nicht genau überblicken. Gefühlt waren es zwanzig. Zählbar waren sie deshalb nicht, weil sie sich ständig in Bewegung befanden. Das greinende Kleine war inzwischen mit einem Schnuller still gestöpselt worden. Maren schien über allem zu schweben und war tatsächlich in der Lage, in dem Gewusel einzelne Kinder auszumachen. Sie stellte vor: »Das sind Veras Kinder, der kleine Paul und

die zweijährige Charlotte. Hier auf Christines Arm, das ist die kleine Marlene, erst acht Wochen alt, und da drüben ist Karl-Friedrich. Er ist drei Jahre alt und unser Ältester hier.«
Stephan runzelte die Stirn. Nur vier? Kaum zu glauben.
In Lars Stephan war längst wieder die Vision von dem kühlen Bier und der Fertigpizza in seinen eigenen vier Wänden entstanden, und er bastelte an einem passenden Abgang, als er hörte, dass Maren ihn vorstellte.
»Ja, das ist mein Freund, Lars Stephan.« Die Augen der Frauen taxierten ihn eingehend.
Er versuchte eine Art Lächeln und wusste, dass er schon längst verloren hatte, weil seine Miene vorhin beim Eintritt in das Wohnzimmer allzu deutlich Feindalarm signalisiert hatte.
»Tja, dann will ich den gemütlichen Nachmittag nicht weiter stören und gehe mal wieder«, sagte er und versuchte den Abgang. Doch aus vielen Mündern ertönte Protestgeschrei. Nein, die Frauen würden doch ohnehin gleich gehen, die Kinder mussten bald ins Bett, und er solle sich ruhig setzen, es sei auch noch Kuchen da und Kaffee. Maren hob die Kanne in sein Blickfeld, und Stephan fand sich wenig später am Tisch sitzend wieder, auf der Vorderkante eines Stuhles, den er mit einer prall gefüllten Wickeltasche teilte.
»Machen Sie keine Umstände, lassen Sie die Sachen ruhig stehen«, hatte er artig gesagt und war nun damit beschäftigt, ein von Christine Schneider-Dennhardt unter viel Eigenlob angebotenes Stück selbstgebackenen, furztrockenen Möhrenkuchens mit möglichst viel Kaffee hinunterzuspülen. Die Frauen verwickelten ihn in ein Gespräch, und schließlich kamen von Vera Schneck-Walz die bei solchen Gelegenheiten üblichen Floskeln: »Ach, ja, wie interessant! Und was machen Sie beruflich?«

»Ich arbeite als Beamter bei der Po…«, nuschelte er und wurde blitzschnell von Maren unterbrochen, die süß lächelnd ergänzte: »Post. Er ist Beamter bei der Post.«
Stephan verschluckte sich und unterließ es, die Angelegenheit klarzustellen.
Später, als die Damen endlich mit fast allen Utensilien gegangen waren und er Maren half, den Zustand des Wohnzimmers aus der Erinnerung zu rekonstruieren, kam es zum Streit.
»Wieso sagst du diesen Muttertieren, dass ich bei der Post arbeite? Ist dir das also peinlich, mit einem Polizisten zusammen zu sein?«
»Nein, aber ich weiß, dass Vera und Christine politisch eher links einzuordnen sind, und da gibt es gewisse Vorbehalte gegen Polizisten, von wegen Polizeistaat und so.«
»Aha. Denkst du vielleicht auch so?«
»Nein, natürlich nicht, aber ich hatte keine Lust, dass es zur Auseinandersetzung über das Thema gekommen wäre. So nach dem Motto, wie viel Polizei braucht das Land, Überwachung und so. Christine kann sehr hartnäckig diskutieren.«
»Ich auch! Der Tante hätte ich gehörig die Meinung gesagt.«
»Siehst du, genau diese Diskussion wollte ich nicht führen, daher habe ich das mit der Post gesagt.«
Die Stimmung an diesem Abend ließ sich nicht mehr reparieren, und Lars kam schließlich doch noch zu seiner Fertigpizza, dem kühlen Bier und einer Fußballübertragung in den eigenen vier Wänden.

Donnerstag, der 18. Oktober

Der Tag begann gleich morgens um kurz nach sieben mit einer Konferenz im Besprechungsraum. Lars ließ Hölzinger die kleine Sensation berichten, die sie gestern herausgefunden hatten. Zu ihrem Erstaunen reagierte Heck nicht übermäßig darauf. Er fragte nur in Richtung Ernestine: »Hätten wir das eher überprüfen sollen?«

»Ich war dran«, berichtete diese, »es gab Ungereimtheiten bezüglich des Geburtsdatums auf dem Ausweis und der Schätzung des Gerichtsmediziners, dass die Tote Anfang zwanzig sei. Özlem Onurhan ist Anfang dreißig. Früher oder später wären wir auch so dahintergekommen. Soll ich diese Özlem Peters aufsuchen und befragen?«

Heck nickte zufrieden und wandte sich an den Ausländerbeauftragten: »Sera, du sprichst noch einmal mit der Familie, klärst sie über die rechtlichen Konsequenzen auf, aber nicht zu hart, wir brauchen ihre Kooperation. Auch muss man herausfinden, ob man sie nicht sogar irgendwie schützen muss vor der Rache dieses Ciftci-Clans. Also versuche, ihr Vertrauen zu gewinnen! Ferner will ich wissen, wie sie das gedeichselt haben mit der Beerdigung in der Türkei, also unter welchem Namen sie die Tote wo verbuddelt haben.«

»Bestimmt wurde sie eingeäschert. Die haben keinen Sarg im Flugzeug transportieren lassen. Das ist doch viel zu teuer«, meinte Ernestine.

Hölzinger schaltete sich ein: »Für Muslime ist Einäscherung ein absolutes Tabu. Serafettin Gümüstekin nickte bestätigend. Hölzinger fuhr fort: »Sie haben die Tote in die Türkei überführt. Das ist ein durchaus üblicher Vorgang. Vom Flughafen in Ankara aus ist sie dann mit dem Auto in das kleine Dorf gefahren worden, wo ihre Großeltern noch immer leben. Die haben sie dort nach allen religiösen Regeln auf dem heimischen Friedhof unter ihrem richtigen Namen bestattet.«

Ernestine schüttelte ungläubig den Kopf. »Müssen das alle Muslime so machen? Können die nicht auf einem hiesigen Friedhof bestattet werden?«

Serafettin antwortete: »Doch, auch in Offenbach gibt es einen muslimischen Bereich auf dem neuen Friedhof. Das geht nicht auf jedem Friedhof, die Gräber müssen Richtung Mekka ausgerichtet sein. Viele Muslime ziehen eine Bestattung in heimatlicher Erde vor. Die Fluggesellschaften haben sich auf diese besondere Fracht eingerichtet.«

Ernestine kommentierte: »Das ist sicher ein lukratives Geschäft. Denn das kostet bestimmt deutlich mehr als normale Fracht in dieser Größe.«

Serafettin zuckte mit den Schultern.

Hölzinger erklärte: »Die Kosten haben die alten Ciftcis getragen. Die Onurhans hatten die Begleitung übernommen, in der Hoffnung, dass der Ciftci-Clan nun endlich Ruhe gibt.«

Heck lachte bitter auf. »Und das ging alles so einfach, ohne dass man überprüft hat, ob die Identität der Toten stimmt?«

Hölzinger wiegte den Kopf. »Mit den Formalien ist man da nicht so genau, und es hat in der Türkei keinen interessiert, unter welchem Namen die Tote im Flieger transportiert wurde.«

Serafettin Gümüstekin lächelte wissend.
Hölzinger erkundigte sich vorsichtig: »Darf ich dabei sein, wenn Sera zu der Familie geht?«
»Klar«, bestätigte Heck, »gerade weil du mit so großem Erfolg dieses Mädchen befragt hast. Bei der hast du wohl ziemlich viel Vertrauen gewonnen?«
Hölzinger nickte. Sein Gesicht glühte. Einige Anwesende tauschten vielsagende Blicke miteinander aus. Stephan zwinkerte Hölzinger aufmunternd zu.
Heck unterbrach das beredte Schweigen: »Eigentlich haben wir noch einen ganz anderen Durchbruch. Frank Günther konnte mir gestern mitteilen, wer der Vater des Babys ist.«
Alle sahen auf, nur Ernestine nicht. Die wusste es also schon.
»Man glaubt es nicht, aber es ist unser kleiner Musterstudent aus der Domstraße, dieser Florian Sauer, der seine Nachbarin nur flüchtig gekannt haben will.«
Stephan runzelte ungläubig die Stirn: »Da wundert es mich aber, warum er den DNS-Test nicht verweigert hat.«
Heck erklärte: »Das Phänomen gibt es öfter. Die Verdächtigen setzen sich dem Test aus, in der Hoffnung, der könnte vielleicht nicht funktionieren, oder um sich selbst Klarheit zu verschaffen, weil sie an dem Ergebnis zweifeln. Außerdem würde eine Verweigerung sie ja viel verdächtiger machen. Vielleicht war unser junger Freund selber nicht so sicher, ob er wirklich der Einzige ist, der als Vater in Frage kommt.«
»Werden wir ihn damit jetzt konfrontieren?«, fragte Stephan.
Heck schüttelte den Kopf. »Ernestine hat sich gestern noch ein wenig im Umfeld des jungen Mannes umgehört und Interessantes herausgefunden.«

Er schaute Ernestine aufmunternd an. Die berichtete: »Sehr konservatives, wohlhabendes Elternhaus. Eine Beziehung zu einem türkischstämmigen Mädchen würde da vermutlich nicht gerne gesehen. Vor etwa einem halben Jahr gab es eine mit großem Pomp ausgetragene Verlobungsfeier. Die Verlobte heißt Svenja Stummer, kommt aus einer angesehenen Medizinerfamilie und studiert selbst Medizin.«
Svenja Stummer? Stephan überlegte. Wo hatte er den Namen schon mal gehört? Dann fiel es ihm wieder ein. Das war doch dieses Pferdeschwanzmädchen mit dem tiefen Ausschnitt und der waffenscheinpflichtigen Schrillstimme.
»Die kenne ich«, schaltete sich Stephan ein, »die hilft in der Praxis Kling als Sprechstundenhilfe aus.«
Schon wieder so eine Verbindung zwischen Familie Sauer und dem Ehepaar Kling, dachte er und massierte sich unwillkürlich den Nacken.
»Kannst du an ihr dranbleiben?«, fragte Heck, und Stephan nickte.
»Werden wir diesen Florian Sauer jetzt auseinandernehmen?«, wollte Hölzinger wissen.
»Wir müssen uns in dem Zusammenhang auch überlegen, wann wir das mit dem verschwundenen Kind öffentlich machen«, ergänzte Stephan.
»Gar nichts von dem machen wir jetzt«, entschied Heck. »Wir werden den jungen Mann noch ein paar Tage in Ruhe lassen, aber rund um die Uhr observieren.«
Einige rollten die Augen, sie wussten, was das hieß. »Kollege Stephan und ich sind raus, uns kennt der junge Mann schon, wir haben auch noch genug zu tun, um die Zusammenhänge zu ein paar anderen merkwürdigen Spuren zu ermitteln, nicht wahr?« Stephan nickte artig.
Heck wandte sich wieder den anderen zu: »Und für euch

heißt das, allen Wegen, allen Verbindungen Florian Sauers nachzugehen, minutiös zu dokumentieren, was er so treibt. Vielleicht weiß er nicht nur, dass er der Vater des Kindes ist, sondern er weiß längst, wo es ist, und führt euch vielleicht zu ihm. Und Achtung! Keine Eigenmächtigkeiten! Der unscheinbare junge Mann hat sich inzwischen zu unserem Tatverdächtigen Nummer eins gemausert.«
Alle nickten. Jedem war klar, dass es durchaus Motive für den jungen Mann gab, sich der Frau zu entledigen, die ihn möglicherweise mit dem Kind erpresst hatte und drohte, seine gesellschaftliche Stellung zu gefährden. Vielleicht war diese Erpressung der Grund, warum Hatice den Onurhan-Schwestern gegenüber so vollmundig behauptet hatte, ihre finanzielle Situation sei geregelt, überlegte Stephan.

*

Am Nachmittag bearbeitete Stephan die Akten auf seinem Schreibtisch, ordnete seine Notizen und zeichnete sich auf einen großen DIN-A3-Bogen eine Übersicht über die Personen, denen er inzwischen im Zusammenhang mit dem Fall begegnet war. Er verband sie mit Linien und schrieb die Art ihrer Verbindung dazu. Auch die neu hinzugekommene Svenja Stummer fand eine Position auf dem Blatt. Eine Linie führte zu Dr. Anselm Kling und eine zu Florian Sauer. Der war inzwischen durch eine Doppellinie mit dem Opfer verbunden, was eine starke Beziehung ausdrücken sollte. Ganz schön vernetzt waren die alle miteinander. Halt! Eine Person hatte er noch vergessen. Aber wie war die einzuordnen? Er zog eine gestrichelte Linie zur Familie Onurhan. Aber eigentlich stimmte das nicht. Diese Person stand außerhalb und war doch mittendrin. Schließlich schrieb er den

Namen über alle anderen: Abdelhamid Ben Alhallak, genannt Abdel. Anschließend wählte er die Nummer des Kollegen Manfred Brunner aus Frankfurt. Kaum hatte dieser Stephans Stimme erkannt, verfiel er in einen auf- und abschwellenden Singsang.

»Salami–malaikum, Steff, habt ihr schon herausgefunden, wer eurer Schönen aus dem Morgenland an den Kaftan gegangen ist?«

Bereits bei diesen ersten Tönen bereute Stephan, den Kollegen überhaupt angerufen zu haben.

»Hör zu, Brunni, ich habe nicht viel Zeit für deine Witze. Eine Frage nur: Hatte die ermordete Frau ein Kind, oder war sie vielleicht schwanger?«

»Nein, nicht dass ich wüsste. Warum?«

»Unsere Tote hatte ein Baby. Allerdings haben wir das nur anhand von Tatortspuren herausgefunden. Das Kind selbst ist verschwunden.«

»Welche Spuren?«

»Zum Beispiel eine Windel.«

Brunni lachte schallend. »Die Spurenlage in Offenbach! Haben die nicht alle irgendwie immer Kinder?«

Stephan schnaubte. Es wurde ihm zu blöd. Bevor er das Gespräch mit einem knappen Abschiedsgruß beenden konnte, schaltete sich Brunni noch einmal ein.

»He, Steff, weißt du, was Windel auf Türkisch heißt?«

»Nein, das muss ich wohl auch nicht wissen.«

»Bei euch in Ffm-Nahost schon!« Brunni prustete. »Windel auf Türkisch heißt Gülle Hülle, hi, hi!«

Stephan legte auf und stöhnte. Er suchte auf seiner To-do-Liste nach dem nächsten Punkt. Svenja Stummer! Ein kurzes Telefongespräch führte zu einer Verabredung am morgigen Freitagnachmittag.

»Das ist gut, dass Sie mich sprechen wollen«, kreischte sie, und Stephan, dessen Nerven ohnehin strapaziert waren, hielt das Telefon weit weg von seinem Ohr. »Es gibt etwas, das ich Ihnen unbedingt mitteilen wollte, ich glaube, das ist wichtig für Sie!«

»Wenn es so wichtig ist, könnten wir auch gleich …«, begann er und dachte bedauernd an den ersehnten Feierabend.

»Nein«, schrillte sie, »das geht auch noch morgen. Ich habe heute Uni, und morgen Vormittag bin ich in der Praxis. Danach dann geht es.«

Er willigte schnell ein, so wie er in alles eingewilligt hätte, um endlich das Geräusch dieser Stimme aus dem Ohr zu haben.

Er versuchte, sich Svenja Stummers Gesicht vorzustellen, die angemalten Puppenaugen, das schmale Mündchen – und dann so eine Stimme! Was für eine Art von Ärztin die wohl werden wollte? Hals-Nasen-Ohren? Psychiatrie? Schlimmer wäre es gewesen, wenn sie Lehramt studiert hätte, sinnierte er. Schüler einen Vormittag dieser Stimme auszusetzen, das bedeutete Kindesmisshandlung.

*

Am Abend war Versöhnung mit Maren angesagt. Er entschuldigte sich in aller Form für seinen misslaunigen Auftritt: der Stress im Job, die Sehnsucht nach einem schönen Work-out mit ihr und dann diese Mütterversammlung – das hätte seine Stimmung in Richtung Nullpunkt sinken lassen. Sie entschuldigte sich ebenfalls in aller Form dafür, seine Berufsehre gekränkt zu haben, und gab zu, durch den anstrengenden Frauenbesuch und die Bedrohungen der letz-

ten Zeit leicht reizbar gewesen zu sein. Sie verziehen einander lange und ausgiebig. Das war so schön wie Pizza, kühles Bier und Fußball in einem.
Irgendwann in der Nacht fragte sie neben ihm plötzlich in das Halbdunkel des Zimmers hinein: »Könntest du dir vorstellen, dass wir ein Kind zusammen haben?«
Er war schon eingedöst. In seinen beginnenden Träumen entstand das Bild von Christine Schneider-Dennhardts praller Brust mit Anhängsel inmitten eines Heers krabbelnder kleiner Gestalten, die wild plärrend einen Berg aus knallbuntem Plastikspielzeug erklommen. Der Berg kam ins Rutschen und bewegte sich bedrohlich auf ihn zu. Er versuchte zu entkommen, doch sein Körper gehorchte nicht. Maren stieß ihn sanft in die Seite.
»Könntest du dir das vorstellen?«
»Nein«, stöhnte er auf und war mit einem Schlag hellwach. Wovon hatte sie da eben gesprochen? Vom Kinderkriegen? Er spürte, wie sie sich von ihm wegdrehte.
»Warum nicht?«, fragte sie.
Er wartete ein bisschen zu lange mit seiner Antwort und sagte zögerlich: »Jedenfalls jetzt noch nicht.«
»Und warum jetzt noch nicht?«, kam es prompt.
Er wandte sich ihr zu und fasste sie sanft an der Schulter: »Weil es doch erst einmal ganz schön wäre, wenn wir beide so ganz in Ruhe zueinanderfinden und viel Zeit miteinander haben können. Die sollten wir nutzen, bevor wir uns mit allerlei Pflichten beladen. Außerdem kosten Kinder ein Vermögen. Und von meiner Ex bin ich immer noch nicht geschieden.«
Er fand, dass er sehr gut argumentiert hatte, und versuchte, sie mit zärtlichem Druck herumzuziehen. Doch sie blieb starr liegen und zeigte ihm weiterhin ihren Rücken. Eine

Weile herrschte Schweigen. Er hoffte schon, sie sei vielleicht eingeschlafen.

»Übermorgen kommt Julia zurück«, sagte sie plötzlich mit spröder Stimme und rückte bis zur äußersten Bettkante von ihm ab. Er schaute ratlos auf die Silhouette ihres Körpers im Dämmerlicht und wusste nicht, was er falsch gemacht haben sollte. War sie am Ende auf dem Kindertrip? Torschlusspanik im Hinblick auf drohende Wechseljahre? Kamen die nicht erst nach vierzig? Da hatte sie doch noch Zeit oder etwa nicht? Versteh einer die Frauen!

Freitag, der 19. Oktober

Da er noch nicht viele Möglichkeiten in Offenbach anbieten konnte, hatte er sich mit Svenja Stummer in dem Bistro verabredet, das er aus der Beobachtung von Hölzingers neuer Zweisamkeit kannte. Die Stummer saß ihm gegenüber, aufgedonnert, als habe sie eine Verabredung mit ihrem Lover. Die langen, braunen Haare trug sie diesmal offen, sie reichten bis zum Ansatz ihrer Apfelbrüste, die sich aus einem tiefen Ausschnitt seinen Blicken entgegenwölbten. Er versuchte krampfhaft, ihr ins Gesicht zu blicken. Doch auch hier fand er keinen Ruhepol. Die Wimpern waren mit dicker, schwarzer Pampe verklebt und verstärkten den künstlichen Puppenausdruck ihres Gesichtes ebenso wie die grellrot bemalten Lippen. Auf seinen Armen stellten sich die Härchen auf. Es war nicht die männliche Erregung, die sein vegetatives Nervensystem zu dieser Reaktion trieb, sondern der blecherne Klang der Dezibel, die sich aus ihrer Kehle lösten und ihm durch Mark und Bein vibrierten. Gab es nicht Tierarten, die mit den Knochen hören konnten? Im Moment fühlte er sich ihnen verwandtschaftlich verbunden und dachte, dass die Offenbacher keinen Grund hatten, sich über den Fluglärm zu beschweren, solange Frauen wie Svenja Stummer in der Gemarkung siedelten.

Stephan fiel es schwer, sich auf das Gespräch zu konzentrieren, dabei war es durchaus interessant.

Svenja Stummer hatte vor etwa vier Wochen Anselm Kling zusammen mit »dieser Türkin da aus der Domstraße, die ermordet worden ist« in einem Restaurant am Wilhelmsplatz gesehen. Sie hätten sehr vertraulich miteinander geredet. Die Mädels in der Praxis hätten schon öfter getuschelt, dass er Annäherungsversuche bei der ein oder anderen gemacht habe. Vielleicht hatte er ein Verhältnis mit der Türkin?

»Warum nennen Sie sie nicht beim Namen, Sie wissen doch, dass sie Özlem Onurhan heißt?«

»Ich denke, so heißt sie nicht. Sie heißt doch ... irgendwie anders ...«

»Und woher wissen Sie das?«, fragte er schnell.

Svenja Stummer hatte plötzlich einen Gesichtsausdruck wie ein Frosch, der aus Versehen eine Riesenhummel erwischt hatte. Röte drang an manchen Stellen wolkig durch ihr Make-up. Vor allem am Hals waren deutliche Flecken sichtbar. Tja, Mädchen, dachte er, jetzt merkst du, dass du einen Riesenfehler gemacht hast, denn darüber wolltest du mit mir sicher nicht sprechen.

Der Frosch schluckte die Riesenhummel hinunter und quakte dann: »Von meinem Verlobten. Florian Sauer. Er wohnt doch auch in dem Haus. Er wusste, dass Özlem Onurhan in Wirklichkeit anders heißt. Sie hat sich vor ihren Verwandten dort versteckt, weil ihr eine Zwangsheirat drohte. Schrecklich, so was!«

»Und das hat sie Ihrem Verlobten so einfach verraten?«

»Nun, der Flo, das ist so ein Kümmerer, verstehen Sie? Er will immer allen helfen, ist ja auch Sanitäter. Sie hatte sich ihm anvertraut, als er merkte, dass es ihr schlechtging. Flo merkt so was immer gleich. Er ist ein ganz Lieber.«

Stephan nickte und wiederholte. »Ein ganz Lieber.«

Das zauberte ein scheues Lächeln in Svenja Stummers Gesicht, das ihre Augen jedoch nicht erreichte.
Stephan probierte eine Offensive. »Und Sie können sich nicht vorstellen, dass da mehr entstanden ist zwischen den beiden als nur Zuhören und Kümmern?«
Das Lächeln verflüchtigte sich sofort. Die Lippen wurden trotz der Farbe zu zwei schmalen Strichen. »Wie kommen Sie darauf?«
Bei dem schrillen Klang zuckte Stephan unwillkürlich zusammen. Er brauchte eine Weile, bis er wieder einen gleichmäßigen Gesichtsausdruck zustande brachte.
»Nun, es könnte doch sein«, spekulierte er.
Sie schüttelte vehement den Kopf und den Oberkörper gleich mit, als müsste sie viel abschütteln. Stephans Blick verfing sich besorgt an ihrer Blusenöffnung. Sie griff nach den Stoffleisten ihres Kragens und zog sie zusammen. Vorstellung beendet. »Nein, so einer ist der Flo nicht. Nie würde er so was ausnutzen. Ich kenne ihn, er ist …«
»… ein ganz Lieber, ich weiß«, ergänzte Stephan. In ihm stritten sich die Gefühle. Sollte er die Stummer nach der Schwangerschaft und nach dem Baby fragen? Heck hatte es eigentlich verboten. Mit gutem Grund, aber er wüsste zu gerne …
»Hat Ihr Verlobter Ihnen auch etwas von dem Baby erzählt?«, hörte Stephan sich fragen.
Ihr Gesicht hatte wieder den Froschausdruck. »Ja«, sagte sie. »Wieso steht davon eigentlich nichts in der Zeitung?«
Stephans Augen wurden schmal. Was wusste sie? Hatte ihr Verlobter ihr am Ende die Vaterschaft gestanden und auch seine Angst, verdächtigt zu werden? Saß sie jetzt hier, weil sie ihn von Florian Sauers Unschuld überzeugen und den Verdacht auf Kling lenken wollte?

»Was hat er Ihnen denn von dem Baby erzählt?«
Der Frosch schluckte die nächste Hummel. »Nichts. Eigentlich nur, dass sie eines hatte, die Arme, auch das noch.«
»Könnte es sein, dass er ihr – durch seine Kenntnisse und Beziehungen im medizinischen Bereich – vielleicht geholfen hat, es auf die Welt zu bringen?«
Ihre Augen weiteten sich ungläubig. »War sie denn nicht in einer Klinik?«
»Wir konnten keine ermitteln.«
Svenja Stummer machte einen Moment ihrem Namen Ehre und starrte nachdenklich vor sich hin. Dann sagte sie mit einer ungewohnt tiefen und ruhigen Stimme: »Nein, das hätte er mir erzählt. Mit der Geburt hat er nichts zu tun.«
Aber mit der Zeugung, dachte Stephan, und davon hat er dir auch nichts erzählt, der Liebe. Da er nun schon einiges an gesperrten Informationen herausgelassen hatte, entschloss er sich, weitere Karten auf den Tisch zu legen.
»Ich stelle Ihnen jetzt eine Frage und bitte Sie, das vertraulich zu behandeln. Für mich sind Sie eine wichtige Informantin. Wir sollten zusammenarbeiten.«
Svenja Stummers Gesicht blieb starr.
»Wissen Sie, wo das Baby ist?«, fragte er.
Ihre Augen wurden unter den schwarzen Borsten riesengroß.
»Ist es denn nicht vom Jugendamt geholt worden? Ich meine, wo die Mutter doch jetzt tot ist«, fragte sie.
»Es ist spurlos verschwunden«, erklärte er.
»O Gott«, hauchte Svenja Stummer. Es schien sie wirklich mitzunehmen. Und Stephan fragte sich erneut, ob sie nicht einerseits über mehr Informationen verfügte, andererseits in diesem Punkt aber falsch unterrichtet worden war. Das würde er jetzt nicht herausfinden können. Er hatte das Vi-

sier schon viel zu weit geöffnet und hoffte, dass Svenja Stummer sich bedeckt halten würde, denn den nächsten Ausbruch von Heck wollte er möglichst vermeiden.
»Sie sollten unbedingt nachforschen, was Dr. Kling damit zu tun hat«, forderte sie.
»Verstanden. War das der Grund, warum Sie mich heute treffen wollten?«, fragte Stephan.
»Wie meinen Sie das jetzt?«, schrillte sie.
»Um mich auf ihn anzusetzen und von Florian Sauer abzulenken«, erklärte er kühl.

*

Nach dem Gespräch mit Svenja Stummer sehnte er sich nach einem kühlen, ruhigen Ort mit schweigenden Menschen. Das Bild einer Bibliothek entstand in ihm, und er lenkte seine Schritte durch die Fußgängerzone auf das Gebäude zu. Er hatte schon länger vorgehabt, sich das einmal von innen anzusehen, und freute sich auf ein bisschen ablenkendes Lesen in gepflegter Umgebung. Als stolzer Besitzer eines Benutzerausweises erklomm er wenig später die Treppe in den Lesesaal des Leseturms. Kaum war er oben angekommen, wurde er am Arm in einen schmalen Gang hinter einem langen Bücherregal gezogen … von Hölzinger. Er nickte in Richtung einer Lücke zwischen den Büchern. Von dort hatte man einen Blick zu verschiedenen Tischen, die in lockerer Reihe zwischen den Regalen aufgestellt waren. Die meisten waren von einzelnen Menschen besetzt, die über Bücher gebeugt saßen, Notizen schrieben oder etwas auf dem Bildschirm eines Laptops verfolgten. Ganz vorn am Fenster sah er die Silhouetten von zwei Personen, die er sofort erkannte.

»Wie lange sind die schon hier?«, flüsterte Stephan.

»Der Kleine ist schon da gewesen. Sauer ist eben gerade gekommen und ich mit ihm«, erklärte Hölzinger.

Stephan nickte. Der Kleine war niemand anders als Abdel, der sich leise flüsternd mit Florian Sauer unterhielt. Florian Sauer griff in seine Jackentasche und zog einen Briefumschlag hervor, den er Abdel über den Tisch schob. Abdel blickte sich schnell um, dann nahm er den Umschlag an sich, kontrollierte den Inhalt unter der Tischplatte, legte den Umschlag in ein Buch, klappte es zu, stand auf und eilte zügig davon. Hölzinger und Stephan zogen sich weiter in den Gang zurück.

»Sollen wir hinterher und ihn kontrollieren?«, fragte Hölzinger.

Stephan schüttelte den Kopf. »Ich kann dir sagen, was in dem Umschlag ist: Geld! Der Kleine dealt mit Informationen. Es ist besser, wir halten uns noch zurück und wiegen die beiden in Sicherheit, bis wir mehr wissen. Also erst mal weiter observieren!«

Hölzinger nickte.

Mittwoch, der 24. Oktober

Stephan radelte zügig über die Kaiserlei-Brücke Richtung Frankfurt. Es war erst kurz nach vierzehn Uhr. Heute hatte er Heck um vorzeitigen Dienstschluss gebeten wegen eines privaten Termins, was dieser ohne großes Murren genehmigt hatte. Grund dafür war wohl, dass Stephan in den letzten Tagen, sogar am Wochenende, einige Überstunden angehäuft hatte. Anselm Kling war befragt worden wegen seiner möglichen Verbindung zu Hatice Ciftci. Angeblich wusste er nichts davon, dass sie nicht Özlem Onurhan hieß. Er habe sie zufällig in dem Lokal getroffen und als seine ehemalige Mitarbeiterin erkannt. Man habe zusammen an einem Tisch gegessen, und er hatte ihr das Angebot gemacht, wieder stundenweise in der Praxis zu arbeiten. Wenn jemand dieses Gespräch als »vertraulich« wahrgenommen haben wollte, dann sei das sehr weit hergeholt.

»Wer war denn Ihr Informant?«

Sie hatten Svenja Stummers Namen nicht erwähnt. Dr. Kling hatte wie immer ziemlich aufgedreht und nervös gewirkt und sich ständig geschneuzt.

»Wenn der nicht kokst, fresse ich einen Besen.« Hecks Einschätzung deckte sich mit dem, was auch Stephan früher vermutet hatte. Besonders hektisch wurde Dr. Kling, als sie ihn danach befragten, ob er von einer Schwangerschaft oder einem Kind bei Hatice Ciftci etwas gewusst habe. Er verneinte das vehement, und beide Polizisten waren sich einig, dass Dr. Kling log. Es war die alte Leier des Polizistenalltags: Immer weiter ermitteln, immer neue Informationsquellen erschließen, Spuren sichern und bewerten. Die meisten Täter gaben nur das zu, was man ihnen nachweisen konnte. Ähnlich war es auch mit Florian Sauer. Gestern hatten Heck und Stephan ihn zur Befragung ins Präsidium bestellt. Sauer war gleich mit dem Familienanwalt erschienen. Ein wenig verblüfft war er, als Stephan ihn zunächst mit der Begegnung in der Bibliothek konfrontierte. Dann jedoch hatte er eine passende Antwort parat: In dem Umschlag sei Geld gewesen, das Florian Sauer dem älteren Bruder Abdels schuldete. Dieser Bruder namens Mohamed sei ihm bekannt, da er auch bei den Sanitätern arbeite. Er habe Florian einmal mit fünfzig Euro ausgeholfen, die er zurückbezahlt habe.

»Für mich sah das ziemlich konspirativ aus«, kommentierte Stephan und wurde sofort von dem Anwalt in die Schranken gewiesen.

Auf die nächste Frage waren der Anwalt und Florian Sauer vorbereitet. Heck konfrontierte sie mit dem Ergebnis des Vaterschaftstests. Florian Sauer gab zu, vor vielen Monaten mit Hatice Ciftci ein kurzes Verhältnis gehabt zu haben. Er habe das noch vor seiner Verlobung mit Svenja Stummer beendet. Als Hatice Ciftci ihn mit der Schwangerschaft konfrontiert habe und sich weigerte, einer Abtreibung zuzustimmen, habe er ihr regelmäßig Geld gegeben und ihr versprochen, für den Unterhalt aufzukommen. Wo und wie sie das Baby zur Welt gebracht habe, wisse er nicht. Er habe keinen Kontakt mehr zu ihr gehabt.

»Haben Sie ihr gegenüber die Schwangerschaft schriftlich anerkannt oder eine Art Vertrag mit ihr gemacht?«, hatte Heck gefragt.

»Nein, sie wollte nur Geld«, hatte Florian Sauer geantwortet. Auch bei Florian Sauer waren Heck und Stephan überzeugt, dass er nicht die Wahrheit sagte, doch auch hier hatten sie noch nichts in der Hand, um ihm das Gegenteil zu beweisen. Die wenigen DNS-Spuren von ihm in der Wohnung Onurhan konnten Monate alt sein. Es war Florian Sauer wichtig, dass weder seine Verlobte noch seine Eltern etwas von der Vaterschaft erfahren sollten.
Heck gab die übliche Antwort: »Das können wir Ihnen nicht versprechen!« Und der Anwalt protestierte erneut.
Stephan stemmte sich heftig in die Pedale. Es tat gut, gegen das Empfinden, dass der Fall sich festgefahren hatte, anzutreten.
Es gab auch noch die andere Variante. Kling und Sauer sagten die Wahrheit und hatten in der Tat nichts mit dem Mord und dem Verschwinden des Kindes zu tun. In dem Fall gewann jene Variante wieder an Gewicht, die Stephan bereits früher verfolgt hatte. Sowohl bei dem Opfer in Frankfurt als auch in der Wohnung Onurhan gab es einen antiken Schrank. Maren hatte sich auf das Angebot eines Antiquitätenhändlers eingelassen, um jenen Schrank zu verkaufen, der sie in dem dritten Zimmer ihrer Wohnung störte. Was, wenn genau dieser Antiquitätenhändler der Schlüssel war? Stephan hatte nicht vor, ein Risiko einzugehen, und Maren angeboten, den Händler zu empfangen. Heute um fünfzehn Uhr war der Termin. Maren hatte vor, außer Haus zu sein und mit Vera Schneck-Walz und deren Kindern im Ostpark spazieren zu gehen. Ein leiser Triumph stieg in ihm auf. Was wäre, wenn es ihm heute durch eine erfolgreiche Festnahme gelingen würde, diesen Fall, an dem sich alle die Zähne ausbissen, aufzulösen? Vor allem vor Heck stünde er dann endlich ganz anders da.

Um kurz vor halb drei drehte er den Schlüssel in der Wohnungstür. Nur ins Schloss geschnappt und nicht abgeschlossen? Von wegen, Maren setzte auf Sicherheit! Er überlegte, ob vielleicht etwas im Kühlschrank wäre, das er sich schnell in den Mund schieben könnte, als ihm der Duft nach Oregano und Tomatensoße entgegenschlug. In der Küche traf er auf die zehnjährige Julia, die emsig in einem dampfenden Topf mit roter Soße rührte.
»Hi«, trällerte sie ihm gutgelaunt entgegen und erntete einen erstaunten Blick. »Du hast wohl vergessen, dass ich wieder da bin.« Sie kicherte.
Er hatte es tatsächlich vergessen, obwohl sie den ganzen Sonntag gemeinsam miteinander verbracht hatten.
»Möchtest du was mitessen? Spaghetti Napoli. Es reicht für uns beide.«
Er nickte und überlegte, ob es eine Chance gab, sie noch rechtzeitig loszuwerden. Doch auf seine Fragen, ob sie zufällig vorhabe, bei einer Freundin Hausaufgaben zu machen oder sich zu verabreden, reagierte sie abwehrend. Als er Parmesankäse aus dem Kühlschrank holen wollte, stolperte er über Julias Schulrucksack, der auf dem Küchenboden lag. Er hob ihn wortlos auf und plazierte ihn auf einem Stuhl. Im Kühlschrank lag neben einer Packung Schokoladenbonbons ein Schlüsselmäppchen. Er zog es heraus und hielt es Julia vor die Nase.
»Wieso ist dein Schlüssel hier im Kühlschrank?«, fragte er.
»Ach, da ist er«, sagte Julia gemütlich kauend. »Ich hab ihn schon gesucht. Unterwegs hatte ich mir die Bonbons gekauft, die schmecken besser, wenn sie hart und kalt sind, da habe ich sie wohl mit dem Schlüssel da reingeräumt.«
Lars Stephan kam wieder zu Julia an den Tisch. Er setzte eine ernste Miene auf.

»Nun fang schon an«, sagte sie gedehnt und wickelte Nudeln auf ihre Gabel.
»Womit?«
»Du willst mir jetzt einen Vortrag halten über Ordnung, Sicherheit und Verantwortung. Mama guckt dann auch immer so wie du.«
Er bemühte sich um ein gutmütiges Pädagogenlächeln. Dann griff er nach dem Schlüssel und hielt ihn demonstrativ in die Höhe.
»Du weißt, dass es hier jetzt ein neues Türschloss gibt. Du hast einen Schlüssel, Maren hat einen, und einen habe ich. Drei, mehr gibt es nicht. Maren hat mir erzählt, dass du schon sehr oft deinen Schlüssel verloren oder sogar außen im Türschloss stecken lassen hast.«
Julia hielt in der Bewegung inne und rollte die Augen. »Was soll das jetzt werden? Ich weiß, dass es nicht gut ist, wenn ich nicht richtig auf den Schlüssel aufpasse, aber es ist seit einem halben Jahr nicht mehr vorgekommen und wird auch nicht mehr vorkommen. Hat Mama sich bei dir über mich ausgejammert?«
»Nein, hat sie nicht, aber …«
Julia verzog ungläubig das Gesicht. Eigentlich wollte er ihr jetzt erklären, dass es den Verdacht gab, jemand habe sich Zutritt zu dieser Wohnung verschafft. Dann fiel ihm jedoch wieder ein, dass er Maren versprochen hatte, Julia damit nicht zu belasten, und er schwieg.
»Warum bist du überhaupt schon so früh hier? Laufen keine Gangster mehr frei herum, die du heute noch fangen kannst?«, fragte sie schnippisch.
Er erklärte ihr, dass da gleich jemand käme, der Marens alten Schrank kaufen wolle, und dass er für Maren die Verhandlungen führe. »Du tätest mir einen Gefallen, wenn du

mich mit dem Typen allein ließest und in der Zeit in dein Zimmer gingst«, bat er.
Ihre Augen wurden schmal. »Kann ich nicht lieber im Wohnzimmer fernsehen?«
»Ja«, sagte er und schloss aus ihrem verschmitzten Grinsen, dass das etwas war, was Maren auf keinen Fall erlaubt hätte.
Kurz vor fünfzehn Uhr klingelte es an der Wohnungstür. Stephan hatte sich vorbereitet. Die Handschellen und seine Waffe befanden sich griffbereit im Halfter an seinem rückwärtigen Hosenbund. Er zog die Tür auf und wusste mit seinem amtlich geprüften Menschenkennerblick auf Anhieb, dass die Gestalt da draußen auf dem Treppenabsatz alles andere als ein seriöser Antiquitätenhändler war. Der Mann trug ausgelatschte Turnschuhe, eine verwaschene Röhrenjeans, einen weiten Strickpullover in Self-made-Optik und eine speckige Ledertasche unter dem Arm. Sein schmutzig blondes Haar war von grauen Strähnchen durchzogen und im Nacken zu einem spärlichen Schwänzchen zusammengebunden. Sein Grinsen flackerte unsicher. Tja, der Kerl wunderte sich, dass ihm nicht die Frau geöffnet hatte, die in sein Beuteschema passte. Es dauerte keine fünf Sekunden, da hing er mit Handschellen gefesselt an dem Heizungsrohr, das offen unter der Flurdecke verlief. In dem Moment klingelte es abermals an der Tür. Stephan ließ sich davon nicht beirren und hielt seiner Beute die Waffe unter die Nase.
»Keinen Mucks jetzt!«, zischte er und erntete ein ängstliches, steifes Nicken.
Stephan spürte einen Luftzug im Rücken und wandte sich in Richtung Tür. Die Wohnungstür war anscheinend nicht ins Schloss gefallen, und derjenige, der draußen geklingelt hatte, konnte sie mit einem leichten Antippen öffnen. Dort

stand ein älterer Herr mit säuberlich gescheiteltem, grauem Haar, in dunklem Anzug und mit altertümlicher Fliege. Seine knochigen Hände umfassten vor seinem Bauch eine glänzende, schwarze Ledermappe. Das Servicelächeln auf seinem Gesicht erstarb sofort, als sein Blick auf die Gestalt am Heizungsrohr und Stephans Waffenhand fiel. Blitzschnell wandte er sich um und stakste, so schnell es seine dünnen, alten Beine zuließen, die Treppe hinunter. Stephan trat mit dem Fuß die Tür zu und wandte sich seiner Zielperson zu.

»Na, Sportsfreund«, knurrte er, »mit dem Empfang hättest du wohl nicht gerechnet?«

Ein Stöhnen und ein Kopfschütteln waren die Antwort. Der Typ zitterte am ganzen Leib. Das war kein Profi, der würde schnell gestehen.

»So, du Möbelhändler, jetzt sagst du mir erst mal, wo ich deine Papiere finde!«

»In der Ledertasche«, flüsterte der Angesprochene. »Nehmen Sie bitte die Waffe weg!«

»Das hättest du wohl gerne.« Stephan lachte böse und zog mit dem Fuß die Tasche zu sich heran. In dem Moment wurde die Wohnzimmertür geöffnet.

»Hallo, Tom! Was macht ihr denn da für einen Mist?«, fragte Julia.

*

Es war kurz vor halb vier, als Maren Kinderwagen schiebend in Begleitung von Vera Schneck-Walz, die ihre quengelnde Zweijährige huckepack trug, durch die Toreinfahrt ihres Wohnhauses kam.

»Tut mir leid«, erklärte Vera, »das nächste Mal geht es viel-

leicht ein bisschen länger. Aber Tom wollte mich gleich nach seiner Schulkonferenz hier bei dir abholen. Wir haben einen Termin zur Wohnungsbesichtigung.«
»Mit den Kindern?«, fragte Maren. »Willst du sie nicht lieber bei mir lassen, sonst habt ihr gleich schlechtere ...«
Maren verstummte mitten im Satz. Eigentlich hatten sie sich bereits gewundert, dass draußen auf der Straße ein Streifenwagen mit flimmerndem Blaulicht stand. Beide Frauen erstarrten, als sie zwei uniformierte Polizisten entdeckten, die mit gezückten Waffen im Hof standen und am Haus hinaufsahen. Neben ihnen befand sich ein sichtlich erschütterter, älterer Herr, den Maren nicht kannte.
»Treten Sie bitte zurück in die Einfahrt, das ist sicherer«, sagte einer der Polizisten. »Und das machen Sie jetzt am besten auch«, sagte er zu dem alten Herrn und wedelte mit der Waffe.
»Ist etwas passiert?«, flüsterte Maren, die sofort daran dachte, dass Julia sich allein in der Wohnung befand.
»Bedrohung mit einer Schusswaffe. Oben im ersten Stock«, kam die schnelle Antwort.
»Erster Stock?«, schrie Maren auf. »Aber da wohne ich! Meine Tochter ist da oben!«
»Wie alt?«, fragte der Polizist. »Zehn Jahre«, wimmerte Maren und sah zu, wie der Polizist in sein Sprechfunkgerät sagte: »Es ist nicht auszuschließen, dass sich ein zehnjähriges Mädchen in der Gewalt des Täters befindet.«
In Marens Kopf überschlugen sich die Gedanken. Ein Alptraum! War die Gestalt, die sie seit langem bedrohte, am helllichten Tag in ihre Wohnung eingedrungen? Und Julia? Wurde sie mit einer Waffe bedroht?
»Was verlangt der Täter denn?«, fragte Vera Schneck-Walz erstaunlich nüchtern.

Der Polizist schob die Unterlippe vor. »Nichts. Er verlangt nichts, der Herr hier hat ihn im Flur mit einer Waffe gesehen, und dass er einen anderen Mann damit bedroht hat.«

Maren schüttelte den Kopf, als wolle sie ihre Gedanken ordnen. Dann fiel ihr ein, dass Lars eigentlich längst hier sein musste. Vielleicht war alles ganz anders. Der heimliche Besucher hatte einzubrechen versucht und war Lars in die Arme gelaufen. Der hatte ihn mit der Waffe gestellt und verhaftet. Endlich. Sie atmete erleichtert auf und sagte dann mit fester Stimme: »Hören Sie! Ich kann das erklären, das muss ein großes Missverständnis sein!«

»Wieso?«, fragte der Polizist. Maren grübelte. Wie würde es ihr gelingen, die Zusammenhänge in Kürze plausibel darzustellen?

»Mein Lebensgefährte«, begann sie.

»Sie meinen, der ist das da oben in der Wohnung?«, fragte der Polizist.

Maren nickte. Inzwischen waren noch zwei Streifenwagen eingetroffen. Vier weitere Polizisten stürmten in den Hof. Rundherum in der Nachbarschaft öffneten sich die Fenster.

»Sie meint, die Person oben in der Wohnung ist ihr Lebensgefährte«, erklärte der Polizist seinen Kollegen.

»Wissen Sie, ob Ihr Lebensgefährte im Besitz von Waffen ist?«, fragte ein Polizist, der durch sein Gebaren deutlich signalisierte, dass er hier so etwas wie der Einsatzleiter war.

Maren wandte sich ihm zu und nickte. »Klar hat er eine Waffe.«

Das Gesicht des Polizisten verdüsterte sich. Maren erklärte weiter: »Er hat genau wie Sie eine Waffe, denn er ist bei der Po…«

»Post«, fiel ihr Vera Schneck-Walz laut und deutlich ins Wort.

Die Polizisten blickten entgeistert auf die beiden Frauen. Bevor Maren noch weiter zur Klärung beitragen konnte, hoben alle die Köpfe. Auf dem Balkon im ersten Stock war scheppernd die Glastür geöffnet worden. Lars erschien am Geländer, neben ihm Tom, Veras Mann, beide trugen geöffnete Bierflaschen in den Händen und beugten sich neugierig über das Geländer. Jetzt erschien auch Julia und schaute amüsiert nach unten. Durch die Gitterstäbe konnte man sehen, wie sich zwischen den Beinen der Menschen maunzend ein roter Kater hindurchschlängelte.
»Hallo, Mama«, rief Julia winkend. »Hier ist vielleicht was los!«

*

Auch der Rest des Tages gehörte der Kategorie an, die Lars Stephan am liebsten für immer von seiner körpereigenen Festplatte gelöscht hätte. Letztendlich war auch noch Heck in der Wittelsbacher Allee aufgetaucht. Heck hatte es tatsächlich fertiggebracht, die Schuld auf sich zu nehmen und den Frankfurter Kollegen weiszumachen, dass dies eine verdeckte Aktion gewesen sei, die er angeordnet habe. Er verstand es, die Spur mit dem Antiquitätenhändler so plausibel zu erklären, dass die Frankfurter ernsthaft zusagten, dem weiter nachgehen zu wollen. Heck entschuldigte sich, dass er das alles nicht früher mit den Frankfurtern abgesprochen hatte, das werde so schnell nicht wieder vorkommen, und »Jungs, wenn es für euch mal was Ähnliches in Offenbach gibt, werden wir auch nicht empfindlich reagieren«.
Die Frankfurter versicherten, dass es ihnen niemals einfallen würde, die Stadtgrenze nach Offenbach zu überschrei-

ten, und die Versammlung löste sich gutgelaunt und mit dem gegenseitigen Versprechen, sich einmal zum Äppelwoi zu treffen, auf. Die Nachbarn schlossen wieder ihre Fenster. Die Presse erhielt im Polizeibericht die Information: In der Wittelsbacher Allee habe eine gemeinsame Übung der Offenbacher und Frankfurter Polizei zur Verbesserung der grenzüberschreitenden Zusammenarbeit stattgefunden. Tom, Veras Ehemann, zeigte sich ebenfalls äußerst verständnisvoll und erhob keinerlei Vorwürfe. Seiner Frau und ihm ging es vor allem darum, möglichst pünktlich zu ihrer Wohnungsbesichtigung zu kommen. Maren trug zur guten Stimmung bei, indem sie sich bereit erklärte, Veras Kinder bis zum Abend bei sich zu behalten, was Lars endgültig dem Gefrierpunkt nahe brachte. Alles hätte noch einigermaßen glimpflich enden können, wenn nicht plötzlich Garfield von einem seiner Lieblingsplätze aufgetaucht und Heck schnurrend um die Beine gestrichen wäre. »Von wegen, du kennst niemanden mit einer roten Katze«, brummte er und kraulte den Kater hinter den Ohren.

Lars fielen an diesem Tag keine klugen Argumente mehr ein, er reagierte sogar äußerst dämlich, indem er sagte: »Findest du ihn wirklich so rot? Ist er nicht eher cremefarben?«

Heck antwortete mit einem vernichtenden Blick, zog ein Asservatentütchen hervor und deponierte darin einige Haare des Katers. Danach musste sich Maren von Heck Fragen gefallen lassen, deren Zusammenhang sie überhaupt nicht verstand. Ob sie eine Wohnung in der Domstraße in Offenbach kenne, eine Özlem Onurhan, eine Hatice Ciftci. Maren reagierte so glaubhaft ahnungslos, dass Heck irgendwann zufrieden war und verschwand, ohne Lars Stephan noch eines Blickes zu würdigen.

Die halbe Nacht versuchte Lars, Maren die Zusammenhänge zu erklären und dabei das Kunststück zu vollbringen, möglichst wenig Dienstgeheimnisse preiszugeben. Dadurch wurden seine Schilderungen undurchsichtig. Maren hörte geduldig zu, ohne wirklich zu verstehen, und meinte am Schluss: »Ehrlich gesagt, wäre es mir lieber gewesen, du hättest denjenigen erwischt, der sich heimlich hier in meiner Wohnung zu schaffen macht.«

»Der kann nicht mehr kommen. Das Schloss ist ausgetauscht«, erklärte Lars.

»Trotzdem habe ich ein mulmiges Gefühl«, erklärte Maren.

Donnerstag, der 25. Oktober

Inzwischen hatte es sich eingebürgert, dass sie sich jeden Morgen um sieben Uhr mit ihren Kaffeetassen in der Hand an den Schreibtischen gegenübersaßen. Lars Stephan hätte vollstes Verständnis dafür gehabt, wenn Heck an diesem Morgen auf das Ritual verzichtet hätte. Doch er kam wie gewohnt und ließ sich schwer auf seinen Bürostuhl fallen. Dann holte er tief Luft, schüttelte ein wenig den Kopf und sah Lars Stephan lange an.

»Ich weiß gar nicht, wie ich dir für gestern danken kann«, erklärte Stephan. »Für so was gibt es keine Währung, Kollege. Oder?«

»Doch«, sagte Heck trocken, »kläre mir diesen verdammten, verzwickten Fall auf! Aber bitte ohne Sperenzchen – von mir aus mit Phantasie und Alleingängen und ungewöhnlichen Mitteln, aber nie mehr, ohne dass du mich davon in Kenntnis setzt, verstanden?«

Lars nickte. »Ich habe heute Vormittag einen Termin in der Shiatsu- und KG-Praxis der Damen Kling und Sauer«, erklärte er.

»Aha, und warum?«

»Weil ich Nackenverspannungen habe.« Lars Stephan schmunzelte.

Heck grinste. »Na, dann lass dich mal entspannen, Kollege!«

*

Punkt elf Uhr stand Stephan an der Tür der Praxis. Ein sanfter Gong, der lange nachhallte, ertönte, nachdem er den Klingelknopf betätigt hatte. Wenig später wurde die Tür mit dezentem Schwung von Veronika Kling geöffnet. Um ihre Mundwinkel spielte ein geheimnisvolles Mona-Lisa-Lächeln, ihre Augen hingegen taxierten ihn mit kühlem Eisblick. Stephan musterte sie ebenfalls. Sie trug eine weite, erdfarbene Hose. Ihre Füße steckten in flachen, schwarzen Ledersandalen. Ebenso schwarz war eine lang geschnittene, kurzärmelige Bluse mit Stehkragen, die ihrem Oberkörper eine unvorteilhafte Kastenform verlieh. Ihn erinnerte das an die Rüstung eines asiatischen Kriegers. Ihr glattes, dünnes Blondhaar passte nicht zu diesem Outfit.

»Kommen Sie doch herein, und ziehen Sie bitte die Schuhe aus!«, sagte sie und trat einen Schritt zurück. Er stand in einem schmucklosen, vanillefarben getünchten Flur mit schwarz gekacheltem Fußboden. Es gab ein offenes, dunkles Holzregal, in dem sich bereits drei Paar Schuhe befanden. Stephan stellte seine dazu. Daneben an der Wand verlief eine schmale Garderobenleiste. Ein dünner, grauer Mantel, der mit einem zarten, bunten Halstuch dekoriert war, hing dort auf einem Bügel. Stephan hängte seine Lederjacke daneben an einen Haken und folgte Veronika Kling auf Strümpfen durch den langen Flur bis zu einer geschlossenen Tür, auf der ein Kreis mit ineinanderfließenden Hälften in Schwarz und Weiß aufgemalt war. Veronika Kling wandte sich zu ihm um. »Meine Kollegin hat mir gesagt, dass Sie sowohl bei mir eine Shiatsu-Behandlung als auch bei ihr eine krankengymnastische Therapie wünschen?«

»Ja«, bestätigte er mit verlegenem Grinsen, »ich dachte, doppelt gemoppelt hält besser.«

Sie ging nicht auf seinen lockeren Ton ein, sondern entgegnete streng: »Eigentlich sollte man das trennen, aber ich verstehe es so, dass Sie heute einmal hineinschnuppern wollen, was Ihnen besser behagt?«

Er bestätigte mit stummem Nicken.

»Ich hoffe, Sie haben Zeit mitgebracht, denn eine Shiatsu-Sitzung dauert eine ganze Stunde.«

»Ja, ich habe Zeit«, erwiderte er.

Das war das Signal für sie, die Tür zu öffnen und in den Raum zu treten. Er folgte ihr einen Schritt und sah sich dann erst einmal um. Die Wände waren in verschiedenen Abtönungen von Apricot über Orange bis Rostrot gestrichen. An der Wand gegenüber hingen drei verglaste Rahmen mit Mandalas. In einer Ecke neben dem Fenster stand ein dünnbeiniges Tischchen aus dunklem Holz. Darauf befand sich in einer Schale eine Art ausgehöhlter, orangefarbener Kristall mit Beleuchtung, um den herum es plätscherte. Von dorther strömte ein intensiver Duft nach bitteren Orangen oder einem anderen Zitruszeug. An Möbeln gab es nur noch eine kleine, dunkle Kommode gleich neben der Tür. Ansonsten kein Tisch, kein Stuhl, nur eine dicke, rote, raumfüllende Matte auf dem Boden.

Ein wenig bereute er, dass er nicht heute Morgen noch einmal schnell im Internet recherchiert hatte, worauf er sich mit diesem Shiatsu eigentlich einließ. Vermutlich waren all die warmen Farben im Raum dazu gedacht, im Benutzer ein Gefühl von Entspannung zu erzeugen, doch bei ihm bewirkte es genau das Gegenteil, nämlich ein Alarmstufe-Rot-Gefühl. Das verstärkte sich noch, als er auf Veronika Klings Blick traf, die ihn bei seiner Besichtigung der Umgebung sehr genau studiert zu haben schien.

»Dass Sie noch keine Shiatsu-Erfahrung haben, weiß ich ja

bereits von neulich, haben Sie aber überhaupt schon einmal Erfahrung mit TCM gemacht?«

TCM? Dazu fiel ihm nur die Abkürzung jener Kaffeefirma ein, deren Regale in vielen Supermärkten zu finden waren. Das konnte die Kling nicht gemeint haben. Er hatte keine Lust, sich noch einmal lächerlich zu machen, und schwieg.

»Traditionelle Chinesische Medizin«, erklärte sie kurz.

»Ach so, ja, Akupunktur«, gab er sein spärliches Wissen preis.

»Hat man Ihnen schon einmal Nadeln gesetzt?«, fragte sie.

Wenn Shiatsu eine Art intensivierte Form von dieser Nadel-Spick-Methode war, würde er die Behandlung auf der Stelle verweigern. Es wäre die bessere Idee gewesen, die Kling einfach ins Präsidium zu bestellen und ohne Umschweife nach dem Zustand ihrer Ehe zu befragen, statt hier seine körperliche Unversehrtheit leichtsinnig aufs Spiel zu setzen.

»Shiatsu orientiert sich wie die Akupunktur an den Meridianen, aber es ist nicht auf einzelne Punkte fixiert, sondern es regelt die Energieflüsse im Ganzen. Auch werden keine Nadeln verwendet. Shiatsu kommt aus dem Japanischen und bedeutet Fingerdruck. Es ist die Kunst der Berührung, um Blockaden zu lösen und das Qi fließen zu lassen«, schloss sie ihren kleinen Vortrag, den sie ohne besondere Betonung heruntergeleiert hatte.

Er hatte für sich die beruhigenden Botschaften entnommen, dass es keine Nadeln gab und dass es lediglich der Entspannung diente, also eine Art Massage war. Das war harmlos und ließ sich aushalten.

Er griff sich in den Nacken und sagte: »Entspannung, genau das ist es, ich habe …«

Sie hielt sich den Zeigefinger vor den Mund. »Schscht«,

zischte sie mit der Liebenswürdigkeit einer Kobra, »das sollen Sie mir nicht mitteilen! Ich werde alles selbst herausfinden.«

Er verzog staunend das Gesicht. Sie hatte jetzt das Lächeln einer Wahrsagerin in einem düsteren Jahrmarktszelt und sagte: »Wir können noch nicht anfangen. Ich spüre, dass Sie noch nicht bereit sind, sich wirklich einzulassen. In Ihnen strömen noch die verschiedenen Energieflüsse gegeneinander. Yin und Yang sind alles andere als im Ausgleich. Wir sollten daher mit einer einfachen Entspannungsübung beginnen.« Er verstand nichts von ihrem Kauderwelsch, befolgte jedoch brav ihre Anweisungen. Sie setzten sich beide nebeneinander im Schneidersitz mit Blick zum Fenster auf die weiche Matte. »Das Fenster geht zum Osten hinaus. Der Blick nach Osten beruhigt. Bitte den Rücken durchstrecken und hinaussehen«, leierte sie. Der Blick auf die schäbigen Häuserfronten war alles andere als erfreulich. Sie wollte, dass er mit beiden Händen die Apan-Mudra bildete. Er sollte Ring- und Mittelfinger gegen den Daumen pressen und Zeigefinger und kleinen Finger abspreizen. Sie bog ihm die Finger zurecht. Während sie seine Hände berührte, sagte sie: »Ich spüre deutliche Abwehr und habe Zweifel, ob es wirklich Ihr Anliegen ist, sich mit mir auf Shiatsu einzulassen, oder ob Sie eigentlich aus einem ganz anderen Grund gekommen sind.«

Volltreffer! Der konnte man so leicht nichts vormachen. Also Vorsicht! Er versuchte ein unschuldiges Grinsen. »Nein, aus keinem anderen Grund! Es ist wirklich, weil ich da oben …« Er griff sich in den Nacken.

»Schscht«, zischte sie wieder. In ihrem Gesicht stand das blanke Misstrauen. In den folgenden fünf Minuten, die für ihn eine gefühlte Stunde waren, saßen sie wieder im Schneidersitz nebeneinander und hielten die Apan-Mudra über den Knien.

»Die Apan-Mudra ist eine besondere Haltung. Sie schenkt Gelassenheit, Zuversicht, innere Harmonie und macht Mut, Herausforderungen anzunehmen«, erklärte sie. Jetzt sollte er sich nach ihrer Anweisung in einer anderen Haltung bewusst entspannen. Es gelang ihm nur mäßig, weil sein lädiertes Knie schmerzhaft protestierte. »Aufstehen!«, sagte sie nach einer Weile zu seiner Erleichterung.

Er streckte die Gliedmaßen und schüttelte sie aus, wie er das vom Fußballtraining kannte, was sie mit unwilliger Miene geschehen ließ.

»Fühlen Sie sich denn jetzt eher bereit für Shiatsu?«, fragte sie.

»War das eben noch kein Shiatsu?«

Sie schüttelte den Kopf. »Das war Yoga. Zu meiner Philosophie gehört es, die verschiedenen Techniken zu mischen, um ein optimales Ergebnis zu erzielen. Auch bei Shiatsu gibt es unterschiedliche Schulen. Ich nehme Elemente aus allen.«

»Aha«, sagte er.

»Aber allen Richtungen ist es gemeinsam, dass unabdingbar eine energetische Beziehung zwischen Therapeuten und Patienten aufgebaut werden muss.«

»Aha«, wiederholte er.

»Deshalb sollten wir uns duzen«, erklärte sie, und ohne eine Reaktion von ihm abzuwarten, fuhr sie fort: »Du solltest jetzt deine Kleider ausziehen!«

Er wurde blass. »Wie? Alle?«

Sie blieb völlig ungerührt. »Nach Namikoshi alle. Masunaga vertritt die Meinung, leichte Bekleidung sei erlaubt. Ich bin der Meinung: So wenig wie möglich.«

»Sie meinen also, ich kann mir aussuchen, wie viel ich ausziehe?«
»Du«, korrigierte sie. Sie trat einen Schritt zum Fenster und betätigte dort einen Schalter. Mit sanftem Brummen schob sich bedrohlich ein Außenrollo vor das Fenster und verwandelte den Raum in eine dämmerige Höhle. Er zog sein Hemd aus. Sie wartete. Er blieb tatenlos stehen. Sie zuckte mit den Schultern und deutete auf die Matte. »Leg dich in einer möglichst entspannten Position auf den Bauch. Wir fangen mit dem Rücken an.«
Er legte sich hin. Entspannt ging nicht. Er musste den Kopf seitlich drehen, um atmen zu können. Er hatte keine Idee, wie es eine entspannte Position für seine Arme geben sollte, und streckte sie seitlich neben dem Körper aus. Unter den Schulterblättern knirschte etwas. Dazu hörte er, dass die Kling sich an den Schubladen der Kommode zu schaffen machte.
»Ich wärme nur meine Hände an«, säuselte sie. Die Schublade wurde geschlossen. Plötzlich hörte er ein helles Piepen, dann ein knisterndes und schäumendes Geräusch. Erschrocken schaute er auf. Das Geräusch kam oben von der Decke. Jetzt piepte es wieder und dann Grrrrrsch, Grrrrrrsch, Platsch, Kiu, Piep. Er entdeckte schemenhaft die Umrisse eines kleinen Kastens in der Ecke ganz oben. Hoffentlich war das nur ein Lautsprecher und nicht auch noch eine Kamera!
»Meeresrauschen«, erklärte sie, »und Möwen. Ich kann auch Walgesänge oder Vogelgezwitscher auflegen. Ist dir das lieber?«
»Nein, Meer ist schon okay«, sagte er gnädig und atmete bebend aus. Er legte sich wieder hin, diesmal kreuzte er allerdings die Arme unter dem Kinn.

»Schließ die Augen«, gurrte sie ungewöhnlich sanft. Er schloss die Augen und spürte gleichzeitig einen warmen Druck in der Mitte seines Rückens. Das war angenehm, zugegeben. Etwas weiter weg davon wurde es ebenfalls warm.
»Das ist meine zweite Hand, die Yin-Hand. Sie stützt nur. Die andere Hand, die aktiv ist, ist die Yang-Hand. Spürst du es?«
Was, um alles in der Welt, sollte er spüren? Er lag wie eine gestrandete Flunder auf einem genoppten Futon, der ihn sehr an die unbequemen Luftmatratzen seiner Kindheit erinnerte. Dazu Meeresrauschen. Strandfeeling. Offenbach am Meer, auch das noch. Sie erhöhte den Druck ihrer Yang-Hand und presste seinen Unterleib in den Futon.
»Und jetzt?«, fragte sie.
»Autsch«, sagte er.
Die Yang-Hand gab etwas nach. »Ich kann dein Qi spüren. Es ist eindeutig aktiviert, aber du sperrst dich zu sehr. Lass dich ein! Finde deine Mitte!«, schnurrte sie.
Die Möwen fuhren mit ihrem Gekreisch dazwischen. Meeresrauschen. Wasser. Der Druck auf den Unterbauch wurde unangenehm.
»Hier ist der Meridian für deine inneren Organe, die Nieren, die Blase«, leierte sie wie der Papst beim urbi et orbi.
Blase war das Stichwort gewesen. Konnte er jetzt einfach unterbrechen und sagen, dass er …? Unmöglich! Er hatte noch nicht einen Bruchteil seiner Themen mit ihr abgehandelt. Plötzlich hörte er den gedämpften Signalton eines Handys, das eine SMS meldete. Er zuckte zusammen. Sein Handy! Es war draußen in der Jacke.
»Nicht doch«, flüsterte sie. »Entspannen! Der Alltag ist jetzt vergessen!« Ihre Yang-Hand lag mittlerweile etwas weiter oben.

»Der Magen«, erklärte sie. »Im Shiatsu geht es hier nicht nur um die Nahrungsverarbeitung, sondern auch um die geistige Verdauung. Oh, hier ist dein Qi ganz schwach. Du hast zu viel Energie in ein unlösbares Problem fließen lassen.« Sie drückte.
»Der momentane Fall«, erklärte er. »Wir hängen da ziemlich fest.« Es dauerte einen Augenblick, bis sie antwortete.
»Meint ihr, dass sich das noch einmal ändert?«
»Wir ermitteln in alle Richtungen. Irgendwann kommt der Durchbruch.« Ihre Yang-Hand drückte und ließ dann wieder locker. Irgendetwas war in seinem Rücken geschehen! Sie setzte weiter oben zwischen den Schulterblättern erneut an. Da war genau diese Stelle, an der es manchmal so stach und zog. Unter ihrem Druck schienen sich die Muskelstränge zunächst dagegen aufzubäumen, doch dann gaben sie ein wenig nach.
»Das ist der Bereich für das Herz. Du hast einen schweren Felsen darauf liegen. Dein Qi ist hier blockiert.« Ihr Handballen massierte in leichten, kreisenden Bewegungen, so als würde sie Sonnencreme verteilen. Das Meer rauschte. Jetzt sah er die schaumigen Wellen, die in langen Zungen an einem flachen Sandstrand ausliefen.
»Hast du eine Frau?«, fragte sie ihn von weit her.
In seinem Brustkorb hörte er seine Antwort dröhnen. Marens lächelndes Gesicht erschien vor ihm.
»Ja.«
Zarte Finger tasteten über die Haut. Die Stimme raunte: »Deine Frau ist nicht die Ursache für diese Blockade. Es ist etwas Massives, das schon sehr lange besteht. Ich werde jetzt etwas tiefer gehen, melde dich, sobald es schmerzt.« Jetzt schien sie sich mit ihrem ganzen Körpergewicht auf ihn zu lehnen. Er bäumte sich dagegen auf. Sie ließ wieder

los und legte die Yin-Hand ruhig auf die gepeinigte Region. Er sank zusammen.
»Hast du Kinder?«
Er versuchte, gegen etwas anzuatmen, das seine Brust eng umschloss. Das rauschende Meer. Er sah sich mit ihr am Strand. Sie warf ihren roten Ball in die Wellen und tapste hinterher. Drei Jahre musste sie damals alt gewesen sein. Er umfasste ihre weiche Kinderhand und lief mit ihr durch das flache Wasser hinter dem Ball her. Sie sah ihn an, kicherte voller Vertrauen und Zuversicht. Tausend blonde Löckchen quollen unter dem weißen Sonnenhut hervor.
»Keine Kinder?« Da war wieder der Eisenreif um seine Brust. Er versuchte, gegen den Widerstand zu atmen. Jemand drückte gegen den Reif, verbog ihn. Ein wenig Luft zu holen war möglich. »Doch. Jenny, aber sie ist tot. Vom Auto überfahren«, stieß er hervor.
Der Meeresstrand verschwand, als hätte man einen Vorhang fortgezogen. Er erschrak. So freimütig hatte er das noch nie jemandem erzählt. Wie kam er dazu? Ausgerechnet auch noch dieser Kling! Er wollte aufspringen, doch sie drückte ihn sanft nach unten.
»Genau das ist die Blockade. Du hast dich nicht der Trauerarbeit gestellt und nur negative Energien produziert. Du musst es endlich annehmen und dich darauf einlassen. Denk an sie. Jetzt!«
Diese Stimme hatte etwas Herrisches und war dennoch sanft und schmelzend. Er konnte sich nicht dagegen wehren, wollte es auch plötzlich nicht mehr. Er sah Jennifer, wie sie am großen Tisch im Wohnzimmer mit ihm saß und konzentriert in ihr Schulheft schrieb. Hausaufgaben. Das war ein Tag vor dem Unfall gewesen.
»Nimm sie in den Arm!«, befahl Veronika Kling.

Er hob die Kleine hoch. Sie sah ihn verwundert an. Mal war sie ein Baby, mal ein Kleinkind, ein Schulkind. Er kitzelte sie am Bauch. Sie wand sich glucksend in seinen Armen.

»Trag sie fort. Weit fort«, forderte sie. »Dort ist ein großes Nest aus Blumen. Leg sie dort hinein. Sie will schlafen. Lass sie!«

Er tat wie geheißen. In einer Art Zeitlupe sah er die Bilder vor sich. Da war wirklich ein Vogelnest mit Blüten am Rand. Sie lag darin eingerollt wie ein Embryo, winzig im Gewirr aus Zweigen und Blättern.

»Lass sie!«, hörte er wieder ihre Stimme. Sie vermischte sich mit der Stimme des Arztes damals. »Wir können nichts mehr tun.« Dann wieder die andere Stimme in ihrem unerbittlichen Befehlston: »Lass sie los und geh!«

Er wollte nicht gehen. Er wollte sie dort nicht zurücklassen.

»Du musst gehen und darfst dich nicht umdrehen. Es ist ein Abschied, den du annehmen musst. Und es ist gut.«

Die Yang-Hand kreiste wieder. Stephan keuchte in die Unterlage. Seine Augen waren nass. Er fühlte sich erschöpft wie nach einem langen Lauf.

Wie aus einem Nebel hörte er sie gedämpft sagen: »Und bedenke! Ein Kind gehabt zu haben ist besser, als wenn es nie geboren worden wäre!«

Es folgten zeitlose Momente, in denen er nur noch das Meer hörte. Dann spürte er wieder die Hand knapp unterhalb des Nackens. »Ich setze jetzt noch ein bisschen weiter oben an. Dort ist der Bereich für die Lunge. Du musst atmen, tief und ruhig atmen. Dein Rücken ist Yang. Jetzt möchte ich die Meridiane an deinem Bauch aufsuchen, deine Hara-Zonen, denn die sind Yin. Würdest du dich bitte auf den Rücken drehen?«

Er wandte sich um und stützte sich auf den Ellbogen ab. Sie

kniete auf der Matte neben ihm. Ihre Hände lagen mit den Handflächen nach oben neben ihr. Ruhig hielt sie seinem Blick stand. Sie saß da wie eine Buddha-Statue. Glaubte sie eigentlich selbst, was sie erzählte? Brauchte sie das alles als eine Art Eigentherapie? Eigentlich war er hergekommen, um etwas über ihr Leben und über ihren Mann zu erfahren. Nun hatte sie es geschafft, in Stephans tiefste Abgründe zu sehen, ohne auch nur im Geringsten etwas von sich preiszugeben. Er brauchte es nicht mehr zu versuchen. Um eine wie sie aus der Reserve zu locken, musste man sich etwas anderes einfallen lassen.

»Ich denke, es reicht für heute!«, sagte er in die Stille hinein.

»Hast du denn eine Vorstellung von Shiatsu entwickeln können?«, fragte sie leise.

»Tja, es war …« Wie sollte er ihr das sagen? Es hatte ihn verwirrt. Es hatte ihn mit Seiten von sich selbst konfrontiert, die ihn zutiefst beunruhigten. Sie hatte ihn einerseits aus dem Takt gebracht, und andererseits fühlte er irgendwo in der Tiefe einen kleinen Ruhekeim wachsen. Er strich sich mit der Hand über den Nacken und sagte: »Es ist besser geworden.«

Dann erhob er sich steifbeinig und griff nach seinem Hemd. Etwas in ihm wollte jetzt nur noch weg. Als er draußen im Flur ankam, stand bereits Jutta Sauer in der Tür zu ihrem Behandlungszimmer. Wie ihr Sohn hatte sie borstiges, rotblondes Haar und eine zarte Haut mit Sommersprossen. Die schwarze Hornbrille hob sich in hartem Kontrast ab und betonte die Strenge des knochigen Gesichtes. Die Sauer trug nicht nur einen weißen Kittel, sondern lächelte ihn auch noch an wie eine Krankenschwester. Er war sich plötzlich sicher, dass er auch von ihr keine brauchbaren Informationen erhalten würde. Zu cool, zu kontrolliert waren diese

Frauen. Mission gescheitert, also abbrechen, dachte er. Von irgendwoher hörte er Wasserrauschen. Hatte diese Jutta Sauer statt Meer die Niagarafälle in ihrem Zimmer aufgelegt? In seinem Rücken wurde eine Tür geöffnet. Das Rauschen wurde lauter, Stephan wandte sich um. Florian Sauer verließ die Toilette. Einen Augenblick standen sie einander gegenüber wie in der Tanzstunde. Jeder suchte im Gesicht des anderen nach einer Reaktion. In Florian Sauer kam zuerst Bewegung. Er nickte Stephan kurz mit ausdruckslosem Gesicht zu, dann lief er an ihm vorbei.

»Hast du noch Brötchen da, Mamutschka?«, fragte der junge Mann seine Mutter.

»In der Küche«, antwortete diese, und Florian verschwand in einem anderen Raum.

»Wollen wir jetzt?«, fragte Schwester Mamutschka. Stephan schaute zwischen der Kling und der Sauer hin und her. Beide lehnten mit verschränkten Armen an ihren Türrahmen. Das waren Signale der gefühlten Überlegenheit.

Er setzte ein scheues Lächeln auf, schüttelte den Kopf und meinte: »Nein, bedaure, es passt heute doch nicht mehr!« Er deutete kurz in Richtung Toilettentür. »Erst noch kurz für kleine Jungs, und dann bin ich auch schon weg!«

*

Auf dem Rückweg zum Präsidium kehrte Lars Stephan in dem kleinen Suppenlokal ein. Er setzte sich im hinteren Bereich an einen der hohen, dunklen Tische und machte sich über eine pikant gewürzte Gulaschsuppe her. Als er von der Mahlzeit aufblickte, sah er, wie Hölzinger gemeinsam mit Sümeyye Onurhan das Lokal betrat. An jeder Bewegung, jeder Berührung, jedem Blick konnte man erkennen, dass die beiden sich sehr nahe waren. Hölzinger entdeckte seinen Kollegen, und gemeinsam mit Sümeyye kam er zu ihm an den Tisch. Innerlich entrüstete sich Stephan über Hölzinger. Er musste ihn unbedingt zeitnah zur Rede stellen. Was fiel ihm ein, sich mit einem Mädchen einzulassen, das in seine aktuelle Ermittlung involviert war? Nach den Dienstvorschriften müsste er längst von dem Fall abgezogen werden. Eigentlich müsste Stephan Heck darüber informieren. Er wunderte sich, wie entspannt Hölzinger sich verhielt. Hatte er so großes Vertrauen in Stephans Loyalität, dass er einfach mit Sümeyye auftauchte? Sümeyye schien ebenfalls ohne jede Skrupel zu sein. Sie beteiligte sich munter am Tischgespräch, das sich um Themen wie das Wetter, die besonderen Seiten von Offenbach und die Vor- und Nachteile der verkürzten Gymnasialzeit drehte. Erneut fiel Lars auf, wie hübsch das Mädchen war. Aber nicht nur das. Sie hatte Charme, war gebildet und klug. Kein Wunder, dass sie Hölzinger den Kopf verdrehte. Soweit ich mich erinnere, ist sie noch nicht einmal achtzehn Jahre alt, dachte Lars Stephan, während er sie beobachtete. Ihre schmalen Finger spielten wieder mit dem Anhänger ihrer Goldkette, der die Form einer Hand hatte, die von zarten Golddrähten gebildet wurde. Auffällig war die Symmetrie dieser goldenen Hand, bei der Daumen und kleiner Finger die gleiche Länge aufwiesen, so dass der längere Mittelfinger die Achse bildete. Als die Gesprächsthemen ins Stocken gerieten, bemerkte Stephan: »Ein schönes Schmuckstück haben Sie da. Wo kann man das kaufen?« Gerade war ihm durch den Kopf gegangen, ob das nicht ein nettes Geschenk für Maren als Trost für die verlorenen Ohrstecker sein könnte.

»Das Schmuckstück nennt sich ›Fatimas Hand‹. Ich weiß nicht, ob es in Deutschland Juweliere gibt, die das verkaufen.

Viele Musliminnen tragen es. Sie bekommen es von ihren Familien oder ihren Ehemännern geschenkt – als Schutz.«
»Als Schutz wovor?«, fragte Hölzinger und schaute das Mädchen mit einem Blick an, der auszudrücken schien: Du brauchst keinen besonderen Schutz, du hast ja mich.
Sümeyye lachte. »Vor dem bösen Blick«, erklärte sie.
»Der böse Blick? Das gab es doch im Mittelalter. Die Hexen haben damit die Menschen verhext«, erwiderte Stephan, indem er sein Schulwissen bemühte. Sümeyye deutete ein Kopfschütteln an. »Mit Hexen hat es weniger zu tun, aber mit dem Teufel. Es schützt vor allem, was böse ist und den Menschen bedroht.«
»Das heißt, es schützt auch vor dem Blick böser Menschen?«
Sümeyye nickte. »Den bösen Blick senden Menschen aus, weil sie neidisch sind. Viele Muslime bemühen sich daher darum, sich so zu verhalten und so zu kleiden, dass andere nicht neidisch sind. So steht es ja auch im Koran. Kleide dich angemessen und unauffällig!«
»Hm, verstehe«, sagte Stephan und betrachtete amüsiert Hölzingers neuen Kurzhaarschnitt. Der Gockelkamm war weg. Sümeyye war seinem Blick gefolgt und musterte Hölzinger mit einem zärtlichen Lächeln. Dann verdüsterte sich ihre Miene, als habe sich eine dunkle Wolke vor die Sonne geschoben. Ihre Augen glänzten.
»Aber Fatimas Hand hat Hatice nicht geholfen.«
»Hatte sie auch so eine Kette?«
»Ja«, bestätigte Sümeyye. »Sogar die gleiche wie ich, denn Özlem hat ihr die Kette geschenkt, die wir einmal von unseren Eltern bekommen hatten.«
Stephan starrte Hölzinger an, doch dem schien nichts aufgefallen zu sein. Wie denn auch? Seine Gedanken waren

woanders. Lars Stephan jedoch hatte, was Kleinigkeiten betraf, manchmal ein phänomenales Gedächtnis – eine wichtige Fähigkeit in seinem Beruf! Sehr genau erinnerte er sich an die ersten Berichte der Spurensicherung. Özlem Onurhan war mit einem Tuch erdrosselt worden, aber an ihrem Hals waren Druckspuren von den Kettengliedern eines Schmuckstückes erkennbar gewesen. Da keinerlei Metallabrieb nachweisbar war und man ein Kettenglied auf dem Teppich fand, vermutete man eine Goldkette, die bei der Gewalttat gerissen sein musste. Sie war ebenso wie das Tatwerkzeug verschwunden. Nun wusste er, wie sie ausgesehen hatte.

*

Maren riss die Wohnungstür auf und schaute Sybille entgegen, die, eine schwere Tasche über der Schulter, die Treppe heraufgestapft kam. Als sie Maren erblickte, blieb Sybille stehen. Mit einem Lächeln musterte sie ihre Freundin.

»Du hast mich gerufen in deiner Not.« Sie strahlte. »Hier bin ich!«

Als sie ihren Weg fortsetzte und oben bei Maren angekommen war, blickte sie auf die üppige, grüne Zimmerpflanze, die neben der Eingangstür auf einem schmalen, etwa hüfthohen Blumenständer aus schwarzem Schmiedeeisen stand.

»Dieser Farn hier ist eine Wunderpflanze. Schon damals, als ich noch hier wohnte, wuchs er wie verrückt, obwohl die Lichtverhältnisse hier wirklich nicht ideal sind.« Maren atmete bebend ein. Sie versuchte ein Willkommenslächeln, das ihr allerdings schief geriet. Sie trat zurück und öffnete mit einem einladenden Schwung die große, altmodische Holztür mit den Fensterfüllungen aus Eisblumenglas.

»Ich habe keinen grünen Daumen und vergesse sehr oft, diese Pflanze zu gießen, dennoch gedeiht sie, es ist ein Wunder.«

»In der Tat, und in diesem barocken Übertopf passt der Farn wunderbar zu der alten Tür«, lobte Sybille. Maren sog die frische Herbstluft ein, die ihre Freundin mit in die Wohnung gebracht hatte. Nebeltröpfchen glitzerten in ihren blonden Locken. Ihr rosiges Gesicht strahlte Wärme und Lebendigkeit aus. Das wirkte beruhigend auf Maren, deren Blässe durch das dunkle, verwaschene T-Shirt und die schwarze Leggins noch betont wurde. Sybille betrachtete sie mit leichter Besorgnis. »Ach, Maren, was ist denn mit dir los? Bist du krank?«

Maren schüttelte den Kopf. In ihren Augen glitzerte es. Um ihre Lippen quälte sich ein Lächeln, und sie sagte mit spröder Stimme: »Nein – oder doch. Ich bin total aus der Spur geraten, Sybille, du musst mir helfen.«

»Habt ihr euch am Ende getrennt?«, flüsterte Sybille entsetzt.

Maren schüttelte heftig den Kopf. Sybilles Vermutung verstärkte Marens ungutes Gefühl. Die Tränen strömten über ihr Gesicht. Sybille stellte ihre Tasche auf den Boden und schlang ihre Arme um die verzweifelte Freundin.

»Ich helf dir – versprochen, egal, was es ist. Aber du musst mir jetzt wirklich alles erzählen. Ich hab ja gespürt, dass dich in letzter Zeit etwas bedrückt, und mir selbst schon meinen Reim darauf gemacht. Du musst wissen: Alles ist regelbar und lösbar. Sogar, wenn du für einige Wochen wegmüsstest.«

Maren befreite sich aus Sybilles Umarmung und starrte sie entsetzt an. »Du meinst, so schlimm ist es bereits mit mir?«

Sybille verzog gequält das Gesicht und versuchte, ihre Aussage ein wenig abzuschwächen, indem sie mit fester Stimme sagte: »Ich weiß ja noch gar nicht, was los ist. Wir machen uns jetzt einen schönen Kaffee, und dann erzählst du mir alles.«

Maren wischte sich mit dem Ärmel die Tränen aus den Augen und deutete ein Kopfnicken an. Sybille zog ihren Mantel aus, und Maren hängte ihn an einem Bügel an der Flurgarderobe auf, während Sybille ihr Äußeres im Spiegel prüfte. Sie fuhr sich mit gespreizten Fingern durch die Locken und zwirbelte und stauchte sie. »Ich sehe aus wie ein Weihnachtsengelchen auf einer kitschigen Postkarte«, sagte sie und blickte besorgt in Marens erstarrtes Gesicht, weil sie sie mit ihrer Bemerkung nicht zum Lächeln bringen konnte. Als Sybille sich in Richtung Küche auf den Weg machen wollte, wurde sie von Maren am Arm gegriffen und sanft in die andere Richtung gezogen.

»Erst musst du dir etwas anschauen!«

Sybille folgte Maren in das dritte Zimmer der Wohnung am anderen Ende des Flures. »Oh, ihr habt ja angefangen auszumisten«, lobte sie erfreut. Und mit Blick auf den Palisadenschrank meinte sie: »Aber das dunkle Monster seid ihr immer noch nicht losgeworden.«

Maren überlegte, ob Vera wirklich nichts von der gestrigen Schrankaktion erzählt hatte oder ob Sybille jetzt nur so unwissend tat. Redeten die beiden hinter ihrem Rücken über sie? Dieser Lars ist genauso verrückt wie Maren. Deshalb verstehen sie sich wahrscheinlich so gut, hörte Maren die Stimmen der Freundinnen im Kopf. Marens Blick wanderte misstrauisch, beinahe feindselig über Sybilles Gesichtszüge.

»He, was ist?«, drängte ihre Freundin. Maren nahm Sybilles Parfum wahr und wich zurück. Gerüche dieser Art erzeug-

ten seit ein paar Tagen lähmende Übelkeit bei ihr. In ihrem Hals saß ein Kloß. Ihr wurde schwindelig. Etwas drückte sich in ihre Kniekehlen. Es war die Kante des alten Sessels. Maren ließ sich erschöpft hineinfallen. Das Zimmer um sie herum verschwand hinter einem dunklen Vorhang. Die Zeit schien sich aufgelöst zu haben. Maren bekam erst wieder Anschluss, als sie in Sybilles verschwommenes Gesicht blickte, das sich plötzlich in Augenhöhe vor ihr befand. Der Schleier vor ihren Augen verflüchtigte sich langsam. Sybille hockte vor dem Sessel und reichte Maren ein Glas Wasser, das sie dankbar annahm und in kleinen Schlucken austrank.
»Und?«, fragte Sybille aufmunternd. »Geht es wieder?«
Maren nickte steif. Dann richtete sie sich auf und deutete zu der Staffelei, die noch immer schräg vor dem Fenster stand. Sie war nicht bewegt worden seit heute Vormittag. Immerhin wenigstens das. Maren war in der Früh vor ihrem Schuleinsatz in dieses Zimmer gekommen, um ein Foto des Schrankes aufzunehmen. Nach den turbulenten Ereignissen gestern hatte sie sich entschlossen, das Möbelstück im Internet anzubieten. Dabei hatte sie die unglaubliche Entdeckung gemacht.
»Sieh dir das Bild an!«, forderte sie Sybille auf. Sybille zog die Staffelei ein wenig herum, so dass sie das Bild frontal betrachten konnte.
»Fertig!«, jubelte sie. »Du hast endlich einmal wieder ein Bild beendet! Und es ist gut. Richtig gut geworden!«
»Findest du, dass ich das gemalt habe?«, fragte Maren. »Sag es mir ehrlich, traust du mir das zu?«
Sybille blickte sie verwirrt an. »Natürlich hast du das gemalt! Natürlich traue ich dir das zu! Was für eine irrsinnige Frage!« Sybille hatte nicht bemerkt, wie Maren bei dem Ausdruck »irrsinnig« zusammengezuckt war.

»Wie kommst du darauf, dass ich das gemalt habe?«, fragte Maren beharrlich weiter.
Sybille grinste. »Weil das deine Staffelei ist. Weil das deine Farben sind. Weil das ein Motiv ist, an dem du dich schon mehrmals versucht hast und über das wir schon öfter gesprochen haben. Weil es genau deine Art ist, Perspektive zu schaffen mit diesen kleinen Andeutungen von Vegetation im Vordergrund. Weil die Farben so van-Gogh-mäßig gestrichelt sind. So malst du. Das ist ein echter Wiegand, sagt die Kunstexpertin.«
Sybille vermutete, dass Maren ihre merkwürdigen Fragen nur gestellt hatte, um gelobt zu werden und das Gegenteil von dem zu hören, was sie postuliert hatte. Maren atmete tief durch. Sybille deutete das als Zufriedenheit.
Maren jedoch sagte in mühsam beherrschtem Ton: »Das ist nicht mein Bild. Ich habe das zwar angefangen, aber ich habe es nicht zu Ende gemalt. Ich hatte damit aufgehört, weil es mir mal wieder zu postkartenmäßig und kitschig erschien. Ich hatte keine Idee, wie ich das verhindern sollte. Wer auch immer das gemalt hat, er hat das Problem gelöst, indem er die harten Konturen im Nebel verschwinden ließ. Dadurch sind automatisch die Farben dezenter geworden. Über das ganze vorher gemalte Bild ist diese zarte Schicht aufgetragen worden. Man sieht, dass die Farben dort, wo ich vorher war, deutlich dicker aufgetragen wurden. Das hat beinahe eine Struktur wie ein Ölbild bekommen.«
»Ist das denn kein Ölbild?«, fragte Sybille.
»Nein, du Kunstexpertin«, erwiderte Maren spitz. »Das ist Acryl. So was wie Wasserfarben. Im Gegensatz dazu allerdings kann man das nicht mehr verwischen, wenn es getrocknet und abgebunden ist. Es sei denn, man hat passende Chemikalien. Und die sind hier benutzt worden, um die

Übergänge zu gestalten. Man roch das heute früh noch hier im Zimmer. Inzwischen habe ich gelüftet. Jemand hat meine Konturen professionell verwischt und dann in diesem Nebelton weitergemalt.«

»Jemand?«, fragte Sybille und spekulierte weiter: »Wer, um alles in der Welt, soll so etwas tun? Julia?«

»Nein, nicht Julia«, erwiderte Maren entschieden. »Ich habe sie heute Morgen gefragt. Sie hat mich genauso irritiert angesehen wie du mich jetzt, und ich glaube ihr. Warum auch sollte sie das tun, und wenn ja, warum sollte sie es mir dann verheimlichen? Ich wäre ihr nicht böse gewesen deswegen, im Gegenteil, ich hätte sie sehr gelobt für dieses gelungene Werk. Denn im Gegensatz zu dem, was ich als einfache Kunst-Lehrerin so zusammenkleckse, ist das hier Kunst, wirklich Kunst.«

Sybille schüttelte verwirrt den Kopf. »Lars?«

»Blödsinn!«, zischte Maren, so dass Sybille zusammenzuckte. Sie betrachtete mit ratlosem Blick ihre Freundin, die vor ihr in dem alten Sessel saß. Man sah deutlich, wie es hinter Marens Stirn arbeitete. Dann brach es aus ihr hervor. In zusammenhangloser Reihenfolge, in Stichworten und Halbsätzen schilderte sie Ereignisse, vermischt mit Gedankengängen und Vermutungen. Sybille lauschte staunend und filtrierte aus dem Gehörten heraus, dass Maren glaubte, eine fremde Person betrete ihre Wohnung, hielte sich dort auf und mache sehr abstruse Dinge.

»Eine angebrochene Dose Katzenfutter in Julias Bücherregal«, sagte Maren und schaute Sybille herausfordernd an. »Meine Brillantohrstecker. Einfach weg. Das selbst bemalte Seidentuch – weg!«

»Das mit den blauen Hortensien und den Goldrändern?«, erinnerte sich Sybille. Maren nickte.

»Das ist schade«, kommentierte Sybille. Dann zuckte sie ergeben mit den Schultern. »Aber so was ist mir auch schon passiert. Man ist in Gedanken. Da habe ich schon mein Handy in den Kühlschrank gelegt und meinen Wohnungsschlüssel im Bad an einen Handtuchhaken gehängt. Nach wilder Suche habe ich diese Dinge wiedergefunden und hätte auch schwören können, dass ich das nicht gewesen sein kann.«

»Sicher passiert einem *mal* so etwas, aber doch nicht ständig und in wachsender Häufigkeit! Und das war doch früher nicht so«, protestierte Maren.

»Vielleicht haben sich in letzter Zeit zu viele Dinge in deinem Leben geändert«, probierte es Sybille erneut. »Du bist inzwischen in drei verschiedenen Schulen als Vertretungslehrerin auf Abruf eingesetzt. Ich wollte das nicht machen, also, sofort nach Anruf losfahren und mich in völlig unbekannte Situationen stürzen müssen. Und dann noch mit diesen unwilligen Schülern, die man kaum kennt und die nur Halligalli machen wollen, weil ihr richtiger Lehrer fehlt. Sie nehmen dich nicht für voll. Und jede Vertretungsstunde dieser Art ist eine Nahtoderfahrung – hast du selbst neulich zu mir gesagt. Bestimmt wäre es besser, wenn du wieder einen festen Arbeitsvertrag bekämst mit einer *festen* Lerngruppe und *einem* Fach an *einer* Schule.«

Maren umfasste das leere Wasserglas mit beiden Händen und schaute hinein wie eine Wahrsagerin in die Kristallkugel.

»Das ist es nicht«, wandte sie ein. »Es ist stressig, aber es war früher auch stressig, und da kam das nicht vor. Auch gibt es einen entscheidenden Unterschied zu deinem Beispiel mit dem Handy im Kühlschrank oder dem Schlüssel im Bad. Wenn man den Gegenstand dann wiedergefunden hat, kann man sich plötzlich erinnern, dass man Einkäufe eingeräumt hat oder schnell ins Bad musste und dabei auch diese Dinge verräumt hat. Aber bei mir gibt es keine Erinnerung. Verstehst du? Nichts! Ich war das nicht! Das bedeutet, es gibt nur diese einzige Erklärung: Es verschafft sich jemand Zutritt in diese Wohnung! Auch wenn du mich jetzt für völlig meschugge hältst!«

Sybille lehnte mit verschränkten Armen an der Wand und schaute mit skeptischer Miene auf Maren.

»Ist das der Grund, warum du mich neulich fragtest, ob ich anderen Leuten Wohnungsschlüssel gegeben hatte, als ich noch hier wohnte?«, forschte sie. Maren nickte. Sybille runzelte die Stirn. »Ich hatte dir doch versichert, dass niemand anders einen Schlüssel hat. Und meinen kann ich dir gerne geben, falls es dich beruhigt.«

Sybille legte eine Atempause ein und blickte durch das Fenster hinüber zu den Giebeln des Hinterhauses. Dahinter gab es hohe Bäume mit schwarzen, knorrigen Ästen, die sich aus irgendeinem alten Stadtgarten in den nebelgrauen Himmel streckten und sich mit ihren zarten Zweigen darin verloren. Sie konnte sich gut vorstellen, wie Maren hier an der Staffelei stand, manchmal hinausschaute und dann auf diese Idee mit dem verwischten Nebel in dem Bild gekommen war. Diese Vermutung wagte sie nicht auszusprechen, stattdessen meinte sie: »Warum hast du denn nicht längst das Schloss ausgetauscht?«

Maren starrte vor sich hin. Dann stieß sie ein irres Lachen aus. Sie fuhr aus dem Sessel hoch, holte aus und warf mit verzweifelter Kraft das Glas gegen die Wand, so dass es nahe hinter Sybille laut zerschellte. Sybille war geistesgegenwärtig zur Seite gesprungen.

Maren schrie jetzt laut: »Aber, verdammt noch mal, für wie

blöd hältst du mich? Es ist längst ein anderes Schloss drin! Ein besonders hoher Sicherheitsstandard mit Schlüsseln, die keiner nachmachen kann. Lars hat es eigenhändig eingebaut, nachdem ich ihm von diesem irren Spuk erzählt habe. Ein paar Tage habe ich mich wirklich sicher gefühlt. Und dann passiert so was!« Maren schluchzte auf und zeigte auf das Bild.

»Was sagt denn überhaupt Lars dazu?«, fragte Sybille vorsichtig.

Maren zuckte mit den Schultern, zog die Nase hoch und wischte sich mit dem Handrücken über den Mund. Dann erwiderte sie leise: »Nichts.«

»Nichts?«, rief Sybille.

»Ich habe es ihm noch nicht erzählt«, flüsterte Maren.

»Warum nicht?«

Maren kauerte im Sessel. Die wirren Haare verdeckten die Gesichtspartie, die Sybille zugewandt war. Maren schaute ihren Fingernägeln zu, die damit beschäftigt waren, laut kratzend am Kopfteil des Ohrensessels zu schaben und kleine Fädchen daraus zu lösen.

»Ich habe Angst, er glaubt mir nicht. Lars geht an alles so klar und analytisch heran.«

Sybille holte tief Luft und entgegnete bitter: »Und deshalb hast du diese absurde Geschichte *mir* aufgetischt und nicht *ihm,* weil du hoffst, ich würde dir diese Verrücktheiten eher glauben, weil deine dumme Freundin Sybille nicht so klar und analytisch denkt wie der große Lars. Aber ich sage dir: Es gibt für alles eine Erklärung. Und ich habe Anhaltspunkte für einen gewissen Verdacht.« Maren horchte auf.

»Du bist …«, begann Sybille und setzte dann noch einmal neu an: »Du steckst zurzeit in einer Krise. Da ist etwas, das du nicht verarbeitet hast. Vielleicht sogar von damals. Und

jetzt, wo du Lars wieder begegnet bist, bricht das alles aufs Neue hervor.«
»Das würde meinen Stress erklären, aber nicht diese Vorkommnisse«, widersprach Maren.
»Ich bin keine Fachfrau«, räumte Sybille ein, »aber du brauchst professionelle Hilfe.«
»Weswegen denn?«, wehrte Maren ab.
Sybille erklärte: »Wenn du dich schon nicht mehr erinnerst, ist es höchste Zeit.«
»Wieso?«, fuhr Maren auf.
»Alkohol«, erwiderte Sybille kühl. »Du hattest zu viel getrunken und wusstest nicht mehr, was du tatest. Filmriss!«
»Die Erklärung passt leider nicht«, begehrte Maren auf. »Ich trinke in letzter Zeit kaum etwas.«
Sybille nickte mit wenig überzeugter Miene. »Soll ich mich mal umhören und jemand Kompetenten suchen, zu dem du hingehen könntest?«
Maren schwieg eine Weile und zog weiter Fäden, zwirbelte sie zu kleinen Knäueln und schnippte diese dann ins Zimmer. Schließlich sagte sie: »Ich glaube, ich fange jetzt erst einmal selbst damit an, mich besser auf das zu konzentrieren, was ich tue. Aber dieses Bild! Das war ich nicht!«
Sybille nickte ermattet. Dann verzog sie gequält das Gesicht. »Maren, da ist noch etwas, was ich dir nicht erzählt habe. Eigentlich ist es eine alberne Peinlichkeit. Ich hatte mir zunächst nichts dabei gedacht, doch jetzt – nachdem du mir das alles berichtet hast, bekommt es eine neue Bedeutung.«
Maren sah alarmiert auf: »Was denn?«
Sybille verzog gequält das Gesicht. »Als du neulich zu meinem Geburtstag kamst, bat ich dich doch, Whiskey mitzubringen. Du kamst mit einer angebrochenen Flasche aus

deiner Hausbar. Bei der Feier haben wir dann nichts davon getrunken. Am nächsten Tag aber kamen Leute aus Harrys Redaktion. Wir schenkten ihnen den Whiskey aus.«

»Was ist daran schlimm?«, unterbrach Maren. »Ich hatte euch die Flasche geschenkt. Ich mache mir nichts aus scharfen Sachen. Die ganze Hausbar besteht bei mir aus Resten der Getränke für die Geschäftsbesuche, die mein Ex bewirtet hat. Du kannst gerne mehr davon haben.«

Sybille schüttelte den Kopf. »In der Flasche war alles andere als Whiskey. Sie war mit einer Art Tee aufgefüllt.«

Maren sprang auf und lief ins Wohnzimmer. Sybille folgte ihr und fand sie vor den geöffneten Glastüren der Hausbar. Sie roch an einer Flasche mit klarer Flüssigkeit und der Aufschrift »Doppelkorn« und hielt sie Sybille mit zitternden Händen hin. »Wasser«, flüsterte sie. Sybille steckte den Finger hinein und leckte daran. Dann beteiligte sie sich an der weiteren Überprüfung. Der Kirschlikör war Johannisbeersaft, der Mokkalikör alter Kaffee mit Schimmelaugen, die darauf herumschwammen.

Plötzlich rümpfte Maren die Nase und hielt Sybille eine Flasche hin. »Ich glaube, hier ist sogar noch Wodka drin.«

Sybille probierte und nickte. Maren stellte die Flasche zurück in die Bar, was Sybille misstrauisch verfolgte. Maren schloss die Schranktür und sagte mit bitterem Lächeln: »Und du glaubst, ich habe das alles gemacht, um meine Alkoholsucht zu vertuschen?«

»Es ist eine Krankheit. Und das Erste, was man dagegen tun muss, ist, sich ihr zu stellen«, mahnte Sybille.

*

Den Rest des Nachmittags verbrachte Maren damit, verzweifelt darüber nachzugrübeln, ob sie Lars von diesen Geschehnissen berichten sollte oder nicht. Sie würde es nicht aushalten, wenn er ihr nicht glaubte oder ihr wie Sybille eine heimliche Alkoholsucht unterstellte. Als er dann am Abend eintraf, spürte sie, dass er eine Ruhe ausstrahlte wie schon lange nicht mehr. Das gab ihr den Mut, ihm alles zu berichten und ihm das Bild und die Flaschen zu zeigen. Mit stoischer Akribie untersuchte er das Türschloss nach Einbruchsspuren. Zwei der Flaschen leerte er aus und verpackte sie in Kunststoffbeutel. Dann griff er nach seinem Handy. Er traf eine Verabredung mit einem Kollegen, bei dem er gleich vorbeikommen wollte. Maren schaute Lars entgeistert an. Hatte sie ihn mit ihren Schilderungen dermaßen genervt, dass er einfach das Haus verlassen und den restlichen Abend in Männergesellschaft verbringen wollte? Lars erklärte: »Ich habe gerade mit Phil telefoniert. Er ist ein Ex-Kollege, der jetzt als Privatdetektiv arbeitet. Er wird mir eine kleine Auswahl seines Überwachungsarsenals ausleihen. Die Fingerabdrücke werde ich von unserer Kriminaltechnik überprüfen lassen. Ich denke, wir werden bald Gewissheit bekommen, wer hier Bilder malt und sich Drinks genehmigt.«

»Du glaubst mir also?«, flüsterte Maren.

»Klar«, antwortete er.

Maren sank in seine Arme. »Ich bin so froh darüber. Ich dachte schon, du denkst, ich hätte sie nicht alle.«

»Blödsinn! Diese Ereignisse haben dich verständlicherweise durcheinandergebracht. Die Chinesen würden sagen, dein Yin und dein Yang sind nicht im Ausgleich. Aber das kriegen wir wieder hin.«

Das *Wir* tat gut.

Freitag, der 26. Oktober

Die Mittagspause war gerade vorbei. Stephan saß an seinem Schreibtisch und sortierte seine Unterlagen. Einiges an Informationen war in der letzten Woche dazugekommen, aber ein entscheidender Durchbruch war nicht dabei. Er sah zum Fenster hinaus. Ein ergiebiger Landregen rauschte herab. Stephan war wie üblich mit dem Fahrrad gekommen. Schade, eigentlich gab es nichts mehr zu tun, eigentlich könnte er jetzt in aller Ruhe ins Wochenende gleiten. Er blieb sitzen und schaute dem Regen zu. Seit gestern hatte er sich immer wieder dabei ertappt, dass er kleine Pausen einlegte und nichts anderes tat, als die Zeit verstreichen zu lassen. Innehalten. Entschleunigen. Wo kam das auf einmal her? Wurde er langsam alt?

Die Tür flog auf. Heck eilte herein. Er roch nach Frittenfett und nasser Kleidung. In seinem Gesicht stand ein lausbübisches Grinsen.

»Du wirst es nicht glauben, wo Ernestine und ich heute Morgen waren!«

Stephan musterte seinen Kollegen nachdenklich. Er wusste nicht, ob der ihm jetzt etwas Privates oder etwas Dienstliches mitteilen wollte. Heck ließ sich auf seinen Schreibtischstuhl sinken, so dass die Luft seufzend aus dem Polster entwich und der Rahmen bedenklich knarrte. Er beugte sich nach vorn. Noch immer hatte er diesen schadenfrohen Gesichtsausdruck.

»Weißt, du, du bist hier nicht der Einzige, der kreative Ideen hat und umsetzt. Ernestine und ich waren heute Morgen bei Dr. Sauer im Storchennest. Mein lieber Mann, das ist vielleicht ein Laden! Von wegen Klinik! Der Empfangsbereich ist wie in einem Grandhotel. Nur edles Holz und Marmor. Natürlich nur Privatpatienten. Da war es gut, dass ich mir mein feines Fräckelchen angezogen hatte. Du musst wissen, ich bin da als Direktor einer Privatbank aufgetreten, Ernestine als meine gnädige Frau. Wir haben das Geld für die Beratung mit der Bitte um Diskretion gleich auf den Tisch gelegt. Zweihundert Euro bar auf die Kralle wollte er. Nicht schlecht für zwanzig Minuten!«

»Für welche Beratung?«, fragte Stephan.

Heck lachte auf. »Unerfüllter Kinderwunsch!«

Jetzt musste auch Lars Stephan lachen. Heck und Ernestine als Bankdirektor-Ehepaar in einem Fruchtbarkeitstempel!

»Und? Wisst ihr jetzt, wie es geht?«

»Interessant ist der Auftritt von diesem Sauer. Der Gott in Weiß in Person! Bläst sich auf wie ein Truthahn und verspricht dir eigentlich nur Erfolg. In spätestens anderthalb Jahren werden Sie ein Kind in den Armen halten, hat er zugesagt. Und dann hat er uns erzählt, was das für Prozeduren sind, die man da über sich ergehen lassen muss. Als Mann musst du dir in einem stillen Kämmerlein selbst einen vom Bäumchen schütteln. Dabei solltest du darauf achten, dass du eine Woche lang vorher nicht mehr dergleichen veranstaltet hast, damit die Brühe genug Samentierchen enthält. Und dann erst die Frau! Hormonspritzen. Ei-Entnahme durch die Bauchdecke. Befruchtung im Labor. Einige von diesen Embryonen werden eingefroren. Nach und nach werden die dann zum passenden Zeitpunkt in die Gebärmutter eingepflanzt. Und dazu Hormone, Hormone, Hormone. Nach Meinung von Dr. Sauer alles völlig unproblematisch. Alles Friede, Freude, Mutterkuchen. Überall an den Wänden Bilder von schnuckeligen Babys. Die Krankenschwestern tragen zartgelbe Kittel mit Storchenaufdruck. Du bist von so viel Fortpflanzung umgeben, da denkst du nach einiger Zeit an nichts anderes mehr. Ich kam mir plötzlich nicht mehr wie ein Bulle, sondern wie ein Zuchtbulle vor.« Heck lachte lange und laut über seinen Witz.

Stephans Gedanken waren längst weitergewandert. »Meinst du, das Baby von Hatice Ciftci ist dort zur Welt gekommen?«

»Das herauszufinden, war ja eines unserer Anliegen. Ernestine hat mit ein paar Krankenschwestern geplaudert. Die haben sich in dem Punkt bedeckt gehalten. Allerdings haben sie etwas anderes erzählt, von dem ich noch nicht weiß, ob es für uns bedeutungsvoll ist.«

Stephan hob die Augenbrauen, und Heck berichtete weiter: »Ernestine sagte denen, wir seien auf Empfehlung von Dr. Kling da. Sie wollte testen, wie die Damen auf diesen Namen reagieren. Plötzlich plappert eine junge Krankenschwester ganz freimütig, das könnte sie sich gut vorstellen. Jahrelang hätten die sich nämlich behandeln lassen, und endlich hätte es dann geklappt. Du hattest gar nicht gesagt, dass die ein Kind haben!«

Stephan schob nachdenklich die Unterlippe vor. »Soweit ich weiß, haben die keine Kinder. Und, ehrlich gesagt, die beiden als Mami und Papi kann ich mir auch nicht vorstellen.«

»Bevor Leute Eltern sind, kann man sich das bei niemandem vorstellen, noch nicht einmal sie selbst können sich das vorstellen«, sinnierte Heck.

Stephan nickte lächelnd. »Hat Ernestine noch mehr von dieser Krankenschwester erfahren?«
»Ernestine wollte nachhaken und sich nach dieser erfolgreichen Behandlung erkundigen. Da fuhr jedoch so eine Art Oberschwester der jungen Plaudertasche heftig in die Parade. Sie soll sofort damit aufhören, Auskünfte über Patienten zu geben, sonst würde sie mit Konsequenzen rechnen müssen, sprich: ihren Job verlieren. Da war die Kleine leider schlagartig still. Ich könnte mir vorstellen, dass dieser zunächst erfolgreiche Versuch der Klings dann später doch noch gescheitert ist. Und so was wäre ja schlecht für den Ruf der Storchenfarm. Woher nimmt dieser weiße Guru eigentlich die Sicherheit, den Leuten im nächsten Jahr das erwünschte Kind versprechen zu können? Das ist doch eine unglaubliche Hybris!«
»Berichte über Misserfolge würden die Kundschaft verprellen«, argumentierte Stephan.
Heck nickte mit düsterer Miene. »Themawechsel! Du warst doch gestern bei der Kling. Was ist sie für ein Typ Frau?«
»Das ist schwer zu erklären. Einerseits hast du das Gefühl, du hörst bei ihr die Eiswürfel in den Adern klirren, andererseits denkst du, dass in ihr glühende Lava brodelt. Einerseits denkst du, sie ist ein bisschen durch den Wind, andererseits wirkt sie professionell und kompetent.«
»Also ist sie so wie die meisten Frauen.« Heck grinste. »Hast du sonst noch etwas Neues? Wir könnten heute ein bisschen früher Schluss machen.«
Stephan nickte. »Ein kleines Puzzleteil habe ich noch: Gestern konnte ich durch einen Zufall herausfinden, welchen Halsschmuck die Tote aus der Domstraße trug.«
Heck horchte auf. Bevor Stephan weiterreden konnte, klingelte das Telefon. Heck riss den Hörer an sich und bellte

hinein: »Heck!« Dann schwieg er lange und suchte finster Stephans Blick. Er knallte das Telefon zurück an seinen Platz und sprang auf.
»Wird nichts mit Wochenende! Wir haben einen neuen Tatort. Auf geht's!«

*

»Tatzeit?«, donnerte Heck.
»Irgendwann gestern Nachmittag!«, war die Antwort.
Stephan betrachtete die Tote, die seitlich gekrümmt auf dem Boden lag. Die langen, braunen Haare verdeckten das Gesicht. Es war ein sehr ähnliches Bild wie beim letzten Mal. Auch an ihrem Hals gab es die dunklen Male, und auch in diesem Fall fehlte das Tatwerkzeug.
»Vermutlich ebenfalls ein reißfestes Tuch«, spekulierte der Gerichtsmediziner und nannte dann weitere Details: »Zungenbein gebrochen. Einblutungen in den Augen.«
Stephan erschauderte, er wandte sich ab und blickte sich um. Die Wohnung war ein modern eingerichtetes Zwei-Zimmer-Appartement in einem renovierten Altbau im Buchrainweg, nicht weit vom Polizeipräsidium entfernt. Stephan suchte nach einem antiken Schrank oder einem ähnlichen Möbelstück, doch dergleichen gab es hier nicht. Stühle waren umgestoßen worden, eine Grünpflanze lag mit zerbrochenem Topf auf dem Parkett.
»Im Gegensatz zu dem Fall ›Hatice‹ hat hier anscheinend ein heftiger Kampf stattgefunden«, kommentierte Heck und ergänzte: »Keine Einbruchsspuren an der Tür. Täter wurde hereingelassen oder hatte einen Schlüssel.«
Stephan streifte sich die Einmalhandschuhe über und ging zu dem runden Tisch in einer Fensternische. Darauf stand

eine große Teekanne auf einem Stövchen. Das Teelicht war ausgebrannt, doch in der Luft hing noch der Geruch, der Stephan immer an Weihnachten erinnerte. Neben der Kanne stand ein bunter Keramikbecher, der halbvoll mit rotem Tee gefüllt war. Zu beiden Seiten des Tisches waren die Stühle umgestoßen.

»Hier hat eine weitere Person gesessen und mit ihr Tee getrunken«, erklärte Stephan.

»Du meinst, wegen der Stühle?«, fragte Heck.

»Auch. Aber eigentlich deswegen!« Stephan deutete auf einen runden Abdruck auf der Tischplatte, nahm den Becher und stellte ihn auf den Umriss. »Die andere Tasse war breiter«, erklärte er dann.

Er ging in die Küche und öffnete die Spülmaschine. Feuchter Dunst schlug ihm entgegen. Das Gerät war nur spärlich mit Geschirr befüllt, dennoch hatte jemand es eingeschaltet. Die Kontrolllampe leuchtete noch. Auf den Böden der Gläser und Tassen befanden sich kleine Wasserpfützen. Stephan zog einen Keramikbecher hervor und ging damit zurück ins Wohnzimmer.

»Passt«, stellte er fest und ließ den Becher stehen.

Aus der Gruppe der Kriminaltechniker löste sich eine Gestalt. Es war Frank Günther. In seinem weißen Schutzanzug sah er aus wie eine große, bleiche Made.

»Hej, bringt mir hier net alles doschenanner! Da warn mir noch net!«

»Könntest du an diesem Becher noch Spuren finden, auch wenn er in der Spülmaschine war?«

Frank Günther sah Stephan mit gequälter Miene an. Dann verschwand er erst einmal in der Küche und kam zügig wieder zurück. »Packs oi!«, kommandierte er, und Stephan erklärte er: »Euer Täder hat sich net so gut mit dere Maschin ausgekannt. Anstatt von dem Spülprogramm hat er nur des Vorprogramm oigeschdellt. Des spült nur korz alles mit klarem Wasser ab, ohne Fettlöser, do werrn mir noch was finne könne!«

»Dann nehmt Fingerabdrücke von der Oberfläche der Spülmaschine, rund um den Tisch, von den Stühlen. Auch die Teekanne nicht vergessen«, wies Heck an.

Frank Günther hörte mitleidig zu. »Is ja schon gut, isch hab zugehert. Ihr glaubt immer, mir wärn bleed!«

Heck grinste. Dann versuchte er zu rekonstruieren: »Es läutet an der Tür. Sie öffnet und lässt den Besuch herein, weil sie ihn kennt, und kocht dann erst einmal Tee. Also ist sie von einem gemütlichen Beisammensein, nicht aber von einer Gefahr ausgegangen.«

Stephan schaltete sich ein: »Oder sie hatte bereits vorher Tee gekocht und den Tisch gedeckt, weil der Besuch sich angekündigt hatte.«

Heck wandte sich an Frank Günther. »Vergesst nicht, die Telefone zu überprüfen. Anrufe. Anrufbeantworter. SMS.«

Ein Stöhnen war die Antwort.

Ernestine kam herein und berichtete: »Ihre Mutter hat sie heute Morgen hier gefunden. Sie war gestern Abend mit ihren Eltern und Florian Sauer zum Essen verabredet, ist dann aber nicht erschienen. Die Mutter hatte bei einigen Freunden angerufen, ob sie vielleicht dort ist. Florian Sauer hatte gestern seine Teilnahme an diesem Essen abgesagt. Ich habe ihn bereits befragt: Er ist nicht gekommen, weil die beiden sich vorgestern sozusagen ›entlobt‹ haben. Das wussten auch die Eltern, deshalb dachten sie, Svenja sei bei einer Freundin, um sich auszuweinen. Den Grund für die Entlobung erklärt Florian Sauer folgendermaßen: Sie hätten schon länger gemerkt, dass sie eigentlich nicht zueinander

passen. Wenn ihr mich fragt, klingt das etwas fadenscheinig.«
»Hast du ihn nach seinem Alibi für gestern Nachmittag und Abend befragt?«, erkundigte sich Heck.
Ernestine zückte ihr Notizbuch. »Leider hatten wir ihn seit Mittwoch nicht mehr observiert. Keine Ergebnisse und zu wenig Personal! Gestern Mittag und Nachmittag war er in der Uni. Am Abend war er mit einem Freund im Kino. Mohamed Ben Alhallak heißt der.«

Samstag, der 27. Oktober

Draußen dämmerte ein milchiger Morgen. Es ist ja bald November, dachte Lars Stephan, insofern passt das öde Wetter. Ganz leise hatte er sich eine große Tasse Kaffee zubereitet und ein paar Croissants im Mikrowellenherd aufgebacken. Maren und Julia schliefen noch. Der heiße Kaffee tat gut. Er hatte schlecht geschlafen in der vergangenen Nacht, war spät nach Hause gekommen und dann die Gedanken an den Fall nicht mehr losgeworden. Irgendwann in der Nacht hatte Maren ihn gefragt, ob er wegen des unerwünschten Besuchers in ihrer Wohnung schon etwas herausbekommen habe. »Nein, noch nichts«, hatte er abgewehrt und ihr nicht eingestanden, dass er bei all dem Stress vergessen hatte, dieser Aktion noch Aufmerksamkeit zu widmen. Nachdem der warme Kaffee ihn belebt hatte, schlich er durch den Flur zur Wohnungstür und öffnete sie leise. Draußen im dämmrigen Treppenhaus schien alles wie immer. Stephans Blick fiel auf die mächtige Topfpflanze in der Ecke und glitt dann die Wand hinauf bis zu einer »Verteilerdose«, die dort unterhalb der Decke angebracht war. Es war ein kleines, unauffälliges Teil in der gleichen Farbe wie die Wand, das es allerdings in sich hatte. In der Dose war eine Minikamera angebracht. Ein Bewegungsmelder sorgte dafür, dass sie nur aufzeichnete, wenn sich etwas hier auf dem Treppenabsatz tat. Phil hatte ihm dieses Modell empfohlen, das auch in lichtschwachen Umgebungen noch hervorragende Bilder lieferte. Tja, Leute, wenn ihr demnächst mal wieder im Supermarkt eures Vertrauens klauen gehen wollt, dann achtet auf Rauchmelder und Verteilerdosen, dachte Stephan belustigt. Nachdem er sich von der Unversehrtheit des Türschlosses überzeugt hatte, schlüpfte er wieder zurück in die Wohnung. Auf der Flurgarderobe hatte er sein Laptop angeschlossen. Das nahm er jetzt mit in die Küche, um sich in Ruhe die Bilder von gestern anzuschauen. Er war erstaunt, dass es zwanzig Einschaltungen der Kamera gegeben hatte, eigentlich hatte er mit einer Anzahl unter zehn gerechnet. Also, dann mal los. Er machte sich auf langweilige Bilder gefasst, und so begannen die Aufzeichnungen auch: Stephan verlässt 6:30 Uhr die Wohnung, schaut hinauf in die Kamera und winkt. Maren kommt um 7:30 Uhr durch die Tür. Oh, Maren, das ist aber knapp, wenn die Schule um Viertel vor acht beginnt. 7:35 Uhr. Maren hetzt noch einmal zurück, kommt mit einer Zeichenmappe unter dem Arm wieder heraus, sieht gehetzt auf die Armbanduhr, eilt davon. 8:15 Uhr. Julia kommt aus der Tür. Schließt sie sorgfältig ab. Zweimal herum. Sehr ordentlich, mein Kind!

Stephan biss genüsslich in sein Croissant, spülte mit einem Schluck Kaffee nach. Plötzlich hielt er inne. Was war das? Im Augenwinkel hatte er diese kleine, schnelle Bewegung gesehen und spulte die Bilder noch einmal zurück. Julia schloss ab, zweimal.

»Ich glaub's nicht«, flüsterte er.

Maren fand Lars in der Küche, intensiv mit seinem Laptop beschäftigt.

»Du bist ein Workaholic«, sagte sie und schlang die Arme um seinen Hals. »Oh, Croissants!« Sie griff sich eines und biss hinein.

»Ist Julia wach?«, fragte er. Sie schüttelte den Kopf.
»Ich zeig dir mal was!« Er tippte auf eine Taste. Die Bilder aus dem Treppenflur erschienen.
»Ich seh ja schrecklich aus.« Maren stöhnte.
»Jetzt wird es interessant«, unterbrach Lars. »Schau hin! Julia schließt schön ordentlich ab. Und jetzt. Da!«
»Was, um alles in der Welt, tut sie?«, fragte Maren.
Lars spulte noch einmal zurück. »Hier hat sie ihren Schlüssel in der Hand. Jetzt geht sie zu der Pflanze. Jetzt wendet sie sich zum Gehen. Und, was hat sie in der Hand?«
»Nichts«, antwortete Maren.
»Und der Schlüssel?«, triumphierte Lars.
»Im Farn«, flüsterte Maren und griff sich an die Stirn.
Er grinste verschmitzt. »Das ist ihr süßes Geheimnis, warum sie den Schlüssel nicht mehr verliert. Sie lässt ihn immer hier in dieser Topfpflanze!«
»Und da konnte jeder dran!« Maren stöhnte.
Lars nickte. »Und ich kann dir auch zeigen, wer.« Maren starrte auf den Bildschirm.
»Kennst du diese Frau?«, fragte er. Auf dem Monitor erschien eine zierliche Frau mit hochgestecktem, tiefschwarzem Haar, bekleidet mit einem weiten Pullover und Leggins. In der Hand trug sie eine halb gefüllte Ein-Liter-Wasserflasche aus Kunststoff. Maren blinzelte konzentriert.
»Das ist Andrea Schröder. Sie wohnt hier im Haus, oben im Dachgeschoss.«
»Tja, dann schau mal, was sie macht.«
Andrea Schröder zupfte einige trockene Blättchen von der Farnpflanze und steckte sie zwischen den Wedeln in den Blumentopf. Dann wandte sie sich um. Ein Schatten fiel auf sie. Sie nickte grüßend. Ein älterer Herr tauchte auf dem Treppenabsatz auf.

»Das ist Herr Pfannmüller. Er wohnt mit seiner Familie im zweiten Stock«, erklärte Maren. Andrea Schröder hielt die Wasserflasche über den Farn und goss die Pflanze.
»Da brauche ich mich nicht zu wundern, dass dieses Teil so gut gedeiht«, murmelte Maren. Die Flasche war leer. Andrea Schröder bewegte sich unruhig auf dem Treppenabsatz hin und her. Sie lauschte nach oben, sie beugte sich über das Geländer und schaute nach unten. Dann stand sie wieder vor der Wohnungstür. Sie betätigte den Klingelknopf, drückte ihr Ohr an die Tür und lauschte. Dann ging alles ganz schnell. Ihre Hand bewegte sich in Richtung des Türschlosses, vollführte zwei schnelle Drehbewegungen, und die Tür sprang auf. Im Türspalt erschien Garfield und begrüßte Andrea Schröder wie eine alte Bekannte, indem er in Achtertouren um ihre Beine strich. Katzenhaare, dachte Stephan, und hinter seiner Stirn begann es zu arbeiten.
»Das ist ja ein starkes Stück«, entrüstete sich Maren, als die Tür hinter der Schröder wieder ins Schloss gefallen war. »Man hat gar nicht sehen können, wie sie den Schlüssel geholt hat.«
»Das war durch die Pflanze verdeckt. Ich vermute mal, sie hat es getan, als sie die welken Blätter in dem Topf verstaut hat.«
»Hast du auch Kameras hier in der Wohnung?«, fragte Maren.
»Nein, nicht. Ich dachte, es wäre nicht so toll, wenn jede unserer Bewegungen plötzlich auf einem Video zu sehen wäre.«
»Nicht überall, aber im Flur oder in der Küche hättest du doch etwas hinhängen können. Jetzt wissen wir nicht, was sie da drinnen macht. Unheimlich ist das. Wie kommt die dazu?«

»Es gibt so was. Jedenfalls habe ich das schon von Kollegen vom Einbruch gehört. Es gibt Menschen, die brauchen eine Auszeit aus ihrem Leben und suchen sich ein anderes aus. Sie schlüpfen in eine andere Umgebung und damit in eine andere Identität. Abgesehen davon, schätze ich, dass diese Frau Schröder scharf auf deine Alkoholvorräte war. Schau, jetzt kommt sie wieder heraus.«

Die Frau erschien wieder auf dem Treppenabsatz, zog die Tür zu. »Ah, sie schließt nicht ab«, bemerkte Maren. »Warum ist mir das gestern nicht aufgefallen?«

»Weil Julia vor dir zurückgekommen war. Ist alles dokumentiert.«

»Halt, warte! Noch einmal zurück«, rief Maren.

Andrea Schröder erschien wieder in der Tür, legte den Schlüssel in den Blumentopf und machte sich dann auf den Weg nach oben.

»Hast du gesehen?«, rief Maren. »Ihre Wasserflasche ist wieder gefüllt. Die hat doch kein Wasser von uns mitgenommen!« Noch während sie das sagte, war sie Richtung Wohnzimmer verschwunden. Sie kehrte zurück und stellte vor Lars die Wodka-Flasche auf den Tisch. »Da ist jetzt auch nur noch Wasser drin.«

Stephan fasste die Flasche mit einem Küchentuch an, goss sie aus und verstaute sie in einem Beutel.

»Was machen wir jetzt?«, fragte Maren.

»Ich werde zu deiner Nachbarin gehen und ihr eine kleine polizeiliche Ansprache halten, oder willst du sie gleich anzeigen?«

»Ich gehe mit!«, sagte Maren.

*

Wenig später standen sie vor der Wohnungstür im Dachgeschoss. Das Treppenhausfenster war hier deutlich kleiner als im übrigen Haus. Die Lampe über ihren Köpfen gab wenig Licht. Auf einem kleinen Tisch neben der Tür stand ein verstaubter Trockenstrauß in einem rissigen Keramikkrug. Sie klingelten und warteten. Maren betätigte erneut die Klingel und meinte: »Ich versteh das nicht. Sie hat ein Baby, da müsste man doch etwas hören.«
»Eine Alkoholikerin, die ein Baby hat, oje«, kommentierte Lars. »Vielleicht ist sie einkaufen.«
»Probieren wir es später noch einmal«, schlug Maren vor und zog Lars am Arm. Doch der griff nach dem Trockenstrauß, hob ihn hoch und kippte den Krug um. Ein Schlüssel fiel auf den Tisch.
»Na bitte, die Leute kommen doch immer auf die gleichen Ideen, deshalb haben es Einbrecher auch so leicht.«
»Du wirst doch jetzt nicht etwa!«, entrüstete sich Maren.
»Doch!«, entgegnete er, steckte den Schlüssel ins Schloss und drehte ihn um. »Wie du mir, so ich dir«, flüsterte er. »Du kannst ja hier draußen bleiben!«
Maren schüttelte den Kopf und trat mit ihm in den Flur. Dort gab es kaum noch eine Möglichkeit, durchzukommen. Rechts und links stapelten sich Berge von Zeitschriften, Prospekten, Briefumschlägen, Büchern, Kleidern, Schuhen. In einem Plastikeimer steckten Flaschen. Ein Regal war angefüllt mit Farbtuben, Dosen und verschiedenen Lösemitteln. In Gläsern steckten Pinsel aller Größen, manche in stinkende Flüssigkeiten getaucht. Eine dicke, schwarze Spinne lief vor Marens Füßen über den Boden und verschwand unter dem Regal.
Maren fasste sich an die Kehle und betrachtete entsetzt die Szenerie. Ein fahler Lichtstrahl fiel durch einen Türspalt am

Ende des Flurs. Von dort dröhnte das sonore Brummen Hunderter Fliegen. Ein wenig ähnelte der Grundriss dieser Wohnung ihrer eigenen. Daraus konnte Maren schließen, welcher Raum sich dort befand. Es brauchte nicht viel Phantasie, sich vorzustellen, wie eine Küche aussah, in der Scharen von Insekten herumkrabbelten.

»Lass uns wieder gehen, es ist eklig hier!«, flüsterte sie.

»Und deine Ohrstecker? Wenigstens danach könnten wir mal schauen.«

»Wie sollen wir hier etwas finden?«

Er deutete auf die Wohnzimmertür. »Vielleicht eher da.«

Sie betraten den Raum. Stickige Luft schlug ihnen entgegen. Milchiges Nebellicht fiel durch ein schmales Gaubenfenster gegenüber der Tür. Der Boden war mit leeren Flaschen, schmutzigem Geschirr und Kleidern bedeckt. An einer Wand stapelten sich bemalte Leinwände. Rundherum steckten Rollen aus Papier. Auf einem von Flecken übersäten, langflorigen Teppich stand ein rechteckiger Glastisch mit Metallgestell. Darauf befanden sich verschiedene kleine Gefäße, angefüllt mit Perlen, Nadeln, Knöpfen und …

»Meine Ohrstecker!«, rief Maren. Sie hob ein kleines Glasgefäß hoch.

»Bist du sicher?«, fragte er.

»Klar, sie hat meine Glasschale, in der ich sie deponiert hatte, auch gleich mitgenommen.« Maren steckte beides in die Jackentasche.

»Dann können wir jetzt gehen«, schlug Lars vor. »Dein Halstuch wirst du nicht finden können, ohne dieses Chaos zu durchwühlen.« Ihre Blicke wanderten noch einmal durch den Raum.

Maren nickte. Sie schaute auf zwei große Glastüren, die sich in der Wand neben der Zimmertür befanden und die ihr beim Hereinkommen nicht aufgefallen waren. Ein schmuddeliger Vorhang verdeckte sie teilweise. Durch die wolkige Gardine war zu erkennen, dass die Türen auf eine kleine Dachterrasse führten. Eine Bewegung dort draußen erregte ihre Aufmerksamkeit. Lars machte einen großen Schritt über den Müll und zog den Vorhang zurück. Eine stattliche Rabenkrähe hüpfte auf die Brüstung und flog dann mit ausladenden Schwingen davon.

Der Satz *Krähen hacken neugeborenen Lämmern die Augen aus,* fiel Maren plötzlich ein. Ihr Unterbewusstsein musste bereits auf den Gegenstand reagiert haben, von dem sich die Krähe erhoben hatte. Er schaukelte durch die Berührung des Vogels noch ein wenig.

Lars und Maren erfassten die Situation gleichzeitig und erstarrten. Draußen auf der Terrasse stand ein Kinderwagen. Lange schon musste er da stehen. Welkes Herbstlaub türmte sich auf der Abdeckung. Zwei dicke Fliegen mit schillernden Körpern landeten kurz, krochen hektisch in Zickzacklinien und machten sich ebenso schnell wieder davon. Vor dem Verdeck wehte ein zerrissenes Spinnennetz im zarten Luftzug.

»O Gott«, flüsterte Maren und presste die Hand auf den Mund.

»Ich geh nachsehen!«, sagte Lars mit einer Stimme wie aus Sandpapier.

»Nicht«, flüsterte Maren, »lass uns einfach nur weg hier.«

»Das geht nicht«, sagte Lars. Jetzt klang er wieder wie ein Polizist. Er probierte, die Tür zu öffnen. Sie klemmte und gab schließlich nach. Er stolperte über eine Flasche, die klirrend davonrollte. Lars schien das gar nicht zu hören. In winzigen Schritten näherte er sich dem Kinderwagen. Dann bückte er sich langsam, ganz langsam darüber.

Maren war bewegungsunfähig. Ihr Herz klopfte im Hals. Sie kannte Lars' Geschichte. Sie wusste, was er sich da gerade zumutete. Er hielt in der Bewegung inne. Dann drückte er mit einer energischen Bewegung das Verdeck zurück. Einen Moment noch starrte er in das Innere des Wagens, dann schien er sich an Maren zu erinnern. Er schaute in ihre Richtung und konnte sie nicht richtig erkennen, weil die Scheibe spiegelte.

Seine Blicke trafen sie nicht. Er schüttelte den Kopf. Nichts mehr zu machen, bedeutete das für Maren. Tot, es ist tot, wie schrecklich, dachte sie. Da lebt man in einem Haus und merkt nicht, dass ein Kind elend stirbt. Lars kam wieder zurück.

»Der Kinderwagen ist leer«, sagte er, und Maren brauchte einige Atemzüge, bis sie verstanden hatte, was er sagte.

»Lass uns bitte jetzt gehen!«, hauchte sie. Im Flur angekommen, ging Lars noch einmal in Richtung der summenden Küche. Maren konnte ihn nicht zurückhalten. Sie blieb im Flur stehen. Dann hörte sie einen kurzen Laut der Überraschung. Sofort setzte sie sich in Bewegung. Noch im Türrahmen schreckte sie zurück. Lars hockte auf dem Boden neben einem zusammengekrümmten Körper. Wirres schwarzes Haar klebte in Erbrochenem.

Er hatte das Handy am Ohr und sagte: »Bewusstlos. Schwacher Puls. Kommen Sie schnell!«

Er nannte die Adresse. Maren schaute zu, wie Lars zwei Finger, die er in die Halsbeuge der Frau gelegt hatte, aus den verklebten Haaren zurückzog. Er versuchte, den Körper in der Seitenlage zu halten, klopfte der Frau mehrfach leicht auf die Wangen und sprach sie an. Sie bewegte sich, wischte mit ihrem Gesicht über den Unrat auf dem Boden. In Maren prallten die Gefühle aufeinander. Einerseits hatte sie

Mitleid mit der Frau, andererseits hatte sie noch nie so viel Ekel empfunden. Insgeheim bewunderte sie Lars, der die Umgebung einschließlich des entsetzlichen Gestankes auszublenden schien. Zum ersten Mal stieg eine Ahnung in ihr auf, mit welchen Situationen er in seinem Berufsalltag konfrontiert war.

Er blickte auf. »Geh ruhig wieder runter in die Wohnung. Ich bring das hier zu Ende«, sagte er leise.

»Ist das denn okay für dich, wenn ich gehe?«, fragte sie.

Er nickte stumm. Es klingelte an der Tür. Maren ging, um den Sanitätern zu öffnen.

*

Den Helfern war es gelungen, den Kreislauf der Frau zu stabilisieren. »Wir bringen sie in die Uniklinik«, erklärte der Notarzt.

»Sind Sie ein Verwandter der Frau? Gibt es Papiere? Krankenversicherung und so?«, fragte der eine Sanitäter.

»Ich bin Po… ich bin nur ein Nachbar«, erklärte Lars. »Aber ich habe hier keine Ausweispapiere.«

»Haben Sie die Wohnung aufgebrochen?«

»Nein, ich wusste, wo der Schlüssel ist.«

Der Sanitäter war mit der Angabe der Personalien zufrieden. »Dann brauchen wir keine Polizei«, erklärte er. »Aber Sie sollten den Wohnungsinhaber oder den Hausmeister verständigen. Hier müsste mal der Kammerjäger rein!«

»Mach ich«, erklärte Lars und folgte den Sanitätern, die Mühe hatten, die Bahre durch den schmalen Durchgang im Flur zu bugsieren. Prompt blieben sie an einem Papierstapel hängen, und einiges fiel vor Lars' Füße. Er bückte sich, um es aufzuheben, und hielt einige Exemplare einer Frauenzeitschrift in der Hand. Sie waren mit Adressenaufklebern für Abonnenten versehen. Die Anschrift stach ihm in die Augen: *Frau Özlem Onurhan, 63 067 Offenbach, Domstraße.* Einen Moment stand er still da und starrte ins Leere. Hinter seiner Stirn wirbelten die Gedanken. Dann griff er zu seinem Telefon und wählte Hecks Handynummer.

Mittwoch, der 31. Oktober

Sie saßen sich in gewohnter Weise mit ihren Kaffeetassen gegenüber und ließen die letzten Tage Revue passieren.
»Weißt du schon, dass Frank Günther sagt, die DNS-Spuren in dem Kinderwagen sind eindeutig von *unserem* Kind.«
Stephan nickte.
»Ist das jetzt der Durchbruch. Meinst du, sie war es? Motiv Kindesentzug?«, fragte Heck.
Stephan blickte mit skeptischer Miene auf seine Unterlagen.
»Wann dürfen wir sie denn verhören?«
»Habe gestern Abend mit dem Oberarzt telefoniert, frühestens morgen und dann nicht zu lange. Sie hat eine Bauchspeicheldrüsenentzündung. Krampfadern in der Speiseröhre. Grottenschlechte Leberwerte. Sie ist noch sehr erschöpft.«
Stephan nickte. »Jedenfalls bin ich erleichtert, dass wir jetzt eine Erklärung dafür haben, wie Garfields Haare in die Wohnung Onurhan gewandert sind, und zwar huckepack mit dieser Andrea Schröder. Es gibt viele Fingerabdrücke von ihr. Sie muss dort ein und aus gegangen sein. Nur warum? War sie mit der Onurhan befreundet? Gab es andere Gründe?«
»Wir werden bald mehr wissen. Ernestine und unser Grünholz haben sich in den letzten Tagen intensiv damit beschäftigt, Hintergründe zu der Schröder zu recherchieren. Sie kommen gleich, dann hören wir es exklusiv.«
Wie auf Kommando öffnete sich die Tür. Hölzinger trat ein,

dicht gefolgt von Ernestine Hoff, die nach einer auffordernden Geste von Heck sich wie Hölzinger einen Stuhl heranzog und zu einem ausführlichen Bericht ansetzte: »Andrea Schröder, vierzig Jahre alt. In Frankfurt geboren. Gewalttätiger Vater. Psychisch kranke Mutter. Ein jüngeres Geschwisterkind war früh am plötzlichen Kindstod gestorben. Die Eltern trennten sich, als Andrea zwölf Jahre alt war. Es gab einige Inobhutnahmen durch das Jugendamt, weil die Mutter nicht in der Lage war, sich um die Tochter zu kümmern. Nachdem die Mutter dauerhaft in eine psychiatrische Klinik kam, nahm eine Halbschwester der Mutter die Nichte bei sich auf. Sie erhielt nie das Sorgerecht, das blieb bei der Mutter oder beim Jugendamt. Bei der Tante ging es mit Andrea zunächst einmal aufwärts. Sie schaffte das Abitur und studierte in Offenbach an der Hochschule für Gestaltung. Der Tante gehört die Eigentumswohnung in der Frankfurter Wittelsbacher Allee. Jetzt lebt diese Tante mit ihrem neuen Lebensgefährten auf Mallorca und hat ihrer Nichte die Wohnung überlassen. Nach dem Studium arbeitete Andrea Schröder als freie Künstlerin und hatte sogar einige Ausstellungen. Von ihrer Kunst allein konnte sie jedoch nicht leben. Daher schloss sie ein Lehramtsstudium an. Geschichte und Kunst. An einer Frankfurter Realschule arbeitete sie als Lehrerin, wurde sogar Beamtin auf Lebenszeit. Dies ist übrigens die Schule, die auch von Hatice Ciftci besucht wurde. Hier müssen sie sich das erste Mal begegnet sein.«
Auf einen Wink der Hoff fuhr Hölzinger fort: »Ich habe mit der Schulleiterin dieser Realschule und dann noch mit dem nachfolgenden Schulleiter aus Offenbach gesprochen. Sie schildern die Schröder als sehr engagierte, sozial einfühlsame Lehrerin. Um viele Schülerinnen mit schwerem Schicksal hat sie sich hingebungsvoll gekümmert. Teilweise war sie

nicht mehr in der Lage, die Grenzen zwischen Beruf und Privatleben zu erkennen. Kinder, denen es zu Hause schlechtging, nahm sie bei sich auf. Im Unterricht brachte sie viel Privates zur Sprache und vernachlässigte die Inhalte. Dadurch bekam sie Probleme mit den Eltern der Schüler und der Schulleitung. Sie wechselte die Schule und versuchte einen Neubeginn an einer Schule in Offenbach. Doch auch hier gab es schnell die gleichen Probleme. Sie flüchtete sich immer stärker in ihre Sucht, die sie wohl lange verheimlicht hat. Aber wirklich gekümmert hat sich auch nie jemand um sie. Jedenfalls hat sie sich immer häufiger krankgemeldet. Zurzeit fehlt sie seit Ende der Sommerferien in ihrer Schule.«

»Mit der Tante habe ich telefoniert«, fuhr Ernestine Hoff fort. »Sie hatte nur sporadisch Telefonkontakt mit ihrer Nichte und glaubt, dass sie immer noch erfolgreich als Lehrerin arbeitet und in besten Verhältnissen in der Eigentumswohnung lebt. Irgendwann und irgendwo, vermutlich in Offenbach, muss die Schröder Hatice Ciftci wieder begegnet sein. Wir haben uns noch einmal bei den Wohnungsnachbarn in der Domstraße umgehört. Sie kennen keine Andrea Schröder und niemanden, der auf die Beschreibung passt. Sie berichten nur von ›Kopftuchfrauen‹, die in der Wohnung ein und aus gingen. Manchmal mit Kinderwagen, manchmal ohne. Sie haben nicht auf die Gesichter geachtet. Das Kopftuch war eine ideale Tarnung.«

Alle schwiegen nachdenklich.

Heck ergriff als Erster wieder das Wort: »Nehmen wir jetzt einfach mal alles zusammen, was wir wissen, und stricken wir daraus eine Geschichte. Meine lautet folgendermaßen: Hatice stellt fest, dass sie schwanger ist. Florian Sauer, der Vater des Kindes, drängt sie zur Abtreibung und zeigt kein Interesse, zu ihr zu stehen. Sie versucht, allein zurechtzukommen. Eigentlich muss sie zum Arzt und weiß nicht, wie sie das anstellen soll ohne Papiere. Sie trifft zufällig Andrea Schröder, die ihr helfen will. Sie lässt keine Abtreibung vornehmen, obwohl sie sich in ihrer Situation eigentlich nicht mit einem Kind belasten kann. Vielleicht hat Andrea Schröder sie darum gebeten. Vielleicht hat Andrea Schröder gehofft, dass ein Kind die große Wende in ihrem Leben bedeuten würde. Hatice Ciftci verspricht Andrea Schröder das Kind. Irgendwo wird das Kind geboren. Wir wissen noch nicht, wo. Der Gerichtsmediziner sagt, die Geburt muss mit ärztlicher Hilfe stattgefunden haben, denn der Dammschnitt ist professionell ausgeführt und vernäht worden. Vielleicht hat die Schröder ihr etwas vermittelt.«

Ernestine schaltete sich ein: »Es gibt bei den gemeldeten Geburten seit Anfang September auch keine Geburt auf den Namen Schröder. Es hätte ja sein können, dass Hatice Ciftci sich mit deren Daten getarnt hätte.«

»Guter Gedanke, das zu überprüfen!«, lobte Heck. Ernestine errötete.

Stephan schaltete sich ein: »Es gibt noch eine Möglichkeit. Sie wendet sich an Florian, und der vermittelt ihr die Geburtsklinik seines Vaters.«

»Warum sollte er das tun?«, fragte Heck.

»Schlechtes Gewissen. Oder die Ciftci hat ihn erpresst: Wenn du mir nicht hilfst, sage ich deinen Eltern, wer der Vater meines Kindes ist!«

Hölzinger rief: »Mir kommt da noch eine andere Idee! Florian Sauer hat bei ihr eine Hausgeburt durchgeführt. Der könnte das, schließlich ist er oft genug in der Klinik seines Vaters und hilft aus.«

»Die Spurensicherung hat keine Hinweise darauf in der Wohnung gefunden«, wandte Heck ein.

Stephan schüttelte den Kopf. »Das hat nichts zu sagen. Ihr wisst, wir haben die Wohnung in einem Zustand vorgefunden, aus dem man schließen konnte, dass da jemand ordentlich sauber gemacht und einiges weggeräumt hatte. Auch helfen uns diese Überlegungen keinen Schritt weiter, wenn wir wissen wollen, wer die Ciftci umgebracht hat.«

»Die Schröder hätte ein Motiv«, meinte Heck. »Als das Kind auf der Welt ist, hat die Ciftci sich das mit der Abtretung des Kindes an die Schröder anders überlegt und will das Kind behalten. Es kommt zum Streit. Andrea Schröder bringt Hatice um, damit sie sich mit dem Kind davonmachen kann. Plausibel, oder?« Alle nicken.

»Aber wie können wir ihr das nachweisen?«, fragte Hölzinger. »Gezielte Spurensuche«, antwortete Heck. »Zurzeit ist Frank Günther mit seinem Team gerade dabei, die Wohnung der Schröder auf den Kopf zu stellen. Ihr könnt euch vorstellen, wie begeistert er ist, in dieser Müllhalde nach der Stecknadel im Heuhaufen zu suchen.«

Hölzinger fragte: »Was hofft er zu finden?«

Heck sog hörbar die Luft ein und sagte dann: »Wunderschön wäre, wenn wir zum Beispiel die zerrissene Kette mit Fatimas Hand fänden. Die Herkunft der Katzenhaare haben wir geklärt, aber wir suchen auch noch nach einem Halstuch mit Goldfarbe und einem Kleidungsstück aus Angorawolle. Recht selten, so was, heute kaufen alle lieber Kaschmir, hat mir Frank gesagt. Frank hat alle Kleidungsstücke aus Wolle und sämtliche Tücher und Schals aus der Wohnung sichergestellt, sie werden untersucht, ob es daran DNS von Hatice Ciftci gibt und ob etwas davon die Angora-Fasern enthält. Frank sagt allerdings, dass er da wenig Hoffnung hat, denn bei den Wollsachen der Schröder sähe man schon auf den ersten Blick, dass sie nur billiger Fum-

mel seien. Auch habe er gleich gesehen, dass sich an keinem der Tücher dieses goldene Zeugs befindet. Was hattest du dazu noch einmal herausgefunden, Tine?«
Stephan amüsierte sich. So also nannte Heck seine Vertraute. Tine. Nicht Ernie, wie die anderen. Ernestine schien etwas irritiert. Dann jedoch fing sie sich wieder. »Gutta. Also das gibt es in Hellgrau oder als Goldgutta. Es wird bei der Seidenmalerei mit einem Pinsel auf den Stoff aufgetragen und verhindert, dass die Farben ineinanderlaufen. Auf Seidentüchern mit bestimmten Mustern sieht man dann, dass die Farbflächen golden umrandet sind. Es sieht schön aus und ist eine sichere Technik, die vor allem im Hobby-Bereich gerne angewendet wird. Aufgrund dieser Spur vermuten wir, dass das Tatwerkzeug ein ziemlich einmaliges, selbst bemaltes Seidentuch ist. Im Fall Stummer muss es sich um ein anderes Tuch gehandelt haben, es gibt Abrieb von einer Faser aus rauher Naturseide, teilweise farbige Fasern in Gelb und Orange, aber kein Gutta. Auch nach einem solchen Tuch muss Frank suchen. Es könnte auch ein selbst bemaltes sein. Da die Schröder etwas mit Kunst zu tun hat, ist es naheliegend, dass sie sich mit Seidenmalerei beschäftigt. Aber sie wird wohl nicht so dumm sein, so was in ihrer Wohnung herumliegen zu lassen.«
Alle nickten bestätigend. Heck nahm seinen Faden wieder auf: »Dann hoffen wir natürlich, noch Hinweise zu finden zu dem Kind und einem möglichen Aufenthaltsort. Im Moment müssen wir an zwei Möglichkeiten denken: Entweder lebt es nicht mehr und die Schröder hat die Leiche entsorgt, oder aber sie hat gemerkt, dass sie mit der Pflege überfordert ist, und das Kind jemand anderem anvertraut. Vielleicht sollten wir jetzt doch mal langsam an die Öffentlichkeit gehen. Eventuell hat jemand das Kind ahnungslos

aufgenommen, weil die Schröder dazu eine glaubhafte Geschichte erzählt hat.«

»Lass uns damit noch warten, bis wir sie verhört haben«, schlug Ernestine vor. »Wir verbrennen uns sonst die Möglichkeit, über Täterwissen zu verfügen, und das könnte für den Fall, dass es die Schröder doch nicht war, wichtig sein.«

»Vieles spricht für die Schröder als Täterin«, sagte Hölzinger. »Welchen Grund hätte sie, die Stummer umzubringen?«, fragte Stephan.

»Erpressung?«, vermutete Hölzinger. »Die Stummer hat von dem Deal mit dem Kind gewusst und sie damit erpresst. Da wurde sie zum Schweigen gebracht.«

Stephan reagierte skeptisch. »Woher soll ausgerechnet die Stummer das erfahren haben. Da kämen doch viel eher die Onurhan-Sisters in Frage.«

»Was für ein Blödsinn«, echauffierte sich Hölzinger. »Für die gibt es doch bei keinem dieser Morde ein Motiv!«

Stephan schmunzelte. Das war ihm auch klar, doch es reizte ihn, den jungen Kollegen hochzunehmen. Hoff und Heck folgten dem Dialog mit verständnislosem Blick.

Heck griff ein: »Folgendes Vorgehen! Wir werden die Schröder nicht im Krankenhaus aufsuchen. Das bringt nichts, ich kenne das, da kannst du nur minutenweise Fragen stellen, und ständig kommt ein Arzt und sagt, er kann es nicht länger verantworten. Wir warten, bis sie entlassen ist. Dann aber holen wir sie uns her und nehmen sie nach allen Regeln der Kunst in die Mangel. Und zwar zu viert, abwechselnd. Ich vermute, so kommen wir schnell zu einem Geständnis. Als Nächstes werden Ernestine und ich dem Gynäkologen unseres Vertrauens einen weiteren Besuch abstatten, allerdings in beruflicher Mission.« Er grinste. Ernestine Hoffs Gesicht blieb regungslos.

Montag, der 5. November

Sie standen im Vorraum des Vernehmungszimmers, jeder eine Kaffeetasse in der Hand, und schauten durch die einseitig verspiegelte Scheibe in den Raum, in dem eine zierliche Frau mit hochgestecktem, schwarzem Haar und übergroßen goldenen Ohrringen saß. Überhaupt war sie etwas übertrieben mit buntem Modeschmuck behängt. Andrea Schröder hatte sich am Freitag selbst aus der Klinik entlassen. Am Freitagnachmittag rief Maren Lars Stephan an und teilte ihm mit, dass sie gerade eben der Schröder im Treppenhaus begegnet sei. Heck hatte beschlossen, keinen Haftbefehl zu beantragen, sondern die Schröder zunächst einmal als Zeugin zu vernehmen. Stephan warf ihr abends die Vorladung für Montag in den Briefkasten. Eigentlich hatten sie eher damit gerechnet, dass die Schröder den ersten Termin versäumen würde, doch sie kam. Sie wirkte völlig klar und selbstbewusst, vielleicht ein bisschen übertrieben geschminkt und aufgedonnert. Drei Stunden Befragung lagen jetzt hinter ihnen. Sie waren immer zu zweit in wechselnder Besetzung aufgetreten.

Jetzt hatten sie der Schröder ein Frühstück hingestellt und auch sich selbst eine Pause verordnet.

»Also fassen wir mal zusammen«, begann Heck. »Sie gibt zu, mit Hatice Ciftci befreundet gewesen zu sein. Als das Baby auf der Welt war, hat sie der jungen Mutter bei der Pflege geholfen. Sie wusste, dass Hatice Angst vor der Verfolgung durch ihre Familie hatte. Aus dem Grund hat sie wie Hatice die Wohnung in der Domstraße immer verschleiert betreten und verlassen. Sie hat den Eindruck, dass Hatices Angst in der letzten Zeit gewachsen ist. Über Gründe dafür wollte Hatice nicht sprechen. Immer häufiger jedoch hat sie das Baby in die Obhut von Andrea Schröder gegeben, als fürchtete sie, jemand könnte es ihr wegnehmen. Auch am Mordtag hat die Schröder das Kind den ganzen Tag über in ihrer Wohnung betreut und mit Kunstmilch und abgepumpter Muttermilch von Hatice gefüttert. Am Abend wollte sie das Kind wieder zurückbringen. Sie hatte einen Schlüssel für die Wohnung in der Domstraße. Sie fand Hatice auf dem Boden in Rückenlage vor. Sie glaubte zunächst an eine Ohnmacht und versuchte, sie durch Rütteln, Ansprechen und Verlagerung in die Seitenlage aufzuwecken. Dann ahnte sie, dass Hatice tot war, und bekam Panik. Sie glaubte, Hatices Brüder hätten sie umgebracht, und fürchtete, dass diese noch in der Nähe seien und ihr ebenfalls gefährlich werden könnten. Sie nahm das Kind und flüchtete. Eine Alarmierung der Polizei kam für sie nicht in Frage, weil sie fürchtete, dass dann schnell der Betrug mit dem Kind auffliegen würde. Am Sonntag nach der Mordtat merkte sie jedoch, dass sie ihre Jacke in der Wohnung vergessen hatte. Sie wusste nicht, ob sich in den Taschen vielleicht irgendwelche Hinweise zu ihrer Identität finden würden, und machte sich auf den Weg in die Domstraße. Das Kind nahm sie mit, ließ es im Kinderwagen schlafend im Treppenhaus stehen und öffnete leise mit dem Schlüssel die Wohnungstür. Sie hörte deutlich, dass sich jemand in der Wohnung befand, und flüchtete sofort. Diese Erlebnisse brachten sie psychisch so sehr an die Grenzen, dass sie wieder vermehrt zu Alkohol und Tabletten griff. Sie gibt zu, in solchen Ausnahmezuständen die Wohnung ihrer Nachbarin Maren Wiegand aufgesucht zu haben, die ihr als Zufluchtsort diente. Die Zuneigungsbekundungen des Katers und sein Schnurren beruhigten sie ebenso wie die Möglichkeit, in dieser wohnlichen Umgebung dem eigenen Chaos zu entgehen. Der Presse entnahm sie, dass zwar von dem Mord in Offenbach berichtet wurde, nicht aber von einem verschwundenen Kind. Sie hoffte, dass die Polizei diese Spur nicht aufgenommen hatte, und fasste daher einige Tage später noch einmal den Mut, in die Domstraße zu gehen und ihre Jacke zu holen. An jenem Tag war niemand in der Wohnung, ihre Jacke hing noch immer an der Flurgarderobe. Wir dachten seinerzeit, dass diese Jacke der Toten gehörte, und wunderten uns nur, warum sich gerade an diesem Kleidungsstück so viele rote Katzenhaare befanden. Der Schröder war auch noch eingefallen, dass sich in Hatices Besitz ein Wohnungsschlüssel zu ihrer Wohnung in der Wittelsbacher Allee befand. Auch den wollte sie holen, konnte ihn aber nicht finden. Sie ließ den Schlüssel zur Wohnung in der Domstraße dort in der Wohnung zurück und verschwand. Habe ich noch etwas vergessen?«, endete Heck.

»Ja, ihre Version zum Verbleib des Kindes«, fuhr Stephan fort. »Sie will das Kind zum Schlafen auf die Dachterrasse gestellt haben und ist der festen Überzeugung, dass jemand das Kind von dort entwendet hat. Entweder ist dieser Kidnapper über die Dächer gekommen, oder er hat sich Zutritt zu ihrer Wohnung verschafft. Was nicht schwierig ist, denn ich weiß, dass sie den Wohnungsschlüssel in einer Vase im Treppenhaus versteckt hat. Sie selbst meint das damit erklären zu können, dass eine Zimmertür geschlossen war, die sie selbst immer offen stehen lässt.«

Heck nickte zustimmend. »Ja, das war dann wohl alles. Und? Was schließen wir daraus?«
Alle schauten durch die Glasscheibe und beobachteten die Schröder. Sie nippte hin und wieder an ihrem Kaffee und nahm kleine Bissen des Brötchens zu sich. Den Belag hatte sie sorgfältig abgeräumt und auf dem Teller abgelegt. Sie wirkte sehr ruhig.
»Meint ihr, die steht noch unter Medikamenten?«, fragte Ernestine.
»Möglich«, sagte Stephan, »aber sie wirkte beim Gespräch nicht so sediert, dass man annehmen musste, sie weiß nicht, was sie sagt.« Heck nickte zustimmend.
»Dann bleibt für uns nur noch die Frage: Hat sie uns angelogen, oder stimmt diese Geschichte? Denkt noch einmal nach! Gibt es da irgendwas, das nicht passt?«
»Ich denke, sie sagt die Wahrheit«, erwiderte Stephan. »Habt ihr gemerkt, wie sie von dem Kind sprach? Nicht sonderlich emotional, beinahe abweisend. Sie wirkt eher erleichtert, dass sie es los ist. Unseren Mordverdacht gegen sie hegten wir, weil wir dachten, sie wollte unbedingt das Kind haben. Dieses Motiv sehe ich nicht mehr. Seht ihr ein anderes?«
»Geld?«, fragte Hölzinger.
Heck schüttelte den Kopf. »Aus der Wohnung wurde kein Geld entwendet. Sie macht mir auch nicht den Eindruck, als bedeute ihr materieller Wohlstand etwas. Nein, Geld scheidet aus.«
»Auch sind wir bis jetzt davon ausgegangen, dass Hatice Ciftci und Svenja Stummer vom selben Täter umgebracht wurden. Auch hier sehe ich kein Motiv für die Schröder«, ergänzte Stephan. »Was ist eigentlich mit der DNS-Spur an der Teetasse in der Wohnung der Stummer?«

Heck telefonierte mit der Kriminaltechnik. »Es war doch schon einiges abgespült, ein paar Fragmente haben sie sichern können. Aber da gibt es keine Übereinstimmung mit einer uns bekannten DNS, also auch nicht mit Florian Sauer oder seinen Eltern oder der Schröder.«

»Sie war's nicht«, sagte Ernestine resigniert. »Wir müssen noch einmal von vorn anfangen.«

Rundherum entstand betretenes Schweigen. Heck donnerte schließlich dazwischen: »Also, dann schicken wir sie jetzt nach Hause. Und das Kind geben wir immer noch nicht in die Fahndung. Es gibt jemanden, den wir damit in Sicherheit wiegen, und diese Person müssen wir aus der Reserve locken.«

Dienstag, der 6. November

Stephan saß an seinem Schreibtisch und schaute durch das Bürofenster hinaus in den Novembernebel. Die Schwaden waren so dicht, dass man selbst die Bäume des nahen Dreieichparks nur schemenhaft erkennen konnte. Was haben wir übersehen? Diese Frage drehte sich seit gestern wie eine Endlosschleife in seinem Kopf und blockierte jeden klaren Gedanken. Manchmal hatte er das Gefühl gehabt, dass es da etwas gab. Es trieb irgendwo unter der Oberfläche, tauchte kurzzeitig auf und verschwand wieder, bevor man es greifen konnte. Eigentlich hatten sie schon sehr viel ermittelt. Bestimmt war längst eine wichtige Spur dabei, der sie einfach noch nicht genug Beachtung geschenkt hatten. Wir müssen noch einmal von vorn anfangen, hatte Ernestine gesagt. Von vorn anfangen ist viel leichter, als mittendrin zurück auf Start zu gehen. Er hatte das Gefühl, in seinem Kopf sei eine überfüllte Rumpelkammer, in der man nichts mehr finden konnte. Er brauchte Leere im Kopf. Er brauchte ein Reset. Plötzlich hatte er eine Idee. Er schob alle Akten auf der Schreibtischplatte beiseite und setzte sich, das Gesicht dem Fenster zugewandt, im Schneidersitz auf die Platte. Führte das eigentlich nach Osten hinaus? Nein, das war wohl eher Südwest. Na ja, wird auch gehen. Bei dem Nebel gibt es ohnehin keine Himmelsrichtungen mehr. Er legte die Handrücken locker auf den Knien ab und formte mit den Fingern das Apan-Mudra. Einen Moment noch schaute er hinaus in den Nebel. Dann schloss er die Augen. Die Gedanken an den Fall lösten sich in weiße Schwaden auf. Er konzentrierte sich auf den Druck, den er mit Mittel- und Ringfinger gegen den Daumen ausübte. In der Mitte der Handfläche wurde es warm. Das Gefühl für die Zeit verschwand.

Die Bürotür schwang auf. Hölzinger stand im Raum und schaute entgeistert auf Stephans Schreibtisch. Entgegen Hölzingers Erwartung schreckte Stephan nicht zusammen, sondern wandte sich mit erhabener Langsamkeit und einem milden Lächeln im Gesicht in Richtung des Kollegen.

Hölzinger fand seine Sprache wieder: »Kann man dir irgendwie helfen?«, fragte er ein wenig atemlos.

»Danke, alles in bester Ordnung«, erklärte Stephan und kletterte schwungvoll von der Tischplatte. Er hielt sich an der Lehne des Schreibtischstuhls fest und schüttelte die Beine aus. Hölzinger beobachtete ihn sorgenvoll. Heck kam herein und betrachtete finster die beiden Kollegen, die im Raum standen und wirkten, als hätten sie nichts zu tun.

»Du sollst dringend Frank Günther anrufen«, richtete Hölzinger aus.

Heck griff zum Telefon. »Warum sagt er es nicht gleich dir, wenn es etwas Wichtiges ist?«

Hölzinger zuckte mit den Schultern. »Er wollte es unbedingt dir persönlich mitteilen.«

Heck seufzte. »Was das schon wieder sein soll!« Und er griff zum Hörer. Eine Weile lauschte er stumm. Seine Miene glich einer aufziehenden Gewitterfront. Dann grollte er los: »Ich weiß ja, dass ihr überlastet seid. Ich weiß, dass die Wohnung der Schröder eine besondere Herausforderung war. Trotzdem! Warum erfahre ich das erst jetzt? Aha. Und an wen ging die Nachricht? – Das glaube ich nicht!«

Heck schaute in Richtung Stephan, der sich daraufhin sofort wie ein vom Lehrer ermahnter Schüler auf seinem Stuhl zurechtsetzte. Hölzinger ließ sich auf die Tischkante sinken. Heck hatte inzwischen aufgelegt und starrte eine Weile zum Fenster hinaus. Dann begann er mit bedrohlich leiser Stimme: »Sie haben das Handy von der Stummer untersucht. Die letzte Nachricht ihres Lebens war eine SMS. Sie lautete: Ich weiß, wo das Kind ist.«
Heck durchbohrte Stephan mit seinen Blicken: »Fällt euch etwas dazu ein?«
Stephan reagierte sofort: »Dann war diese Nachricht vielleicht ihr Todesurteil.«
Heck nickte übertrieben langsam.
»Wenn man weiß, an wen sie die Nachricht geschrieben hat, hat man den Mörder«, erklärte Hölzinger.
Heck nickte noch einmal, wieder auf diese provozierend langsame Art. »Ja, den hat man dann.« Ein schreckliches Grinsen breitete sich über Hecks Gesicht aus. Stephan verfolgte das Schauspiel mit argloser Miene.
»Weiß man denn, an wen die SMS ging?«, fragte er. Heck nickte wieder, und sein Zeigefinger richtete sich ganz langsam auf und deutete in Stephans Richtung.
»An Lars? Das kann nicht sein!«, fuhr Hölzinger auf.
»Es ist aber so. Kein Zweifel«, erklärte Heck. »Und jetzt hätte ich gerne eine Erklärung von dir!«
»Ich habe keine SMS bekommen«, entgegnete Stephan ehrlich entrüstet. Er wühlte unter den Papieren nach seinem Handy und reichte es Heck über die Tischplatte. Hecks breite Finger machten sich über die zarten Tasten her.
»Die Eingänge sind gelöscht«, erklärte Heck.
»Ich habe diese SMS nicht bekommen«, brauste Stephan auf.

»Die Eingänge sind bei dir gelöscht bis zu dem Todestag der Stummer. Die Nachrichten, die du danach bekommen hast, sind alle da. Maren. Maren. Maren. Das ist ein Diensthandy!«, polterte Heck.

Stephan wurde blass. »Ich verstehe das nicht!«, stammelte er.

Heck beugte sich weit vor und sah ihn beschwörend an. »Denk nach, verdammt noch mal! Hast du diese SMS bekommen, falsch verstanden und aus Versehen gelöscht?«

»Nein, habe ich nicht!«

»Hatten andere Personen Zugang zu deinem Handy?«

»Nein.« Im selben Moment meldete Stephans Handy in Hecks Hand den Eingang einer SMS. Es brummte und ließ einen Dreiklang ertönen. Heck schaute auf das Display.

»Schon wieder Maren«, stellte er fest und reichte Stephan das Handy zurück.

Der saß völlig erstarrt an seinem Platz. Der Signalton hatte eine Erinnerung in ihm geweckt, und er berichtete Heck und Hölzinger, wie er bei der Kling zur Shiatsu-Behandlung war und deutlich gehört hatte, dass draußen in seiner Jacke eine SMS angekommen war. Später hatte er vergessen nachzusehen. Heck schien sich mit dieser Erklärung zunächst einmal zufriedenzugeben.

»Dann musst du jetzt ganz besonders scharf nachdenken! Wir sind jetzt der Lösung so nah wie noch nie. Welche Person in dieser Praxis hätte die Möglichkeit gehabt, an deine Jacke zu gehen und die SMS zu lesen und zu löschen?«

Stephan versuchte, sich an die Abläufe zu erinnern. »Am Schluss war ich auf der Toilette, da hing meine Jacke immer noch im Flur. Im Grunde kämen die Sauer, die Kling, Florian Sauer und vielleicht sogar eine unbekannte Person, die ich nicht zu Gesicht bekam, in Frage.«

Heck kniff die Augen zusammen. »Schon wieder dieser Florian Sauer!«, grunzte er.
»Als Ernestine Hoff ihn nach dem Mord an der Stummer befragte, hat er nur äußerst knapp geantwortet. Seine Trauer über den Tod seiner Ex-Verlobten hielt sich übrigens in Grenzen. Im Grunde hatte er nur das gesagt, was wir schon wussten. Er bleibt dabei, zu Hatice Ciftci keine Hintergründe zu wissen. Dennoch! Tine wurde das Gefühl nicht los, dass er viel mehr weiß, als er zugibt. Meine Hypothese: Die Ciftci hat Florian Sauer wegen des Kindes erpresst, und er hat sie beiseitegeräumt. Das Kind hat er ermordet und die Leiche irgendwo versteckt. Die Stummer hat Verdacht geschöpft, vielleicht sogar durch eine Unachtsamkeit von ihm etwas herausgefunden. Nachdem sich die Stummer mit ihm überworfen hatte und vielleicht damit gedroht hat, alles preiszugeben, hat er die Stummer verstummen lassen.«
Heck sprang auf. »Komm, Hölzinger, wir nehmen uns das Arztsöhnchen jetzt sofort noch einmal vor!«
Hölzinger rutschte langsam von der Tischkante und streckte die Beine wie eine Katze nach dem Sonnenbad, was Heck mit kritischer Miene beobachtete.
»Vor allem sein Alibi am Mordtag der Stummer müssen wir noch einmal überprüfen! Kino! Wie hieß der Typ, mit dem er dort war? Such das mal raus, Hölzinger! Ich habe nichts dagegen, wenn du dich beeilst!«
Hölzinger war mit einem Schritt an der Tür. Stephan erhob sich ebenfalls, doch Heck winkte ab.
»Du hältst hier Stallwache! Das machen jetzt mal wir beide.« Stephan ließ sich auf seinen Schreibtischstuhl sinken und starrte auf die Tür, die sich hinter den Kollegen geschlossen hatte. Er versuchte, Hecks Reaktion zu verstehen. Er fühlte sich bitter zurückgewiesen. Sein Blick glitt über

die leergeräumte Arbeitsfläche. Alle Zeiger auf null stellen! Und wenn auch diese Hypothese Hecks eine Fehlspekulation war?
Stephans Gedanken wanderten zurück zu den ersten Momenten des Falls. Noch immer ärgerte es ihn, wenn er an sein unprofessionelles Verhalten von damals dachte. Und dann auch noch dieser dumme Zufall mit den Katzenhaaren. Zum Glück hatte sich das aufgeklärt. Was waren die wesentlichen Fragen, die noch offenstanden? Er zog sich ein leeres Blatt heran und schrieb auf: Motivlage für beide Morde? Ein Täter oder zwei? Tatwerkzeuge? Fatimas Hand? Dann fiel ihm noch eine ungeklärte Spur ein. Er sprang auf und griff nach seiner Jacke. Zurück auf Start, lautete sein Selbstbefehl. Gut erinnerte er sich an seinen ersten Spaziergang durch Offenbach zu Beginn der Ermittlungen im goldenen Oktober. Jetzt im Novembernebel erkannte er die Straßenzüge fast nicht wieder. Er ging vorbei an der Praxis Kling. Die Umrisse des Hauses verschwammen im nebeldurchfluteten, parkartig angelegten Grundstück mit den knorrigen, alten Bäumen.
Sollte er noch einmal dort hingehen und Witterung aufnehmen? Er stand unschlüssig da und lauschte auf das Hintergrundgeräusch der Fahrzeuge auf der Frankfurter Straße. Rund um ihn her tropfte es von hohen Bäumen. Er setzte seinen Weg fort. Kurze Zeit später stand er in der Tulpenhofstraße vor dem Gitter des schmiedeeisernen Tors. Verlassen und morbid wirkte dieser wilde, nasse Herbstgarten, aus dem sich das massive Haus mit seinen Gesimsen und Erkern wie ein Bollwerk erhob. Auf dem Weg türmte sich das Laub. Ein schmaler Pfad war notdürftig gekehrt und ließ die alten Pflastersteine durchscheinen. Traurig hingen ringsum die tropfenden, gelben Blätter an den Büschen. Ste-

phans Blick wanderte über das Gebäude. Das Haus war fast vollständig mit wildem Wein bewachsen, der vergeblich gegen das trübe Nieselwetter in Tiefrot und Goldgelb anzuglühen versuchte. Die Klings befanden sich jetzt in ihren jeweiligen Praxen. Das hatte Stephan durch Anrufe herausgefunden, in denen er sich als Patient ausgegeben hatte. Er inspizierte das Tor. Außen war ein Knauf angebracht. Innen gab es eine Klinke. Eine Metallblende verhinderte, dass man einfach durch die Stäbe greifen konnte. Auf dem Bürgersteig lagen einige trockene Äste.

Stephan brach sich einen Stock zurecht, kletterte ein Stück an dem Tor hinauf, schob seinen Arm mit dem Stock durch das Ziergitter und drückte mit dem Ast von oben auf die Klinke. Sie bewegte sich, und das Tor sprang auf. Wenig später befand er sich im Garten hinter dem Haus. Rundherum war alles dicht zugewachsen, so dass nachbarlicher Einblick nicht möglich war. Es gab einen hölzernen Gartenschuppen. Stephan schlüpfte in Einmalhandschuhe und rüttelte an der Klinke. Er tastete die Leiste über der Tür ab. Ein Schlüssel fiel ihm in die Hand. Er grinste zufrieden und öffnete. Drinnen war es nicht so aufgeräumt, wie man das von dem Klingschen Haushalt erwarten durfte. Gartengeräte und ein Rasenmäher waren wild übereinandergestapelt, dazu Eimer, Besen, zwei Fahrräder. Ein weiteres Gerät, das dick in eine Plastikhülle verpackt war, stand in der hintersten Ecke. Durch das dämmerige Licht war es schwer zu identifizieren. Unten konnte man erkennen, dass es Räder hatte. Stephan bahnte sich vorsichtig den Weg dorthin. Eine Lenkstange wölbte sich ihm entgegen. Er zog die Folie ein wenig zur Seite. Ein Kinderwagen! Original verpackt! Er dachte sofort an das, was der unvorsichtigen Krankenschwester aus Dr. Sauers Klinik über den erfolgreichen Versuch herausgerutscht war. Also doch! Wie lange wohl der Kinderwagen schon in dieser hintersten Ecke des Schuppens stand? Und warum war er überhaupt noch da? Hoffte hier jemand, ihn doch noch benutzen zu können? Stephan verließ nachdenklich den Schuppen. Er schloss sorgfältig ab und legte den Schlüssel wieder an seinen Platz. Er trat auf eine kleine, von welken Blättern bedeckte Rasenfläche und betrachtete die Rückfront des Hauses. Vor den bodentiefen Sprossentüren des Erdgeschosses befand sich eine ausladende, ummauerte Terrasse, von der eine breite Steintreppe in den Garten führte. Über der Mauer hingen ausgebreitet mehrere kleine Teppiche. Auf einem lag eine Bürste. Aus dem Haus drang das sonore Dröhnen eines Staubsaugers. Eine der Terrassentüren war einen Spalt geöffnet.

Stephan trat seitlich heran und spähte in das Innere. Sofort strömte ihm jener leicht moderige Geruch nach altem Mobiliar entgegen, der ihm schon bei seinem ersten Besuch aufgefallen war. Er sah, wie eine rundliche Frau in Arbeitskleidung den Teppich säuberte. Sie hatte ihm den Rücken zugewandt und sang laut in einer fremden Sprache. Ohne jede weitere Überlegung schlüpfte Stephan in den Raum und schlich unbemerkt die Treppe hinauf in den ersten Stock. Die ordentlich in eine Richtung gekämmten Fransen der orientalischen Brücken auf dem Parkettboden des Flures zeigten, dass die Reinigungsfee hier bereits gewirkt hatte. In dem ausladenden Stockwerk gab es drei Zimmer und zwei Bäder. An der Art des Mobiliars und den Utensilien, die sich darin befanden, war leicht auszumachen, dass die Klings nicht nur zwei getrennte Schlafzimmer, sondern auch zwei Bäder besaßen. Alles war blitzblank geputzt und akribisch aufgeräumt. Dennoch gelang es ihm, in jedem der Bäder aus den Kämmen Haare mit Hautschuppen zu si-

chern, die er in die üblichen Plastiktütchen steckte. Schließlich machte er sich an die Durchsuchung der Schlafzimmer. Dr. Klings Raum erinnerte an ein Hotelzimmer. Nüchterne Möbel. Ein Fernseher an der Wand. Ein Landschaftsaquarell über dem Bett. Ein kleiner Schreibtisch vor dem Fenster. Die meisten Schubladen waren nur spärlich befüllt. Hier gab es nichts Interessantes, stellte Stephan fest und machte sich auf den Weg zum Raum von Veronika Kling. Einen Moment blieb er auf dem Treppenabsatz stehen, beugte sich über das dunkel glänzende Holzgeländer mit den barock gedrechselten Säulen und Stäben und lauschte nach unten. Die Perle schien gerade damit beschäftigt zu sein, ihre Gerätschaften wegzuräumen. Er hörte das Klappern der Staubsaugerrohre und das dumpfe Poltern verschiedener Plastikeimer. Schließlich fiel die Eingangstür ins Schloss, und Stille kehrte ein.
Stephan atmete tief durch. Nun hatte er die wunderbare Gelegenheit, sich gründlich umzusehen. Von dem, wonach er Ausschau hielt, hatte er nur eine diffuse Vorstellung. Dennoch gab es etwas, das ihn antrieb, ähnlich wie den Jagdhund, der einer Geruchsspur folgte, ohne eine konkrete Vorstellung von dem Hirsch zu haben, der ihn erwartete. Das Zimmer der Veronika Kling war deutlich aufwendiger eingerichtet. Ihr Bett war in ein Moskitonetz gehüllt. Die Farbwahl in Apricot und Orange war ähnlich wie in dem Shiatsu-Raum der Praxis. Auch an den Wänden hingen mehrere Mandalas. Vor dem Fenster saß, groß wie ein Schäferhund, eine Buddha-Statue aus dunklem Holz. Vor einer Wand lag ein eingerollter Futon. Ringsherum verteilt, standen kleine Tische, Kommoden und Truhen im asiatischen Stil. Es gab keinen Kleiderschrank. War das möglich? Er entdeckte eine unscheinbare Tapetentür in der Wand neben

dem Bett und öffnete sie: ein begehbarer Kleiderschrank! Ein fleißiger und bestimmt teurer Schreiner hatte jeden Winkel des kleinen Nebenzimmers ausgebaut. Vor dem einflügeligen Fenster befand sich ein Klappladen mit Lamellen, durch die fahles Tageslicht fiel. Es hatte einen sanften Widerschein in einem mannshohen Spiegel, der an der Rückseite der Tür angebracht war.

Stephan betätigte den Lichtschalter, und das textile Reich der Kling erstrahlte. Er konnte sich Marens Gesicht und ihr Seufzen beim Anblick dieser Kostbarkeiten vorstellen. Mäntel und Jacken aus groben Wollstoffen, aus seidig glänzenden Materialien, aus Leder, aus Pelz. Handtaschen und Schuhe, die Labels trugen, die ihn ahnen ließen, dass auch nur eines dieser Utensilien bereits ein Monatsgehalt von ihm verschlingen würde. Er schaltete das Licht wieder aus, weil er fürchtete, dass der Schein nach außen dringen und seinen Besuch verraten könnte. War es nicht ein Widerspruch, dass die Kling, die einerseits so intensiv mit inneren Werten und Energieflüssen beschäftigt war, so viel auf diese Attribute des äußerlichen Scheins setzte?

Noch während er darüber nachdachte, fiel sein Blick auf ein Kleidungsstück, das sorgsam auf einen Bügel gehängt und mit etwas Abstand zu den anderen wohl zum Auslüften dort hing. Sofort wurde eine Erinnerung in ihm wach. Die verstärkte sich noch, als er näher trat und den Hauch von Moschus wahrnahm, der immer noch in den Fasern hing. Seine Hand strich vorsichtig über die Oberfläche. Sie war samtig weich. Mit spitzen Fingern zog er einige Fasern heraus und verstaute sie in einem Tütchen. Als er sich zum Gehen wandte, fiel sein Blick auf einen blauen Müllsack, der aus einem der unteren Regalfächer hervorquoll. Er zog ihn hervor und stellte an den Konturen fest, dass der Sack bis zur Hälfte mit einem voluminösen, runden Gegenstand gefüllt war. Das passte nicht in diese noble Umgebung. Ohnehin weckten Müllsäcke dieser Art bei Polizisten sofort den Drang, ihren Inhalt zu inspizieren.

Stephan zog einen übergroßen, weichen Ball hervor. War das ein Gymnastikgerät, mit dem die Kling Hometraining betrieb? Er zog den Gegenstand aus der Verpackung und hob ihn vor sein Gesicht. Es war kein Ball, sondern nur eine große Halbkugel. Am flachen Ende befanden sich breite, elastische Bänder mit Haken und Ösen, welche an BH-Verschlüsse erinnerten. Was hielt er da in den Händen? Eine überdimensionale, weibliche Brust? Richtig! Auf der Vorderseite gab es eine kleine Erhebung ähnlich einer Brustwarze. Wer zog sich so etwas an? War das ein besonderes Sexspielzeug einer eher zierlich gebauten Frau, die ihren Partner durch einen ungewöhnlichen Anblick scharfmachen wollte? Mit nur einem Busen? Wo war der andere? Stephan sah sich suchend um. Er hielt sich das Busenteil vor die Brust und betrachtete sich unschlüssig im dämmrigen Spiegel. Sonderlich sexy sah das nicht aus, wenn sich kurz unter dem Hals dieses fleischfarbene Ungetüm vorwölbte. Für Nummer zwei war gar nicht genug Platz. Stephan ließ den Arm sinken. Die Kugel rutschte tiefer. Er sah sein Profil im Spiegel und musste innerlich lachen, dass er nicht gleich erkannt hatte, was er da in den Händen hielt. Es war ein Bauch mit einem kleinen Bauchnabel. Vermutlich gehörte dergleichen zu den Theaterrequisiten, wenn die Schauspielerin eine Schwangere imitierte. Stephan verpackte den Gegenstand wieder sorgfältig.

Seine Gedanken flogen wild durcheinander. Was bedeutete das? Sollte er weitersuchen? Wonach? Immer wieder stellte sich in solchen Situationen das unangenehme Gefühl ein,

dass er berufsbedingt in dem Leben anderer Menschen herumschnüffelte, ihre intimsten Wünsche aufspürte und ans Tageslicht zerrte, die ihn eigentlich nichts angingen. Die Kling konnte sich Bäuche umschnallen, sooft und wo immer sie wollte. Vielleicht half ihr das, über die Enttäuschung ihres Lebens hinwegzukommen. Möglich, dass sie das irgendwo an geheimen Orten auslebte und noch nicht einmal ihr Mann etwas davon wusste.
Stephan kam sich schäbig vor. Er verließ den Raum und stand einen Augenblick unschlüssig auf dem Treppenabsatz. In das Obergeschoss des Hauses führte eine schmale Treppe mit schmucklosem Geländer aus geraden Stäben. In früheren Zeiten befanden sich da oben vermutlich einmal die Mansarden für das Personal. Was fingen zwei Menschen, die eine solch riesige Villa bewohnten, mit einem Dachgeschoss an, das, wie man von außen sehen konnte, als Mansarde ausgebaut worden war und dadurch zusätzlichen Wohnraum bot? Er konnte sich nicht vorstellen, dass er dort oben – außer leeren Räumen oder Gerümpel – etwas Interessantes entdecken würde. Eigentlich hatte er hier in dem Haus nichts verloren. Es wäre besser, wieder ungesehen zu verschwinden, denn seine Mission hatte ihm außer einem schlechten Gefühl nicht viel gebracht. Am besten, er vergaß das und warf die gesammelten Spuren für immer in den Müll. Was wollte er damit beweisen? Er hatte immerhin heimlich die DNS von den Klings gewonnen. Die würden freiwillig keine Proben abgeben. Und der Pullover? Wenn das Angora war? Wenn die Fasern mit den Tatortspuren übereinstimmten? Machte das einen Sinn?
Er schaute wieder die Treppe hinauf. Da sich nun einmal die Gelegenheit bot, wollte er sie auch nutzen. Er stieg hinauf. Zwei kleine Zimmer zur Straße hinaus waren mit Schlafge-

legenheiten eingerichtet. Sie wirkten nüchtern und unbewohnt. Vermutlich dienten sie als Gästezimmer. Das, was er erwartet hatte. Jetzt fehlte nur noch die Rumpelkammer. Erstaunt stellte er fest, dass sich hinter der nächsten Tür ein geräumiges, modern ausgebautes Bad mit verglaster Duschkabine und einer frei im Raum stehenden Badewanne befand. Quer in diese Badewanne war eine kleine Kunststoffwanne mit einer besonderen Vorrichtung eingehängt. Das war eindeutig eine Kinderbadewanne. Stephan strich mit dem Finger darüber. Es gab Seifenränder. Die Wanne war benutzt worden. Näherte er sich hier gerade dem Ort, an dem das Kind versteckt wurde, das sie suchten? Das wäre die Sensation! Er freute sich schon auf Hecks Gesicht, wenn er ohne Ergebnis von der Befragung dieser Sphinx namens Florian Sauer zurückkehrte und dann mit Stephans Neuigkeiten konfrontiert wurde.

Stephan wandte sich einem eintürigen Hängeschrank zu. Hier gab es einige Pflegeutensilien. Ihm kamen diese Art Flaschen, Töpfchen und Dosen bekannt vor. Er zog eine pastellfarbene Kunststoffflasche heraus, öffnete sie, schnüffelte an dem zarten Blütenduft und studierte das Etikett. Es war ein Babybad, das besondere Pflege für die empfindliche Kinderhaut versprach. Stephan stellte die Flasche hastig zurück und bewegte sich leise, aber zügig zu dem dritten Zimmer, das sich in Richtung Garten anschloss. Er lauschte. Schlief hier jetzt gerade das Kind? War es möglich, dass die Kling es unbeaufsichtigt im Haus zurückließ? Wohl kaum, oder? Und wenn doch? Mediziner haben genug Möglichkeiten, jemanden in einen langen, sanften Schlaf zu versetzen. Stephan drückte vorsichtig die Klinke nach unten. Schon beim Öffnen der Tür strömte ihm der blumige Duft der Babypflege entgegen. Von wegen Rumpelkammer! Ein kurzer Rundumblick zeigte, dass er in einem komplett eingerichteten Kinderzimmer stand. Alle Möbel waren weiß und durch die gedrechselten Verzierungen in einem romantischen Stil gehalten. Es gab eine Sonne-Mond-und-Sterne-Tapete, einen Wickeltisch mit weicher Auflage aus weißem Frotteestoff und vor dem Fenster eine Wiege mit einem mit Rüschen verzierten, zartrosa Himmel.

Stephan trat näher. Sein Herz pochte heftig, als er sich über das Bettchen beugte. Er erstarrte: Ein Neugeborenes! Ganz friedlich schlafend lag es auf der Seite und hatte eine zur Faust geballte, winzige Hand gegen das knubbelige Kinn gedrückt. Die zart geäderten Lider waren fest geschlossen. Über den Wangen lag ein rosa Hauch. Unter dem weißen Häkelmützchen lugten einzelne schwarze Härchen hervor. Der kleine Schmollmund war halb geöffnet. So lag es – regungslos. Absolut regungslos! Stephan hielt seinen Handrücken vorsichtig an die Wange des Kindes. Er zog die Decke zurück und hob das Kind aus dem Bett. Sein Köpfchen sank schlaff zur Seite. Er hielt sofort die Hand darunter. Stephans Körper schien ferne Erinnerungen abzurufen. Ein feiner Schmerz durchfuhr ihn. Er betrachtete das Kind in seinem Arm. Größe und Gewicht stimmten. Der Körper fühlte sich weich und nachgiebig an. Aber die Wärme fehlte. Das Zucken der Lider im Schlaf fehlte. Und der Atem! Diese kurzen Atemzüge, die manchmal ein leichtes Rasseln in dieser winzigen Nase verursachten und dazu führten, dass sich der Mund unwillig verzog. Dann wusste man, gleich wacht es auf! Gleich heult es, und ich muss sehen, wie ich es wieder in den Schlaf wiegen kann. All das fehlte. In seinen Armen befand sich kein Baby, sondern eine originalgetreue Puppe. Sogar die winzigen Fältchen über den Lidern und die Grübchen in den Wangen und auf den kleinen Fäusten

waren akribisch genau in Kunststoff nachgebildet. Er zog die Mütze zurück. Der zarte Haarflaum war in kleinen Löchern der Kopfhaut verankert. Das schien eine besondere Künstlerpuppe zu sein, die aufwendig hergestellt worden war. Was kostete so etwas?
Sein Blick fiel auf eine Nische unter dem Fenster, die er vorher übersehen hatte. Auf einem mit rosa Samt überzogenen Kindersofa saßen die Geschwister des Babys: ein etwa zweijähriges Mädchen in einem Jeansträgerrock mit Applikationen, einer weißen Bluse und darüber einer passenden Jeansjacke. Daneben saß ein vielleicht vierjähriger Junge mit dunkler Jeanshose und einem blau karierten Hemd. Er hielt ein aufgeschlagenes Bilderbuch auf den Knien. Seine Schwester schien es mit ihm anzusehen. Wie das Baby waren die beiden Puppen den kindlichen Vorbildern in Größe, Haltung und Gesichtsausdruck täuschend echt nachempfunden. Dennoch hätten alle Eltern der Welt auf Anhieb erkannt, dass die übertriebene Sauberkeit und der überkorrekte Sitz der Kleidung nicht der Wirklichkeit entsprechen konnten. Das Mädchen hatte die blonden Haare zu zwei neckischen Rattenschwänzchen gebunden. Das etwas dunklere Haar des Jungen war mit einem braven Seitenscheitel versehen. Die Gesichter wirkten so lebendig, weil die Haut der Wangen und auf der Stirn mit einem rosa Hauch überzogen war. Die einzeln in die Lider eingesetzten Wimpernhärchen ließen die Glasaugen strahlen. Eigentlich erwartete man jeden Augenblick einen Wimpernschlag oder eine andere Bewegung. Dass dies nicht geschah, erzeugte im Betrachter Beklemmung und Erschaudern in einem. Der eingefrorene Moment, das Stillleben verlorener Lebensspuren – Stephan kannte diese Bilder und Empfindungen nur zu gut. Sie stellten sich an jedem Tatort bei ihm ein. Er

nannte es sein »Tatortgefühl«. Er stand dann regungslos am Ort des Verbrechens, als wolle er die Szene nicht stören. Nur seine Augen tasteten jeden Winkel, jeden Gegenstand ab, und hinter seiner Stirn entwickelte sich aus dem vorgefundenen Standbild ein laufender Film, in dem Tote wieder lebendig wurden, Türen öffneten, Tee tranken, einen Kampf auf Leben und Tod führten. Die Phantasie konnte in dieser Weise arbeiten und zu wichtigen Erkenntnissen führen, wenn dieser Erstarrung etwas Bewegliches vorausgegangen war. Aber hier in diesem Puppenzimmer hatte nie etwas gelebt. Es war ein ewiges Standbild ohne Hoffnung auf den Film. Die Vergeblichkeit dieses Bemühens verstörte den Betrachter. Es war gespenstisch, dass sein »Tatortgefühl« sich dennoch an diesem Ort einstellte. Warum? Was war das hier? War es das Arrangement einer notorischen Puppensammlerin, die, ähnlich wie der männliche Modelleisenbahnbesitzer, Kindheitsträume in die Erwachsenenwelt hinübergerettet hatte und dort weiter kultivierte? Oder steckte mehr dahinter? Was hatte die Kling während der Shiatsu-Behandlung zu ihm gesagt? Ein totes Kind gehabt zu haben ist besser als …? Das Kind war das Motiv!
Er stand starr wie eine Statue. Innerlich durchströmte ihn plötzlich ein Gefühl tiefer Gewissheit. Sie war es! Sie ist die Täterin, die wir suchen. Er konnte es körperlich aus dieser Umgebung erspüren, absaugen und nachempfinden. Etwas war geschehen, das die inneren Dämonen der Kling geweckt hatte.
Stephan löste sich aus seiner Erstarrung und legte die Puppe behutsam wieder in die Wiege zurück. Unglaublich, wie echt sie aussah! Er zog die bestickte Decke über den Körper und richtete sich ernüchtert auf. Die schwierigste Aufgabe in der nächsten Zeit würde sein, der Kling etwas nachzu-

weisen. Nachdenklich und dennoch mit routinierter Vorsicht verließ er das Haus durch den Vordereingang und machte sich auf den Rückweg zum Präsidium. Zu dieser Tageszeit war die stille Wohnstraße menschenleer. Am einfachsten würde es jetzt sein, anhand der DNS und der Faserspuren zu ermitteln, dass die Kling Hatice Ciftci sehr nahe gekommen war. Vermutlich passte ihre DNS auch zu der Teetasse bei Svenja Stummer. Das würde jedoch als Beweis für die Morde nicht ausreichen. Die Spuren waren illegal gesichert worden. Ein guter Anwalt würde das schnell zerpflücken. In einem dunklen Winkel seines Kriminalistengehirns reifte bereits eine Idee, wie er die Kling aus der Reserve locken könnte. Er allein? Sollte er wirklich wieder den einsamen Wolfspfad beschreiten? Es würde ihm Genugtuung bereiten, Heck sehr bald mit dem erfolgreichen Ergebnis zu konfrontieren, vor allem, da er ihn heute Morgen so kalt ausgebremst hatte. Dennoch! Heck war schwer in Ordnung. Stephan wählte seine Handynummer.

*

Als Stephan am Spätnachmittag in der Wittelsbacher Allee eintraf, begegnete er Maren bereits im Vorgarten an den Mülltonnen. Sie befand sich im Streit mit einem älteren Herrn, der mit einem Blaumann bekleidet war und durch seine Haltung deutlich signalisierte, dass er rund um die Tonnen das Sagen hatte. Kaum hatte Maren Lars Stephan entdeckt, band sie ihn in die Auseinandersetzung mit ein. Sie deutete auf den Mann und rief: »Dieser blaue Uhu will mir glatt verbieten, das Papier in die Tonne zu werfen!«
»Vorsischd!«, fauchte der Mann mit deutlich hessischem Akzent.

Maren zeigte unbeeindruckt auf einen Stapel alter Zeitschriften, den sie zu ihren Füßen abgestellt hatte. Wie sah Maren überhaupt aus? Ihre Haare waren straff und lieblos zurückgebunden. Spinnweben hingen in den feuchten Strähnen. Auf ihrer Stirn glänzten Schweißperlen. Ihre Hände und Unterarme waren von schwarzen Wolken überzogen. Stephans Blicke glitten mit leichtem Entsetzen über ein weites, fleckiges T-Shirt, ausgebeulte Leggins und verdreckte, alte Turnschuhe. Nun erschien Sybille in der Toreinfahrt. Er erkannte sie nur an dem frischen, rundlichen Gesicht und den Locken, die unter der blauen Schirmmütze hervorquollen. Passend zur Mütze trug sie eine blaue Latzhose, die über ihren Rundungen spannte. Sie erinnerte ihn an Schweinchen-Schlau, jene Disneyfigur aus fernen Kindertagen. Sybilles Erscheinung schien dem Uhu besser zu gefallen, jedenfalls wurde sein Gesichtsausdruck milder. Er deutete auf den überfüllten Karton, den Sybille ächzend vor sich herschob.

»Awwer Sie könne mer doch net an aam Tach sämdlische Tonne vollmache! Es gibt doch ach noch annere Leut hier im Haus. Die Babiertonn werd net jede Woch geleerd!«

Maren schien sich durch Lars Stephans Anwesenheit gestärkt zu fühlen. Sie öffnete den Deckel der grünen Tonne, warf ihren Papierstapel hinein und drückte ihn mit beiden Händen nach unten.

»Halt! So geht des nett!«, brüllte der Uhu. Er stürzte sich auf die Tonne, zog das Papier wieder heraus und warf es Maren vor die Füße. Maren blitzte Stephan an.

»Lars!«, rief sie schrill. In diesem einen Wort steckte eine ganze Litanei von Aufforderungen an ihn, für Klarheit zu sorgen und es dem blauen Uhu zu zeigen. Selbst Schusswaffengebrauch hätte sie jetzt befürwortet.

Lars allerdings erfüllte ihre Erwartungen nicht, sondern fragte: »Was, um alles in der Welt, macht ihr hier eigentlich?«

»Wir räumen Andreas Wohnung auf«, erklärte Maren kühl und wischte sich mit dem Handrücken einen glitzernden Tropfen von der rabenschwarzen Nasenspitze. Lars verzog das Gesicht. Beinahe hätte er in einem leichten Anflug von Eifersucht gefragt: Und wer, bitte, ist dieser Andreas, als es ihm blitzartig einfiel: Andrea Schröder!

»Wieso räumt ihr die Wohnung der Schröder aus?«

Maren funkelte ihn an: »Weil es vielleicht weit und breit niemanden gibt, der ihr hilft!«

Sybille trat näher und versuchte, in versöhnlichem Ton zu erklären: »Sie braucht einen Neuanfang. Das schafft sie nicht allein!«

Lars schüttelte entgeistert den Kopf. »Das ist nicht euer Ernst! Ich gebe euch die Garantie, in spätestens vierzehn Tagen sieht das alles genauso aus wie vorher. Bei solchen Leuten …«

»Oh, jetzt ist aber Schluss!«, kreischte Maren. »Ich hätte niemals geglaubt, dass du so voller Vorurteile steckst!«

Nun wurde auch Lars laut. »Das sind keine Vorurteile! Das ist meine berufliche Erfahrung!«

»Das liegt daran, weil dir in deinem Beruf nur die negativen Beispiele begegnen. Die positiven siehst du nicht mehr! Jeder Mensch hat eine Chance verdient! Und ich helfe hier jetzt, weil ich es verdammt arrogant und selbstherrlich von euch Saubermännern finde, wie ihr euch über menschliche Schicksale hinwegsetzt!« Marens Blicke funkelten zwischen Lars und dem Uhu hin und her. Der tauschte stumme Blicke mit Sybille. Dann schauten alle auf Lars und erwarteten ein Machtwort.

»Jedenfalls reicht das Fassungsvermögen sämtlicher Mülltonnen hier nicht aus, um das Chaos da oben nur halbwegs zu entsorgen.«

Maren bemühte sich um Haltung. »Das liegt aber unter anderem auch daran, dass deine Polizisten die Wohnung völlig auseinandergenommen haben. Sämtliche Schubladen sind herausgezogen, die Schränke durchwühlt. Andrea findet nichts mehr!«

In Lars Stephans Gesicht entstand ein gespielt mitleidiges Lächeln. »Wo ist die Schröder überhaupt?«, fragte er.

»Sie fühlt sich noch nicht kräftig genug. Sie hat eine Bauchspeicheldrüsenentzündung«, erklärte Sybille.

Lars Stephan rollte die Augen. Maren ergänzte: »Deshalb sitzt sie oben bei uns in der Küche und hilft Julia bei einer Collage für Kunst.«

Lars sog hörbar die Luft ein. »Jedenfalls brauchen wir einen Container und noch mehr Leute.« Er griff zum Handy.

Eine Stunde später bot sich ein völlig anderes Bild. Heck hatte über einen Freund aus seinem Handballclub möglich gemacht, dass kurzfristig ein Container für Sperrmüll geliefert wurde. Nachdem der Uhu Hecks Dienstausweis gesehen hatte und ihm angeboten worden war, an einer wichtigen Polizeiaktion teilzunehmen, verwandelte er sich in einen dienstbeflissenen Untergebenen. Brav befolgte er Anweisungen und war mit gewichtiger Miene damit beschäftigt, den Lastwagen mit dem Container in die Einfahrt zu winken. Durch das Treppenhaus bewegte sich eine schwerbeladene Karawane. Gerhard Heck, Ernestine Hoff, Serafettin Gümüstekin, Tobias Hölzinger und Lars Stephan schleppten in Säcken, Kisten und Stapeln Müll nach unten. Frank Günther war ebenfalls mit zwei Mitarbeitern erschienen. Sie trugen ihre üblichen Overalls und reinigten in der Wohnung die Bereiche, die leer geräumt worden waren.

»Mer sollde auf jeden Fall noch emal ganz genau gucke, vielleischd is doch noch was Inderessandes fer uns debei«, raunte Frank Günther den anderen zu, und die nickten verschwörerisch.
Auch Maren und Sybille ließen sich nicht abhalten, weiter mitzuhelfen, obwohl Lars mit Sorge beobachtete, wie blass Marens Haut war und wie dunkel die Ringe unter ihren Augen. Irgendwann war sie plötzlich verschwunden. Lars ging in die Wohnung, um nach ihr zu sehen. Maren schien sich im Bad eingeschlossen zu haben.
»Maren, ist alles okay bei dir?«, rief er vor der Tür.
»Ja«, erwiderte sie gedämpft. Dann hörte er, wie die Dusche aufgedreht wurde. In der Küche fand er Julia. Sie klebte eifrig bunte Papierfetzen auf ein Blatt.
»Wo ist …«, fragte er, und Julia nickte in Richtung der Balkontür. Durch die Gardine sah er die Silhouette der Schröder mit ihrem ausgefransten Dutt und den großen Ringen an den Ohren. Sie stand entspannt über das Geländer gebeugt und beobachtete, was die Karawane unten aus der Haustür trug. In der einen Hand hielt sie eine Zigarette, die sie hin und wieder zum Mund führte. Sie inhalierte genüsslich den Rauch und stieß ihn in kleinen Wolken aus. Das hielt Garfield nicht davon ab, neben ihr in einem Blumenkasten zu sitzen und sich zwischen den Ohren kraulen zu lassen. Stephan ging hinaus auf den Balkon.
Die Schröder wandte sich kurz zu ihm um. »Ah, der Polizistenfreund von Maren, der die Schar der Freunde und Helfer mobilisiert hat. Ein Sondereinsatzkommando der besonderen Art«, stellte sie fest und drehte ihm wieder den Rücken zu.
Stephan bemühte sich, die aufsteigende Wut im Zaum zu halten, und sagte betont galant: »Ja, wir können nicht nur

Durcheinander machen, wir können auch aufräumen.« Er lehnte sich neben ihr an das Geländer.

Sie schaute ihn von der Seite an. »Hoffentlich räumen Sie mir nicht die ganze Wohnung leer.«

Lars schüttelte den Kopf. »Was brauchbar aussieht, lassen wir dort. Möchten Sie nicht mit nach oben kommen und uns sagen, was wegkann und was nicht?«

Sie nahm einen tiefen Zug. »Ich bleibe lieber hier, bis es vorbei ist.«

»Und wenn Sie dann etwas Wichtiges vermissen?«

»Nichts ist noch wichtig. Sachen sowieso nicht. Haben Sie Hatices Mörder gefunden?«

»Nein.«

Sie nahm wieder einen tiefen Zug. »Und das Bündel, also ich meine, das Baby? Haben Sie es gefunden?«

»Nein.«

In ihrem Gesicht entstand ein verächtlicher Zug. Stephan ließ sich davon nicht beeindrucken. »Sie könnten uns unterstützen.«

Ihr verächtlicher Gesichtsausdruck verstärkte sich. Sie streifte die Asche in den Blumenkasten und blickte ins Leere. »Ich habe alles gesagt.«

»Das glaube ich Ihnen. Manchmal sagt man aber etwas nicht, weil man es nicht für bedeutsam hält oder weil man es vergessen hat. Manche Dinge fallen einem erst viel später wieder ein. Bestimmt haben Sie inzwischen viel über alles nachgedacht, und vielleicht ist Ihnen da so manches wieder in den Sinn gekommen, was Sie uns seinerzeit nicht mitgeteilt haben.« Sie zuckte mit den Schultern. Er setzte noch einmal an: »Haben Sie mit Hatice wirklich nie über den Vater des Kindes gesprochen?«

»Sie hat mir seinen Namen nicht nennen wollen.«

»Dennoch hat sie Ihnen einiges über ihn anvertraut, oder?«
»Eher indirekt. Ich spürte, dass sie sehr verliebt in ihn war und sehr enttäuscht darüber, dass er nicht zu dem Kind stand und die Beziehung zu ihr abgebrochen hatte.«
»Welches Bild haben Sie sich in Ihrer Vorstellung von diesem Mann gemacht?«
Die Schröder schaute ihn mit großen Augen an. »Meine Vorstellungen sind doch nicht wichtig!«
»Sie sind Künstlerin. Sie haben Phantasie und Einbildungskraft. Aus vielen kleinen Informationen und Beobachtungen schaffen Sie ein Bild.« Er sah ihr an, dass er ihr damit schmeichelte. Jetzt schien sie ernsthaft nachzudenken.
Sie drückte die Zigarette im Blumenkasten aus und zündete sich sofort eine neue an. »Ich glaube, dass er Deutscher und anderweitig gebunden war, vielleicht verheiratet. Auf jeden Fall muss er einen guten Grund gehabt haben, die Beziehung zu Hatice absolut geheim zu halten. Ich denke, dass er von Hatice fasziniert war, sie aber niemals so liebte wie sie ihn. Ich fürchtete, dass er die Beziehung zu ihr wieder aufgenommen hatte.«
»Ach, wie kamen Sie darauf?«
»Sie hat wieder öfter gekocht. In der Spülmaschine gab es das benutzte Geschirr immer zweifach. Im Bad standen Deo und Duschgel für Männer und eine zusätzliche Zahnbürste.«
Stephan runzelte nachdenklich die Stirn. »Sie hatten doch ausgesagt, dass Sie an dem Samstag nach dem Mord in die Wohnung zurückkehren wollten, um Ihre Jacke zu holen. Sie glaubten, dass jemand in der Wohnung war. Können Sie mir das noch einmal schildern?«
»Ich hatte sehr leise und vorsichtig die Wohnungstür geöffnet. Ich hatte große Angst. Auch war die Vorstellung schrecklich, dass Hatice noch immer dort im Wohnzimmer

lag. Die Wohnzimmertür war angelehnt. Ich sah ihren Fuß. Plötzlich hörte ich aus dem Badezimmer ein Geräusch. Es klang so dumpf, als sei jemandem ein Kunststoffbehälter in die Badewanne gefallen. Ich hatte mich furchtbar erschrocken und stand erst einmal ganz still da. Die Person im Bad schien mich nicht bemerkt zu haben.«

»Was dachten Sie in dem Moment, wer die Person im Bad sein könnte?«

»Ich dachte, dass dies der Mörder ist, der seine Spuren beseitigt. Erst dachte ich, das sei ein Bruder von Hatice. Aber dann dachte ich, dass es auch der Vater des Kindes sein könnte, der seine Sachen aus dem Bad räumt, damit man von seiner Anwesenheit keine Spuren mehr findet.«

»Und? Was fühlten Sie dabei?«

Die Schröder musterte Stephan mit einem seltsamen Blick.

»Sie sind der erste Polizist, der mich nach meinen Gefühlen befragt. Ich denke, es geht euch immer nur um die knallharten Tatsachen.«

Stephan zauberte ein mildes Lächeln in sein Gesicht. Daraufhin entspannte sich auch die Miene der Schröder.

»Was ich dabei gefühlt habe? Ja, also auf jeden Fall hatte ich Angst davor, dass dort der Mörder ist und dass er mich entdecken und angreifen könnte. Jemand anders als der Mörder würde doch nicht so seelenruhig seine Sachen aus dem Bad räumen, während Hatice tot nebenan liegt. Deshalb ist für mich der Vater des Kindes auch der Mörder. Ich glaube auch, dass er das Kind bei mir gestohlen und es umgebracht hat. Ich hoffe, er weiß, dass ich seinen Namen nicht kenne, sonst wäre ich auch in Gefahr. Das Einzige, was mich beruhigt, ist die Tatsache, dass er das ja gleich hätte tun können, und da das nicht geschah, hält er mich wohl nicht für gefährlich für sich.«

»Das hat eine gewisse Logik«, bestätigte Stephan. »Bewahren Sie denn immer noch Ihren Wohnungsschlüssel in der Vase vor der Tür auf?«
Die Schröder nahm ein paar hastige Züge und schüttelte dabei den Kopf. »Ich habe das Schloss ausgetauscht. Der Ersatzschlüssel ist jetzt bei Maren.«
Na prima, dachte Stephan, hoffentlich hat Maren dann nicht im Gegenzug der Schröder ihren Schlüssel ausgehändigt. Zuzutrauen wäre ihr das. Er fragte die Schröder nicht danach, um keine schlechte Stimmung aufkommen zu lassen. Ihre Gesichtszüge wirkten längst nicht mehr so ablehnend wie zu Beginn des Gesprächs.
»Noch eine ganz andere Frage«, begann Stephan. Die Schröder sah ihn aufmerksam an. »Maren vermisst ein bemaltes Seidentuch mit einem Goldmuster. Erst dachte ich, dass Sie es vielleicht mitgenommen hatten, aber wir haben es in Ihrer Wohnung nicht gefunden.«
Sofort verhärteten sich die Mundwinkel der Schröder wieder. »Wollen Sie mich jetzt wegen Diebstahls drankriegen?«
»Unsinn«, wiegelte er mit samtweicher Stimme ab. »Es hat etwas mit einer wichtigen Spur in diesem Mordfall zu tun. Wenn Sie mir sagen könnten, was mit dem Tuch passiert ist, würden Sie sehr wahrscheinlich in hohem Maße dazu beitragen, dass wir Hatices Mörder überführen können.«
Die Schröder nestelte eine weitere Zigarette aus der zusammengedrückten Packung, die sie aus ihrer Hosentasche hervorzog, und zündete sie sich an. Stephan wartete geduldig. Sie schaute den Rauchschwaden hinterher.
»Es war ein einmalig schönes Tuch. Hortensien in verschiedenen Blautönen auf blassgelbem Untergrund. Die Laubblätter in zartem Grün. Die Umrisse waren in Gold gefasst. Ich wusste, dass es Hatice gefallen würde. Daher nahm ich es

für sie mit. Für Maren ist das kein Verlust, sie kann sich noch Hunderte solcher Tücher neu malen. Aber für Hatice war es ein ganz besonderes Geschenk. Sie hat es oft getragen.«
In Gedanken entgegnete Stephan: Was fällt Ihnen ein, sich dermaßen über jemand anderen hinwegzusetzen? Sie entscheiden doch nicht, was Maren will und kann! Doch laut sagte er freundlich: »Sicher hat es sehr gut zu Hatices besonderer Goldkette gepasst.«
Die Schröder nickte bestätigend, ein versonnenes Lächeln auf ihrem Gesicht. »Ja, eine besondere Kette war das wirklich! Fatimas Hand. Das ist eine Art Talisman, der vor dem Bösen schützen soll.«
»Woher wissen Sie das?«, hakte Stephan nach.
»Hatice hat es mir erzählt. Immer wenn ich mir Sorgen um sie machte, griff sie an ihre Kette und sagte: ›Mir wird schon nichts passieren, ich bin geschützt.‹ Ich hatte stets ein ungutes Gefühl dabei. Gerade während der letzten drei Wochen. Da erschien sie so – gehetzt.«
»Wie haben Sie sich das erklärt?«
»Ich sagte Ihnen ja bereits, dass sie mir nichts erzählte. Dennoch, es waren zwei widersprüchliche Stimmungen, die sie zeigte. Einerseits wirkte sie voller Hoffnung und beinahe glücklich. Daher glaubte ich ja auch, dass sie sich wieder mit dem Vater versöhnt hatte. Andererseits wirkte sie voller Panik. Sie rief mich manchmal an und sagte, bitte, du musst sofort kommen und das Baby in Sicherheit bringen.«
»In Sicherheit bringen? So hat sie das gesagt?«
»Ja, genau so. Ich hatte sofort daran gedacht, dass ihre Brüder ihr das Kind wegnehmen wollen oder sie zumindest nicht mit dem Kind erwischen dürfen.«
»Können Sie sich jemand anderen außer den Brüdern vorstellen, der ihr das Kind nehmen wollte?«

Die Schröder saugte nachdenklich an ihrer Zigarette. »Nein. Wer denn?«
Stephan zuckte mit den Schultern. »Hat Hatice mal mit Ihnen darüber gesprochen, warum sie das Kind nicht abtreiben lassen wollte?«
»Ja, darüber haben wir uns sehr lange unterhalten. Sie erzählte mir, wie unglücklich sie war, dass der Vater des Kindes sie verlassen hatte. Statt sich über das Kind zu freuen, habe er ihr Geld für die Abtreibung gegeben. Das hat sie total entsetzt. Zu diesem Zeitpunkt sind wir uns wieder begegnet. Sie war Ende des dritten Monats und wusste nicht ein und aus. Sie hatte keine Krankenversicherung, ging nie zum Arzt, wenn ihr etwas fehlte. Ich war schon drauf und dran, ihr anzubieten, dass ich so tue, als sei ich schwanger, und ihr die nötigen Beratungspapiere besorge. Aber der große Altersunterschied zwischen uns wäre bestimmt aufgefallen. Ein paar Tage später sagte sie zu mir: ›Alles in Ordnung. Du brauchst dir keine Sorgen zu machen.‹ Ich fragte, hast du illegal jemanden für die Abtreibung gefunden? ›Nein‹, sagte sie, ›ich behalte das Kind.‹ Das hatte mich total aufgeregt. Ich fragte sie, wie sie das machen wolle? Du musst zum Arzt. Und die Geburt. Wie soll das gehen? ›Alles geregelt‹, sagte sie, und ich soll nicht mehr nachfragen. So blieb es. Wir sahen uns hin und wieder. Es ging ihr gut. Mitte September rief sie mich an. Sie fragte mich, ob ich mir vorstellen könnte, das Kind hin und wieder zu beaufsichtigen. Sie brauchte jetzt jemanden, bei dem sie es unauffällig unterbringen könnte. Ich sagte ihr zu. Am zwanzigsten September wurde die Kleine geboren. Dazu war Hatice irgendwo in einer Klinik.«
Stephan unterbrach sie: »Hat sie Ihnen gesagt, in welcher Klinik sie war?«

»Nein. Auf jeden Fall nicht in Offenbach. Sie sagte, die Klinik sei außerhalb. Man habe ihr dort ermöglicht, das Kind illegal zu bekommen. Sie sei bestens versorgt worden. Mehr wollte sie mir nicht verraten. Drei Tage nach der Geburt rief Hatice mich an. Sie zeigte mir das Baby und gab es mir mit. Von da an habe ich es jeden Tag für mehrere Stunden bei ihr abgeholt.«

»Und Sie haben nicht gefragt, warum sie das so wollte?«

»Doch! Sie meinte, sie wolle nicht, dass die Nachbarn im Haus wegen des Babys Ärger machen.«

»Und das haben Sie ihr geglaubt?«

Die Schröder zog die nächste Zigarette hervor und zündete sie an der vorherigen an. Der Stummel verschwand wieder im Blumenkasten und ergänzte die dort begonnene Reihe.

»Nein, ich habe ihr das nicht geglaubt. Sie hatte ein Geheimnis, das sie mir nicht verraten wollte. Und es hatte etwas damit zu tun, dass sie vorhatte, nicht mehr lange in der Domstraße zu bleiben.«

»Ach! Und wo wollte sie hin?«

»Weg, weit weg. Vermutlich ins Ausland. Vielleicht gemeinsam mit dem Vater des Kindes. Neu anfangen, fernab der Verfolgung durch ihre Familie. Vielleicht mit einer neuen Identität.«

»Das hat sie Ihnen gesagt?«

»Nein, hat sie eben nicht. Aber ich dachte es mir. Sie besaß nicht viele Sachen, aber davon hat sie vieles auf verschiedenen Flohmärkten verkauft. Kleider, Taschen, Schuhe. Von Woche zu Woche war weniger von ihr in der Wohnung.«

»Und damit haben Sie sich zufriedengegeben?«

Die Schröder sah ihm beinahe amüsiert ins Gesicht. »Ja. Im Gegensatz zu Ihnen kann ich damit leben, von meinem Mitmenschen nicht immer alles zu wissen.«

Bevor Stephan eine passende Antwort einfiel, wurde die Balkontür geöffnet. Maren kam im Bademantel und mit feuchten Haaren zu ihnen. »Na, genießt ihr das schöne Schmuddelwetter in unserem Freiluftzimmer?«
»Nein, wir sind nur gerade eine rauchen«, erklärte Stephan. Maren wedelte mit der Hand vor ihrem Gesicht und rümpfte die Nase. Die Schröder hielt ihr das zerknüllte Päckchen hin. »Willst du auch eine, Maren?«
Maren schüttelte angewidert den Kopf und wirkte beinahe grünlich im Gesicht. Zu Lars gewandt, sagte sie in leicht entsetztem Ton: »Seit wann rauchst du wieder?«
»Ich bin der Passivraucher hier«, erklärte er.
Maren lächelte erleichtert.
»Liebe Maren, ich weiß gar nicht, wie ich dir für deine große Hilfe danken soll«, begann die Schröder theatralisch.
»Das glaube ich auf Anhieb«, kommentierte Lars Stephan trocken.

*

Später stand Lars am Wohnzimmerfenster und schaute zu, wie Heck und der Uhu-Mann im schummerigen Gelblicht der Straßenbeleuchtung den Lastwagenfahrer rückwärts in die Einfahrt einwiesen, damit er den randvoll befüllten Container wieder aufladen konnte.
»Sind sie jetzt fertig?«, hörte er Marens matte Stimme im Hintergrund. Sie lag auf der Couch. Er hatte ihr eine Kanne Tee gekocht.
»Gleich«, sagte er. »Heck wird dann wahrscheinlich noch einmal raufkommen?«
»Ist in Ordnung«, sagte sie. »Und dic anderen?«
»Sind gerade gegangen.«

»Und Andrea?«
»Ist rauf, um sich darüber zu wundern, wie groß ihre Wohnung eigentlich ist.«
»Hat sie das zu dir gesagt?«
»Nein, zu mir hat sie gesagt, ich soll dir ausrichten, dass sie gleich morgen zu den Anonymen Alkoholikern gehen will.«
»Oh, das freut mich«, hauchte Maren.
»Na ja, wie man's nimmt«, kommentierte Lars.
»Was soll das heißen?«
»Es soll heißen: Am Anfang versprechen sie dir das Blaue vom Himmel, aber dann werden sie wieder rückfällig. So jedenfalls ist meine Erfahrung mit der Firma Junkies und Co.«
Maren setzte sich abrupt auf und griff sich dann mit schmerzverzerrtem Gesicht an die Stirn. »Jetzt bist du schon wieder so negativ! Kannst du nicht ein Mal daran denken, dass Andrea das auch schaffen könnte? Vielleicht braucht sie auch einfach einen anderen Menschen, der mit ihr an den Erfolg glaubt?«
Lars hatte sich neben Maren auf die Kante der Couch gesetzt und drückte sie sanft in die Kissen. Er nahm ihre Hand und küsste sie auf die Stirn. Sie wischte mit dem Handrücken darüber. »Du verstehst mich nicht. Du glaubst, ich bin eine schrullige Jungfer mit Helfersyndrom.«
Er strich ihr das Haar zurück und grinste. »Na ja, Jungfer passt auf jeden Fall nicht.«
Sie schlug scherzhaft seine Hand zurück und lächelte. »Denkst du, ich hätte ein Helfersyndrom?«
»Eigentlich finde ich es großartig, dass du so unvoreingenommen zupackst und hilfst. Aber ich habe auch gesehen, wie sehr du dich überanstrengt hast dabei, während die Schröder seelenruhig hier oben stand und rauchte. Das hat mich geärgert.«

»Sie konnte nicht helfen, sie hat eine Bauch…«
»…speicheldrüsenentzündung. Ich weiß«, ergänzte er gedehnt.
Maren seufzte. »Danke jedenfalls, dass du deine Leute geholt hast, und sag ihnen noch einmal vielen, vielen Dank, dass sie das für Andrea getan haben.«
»Sie haben es nicht für die Schröder getan. Sie haben es für mich getan. Und ich habe es auch nicht für die Schröder getan, sondern für dich«, sagte er trotzig. »Willst du noch Tee?«
Sie nickte. Er goss nach. Plötzlich lachte sie auf.
»Soll ich dir erzählen, wie damals die leere Dose mit dem Katzenfutter in das Bücherregal gekommen ist?«
Er lachte ebenfalls. »Schieß los!«
»Andrea war hier in der Wohnung und fütterte gerade den Kater. Da hörte sie den Schlüssel in der Tür. Ich war damals noch einmal zurückgekommen, weil mir unterwegs einfiel, dass ich Sybille versprochen hatte, den Whiskey für ihre Party mitzubringen. Andrea flüchtete schnell in Julias Zimmer. Dort wollte sie sich unter dem Bett verstecken. Die leere Futterdose hatte sie noch in den Händen und fürchtete, der Geruch könnte Garfield anlocken, der dann ihr Versteck verraten würde. Daher schob sie die Dose schnell hinter ein Buch in Julias Regal und vergaß später, das wieder in Ordnung zu bringen. Sie lag öfter unter Julias Bett, wenn wir in der Wohnung waren. Verrückt, nicht wahr?«
»Hausfriedensbruch«, antwortete er.
Maren kicherte. »Ich hätte auch noch eine kleine Aufklärung beizutragen«, fuhr er fort, und Maren sah ihn erwartungsvoll an. »Kannst du dich noch an das Halstuch erinnern, das dir weggekommen ist?«
»Du meinst das blau-goldene mit den Hortensien?«
»Genau das.«

»Die Schröder hat es dir geklaut.«
»Das dachte ich mir schon. Es war ein schönes Tuch. Es hat Jeanskleidung edel aufgewertet. Schade, es ist vermutlich weggekommen, als die Polizei ihre Wohnung durchsuchte. War das eigentlich nötig? Das Kind war doch da nicht zu finden.«
»Hat sie dir nicht erzählt, warum die Polizei ihre Wohnung durchsuchte.«
»Nein.«
»Dann werde ich es dir jetzt sagen, denn irgendwann wird sie das sowieso tun. Dennoch bitte ich dich, das für dich zu behalten.« Maren nickte. Er berichtete ihr, was mit Hatice Ciftci geschehen war.
»Das ist ja furchtbar«, flüsterte Maren. »Die arme Andrea. Was sie mitgemacht haben muss! Und diese junge Frau! Schrecklich! Wie ist das, so zu sterben? Ist das eine lange Qual?«
Lars ärgerte sich über seine Idee, Maren einzuweihen. Aber war es nicht besser, sie erfuhr es von ihm als von der Schröder? Besorgt sah er, dass ihr Gesicht schon wieder sehr blass war. »Nein, das dauert nicht lange. Geht ganz schnell, vermutlich hat sie das gar nicht richtig mitbekommen.«
Maren runzelte misstrauisch die Stirn und starrte vor sich hin. Schließlich fragte sie leise: »Konntet ihr den Mörder schon finden?«
Er zögerte einen Moment mit der Antwort, da er sich die Worte zurechtlegen musste. »Wir haben eine heiße Spur, aber leider kaum Beweise. Es geht darum, die Person zu überführen. Freiwillig gibt das keiner gern zu.«
Maren nickte. »Verstehe. Wie kommen eigentlich die Frauen deiner Kollegen mit den schrecklichen Geschichten zurecht, die ihre Männer ihnen täglich mit nach Hause bringen?«

»Meistens erfahren sie die gar nicht. Eigentlich hätte ich dir das auch nicht erzählen dürfen.«
»Ich will aber, dass du mit mir darüber sprichst. Ehrenwort! Ich behalte alles für mich. Du kannst das doch nicht allein mit dir herumtragen!«
»Das machen die meisten. Es gehört mit dazu.«
»Und dann sitzt die Frau abends ihrem Eisberg von Mann gegenüber und weiß nicht, was in ihm vorgeht.«
»Viele halten das auf Dauer nicht aus. Ich vermute mal, Polizisten haben eine hohe Scheidungsquote.«
»Du machst jetzt gerade nicht besonders Werbung für einen wie dich als Partner.«
Er sah sie eindringlich an. »Ich will nicht, dass du dir Illusionen machst. Mit einem Polizisten zusammen zu sein, ist einfach schwierig. Dann die Dienstzeiten. Die Ressentiments im Bekanntenkreis. Taucht man auf einer Party auf, denken alle darüber nach, ob ihr Auto im Halteverbot steht und ob man das Gras riecht, das sie gerade rauchen.«
Maren zwickte ihn in die Seite. Er wich aus. »Na ja, Letzteres haben wir ja schon geklärt. Wenn ich mit dir irgendwohin gehe, sage ich einfach, dass ich bei der Post bin.«
Maren lächelte. »Mach dich nicht so schlecht! Du bist ein wunderbarer Freund und ein zärtlicher Liebhaber!« Sie legte die Arme um seinen Hals und zog ihn zu sich heran. Er leistete sanften Widerstand.
»Außerdem sind Polizisten schreckliche Besserwisser!«
Maren lachte. »Das passt ja bestens, Lehrer nämlich auch!« Sie beugte sich vor und küsste ihn. Nach einiger Zeit löste er sich aus ihrer Umarmung. Sie musterte besorgt sein nachdenkliches Gesicht.
»Dieses Seidentuch«, begann er. »Wäre es viel Arbeit, das noch einmal neu zu machen?«

Maren atmete erleichtert auf. Endlich hatte er das Thema gewechselt. »Drei Stunden etwa«, schätzte sie.
»Es wäre wichtig, dass es eine originalgetreue Nachbildung wird. Ginge das?«
»Kein Problem, ich habe die alte Vorlage noch. Willst du mich unbedingt damit sehen?«
»Wenn du auf die zusätzliche Jeanskleidung dabei verzichtest, gerne.«
Sie lachte und versetzte ihm einen leichten Tritt. Er umfasste ihr Bein mit zartem Griff und schob es zurück. »Wichtig wäre allerdings, dass du es vorher erst einmal mir ausleihst.«
Sie sah ihn an, als habe er sich gerade in einen Frosch verwandelt. »Gibt es eine dunkle Seite an dir, die du mir noch nicht offenbart hast?«
»Einige. Diese hier ist eher harmlos: Ich brauche das Tuch, weil es mir bei der Aufklärung des Falles helfen könnte.«
»Ihr sucht den Halstuchmörder, aber das Tuch ist euch abhandengekommen?«
»So ungefähr«, antwortete er. Seine Hand schob sich unter ihrem Bademantel das Bein hinauf. Sie sank tiefer in das Kissen. Mit halb geschlossenen Lidern murmelte sie: »Gut, wenn es der Wahrheitsfindung dient, werde ich es morgen Nachmittag herstellen. Übermorgen kannst du es dann haben.«

Mittwoch, der 7. November

Am Morgen saß Tobias Hölzinger an Hecks Schreibtisch und rührte lautstark in seinem Kaffeebecher. Stephan saß ihm gegenüber. Heck hatte sich für heute und morgen krankgemeldet. Hexenschuss.

»Das kommt von der Gewaltaktion gestern. Seine alten Knochen halten das nicht mehr aus«, erklärte Hölzinger mit dem Selbstbewusstsein der Jugend, legte den nassen Löffel auf die Schreibunterlage und trank zügig an seinem Kaffee.

»Sei vorsichtig, Grünholz«, neckte Lars ihn, »du kommst auch noch in das Alter, und dann kannst du froh sein, wenn du noch so fit bist wie er! Und im Übrigen wollte ich noch sagen: Dass ihr gestern so spontan eingelaufen seid und mit angepackt habt, war wirklich stark von euch. Ihr seid echte Teamplayer. Maren und ich werden euch demnächst einmal zum Essen einladen.«

Hölzinger nahm einen tiefen Schluck aus seinem Kaffeebecher. »Danke! Aber ehrlich gesagt, war es vor allem der Alte, der uns gestern Beine gemacht hat. Er hat uns damit gelockt, dass er meinte, es sei eine gute Methode, vielleicht noch etwas zu finden, was wir übersehen haben. Aber dem war ja wohl leider nicht so.«

»Doch«, widersprach Stephan und berichtete, was er von Andrea Schröder erfahren hatte. Anschließend fragte er: »Ihr habt doch gestern noch einmal diesen Florian Sauer aufgesucht. Heck hatte nicht viel Zeit, mir davon zu berichten. Was war dein Eindruck?«

Hölzinger ließ den Kaffee in seinem Becher kreisen und schaute der Bewegung zu. »Heck hatte ihn anfangs noch einmal zu seinem Verhältnis mit der Stummer befragt. Er meinte, sie hätten sich gut verstanden und vorgehabt, später zu heiraten. Aber irgendwie haben sein Gesicht und seine Körperhaltung dabei eine andere Sprache gesprochen. Dann haben wir ihn noch einmal nach seiner Beziehung zu Hatice Ciftci befragt. Erst blieb er dabei, von der Schwangerschaft nichts gewusst zu haben, als er sich von ihr trennte. Heck sagte, er könne sich nicht vorstellen, dass Hatice ihm das verheimlicht habe, er könne sich auch nicht vorstellen, dass er der hochschwangeren Frau nie im Treppenhaus begegnet sei, und so weiter. Doch dieser Sauer wollte uns wirklich weismachen, er habe nichts gewusst. Dann hat Heck ihn mit dem konfrontiert, was die Stummer ausgesagt hatte, nämlich dass der liebe Florian von dem Kind wusste und sich um die hilflose Nachbarin gekümmert hätte. Da rückte er dann heraus mit der Sprache, sagte aber auch nur so viel, um das zu erklären. Hatice hätte ihm von der Schwangerschaft berichtet, aber nicht gesagt, dass er der Vater sei. Ha, ha – wer's glaubt! Heck fragte ihn, ob er die Geburt in der Geburtsklinik seines Vaters für sie arrangiert habe. Nein, er wisse nicht, wo sie das Kind entbunden hat. Heck hat später dann bei den Taxiunternehmen nachgefragt, ob Mitte, Ende September eine Fahrt von der Domstraße ins Storchennest stattgefunden hat. Bis jetzt Fehlanzeige. Dann haben wir Florian Sauer noch gefragt, ob er Andrea Schröder kenne. Er verneinte. Aus dem ist einfach nichts herauszubekommen.«

Lars Stephan starrte nachdenklich vor sich hin. »Ihr hattet also den Eindruck, dass Florian Sauer euch angelogen hat?«

Hölzinger wiegte den Kopf. »Teilweise ja, teilweise nein. Das ist schwer zu sagen. Der Junge ist nicht leicht zu durchschauen. Auf mich wirkte er so – abgestumpft. Ein merkwürdiger Typ ist das. Der hat kaum Körpersprache. Man spürt bei allem, was er sagt, so eine fürchterliche Gleichgültigkeit, als sei er längst fertig mit der Welt. Sehr oft beginnt er Sätze mit: Soundso möchte …, Soundso hat gesagt …, es war der Wunsch von Soundso, dass … Ich weiß nicht, ob mir im gesamten letzten Jahr eingefallen ist, auch nur einen Satz ein Mal so zu beginnen. Aber der bringt in zwanzig Minuten zehn Wendungen dieser Art zustande. Am liebsten möchte man ihn schütteln und anbrüllen: Mensch, Junge, was willst du denn selbst? Weißt du das überhaupt? Ich glaube, der weiß das nicht. Der jongliert sich so durchs Leben und schwimmt wie ein Korken auf den Wellen, die seine Mitmenschen für ihn erzeugt haben. Vermutlich will der noch nicht einmal Medizin studieren und tut es nur, weil seine Eltern das wünschen. Und ich glaube auch, dass seine Eltern die Verlobung mit der Stummer gern gesehen haben. Also hat er sich gefügt.«
Stephan gefiel es, dass Hölzinger sich so intensiv Gedanken machte.
»Dann lass uns doch mal ein bisschen weiterüberlegen. Was passiert, wenn so ein perfektes, verwöhntes Söhnchen aus gutem Hause plötzlich einem Mädchen wie Hatice Ciftci begegnet?«
In Hölzingers Gesicht stieg eine kaum merkliche Röte. »Nun, er ist sicher zuerst einmal fasziniert von ihrer sanften Schönheit und davon, dass sie so ganz anders ist, als er es aus seinem Umfeld kennt.«
Stephan fuhr fort: »Er begegnet dem Mädchen, sagen wir mal, zufällig in dem Haus in der Domstraße. Vielleicht hat

sie ihn um nachbarschaftliche Hilfe gebeten. Da steht sie lächelnd vor ihm: Hätten Sie zufällig noch zwei Eier? Einen Schraubenzieher? Eine Tasse Mehl? Was weiß ich.«
Hölzinger nickte. »In diesem Haus war er endlich einmal ohne den direkten Einfluss seiner Eltern. Das Mädchen suchte seine Hilfe, seinen Schutz. Für sie war er der große Macher. Ihr gefiel die Vorstellung, dass er einmal den angesehenen Arztberuf ausüben würde. Ihr gefiel seine Hilfsbereitschaft. Sie beginnt, von einer Zukunft mit ihm zu träumen.«
Stephan ergänzte: »Sie überflutet ihn mit ihrer Liebe, Zärtlichkeit, Bewunderung und Hingabe. Es ist eine ganz andere Art des Verwöhnens als in seinem Elternhaus. Da ging es um materielle Dinge, um Leistung, um Erfolg. Wie kommt dann aber plötzlich wieder die Stummer ins Spiel? Was ist der Grund, dass er sich von Hatice abwendet?«
Hölzinger schob nachdenklich die Unterlippe vor. »Vielleicht ist es die Schwangerschaft. Plötzlich merkt er, dass diese Frau ihn nun im Griff hat. Sie erwartet von ihm Verantwortung, Präsenz und Zukunftsplanung – wie seine Eltern. Er will aber endlich frei sein. Da trennt er sich von ihr, denn jetzt ist es doch bequemer, sich mit der Stummer einzulassen. Er geht dadurch dem möglichen Ärger mit seinen Eltern aus dem Weg und denkt, er kann in der lauen Beziehung zur Stummer mehr Abstand und Freiraum für sich erreichen.«
Stephan verzog die Mundwinkel. »Und was treibt ihn dann wieder von der Stummer weg?«
Hölzinger antwortete: »Ganz einfach: Er merkt eben doch, dass ihm die Ciftci emotional viel mehr bedeutet und die Stummer ihn zunehmend nervt.«
In Stephans Ohr hallte die Erinnerung an eine Stimme wider.

»Wie hat die Stummer von dem Aufenthaltsort des Kindes erfahren und von wem?«
Hölzinger stand auf und goss Kaffee nach.
»Sie hat sich mit Florian Sauer gestritten, nachdem sie von dir auf die Idee gebracht worden ist, dass er ein Verhältnis mit der Ciftci gehabt haben könnte und dass das Kind von ihm ist. Vielleicht gibt er es im Verlauf des Streits mit ihr sogar zu. Er macht reinen Tisch, sagt ihr die Wahrheit, um sie loszuwerden. Konsequenterweise fragt sie ihn, wo das Kind ist. Sie verdächtigt ihn, dass er es ermordet hat, und er sagt ihr, dass es lebt und wo es ist, damit sie endlich Ruhe gibt.«
»Zu dem Zeitpunkt war das Kind aber längst nicht mehr bei der Schröder. Wenn er es von dort weggeholt hat, wo ist es jetzt? Hat er es doch noch umgebracht?«, fragte Stephan.
Hölzinger zuckte mit den Schultern. »Irgendwie macht das alles keinen Sinn. Warum hat er es überhaupt an sich genommen? Angeblich wollte er es nicht, da hätte er doch zufrieden damit sein können, dass es weg ist.«
Stephan nickte. Hölzinger hatte recht. Das war eine Ungereimtheit, der man nachgehen musste. Mit Hölzinger gemeinsam zu überlegen, brachte sie voran. Er sah den Kollegen an.
»Warum hat Svenja Stummer diese SMS an mich geschrieben?« Hölzinger antwortete sofort: »Sie fühlte sich betrogen und wollte dem Sauer eins auswischen. Also hat sie dir die SMS geschickt. In der Praxis hat er das Handy aus deiner Jacke gezogen, die SMS gelesen und ist zur Stummer und …«
Hölzinger fuhr sich mit der Handkante über die Kehle.
Stephan schüttelte nachdenklich den Kopf. »Dass er die Stummer umbringt, macht nur Sinn, wenn er das Kind umgebracht hat und befürchtet, von ihr verraten zu werden.

Aber hätte sie dann eine SMS mit diesem Text geschrieben? In dem Fall hätte sie doch schreiben müssen, dass sie weiß, wer das Kind umgebracht hat. Ihre SMS klingt aber so, als wisse sie, wo das lebende Kind untergebracht ist.«

»Und wenn die Stummer wusste, dass er auch die Ciftci umgebracht hat? Sie weiß, dass er es war, und hält zu ihm. Als sie erfährt, dass er der Vater des Kindes ist, will sie nichts mehr mit ihm zu tun haben und droht damit, ihn anzuzeigen.«

»Dann wäre er ihr gleich während des Streits an die Gurgel gegangen. Er hat weder die Ciftci noch die Stummer umgebracht. Ernestine hat Sauers Alibi noch einmal überprüft. Nicht nur dieser Mohamed Irgendwas, sondern auch andere haben ihn im Kino gesehen.« Hölzinger gab noch nicht auf. »Vielleicht gibt es doch eine Lücke?«

Stephan machte eine abwehrende Handbewegung.

Hölzinger verzog das Gesicht. Es fiel ihm schwer, sich von seiner schönen Theorie zu verabschieden. Stephan schnippte mit den Fingern.

»Denk doch einmal anders! Das Kind ist nicht verschwunden, weil jemand es loswerden wollte, sondern weil jemand es unbedingt haben wollte. Um jeden Preis!«

»Und das bedeutet?«, fragte Hölzinger.

Stephan atmete hörbar ein. »Es bedeutet, dass es eine Person gibt, die diese starke Motivation hat. Und ich habe einen Plan, wie wir den Fuchs aus dem Bau locken.«

»Aha, und womit?«

»Das ist eine gute Frage. Du müsstest Sümeyye um einen großen Gefallen bitten.«

Freitag, der 9. November

Heck ging es wieder ein wenig besser. Er hatte darauf bestanden, mit dabei zu sein. Gemeinsam mit Ernestine Hoff saß er im Auto und wartete unweit des Hauses in der Tulpenhofstraße. Hölzinger hatte sich unter Verwendung von Stephans Stock-Trick bereits Zugang zum Grundstück verschafft und sich in den hinteren Garten zurückgezogen, wo er gut versteckt wartete. Sie hatten sich für einen Überraschungsbesuch am frühen Morgen entschieden, denn ihre Recherchen hatten ergeben, dass Herr Dr. Kling für zwei Tage bei einem Kongress weilte und seine Frau allein zu Hause sein würde.
Stephan stand im ersten Dämmerlicht vor dem schmiedeeisernen Tor und hatte die Türglocke bereits vor einigen Minuten betätigt. Er wiederholte den Vorgang. Mit gleichgültiger Miene sah er die Straße entlang. Dadurch, dass ständig welke Blätter auf die parkenden Autos fielen, waren Heck und Hoff hinter der Frontscheibe kaum zu erkennen, stellte er zufrieden fest. Im ersten Stock öffnete sich plötzlich ein Fenster. Die Kling, mit feuchten Haaren und einem Handtuch über den Schultern, beugte sich heraus. Sie sagte nichts, sondern schaute nur erstaunt zu ihm hinunter. Er lächelte sie freundlich an.
»Guten Morgen, ich hätte da noch eine Frage an Sie. Und da dachte ich, ich komme auf dem Weg zum Präsidium einfach mal auf einen Sprung vorbei.«

»Geht das nicht irgendwann anders? Ich bin noch nicht angezogen.«
»Ich warte gern.«
Das Fenster schloss sich wieder. Er wartete. Zehn Minuten später stand sie, mit einem hellblauen Trainingsanzug und weißen Turnschuhen bekleidet, in der geöffneten Haustür und spähte zum Tor. Stephan trat von der Seite heran und winkte ihr zu.
»Sie haben ja tatsächlich gewartet«, stellte sie fest und betätigte den Türöffner. »Eigentlich wollte ich jetzt laufen gehen.«
»Es dauert nicht lange«, sagte er und folgte ihr ins Haus. Dort saß er mit ihr an einem runden Tisch im Erker zur Straße hinaus und nippte an dem grünen Tee, den sie ihm angeboten hatte. Mit den enganliegenden, feuchten Haaren und dem ungeschminkten Gesicht sah sie verletzlich aus.
Sie spürte seinen Blick und fragte ungehalten: »Also, fangen Sie an, was gibt es so Wichtiges in aller Hergottsfrüh?«
Er musterte sie aufmerksam und rief insgeheim ab, was er auf der letzten Fortbildung zum Thema »Körpersprache« gelernt hatte. Mit ihrer Stimme und dem regungslosen Gesicht gab sie sich den Anschein der Überlegenheit. Stephan jedoch achtete auf andere Zeichen. Sie saß ganz vorn auf der Stuhlkante, die Beine in Schrittstellung, eine Fußspitze zeigte in Richtung Tür. Alarm- und Fluchtbereitschaft, interpretierte er. Er wollte jedoch, dass sie sich überlegen fühlte. Nur aus dieser Position heraus würde sie zu Selbstüberschätzung neigen und sich zu unbedachten Äußerungen hinreißen lassen. Also entschloss er sich, die Schildkrötenhaltung einzunehmen. Er senkte die Schultern und zog den Kopf ein. Zufrieden registrierte er, dass sie die Wirbelsäule streckte und die Beine parallel nebeneinanderstellte.

Scheinbar nervös drehte er seine Teetasse. Er streifte die Kling mit einem scheuen Lächeln und hüstelte erst ein wenig, bevor er sagte: »Es ist sozusagen in eigener Sache. Sie könnten mir helfen.«

»Ich wüsste nicht, wie«, sagte sie kühl und nahm einen tiefen Schluck von ihrem Tee. Das Zeug schmeckt nach Fisch, dachte er und betrachtete die schlammgrüne Flüssigkeit in seiner Tasse.

»Ich bin noch nicht lange in Offenbach. Und in einer neuen Arbeitsstelle, da möchte man möglichst schnell einen guten Eindruck hinterlassen. Allerdings ist mir gleich zu Beginn ein sehr unangenehmer Fehler passiert. Also, ich meine, in dem aktuellen Mordfall, Sie wissen schon.« Er schaute sie hilfesuchend an. Ihr Gesicht blieb regungslos. Er fuhr mit leiser Stimme fort: »Tja, also, ich hatte mich zu dicht an das Opfer begeben und den Tatort mit allerlei Spuren, die ich sozusagen selbst mitbrachte, kontaminiert.«

Hinter der Fassade des zerknirschten Verlierers versuchte er, die Reaktionen der Kling zu studieren. Sie saß kerzengerade auf dem Stuhl. Die Schulter zu seiner Seite hin war angehoben, die andere gesenkt. Ihre Hände ruhten zu beiden Seiten der Teetasse. Beim Wort »Tatort« hatten ihre Finger ein wenig gezuckt. Ihre Mimik hingegen hatte sie unter Kontrolle.

»Ich verstehe immer noch nicht, was Sie wollen. Jetzt kommen Sie doch endlich zur Sache!«

Er zauberte wieder ein scheues Lächeln auf sein Gesicht und erwiderte: »Mein Chef ist über diese Angelegenheit nun wirklich nicht begeistert und hat mir aufgetragen, alle isolierten Spuren zuzuordnen, damit sie klar von den Tatortspuren getrennt werden können. Sie, als studierte Medizinerin, wissen ja, welch geringe Mengen an Fasern und

genetischem Material heutzutage ausreichen, um Täter zu überführen.«
Er wartete. Sie starrte in ihre Teetasse, trank jedoch nicht. Sie strich sich eine Haarsträhne hinter das Ohr. Übersprungshandlung in den Körperpflegebereich, registrierte er zufrieden. Das bedeutet: Sie befindet sich im Konflikt. Er wartete noch einen Moment, ob sie etwas sagen würde, doch sie blieb stumm. Aha, der Widerstreit der Gefühle schränkt bereits ihr Handeln ein. Gleichzeitig wird ihr Gehirn alle Möglichkeiten durchspielen, um herauszufinden, wozu meine Informationen führen und wie sie darauf reagieren kann, ohne sich zu belasten.
Stephan fuhr fort: »So ist es mir zum Beispiel gelungen, nachzuweisen, dass die Katzenhaare an meiner Jacke von der Katze meiner Freundin stammen.«
Er sah, wie ihre Schultern herabsanken und die Hände von der Tasse auf den Tisch glitten: Leichte Entspannung! Klar, mit Katzenhaaren hast du nichts zu tun, dachte er. Beinahe vergnügt fügte er hinzu: »Spur für Spur konnte ich die Zusammenhänge rekonstruieren – bis auf eine.«
Sie sah auf. Die Schultern hoben sich. Sie faltete die Hände vor sich auf dem Tisch und zog die Füße unter den Stuhl. Tja, jetzt bittest du, dass ich nichts Schlimmes sage, aber dennoch ahnst du es. Er kostete diesen Moment aus, bevor er weiterredete: »Haare eines Angorakaninchens!«
Ihr Kopf senkte sich. Sie starrte auf die gefalteten Hände.
Das Bild einer Büßerin, dachte er und sprach gnadenlos weiter: »Ich habe mir den Kopf zerbrochen und überlegt, wie die an das Innenfutter meiner Lederjacke gekommen sein können. Doch dann ist es mir plötzlich wieder eingefallen!«
Erneut sah sie ihn an. Sie öffnete die Lippen und fuhr hastig mit der Zungenspitze darüber. Dann senkte sie den Blick

und schaute gebannt in ihre Teetasse, als gäbe es dort ein geheimes Display, von dem sie hilfreiche Informationen ablesen könnte.
Er räusperte sich. »Damals, als ich Sie hier besuchte, da haben Sie so einen langen, weichen, apricotfarbenen Wollpullover getragen, vermutlich aus Angora-Wolle?«
Ihre Blicke verharrten starr auf der Teetasse. Sie zuckte mit den Schultern. Ein etwas verkrampftes Lächeln vibrierte um ihre Lippen.
»Möglich. Ich habe sehr viele Pullover und weiß im Gegensatz zu Ihnen nicht mehr, was ich damals anhatte.«
»Klar, verstehe. Meine Hoffnung war gewesen, dass Sie mir vielleicht von diesem Kleidungsstück ein paar Fasern zur Verfügung stellen könnten?«
Winzige Schweißtröpfchen glänzten auf ihrer Stirn. Sie fuhr auf: »Wieso das denn?«
»Keine Angst, es würde nichts kaputtgehen.« Er missdeutete absichtlich ihren Aufruhr. »Ich brauchte nur ein paar Härchen davon.« Er nestelte in seiner Tasche, zog einen kleinen Plastikbeutel hervor und legte ihn vor sie auf den Tisch. Ihre Augen weiteten sich. Sie betrachtete das harmlose Tütchen, als sei es eine Monsterqualle, was er mit geheimer Freude registrierte.
Er gab sich ein wenig verzweifelt: »Wenn ich diese Faserprobe nicht habe, kann ich nicht beweisen, dass ich diese Fasern selbst mitgebracht habe, weil sie von Ihrem Pullover stammen.«
»Das kann man doch gar nicht so genau feststellen«, wandte sie ein. Ihre Stimme klang kehlig.
»Doch, das kann man«, erwiderte er überzeugt. »Diese Tierhaare haben eine so einmalige Struktur, dass man die Herkunft ohne jeden Zweifel nachweisen kann.«

Frank Günther hätte Lars Stephan dazu nur Wahrscheinlichkeitsprozente mitgeteilt, doch das brauchte die Kling nicht zu wissen. Hatte er sich eben noch des Tons der wissenschaftlichen Autorität bedient, so schwenkte er jetzt wieder auf den unterwürfigen Bittsteller und sah sie scheu an: »Könnten Sie nicht so nett sein und nach diesem Pullover schauen?«
Sie führte ihre Teetasse zum Mund und trank sie in einem Zug aus. Dann sah sie auf ihre kleine, goldene Uhr am Handgelenk. »Dazu habe ich jetzt wirklich keine Zeit. Ich kann demnächst mal danach suchen und melde mich dann.« Sie erhob sich.
Volltreffer, dachte er. Sie schaltet um auf totale Abwehr und Flucht. Er jedoch tat so, als habe er die Zeichen nicht verstanden, blieb sitzen und starrte völlig zerknirscht vor sich hin. »Das ist das dienstliche Ende für mich«, flüsterte er.
»Das halte ich für übertrieben«, sagte sie. »Man wird einem Polizisten doch glauben, wenn er erklärt, dass er diese Fasern von außerhalb mitgebracht hat, wo ist das Problem?«
Er verzog weinerlich die Mundwinkel. »Das Problem ist, dass solche Angorafasern auch an der Kleidung des Opfers gefunden wurden.«
Sie trat einen Schritt zurück. Er redete weiter, ohne sie hinter sich sehen zu können. »Die Spurenlage sagt ziemlich eindeutig, dass jemand in einem solchen Pullover das Opfer von hinten umfasst hat, was im Grunde nur der Täter gewesen sein kann. Dadurch, dass ich mich am Tatort über das Opfer beugte und Wiederbelebungsversuche durchführte, haben sich die Fasern an meiner Jacke mit denen am Opfer vermischt. Die Spurenlage sagt jetzt, dass an der Kleidung der Leiche das gleiche Fasergemisch gefunden wurde wie an meiner Jacke. Anders ausgedrückt: Ich stehe unter Mord-

verdacht, wenn ich nicht eindeutig nachweisen kann, dass die Angorafasern an meiner Jacke eben doch eine andere Quelle haben und etwas anders strukturiert sind und es am Tatort nur zu einer unglücklichen Vermischung der Spuren kam.«

Er hörte, wie sie bebend einatmete. Meine Güte, dachte er, gut, dass mir kein Professioneller bei diesem unlogischen Mist zugehört hat. Hauptsache, sie schluckt es, denn sie kann längst nicht mehr klar denken. In ihrem Kopf dreht sich alles nur noch darum, wie sie aus diesem Dilemma herauskommt.

Er erhob sich und baute sich in voller Größe vor ihr auf. Er straffte die Schultern und sagte mit fester Stimme: »Für diese eindeutige Abgrenzung benötige ich Ihren Pullover!« Er hob die Hände und bekräftigte: »Bitte!«

Sie sprang förmlich zurück. »Nein«, rief sie schrill.

»Nun, dann eben nicht«, sagte er ruhig und ließ mit überlegenem Lächeln die Hände sinken.

Sie wandte sich ab und lief in Richtung Tür.

Er folgte ihr nicht, sondern rief ihr nach: »Einen Moment noch!«

Sie hielt in der Bewegung inne und drehte sich ein wenig um, die Fußspitzen zur Tür gerichtet. Er lächelte freundlich. Jetzt kommt meine Columbo-Nummer, dachte er genüsslich.

»Eine Kleinigkeit, bei der Sie mir vielleicht doch noch behilflich sein könnten. Als Medizinerin.« Er zog etwas aus seiner Jackentasche hervor. »Ich möchte das meinen Kollegen erst zeigen, wenn ich Gewissheit habe«, erklärte er und legte zwei Tüten auf die Tischplatte.

Sie trat sehr schnell näher und starrte auf das, was er präsentierte. Säuberlich in durchsichtige Kunststoffhaut gehüllt, lagen dort eine zerrissene Goldkette mit einem Anhänger in Handform und ein feines Tuch, das mit blauen Hortensien auf blassgelbem Grund bemalt war. Die Umrisse schimmerten goldfarben. Die Kling schob ihr Haar hinter die Ohren und beugte sich langsam über die Gegenstände. Ihr Blick huschte darüber. Ihr Gesicht wurde zunehmend blasser, sie stützte die Fingerspitzen am äußersten Rand der Tischplatte ab. Schließlich richtete sie sich vorsichtig auf und stellte genau die Frage, die er erwartet hatte.

»Wo haben Sie das her?«

Er lächelte entspannt. »Das darf ich Ihnen doch nicht sagen«, antwortete er im Ton eines korrekten Polizisten.

Sie schaute ihn an. Ihre grüngrauen Augen waren vor Schreck geweitet. An ihrem Hals wurden rote Flecken sichtbar.

Völlig ruhig hielt er ihrem Blick stand. Pokerface. »Ich bin, wie gesagt, neu in Offenbach und will vor den Kollegen keinen Fehler machen. Aber ich glaube, auch hier gilt die alte Regel, wenn man das Tatwerkzeug hat, dann …«

Die Blicke der Kling wanderten sofort zu dem Tuch.

Stephan redete weiter: »Dann hat man die entscheidenden DNS-Spuren des Täters. In diesem Fall ist das Tatwerkzeug etwas ganz Einmaliges. Ein bemaltes Seidentuch, das die Ermordete selbst um den Hals trug. Es war eine spontane Tat. Das Opfer hat sie womöglich selbst ausgelöst. Irgendetwas Verletzendes hat Hatice Ciftci alias Özlem Onurhan gesagt. So in der Art wie: *Es ist mein Kind. Ich gebe es dir nicht!*«

Die Kling hatte schwankend vor dem Tisch gestanden und das Tuch fixiert. Bei seinem letzten Satz zitterten ihre Lippen. Mehr geschah nicht.

Stephan nahm den Beutel mit dem Tuch in die Hand. Die Blicke der Kling folgten ihm gebannt, als würde es gleich

lebendig werden und sie anspringen. Er hielt es sehr nahe vor ihr Gesicht. Sie zuckte zurück.
»Eigentlich wollte ich Sie als Medizinerin fragen, ob es möglich ist, jemanden mit so einem harmlosen Tuch umzubringen. Kann man das?«
Die Kling sagte nichts und schaute wie hypnotisiert auf das, was er in der Hand hielt.
Stephan übernahm die Antwort für sie: »Ja, man kann. Man muss die Enden nur lange genug zusammenziehen und festhalten, und man muss die ersten Minuten, in denen sich das Opfer wehrt, mit großer Kraft durchhalten. Aber wenn man so verletzt und verzweifelt ist und will, dass es endlich schweigt und diesen schrecklichen Satz nicht mehr sagt, dann hat man diese Kraft. Die Halsschlagadern werden zusammengedrückt. Im Gehirn entsteht Blutleere. Ohnmacht. Schwarze Nacht. Aus. So war das bei beiden Opfern. Auch bei Svenja Stummer. Vielleicht hatte sie ganz ähnliche Worte gebraucht und damit bei der Täterin ein grausames Déjà-vu ausgelöst. Svenja war kräftiger als Hatice, sie hat sich heftig gewehrt. Es war ein langer und brutaler Todeskampf. Ihr Zungenbein wurde gebrochen. Hatice hingegen hat sogar noch gelebt.«
Die Augen der Kling wurden glasig, lösten sich von dem Tuch und glitten ins Leere.
Stephan fuhr mit seiner Schilderung fort: »Die Täterin hat sie in Rückenlage auf dem Boden liegen lassen. Mediziner wissen, wie fatal das ist, denn dadurch ist Hatice Ciftci an der eigenen Zunge erstickt. Die Täterin muss dann in völliger Panik geflohen sein. Ich sehe, wie sie das Tuch und die zerrissene Kette einsteckt. Vielleicht mit der Absicht, mögliche Spuren zu beseitigen, vielleicht aber auch eine gedankenlose Reaktion. Sie zieht die Wohnungstür zu, hastet da-

von, wendet sich ab, wenn ihr Menschen begegnen. Irgendwann auf diesem Weg kommt sie zu sich, merkt, dass sie das Tuch und die Kette noch hat, und weiß, sie muss sie sofort loswerden. Aber wohin damit? In die nächste Mülltonne? Das geht nicht, denn jeder, der diese Kostbarkeiten darin sähe, würde sie bergen und vielleicht zur Polizei tragen. Sie braucht ein ganz besonderes Versteck. Viel Zeit, es zu finden, hat sie nicht. Sie muss ja auch noch für ihr Alibi sorgen. Der Zufall hilft ihr. Am Dienstag- und Freitagnachmittag kommt zu Hause ihre Putzfrau. Sie schleicht sich hinter deren Rücken unbemerkt in die Wohnung und lässt sich von ihr dann scheinbar schlafend in ihrem Zimmer aufschrecken, als sei sie die ganze Zeit dort gewesen. Ein Telefongespräch mit Frau Kovacz hat mir diese Version bestätigt. Sie sorgt tatsächlich für Ihr Alibi. Und vorher mussten Sie die Gegenstände loswerden. Unter Zeitdruck – an einem sicheren Ort. Aber kein Ort ist sicher. Man glaubt sich unbeobachtet, und dann gibt es doch jemanden, der etwas gesehen hat. Der liebe Gott sieht alles. Hat man Ihnen das früher als Kind nicht auch erzählt, um Sie von Streichen abzuhalten? Manchmal denke ich, neugierige Menschen sehen viel mehr.« Er sammelte mit ausholender Geste die Tüten auf dem Tisch zusammen und ließ sie in seinen Jackentaschen verschwinden.

Ihre Augen waren jeder seiner Bewegungen gefolgt.

»Was geschieht damit jetzt?«, fragte sie mit brüchiger Stimme.

Er gab sich professionell. »Kriminaltechnik. Ermitteln der DNS- und Faserspuren. Bei unbekannter DNS werden wir alle Leute aus dem Umfeld der Toten zum Test bemühen. Bei unbekannten Fasern entsprechende Proben nehmen.«

»Aus dem Umfeld«, wiederholte sie.

»Ja, aus dem Umfeld. Zuerst im engeren Kreis. Wenn wir da nicht fündig werden, erweitern wir die Kreise Stück für Stück.«

»Warum haben Sie mir diese ganze Phantasiegeschichte eben erzählt?«

»Tja, warum nur?« Sein Lächeln war grausam. Sie stand vor ihm, verzagt und beschädigt. Er setzte sich in Bewegung. Sie begleitete ihn stumm zur Tür.

Statt einer Verabschiedung kam von ihr nur ein gedankenverlorenes Nicken, während er laut und zuvorkommend sagte: »Danke noch einmal für Ihre Zeit. Trotz allem haben Sie mir sehr geholfen.«

Das hörte sie nicht mehr, weil sie hastig die Eingangstür hinter ihm geschlossen hatte.

Er hatte Mühe, nicht gleich auf dem Gartenweg einen Luftsprung zu vollführen. In gemessenem Schritt verließ er das Grundstück und lief ein Stück auf dem Gehweg entlang, bis er außer Sichtweite war. In Richtung des Wagens von Hoff und Heck machte er ein Handzeichen: Daumen hoch. Von dort kam ein kurzes Aufblinken der Scheinwerfer. Er stellte sich hinter einen Baum auf die andere Straßenseite und beobachtete das Haus. Wenige Atemzüge später meldete sich sein Handy. Hölzinger.

»Bingo, Kollege! Komm schnell und unauffällig nach hinten in den Garten. Sie werkelt neben der Terrasse.«

Stephan setzte sich in Bewegung. Klugerweise hatte er das Gartentor nur angelehnt. Mit dem Handy am Ohr schlich er sich um das Haus herum und drückte sich dann an der Ecke gegen die Wand. »Was macht sie gerade?«

»Sie hat sich vor das Blumenbeet neben der Terrassentreppe gehockt und da etwas getan, was ich nicht sehen konnte. Jetzt steht sie wieder und blickt sich um.«

Stephan wagte es nicht, um die Hausecke zu spähen. Ein Flugzeug donnerte unsichtbar am bewölkten Himmel entlang. Als der Lärm langsam abebbte, sagte er leise ins Handy: »Kannst du sehen, ob sie etwas in den Händen hat?«

»Sie hat nichts in den Händen. In ihre Taschen hat sie auch nichts gesteckt. Das hätte ich gemerkt. Soll ich sie festnehmen?«

»Nein, noch nicht. Wir müssen uns erst sicher sein, dass sie am Versteck war.«

»War sie vermutlich«, flüsterte Hölzinger. »Ich kann jetzt sehen, wo sie dran war. Soll ich sie festnehmen?«

»Nein, verdammt noch mal. Warte! Wir müssen erst sicher sein und selbst nachsehen.«

»Jetzt rennt sie rein ins Haus!«, berichtete Hölzinger.

»Dann treffen wir uns jetzt an der Terrasse, und du zeigst mir die Stelle«, entschied Lars Stephan.

In einem buntblättrigen Gebüsch gegenüber des Hauses raschelte es. Hölzinger trat vor auf den Rasen und klopfte sich das Herbstlaub von den Kleidern. Lars Stephan eilte mit wenigen Schritten neben ihn und warf einen prüfenden Blick auf die Rückfront des Hauses. Hinter den Fenstern war niemand zu sehen, der sie vielleicht hätte beobachten können. Was machte die Kling jetzt dort drin? Stephan pflückte einzelne Blätter aus Hölzingers Haaren und grinste.

»So perfekt hättest du dich nicht tarnen müssen, bist ja von der Botanik nicht mehr zu unterscheiden.«

»Spaßvogel!«, brummte Hölzinger. »Das war keine Absicht. Das Zeug fällt massenweise auf einen runter. Noch eine Weile, und ich wäre zu Kompost geworden.«

»Nun zeig mir die Stelle!«, bat Stephan und setzte sich in Bewegung. Hölzinger folgte ihm und deutete auf ein mit Gräsern gestaltetes Beet neben der Terrassentreppe, in dem auf einem steinernen Sockel ein tempelartiges Gebilde mit nach oben gewölbten Dachkanten stand.

»Sie war an dem Vogelhäuschen da.«

»Das ist kein Vogelhäuschen! Da würde sich die Katze freuen, das ist viel zu nah am Boden.«

»Was ist es dann?«

»Das ist irgendwas Fernöstliches«, erklärte Stephan.

Inzwischen standen sie direkt davor. Hölzinger ging in die Hocke.

»So saß sie hier. Mit den Händen hat sie was daran gemacht. Ich konnte nicht sehen, was. Es war durch ihren Körper verdeckt.« Stephan bückte sich und schaute in das offene Häuschen. Es war aus Stein wie der Sockel. Er griff mit der Hand hinein und tastete.

»Hier ist nichts. Außen herum ist auch nirgendwo in der Erde gegraben worden. Am Ende hat der ganze Aufwand, den ich mit ihr getrieben habe, nur dazu geführt, dass sie sich hier hinhockte und eine Mudra gebildet hat. Zuzutrauen wäre ihr das!«

»Tja, Fehlanzeige«, stöhnte Hölzinger und erhob sich. Dabei geriet er ein wenig aus dem Gleichgewicht und fasste nach dem Giebel des Häuschens, das vom Sockel herab- und in das Beet stürzte. Der Sockel kippte zur Seite. Er war innen hohl.

Stephan bückte sich und pfiff durch die Zähne. »Hast du schon einmal etwas so schön zusammenbrechen sehen?«, zitierte er aus einem Filmklassiker. Er griff in die Jackentasche, zog die unvermeidlichen Einmalhandschuhe hervor, streifte sie sich über und holte eine einfarbige, schwarze Plastiktüte aus dem Sockel heraus. Hölzinger dokumentierte den Ablauf durch Handyfotos. Stephan öffnete die Tüte und entdeckte wie erwartet das Halstuch und die Kette.

»Na, was sagst du jetzt?«, triumphierte er.
»Gratuliere«, lobte Hölzinger. »Wie du das gemacht hast, musst du mir demnächst mal erzählen.«
»Gerne.« Stephan strahlte. »Hast du größere Tüten dabei, ich hab nur kleine?«
Hölzinger durchwühlte seine Taschen und zog einen Beutel hervor, in den Stephan die schwarze Tüte mit Inhalt steckte. Anschließend richtete er den Sockel wieder auf und stellte das Häuschen ordentlich ausgerichtet an seinen Platz.
»War es so?« Hölzinger nickte, dann streckte er seine Hand aus. »Was ist?«, fragte Stephan.
»Gib mir jetzt bitte Sümeyyes Kette zurück!«
Stephan drückte ihm das Beutelchen in die Hand, das Hölzinger kritisch musterte.
»Dass du die Kette auch noch zerreißen musstest, wäre wohl nicht nötig gewesen!«
»Doch, es war nötig! Ich bezahle die Reparatur aus meinem Privatvermögen. Das ist es mir wert!«, versprach Stephan großzügig.
Hölzinger kam nicht mehr dazu, eine Bemerkung zu machen, denn plötzlich hörten sie von der Vorderseite des Hauses das Geräusch eines aufheulenden Motors.
Hölzinger lief los. »Die haut ab!«
Stephan folgte seinem Kollegen weniger schnell. »Keine Panik!«, beruhigte er. »Das läuft doch alles bestens. Die fährt jetzt zum Versteck des Kindes, und Hoff und Heck hängen sich dran.«
Sie konnten gerade noch beobachten, wie ein silberner Sportwagen schlitternd aus der von Laub bedeckten Einfahrt schoss, in die Straße einbog und davonraste. Dann kehrte wieder Stille ein. Stephan suchte nach Hoff und Heck. Dort stand der Wagen, aber er rührte sich nicht. Ste-

phan rannte wild gestikulierend auf das Fahrzeug zu. Auf der Beifahrerseite war inzwischen Ernestine Hoff ausgestiegen. Sie lief um das Fahrzeug herum und öffnete die Fahrertür. Auch Hölzinger und Stephan waren jetzt angekommen. Heck saß mit schmerzverzerrtem Gesicht hinter dem Steuer.

»Scheiß-Hexenschuss«, fluchte er. »Er ist mir voll ins Bein gefahren.«

»Helft mir, ihn auf den Beifahrersitz zu bugsieren«, drängte Ernestine und bemühte sich vergeblich, den schweren Heck aus dem Auto zu heben, was dieser stöhnend und abwehrend kommentierte. Stephan zog Ernestine sanft beiseite.

»Hölzinger, du Kraftprotz, das ist jetzt dein Einsatz!«, kommandierte er.

Hölzinger gelang es tatsächlich, Heck auf die Beine zu stellen und ihn um das Auto herumzuführen. Stephan hatte bereits das Handy am Ohr.

»Wir müssen sie zur Fahndung rausgeben. Was war das für ein Autotyp?«

Ernestine starrte ihn ratlos an. »Ich hab nicht auf das Auto geachtet, Gerd hat gerade …«

Hölzinger zuckte mit den Schultern.

»Irgendwas Japanisches?«

»Kennzeichen?«, rief Stephan.

»OF?«, begann Ernestine.

Stephan rollte die Augen und rief in das Gerät: »Fahndung nach Veronika Kling. Blond. Blauer Trainingsanzug. Sie ist unterwegs mit einem silberfarbenen Sportwagen, Kennzeichen unbekannt, aus der Tulpenhofstraße in unbekannte Richtung. Bitte nicht stellen, sondern nur unauffällig verfolgen.«

Heck saß stöhnend im Auto. »Warum hast du dich nicht

gleich hinter das Steuer gesetzt, sondern ihm das überlassen?«, zischte Stephan Ernestine Hoff zu.
»Er sitzt nicht gerne neben mir, wenn ich fahre«, flüsterte sie. Hölzinger schloss die Beifahrertür und richtete sich auf.
»Und jetzt?«, fragte er. Ernestine öffnete die Fahrertür.
»Ich bringe ihn zum Arzt«, entschied sie.
Die Tür schlug zu. Der Motor startete. Ratlos starrten Hölzinger und Stephan dem Fahrzeug hinterher.
»Und wir haben kein Auto. Klasse!«, sagte Hölzinger bitter. Stephan trat wütend in einen Laubhaufen, so dass die Blätter aufstoben.
»Scheiße!«, schrie er. »Wir waren so nah dran!«
Mit finsteren Mienen machten sie sich zu Fuß auf den Weg ins Präsidium. Auf dem Parkplatz vor dem Gebäude schlug Hölzinger vor: »Lass uns gleich einen Wagen nehmen und losfahren, vielleicht finden wir sie.«
Stephan wehrte ab: »Wo sollen wir nach ihr suchen? Von hier aus ist die in null Komma nichts auf der Autobahn und in alle Richtungen davon. Da können wir ebenso hierbleiben und warten, bis eine Streife sie entdeckt.«
Sie gingen ins Gebäude, gaben ihren Fund für die Kriminaltechnik ab und trösteten sich im Büro mit einem heißen Kaffee und belegten Brötchen.
Hölzinger saß wieder an Hecks Schreibtisch. »Was, meinst du, tut sie jetzt gerade?«
Stephan schluckte und holte Luft. »Ich vermute mal, sie hat sich ihren Angora-Pullover geschnappt, ins Auto geworfen und lässt das Teil auf Nimmerwiedersehen verschwinden. Dann fährt sie vielleicht zum Versteck des Kindes. So war ja auch unser Plan, dass wir sie mit dem Kind greifen können oder zumindest dabei erwischen, wenn sie den Pullover wegwirft.«

Hölzinger nickte. »Ich verstehe nicht, warum sie das Tatwerkzeug und die Kette in ihrem Gartentempel zurückgelassen hat. Wäre doch besser gewesen, sie hätte das gleich mitgenommen, um es mit dem Pullover loszuwerden.«
Stephan schüttelte den Kopf. »Die Ware ist heißer als der Pullover. Mit den Faserspuren ist nicht viel bewiesen. Wird sie allerdings mit dem Tuch und der Kette erwischt, ist es aus für sie. Außerdem hat sie doch festgestellt, dass ich sie reingelegt habe und ihr Versteck gar nicht kenne. Darauf, dass ihr Pullover ein weiteres Corpus Delicti ist, habe erst ich sie gebracht. Deshalb ist es jetzt ihr erstes Ziel, den loszuwerden. Der Rest hat Zeit.«
»Dann kann es sein, dass sie gar nicht zu dem Kind fährt?«, fragte Hölzinger.
Stephan nickte. »Es kann sein, dass sie nur eben kurz weg ist, um den Pullover zu entsorgen. Dann kommt sie in aller Seelenruhe nach Hause und denkt, sie ist fein raus.«
Hölzinger verzog skeptisch den Mund. »Wenn ich sie wäre, würde ich mich, nachdem ich den Pullover ohne Probleme losgeworden bin, auch darum kümmern, das Tuch und die Kette für immer verschwinden zu lassen. Schließlich ahnt sie ja, dass du sie verdächtigst und demnächst mit einem Durchsuchungsbeschluss vor ihrer Tür stehen wirst.«
»Verdammt«, zischte Stephan, »wir haben schon wieder einen Fehler gemacht! Die ist wahrscheinlich längst wieder zu Hause oder auf dem Weg dahin. Komm, vielleicht haben wir Glück und können sie in ihrem Garten stellen, wenn sie nach den Sachen sucht!«
Sie stürmten los. In der Tulpenhofstraße angekommen, fanden sie die Einfahrt mit offenen Toren vor. In der Straße parkte kein Sportwagen.
»Ich glaube, wir haben Glück!«, triumphierte Stephan.

Hölzinger steuerte eine Parklücke an, von der aus sie einen guten Blick auf das Haus hatten.
»Sollen wir hier auf sie warten oder im Garten?«
»Besser im Garten«, sagte Stephan.
Hölzinger verzog das Gesicht. »Besser einer hier und einer im Garten.«
Stephan öffnete seufzend die Beifahrertür. »Ich ahne schon, dass du lieber im trockenen Auto bleiben willst, Kollege.«
Hölzinger nieste heftig, als wolle er die Option damit bekräftigen. Stephan stieg aus und schloss leise die Tür. Er betrat das Grundstück über die Einfahrt. Vorsichtig sah er sich um, dann schlich er eng an der Wand entlang um das Haus. Hinten im Garten angekommen, hielt er nach einem Versteck Ausschau. Doch dann erstarrte er. Wenige Sekunden später saß er wieder neben seinem völlig verblüfften Kollegen im Auto.
»Wohin?«, fragte Hölzinger und drehte den Schlüssel, um den Motor zu starten.
»Nirgendwohin, erst nachdenken«, forderte Stephan.
Hölzinger drehte den Schlüssel wieder zurück. »Was ist?«
Stephan schaute zu, wie sich winzige Regentröpfchen auf der Scheibe sammelten. »Sie war schon da.«
»Woran hast du das gemerkt?«
»Der Sockel liegt mit der Öffnung nach oben auf dem Boden, das Häuschen auf dem Dach daneben.«
Hölzinger schaute durch die trübe Scheibe zur Fassade des Hauses. »Ist es möglich, dass sie im Haus ist?«
Stephan schüttelte den Kopf. »Das sieht mehr nach panischer Flucht aus.«
Hölzinger nieste wieder und presste die Hand vor das Gesicht. Dann zog er ein Taschentuch hervor und schneuzte sich ausgiebig. Seine Augen waren glasig. »Und jetzt?«

»Sie weiß nun, dass wir sie haben.«
»Dann holt sie jetzt das Kind, um mit ihm zu fliehen.«
»Möglich«, sagte Stephan.
Hölzinger betätigte kurz den Scheibenwischer. »Und wir stehen hier wie der Ochs am Berg. Ausgeträumt, Bulle!«
Stephan nickte langsam. Sein Handy meldete sich. Hölzinger beobachtete den Kollegen, der mit regloser Miene zuhörte.
»Danke, wir fahren hin«, sagte Stephan.
Hölzinger sah Stephan an und hob die Augenbrauen. »Kaiserlei-Brücke. Richtung Frankfurt«, sagte er mit müder Stimme. Hölzinger startete den Motor und gab Gas. Im Anfahren öffnete er die Seitenscheibe und plazierte das magnetische Blaulicht auf dem Wagendach.
»Da sind wir jetzt wie der Blitz«, rief er mit jugendlicher Zuversicht. Doch er konnte Stephans betretene Miene nicht ändern.
»Sie steht dort, ein Baby im Arm. Mögliche Suizidabsicht. Die Kollegen sperren gerade die Brücke.«
»Shit!«, fluchte Hölzinger. »Das war jetzt die schlechteste Möglichkeit, wie unsere Aktion heute ausgehen könnte.«
Stephan nickte. »Fahr zu!«
Und ausgerechnet jetzt ist Heck nicht da, dachte er. Gerne hätte er dessen ruhige Professionalität an seiner Seite gespürt. Nun war er selbst an der Reihe und musste die Sache mit Hölzinger allein managen. Schon auf der Berliner Straße gerieten sie in einen Stau, der sich schnell aufgrund der gesperrten Brücke gebildet hatte. Nur zögerlich wichen die Fahrzeuge aus.
»Die hören unser Signal nicht. Das ist viel zu leise!«, winselte Hölzinger und fuhr dicht auf ein Fahrzeug auf, das den Weg versperrte. Plötzlich ertönte hinter ihnen eine Sirene,

deren Lautstärke die Scheiben vibrieren ließ. Hölzinger schaute in den Rückspiegel.
»Die Feuerwehr! Da hängen wir uns dran.«
Er ließ das Einsatzfahrzeug passieren, stieß in die Gasse und bog in den Kreisverkehr der Kaiserleistraße ein. Aus mehreren Einmündungen kamen blau-silberne Polizeifahrzeuge.
»Das zweite Revier ist groß, die werden es schnell hinkriegen, den Verkehr im Kreisel zu regeln«, schwärmte Hölzinger und deutete auf den Autobahnzubringer, der sich auf einer Hochstraße in Richtung Brücke befand. »Schlecht sieht es für die oben auf der A 661 aus. Die kommen so schnell nicht wieder da runter.«
»Das ist jetzt unser geringeres Problem«, kommentierte Stephan und lauschte auf das von statischen Geräuschen durchsetzte Stimmengewirr des Polizeifunks. »Wasserschutzpolizei ist bereits eingetroffen. Sie sperren die Schifffahrt vor der Brücke.«
Hölzinger nickte und gab Gas. Er stand unter Adrenalin und lenkte das Fahrzeug riskant, aber durchaus geschickt zwischen den Hindernissen auf der schmalen Auffahrt zur Brücke. Ab und an ging es nicht weiter, weil das breite Feuerwehrfahrzeug vor ihnen nicht durchkam. Schließlich trafen sie gemeinsam mit der Feuerwehr und einem weiteren Polizeifahrzeug auf der Brücke ein. Hier stand bereits ein Notarztwagen mit blinkenden Lichtern. Die anwesenden Streifenpolizisten hatten alle Fahrspuren Richtung Frankfurt und Oberursel gesperrt und frei geräumt. Auf der Gegenfahrbahn Richtung Offenbach floss der Verkehr wegen der schaulustigen Autofahrer nur zäh dahin. Stephan suchte die Brücke ab, er erwartete, die Kling irgendwo auf dem Brückengeländer balancierend zu sehen. Doch er konnte

niemanden erkennen. Mit einem Satz sprang er über die Leitplanke, machte einen Schritt über den Gehweg und beugte sich über das Geländer. Hölzinger war ihm gefolgt. Beide hatten sie denselben Gedanken gehabt. Wir sind zu spät! Sie ist bereits gesprungen! Unten waberten Nebelschwaden über dem Main. Das Wasser des Flusses kräuselte sich und warf das fahle Morgenlicht in den Himmel zurück. Ein großes Lastschiff lag schräg in der Fahrrinne. Davor blinkte das Signallicht der Wasserschutzpolizei. Das Boot stand parallel zum Brückenverlauf.

Ein Uniformierter sprach durch ein Megaphon: »Bitte verhalten Sie sich ruhig! Tun Sie nicht, was Sie vorhaben. Wir werden Ihnen gleich jemanden hinaufschicken, der mit Ihnen spricht. Bitte bleiben Sie ruhig, und bewegen Sie sich nicht. Es wird Ihnen geholfen.«

Stephan musste sich verrenken, um nach oben schauen zu können. Doch er konnte nichts erkennen, nur die riesigen, stahlblauen Spannbögen der Brücke, die sich im grauen Dunst wölbten.

»Wo, verdammt noch mal, ist sie?«

»Komm«, rief Hölzinger. Er sprang bereits über die Leitplanke und lief zurück zur Fahrbahn. Auf der gegenüberliegenden Seite standen mehrere Polizisten und Feuerwehrleute und schauten blinzelnd nach oben. Hölzinger und Stephan taten es ihnen nach. Jetzt konnte auch Stephan erkennen, wo sie stand. Ein leichter Schwindel befiel ihn angesichts der Höhe. Sie befand sich auf dem höchsten Punkt des Brückenbogens, Stephan schätzte fünfundzwanzig Meter bis zur Fahrbahn und noch einmal etwa zehn Meter bis zum Wasserspiegel. Wie war sie da hinaufgekommen? Er studierte die Brückenkonstruktion. Jeden Tag fuhr er hier hinüber, und noch nie hatte er einen Blick auf die Einzelheiten dieses mächtigen Bauwerks verschwendet. Etwa vierzig Meter breit und zweihundert Meter lang, spannte sich die Brücke auf genieteten Stahlträgern frei hängend über den Main. Ein markantes Erkennungszeichen der Kaiserlei-Brücke waren die zwei Bögen, die sich über die ganze Länge zogen. Die beiden Bögen bestanden aus jeweils zwei Stahlröhren, die durch einen etwa einen halben Meter breiten Metallsteg miteinander verbunden waren. Es war möglich, auf diesem Steg entlangzulaufen. Um dies zu verhindern, umgaben unten an den Bögen spitze Gitterstäbe diese wie ein Dornenkranz. Dass diese Spitzen keine wirkliche Sperre darstellten, zeigten die zahlreichen Sprayer-Tacks auf den Röhren. Die Kling musste über den Dornenkranz geklettert sein und sich dann auf den Steg zwischen den Röhren begeben haben.

Zwei weitere Feuerwehrautos und Sanitätsfahrzeuge waren inzwischen eingetroffen. Ein Zivilfahrzeug mit Blaulicht hielt direkt vor Stephan, und ein seriös gekleideter Herr mit Halbglatze und kultiviertem Dreitagebart stieg aus.

Hölzinger stöhnte leise auf. »Der Polizeipräsident! Auch das noch!«

Der Einsatzleiter der Feuerwehr begrüßte den Präsidenten, meldete, dass zwei Drehleitern und der Höhenrettungszug vor Ort seien, und trat dann einen kleinen Schritt zur Seite, um den Blick auf Stephan freizugeben. Der Präsident erwartete einen Bericht, den Stephan beklommen gab. Offensichtlich sah der Präsident ihn als den ersten Polizisten vor Ort an.

»Ist ein Psychologe da?«, fragte er.

»Ist unterwegs«, erklärte ein Uniformierter. Der Präsident nickte. Aus der Höhe hörte man eine sich überschlagende Frauenstimme.

»Weg mit euch, lasst mich in Ruhe! Haut ab! Haut doch endlich ab!«

»Lange können wir nicht mehr warten«, erklärte Stephan.

Der Präsident nickte. Der Feuerwehrmann schlug vor, jemanden mit der Drehleiter nach oben zu befördern, der mit ihr sprechen sollte.

Stephan wiegelte ab: »Sie ist dermaßen außer sich, dass jede größere Aktion sie noch mehr in die Enge treiben würde. Besser, man läuft wie sie auf dem Brückenbogen nach oben. Mich kennt sie. Ich denke, mit mir würde sie reden und sich vielleicht auch auf eine Lösung einlassen.« Kurze Zeit später halfen Feuerwehrleute Stephan, von der Offenbacher Seite her auf den Brückenbogen zu kommen. Der Polizeipräsident hatte darauf bestanden, dass er nicht allein ging. Hölzinger hatte sich sofort bereit erklärt. Er sollte sich von der Frankfurter Seite her nähern und weiter zurückbleiben. Die ersten Meter des Aufstiegs waren einfach, dann jedoch wurde es steiler, und die Schuhe rutschten auf dem nebelfeuchten Metall des Stegs ab. Eine gewisse Sicherheit boten die beiden Röhren rechts und links. Sie reichten etwa bis zur Körpermitte, jedoch wies der glatte Stahl weder Geländer noch sonstige Haltemöglichkeiten auf. Wer in die Tiefe springen wollte, konnte das ungehindert tun. Erst als Stephan auf etwa sechs Meter an die Kling herangekommen war, entdeckte sie ihn. Die ganze Zeit hatte sie, leicht nach vorn gebeugt, das Geschehen auf der Brückenfahrbahn beobachtet.

Sie richtete sich auf. »Wagen Sie es nicht!«, schrie sie ihm entgegen. Sie zitterte. In ihren Armen hielt sie ein in eine bestickte Decke gehülltes Baby, von dem er nur die rosige Haut der Stirn unter dem Mützchen erkennen konnte.

Er hielt sofort inne und setzte sich in die Hocke. Dabei

rückte er unbemerkt noch ein bisschen näher auf sie zu. Hölzingers Haarschopf tauchte auf der anderen Seite auf. Auch er hockte sich hin. Durch die Bewegung entdeckte sie ihn und drehte den Kopf in seine Richtung. Diese Gelegenheit nutzte Stephan, noch etwas näher heranzukommen.

Veronika Kling schaute hektisch hin und her. »Bleiben Sie gefälligst, wo Sie sind! Wir springen sonst!« *Wir* hatte sie gesagt, so sehr fühlte sie sich eins mit dem Kleinen in ihren Armen.

»Mein Kollege und ich werden nicht näher kommen, versprochen!«, erklärte Stephan. »Herr Hölzinger ist mitgekommen, damit einer von uns Ihr Kind und der andere Sie sicher nach unten bringen kann.«

»Ich werde niemandem mein Kind geben. Niemandem, haben Sie verstanden?«

»Gut, dann tragen Sie es nach unten, und wir helfen Ihnen dabei.« Stephan streckte die Hand aus. »Nein!«, rief sie. Sie wandte sich um und sah gebannt flussaufwärts über die Wasserfläche. Sie presste das Kind an sich und schloss die Augen.

»Frau Kling! Tun Sie das nicht!«, rief Stephan.

Sie blickte zu ihm. Ihr Lächeln war bitter und hatte gleichzeitig etwas Überirdisches. »Sie wollen mich doch gar nicht retten! Sie wollen mich doch nur verhaften! Mein Leben ist Ihnen egal. So egal, wie es jetzt auch mir ist. Man muss wissen, wann man verloren hat.«

Stephan überlegte verzweifelt, ob er sich nicht völlig überschätzt hatte und es nicht doch besser gewesen wäre, auf den Psychologen zu warten. Was hätte der getan? Bestimmt viel ruhiger mit ihr geredet und nicht geschrien wie er. Wie konnte er die Kling in ein ruhiges Gespräch verwickeln. Sie war hysterisch fixiert auf ihre anscheinend ausweglose

Situation. Er musste ihr einen Ausweg anbieten, aber er durfte nichts Falsches versprechen.
»Ich würde Sie anlügen, wenn ich Ihnen jetzt zusagte, dass Sie straffrei ausgehen. Ja, Sie werden verhaftet. Aber das bietet Ihnen auch die Möglichkeit, zu erklären, wie das alles gekommen ist. In Ihrer Absicht lag das nicht. Sie hatten bestimmt völlig andere Pläne. Pläne von einer Familie mit Kindern in Ihrem schönen Haus.«
Die Augen der Kling füllten sich mit Tränen. »Was wissen Sie denn schon? Gar nichts! Sie wissen nicht, wie es ist, wenn man immer wieder hofft, wenn man körperlich und seelisch durch die Hölle geht, entwürdigende Prozeduren erträgt. Sie wissen gar nichts.«
»Vorstellen kann ich mir das schon«, sagte er.
Ein splitterndes Lachen löste sich aus ihrer Kehle. »Sie? Ein kleiner Polizist, der mit mir seine Fangquote erhöhen will. Sie verstehen nichts. Für Sie bin ich eine Verbrecherin wie jede andere. Aber ich habe kein Verbrechen begangen, Herr Polizist!«
»Als was würden Sie Ihre Tat denn bezeichnen?«, fragte er vorsichtig.
»Sie wollte mir mein Kind stehlen! Es war nicht das Kind dieser Türkin. Es war mein Kind, das sie hatte. Das Kind von meinem Mann und mir. Aus dem Eisschlaf zum Leben erweckt. Es war der letzte Embryo, der noch übrig war. Die letzte Chance. Sie hat nur ihre Gebärmutter zur Verfügung gestellt und viel Geld dafür kassiert. Wer ist hier die Verbrecherin? Die Kindsräuberin oder die Mutter, die ihr Fleisch und Blut verteidigt?«
Stephan legte die Stirn in Falten. Was redete sie da? Plötzlich kam ihm ein Gedanke.
»Hat Ihr Mann Ihnen das so erklärt? Hat er Ihnen eines

Tages weisgemacht, er habe eine Leihmutter für den letzten Ihrer Embryonen gefunden? Und Sie haben sich einverstanden erklärt, weil Sie befürchteten, dass die Prozedur bei Ihnen wieder fehlschlagen könnte?«

Sie nickte. »Er gestand mir, dass er hinter meinem Rücken den Embryo in der Klinik unseres Freundes habe verpflanzen lassen. Er wollte warten, bis die zwölfte Woche vorbei war, und mich dann erst einweihen, weil er meine Enttäuschung und meine Depression nicht mehr ertragen konnte. Er zeigte mir die Ultraschall-Aufnahme und sagte, Özlem Onurhan, seine ehemalige Arzthelferin, werde das Kind für uns austragen. Es sei kein Problem, sie brauche das Geld. Von da an bekam ich regelmäßig Aufnahmen. Ich traf mich sogar mehrfach mit Özlem in der Stadt. Immer war die Rede davon, dass es mein Kind ist. Ich ließ ihr die besten Lebensmittel liefern, versorgte sie mit Eisen- und Vitamintabletten, ging mit ihr gemeinsam zu den nötigen Vorsorgeuntersuchungen. Ich sah auf dem Monitor, wie mein Kind wächst und sich bewegt, hörte sein Herz schlagen. Es war geplant, dass ich bei der Geburt dabei sein sollte.«

Stephan hatte das Bild vor Augen, wie die beiden Frauen gemeinsam in die Klinik fuhren. Hatte die Kling sich dabei mit der Bauchattrappe kostümiert? Wollte sie der Umgebung eine Schwangerschaft vortäuschen, und wäre sie dann eines Tages mit dem Kind im Arm aus der Klinik herausgekommen, während die echte Mutter verschwand? Zu gerne hätte er sie jetzt nach den Einzelheiten gefragt, doch er durfte die Kling nicht weiter aufbringen. Er musste ihr zuhören.

Die Kling schluchzte auf. »Doch plötzlich, wenige Tage davor, brach sie die Verbindung zu mir ab. Die Geburt durfte ich nicht miterleben. Ich rief Lutger an. Er beruhigte mich, sagte, ich solle sie nicht bedrängen. Das wäre manchmal so. Mein Mann meinte, wir sollten abwarten, vielleicht wolle sie mehr Geld, vielleicht habe sie eine Wochenbettdepression. Doch ich wollte nicht warten, ich suchte sie mehrfach zu Hause auf. Nie war das Kind da. Auf einmal rückte sie mit der Sprache heraus und sagte mir, es sei ihr Kind, und sie entscheidet, was damit passiert. Das sei gar nicht unser eingefrorener Embryo gewesen. Mein Mann hätte mir nur etwas vorgemacht. Inzwischen wollte er das Kind längst nicht mehr haben. Was für eine Lüge! Das konnte ich nicht zulassen, ich wollte, dass sie mir sagt, wo sie es versteckt hat. Sie beschimpfte mich. Sie nannte mich eine alte, vertrocknete Barbiepuppe im Mutterwahn. Eine wie ich würde mit Kindern und Familie gar nicht zurechtkommen. Was bildete die sich ein? Da konnte ich nicht mehr und habe ihr den Hals zugedreht.«

»Und Svenja Stummer?«, fragte Stephan.

Die Augen der Kling wurden schmal. »Die ist um keinen Deut besser. In der SMS, die sie dir geschrieben hat, lese ich, dass sie weiß, wo das Kind ist. Doch dann will sie plötzlich wissen, warum ich so ein großes Interesse daran habe, das zu erfahren. Ich versuchte, eine Ausrede zu finden. Doch sie wusste von unserem Kinderwunsch. Da ist sie selbst auf die Idee gekommen, dass die Türkin für uns als Leihmutter fungiert hatte. Sie drohte damit, das anzuzeigen. Freiheitsstrafe bis zu drei Jahren, sagte sie. Das konnte ich nicht zulassen!«

Stephan hatte registriert, dass die Kling ihn inzwischen wieder duzte. Vielleicht war es vertrauensbildend, wenn auch er zum Du überging. Ein wenig wuchs seine Zuversicht, sie und das Kind heil nach unten bringen zu können.

»Du hast in beiden Fällen unter dem Einfluss starker Affekte gestanden. Bestimmt wird das berücksichtigt. Und du hast sicher die Möglichkeit, dir einen guten Anwalt zu besorgen.«

Sie starrte ihn an. Um ihre Lippen zuckte es. Er konnte nicht deuten, ob das ein Lächeln oder Weinen war. Es war eher eine Mischung aus beidem. Sie schaute auf das Kind in ihren Armen und betrachtete es lange. Mit ihren strähnigen, feuchten Haaren und dem entrückten Gesichtsausdruck wirkte sie in ihrem Trainingsanzug wie eine groteske Madonna.

Mit rauher Stimme sagte sie: »Gestern war eine Mutter in meiner Praxis. Sie hatte keine Betreuung für ihr Baby gefunden und brachte es mit. Ständig schrie es, nicht eine Minute der Entspannung war möglich. Seit gestern weiß ich, dass diese Türkin recht hatte. Ich käme mit so einem Baby nicht zurecht. Ich halte dieses Gesabber und Geschrei gar nicht aus! Ich will das nicht! Und mein Mann auch nicht. Der hat längst andere Pläne!«

Im selben Moment warf sie das Baby in hohem Bogen in Richtung des Flusses.

»Nein!«, schrien Hölzinger und Stephan gleichzeitig und sprangen auf. Die Kling lachte ein grausames Lachen, dann stieg sie blitzschnell auf den Metallbogen, breitete die Arme aus und ließ sich rücklings in Richtung der Fahrbahn fallen. Stephan erwischte den Stoff von ihrem Hosenbein, doch er glitt ihm durch die Finger. Ein Turnschuh blieb in seinen Händen zurück. Hölzinger kam zu spät und griff nur noch ins Leere. Sie sahen einander an. Jeder spürte im Blick des anderen, welche Hölle in ihm tobte. Stephan schaute zur anderen Seite hinunter auf den Wasserspiegel, dort trieb ein kleiner Körper. Ein Schlauchboot mit Außenbordmotor fuhr gerade heran. Er beugte sich neben Hölzinger in Rich-

tung der Fahrbahn über die Röhre. Dort unten lag die Kling bäuchlings mit verdrehten Gliedmaßen auf dem grauen Asphalt, sehr ähnlich wie die tote Hatice Ciftci. Um ihren Kopf breitete sich eine dunkle Lache aus. Schnell wurde die Sicht verdeckt von den Einsatzkräften, die herbeiliefen.
Hölzinger nieste, dann sagte er leise: »Das ist schon wieder die schlechteste aller Möglichkeiten, wie das hier zu Ende gegangen ist.«
»Es ist meine Schuld«, sagte Stephan leise. »Alles meine Schuld. Du hast alles richtig gemacht.«
Hölzinger schüttelte den Kopf. »Du hast es gut gemacht. Ich dachte, sie wäre kurz davor, mit uns runterzugehen.«
Stephan stellte den Turnschuh auf den Brückenbogen. »Ich hätte auf den Psychologen warten sollen. Aber ich konnte nicht über meinen Polizistenschatten springen. Ich wollte das Geständnis. Ich wollte ihre Motive erfahren. Ich habe einen schlechten Job gemacht. Guck dir das bitte nicht ab!«
»Du hattest keine andere Wahl«, widersprach Hölzinger.
Stephan wehrte ab. Vor ihren Augen tauchte plötzlich ein Mann mit Feuerwehrhelm auf. Er half ihnen in den Rettungskorb der Drehleiter.
»Ist der Psychologe inzwischen eingetroffen?«, fragte Stephan.
Der Mann nickte. »Steht da unten. Aber er konnte nicht heraufkommen. Er leidet an Höhenangst.«
In dem allgemeinen Tumult war es Stephan nach einiger Zeit gelungen, sich abzusetzen.
Die Brückenauffahrt war inzwischen von Fahrzeugen geräumt, doch die Polizisten hatten große Mühe, eine Menge Schaulustiger hinter der Absperrung zu halten. Viele Jugendliche waren dabei, vermutlich Schüler der nahe liegenden Schule, die, die bekannten Tüten eines Hamburger-Her-

stellers in der Hand, mampfend der Reality-Show folgten. Jemand aus der Menge grüßte Stephan. Doch er schaute nicht hin. Er musste jetzt allein sein. Er nahm die Wendeltreppe, die neben dem Brückenpfosten hinunter zum Flussufer führte. Hier tat sich sofort eine andere Welt auf. Das Brummen des Verkehrs und die Geräusche der Einsatzkräfte waren nur noch gedämpft zu vernehmen. Er lief den Weg unter der Brücke entlang, der auf der anderen Seite von wildem, buntbelaubtem Buschwerk gesäumt war. Es gab eine Art Aussichtsplattform. Hier lehnte er sich an das Geländer und schaute über das Wasser in Richtung der Frankfurter Skyline, die schemenhaft im Dunst auszumachen war. Am Knirschen kleiner Steinchen erkannte er, dass sich jemand näherte. Ein zarter Junge trat neben ihn an das Geländer.

»Hi, Sie haben mich eben gar nicht erkannt!«, sagte eine helle Stimme.

Stephan musterte seinen ungebetenen Begleiter schräg von der Seite. Abdel! Der hatte ihm gerade noch gefehlt. Abdel schaute hinauf zu den Brückenbögen.

»Sebi hat es gesehen und sagt, sie wäre so – klatsch – auf den Boden geknallt, ihr Kopf wäre aufgeplatzt, und sie wäre ...«

»Ist ja schon gut«, brummte Stephan. »Das musst du mir nicht erzählen. Und dein Freund Sebi phantasiert, denn so nah kann keiner von euch dran gewesen sein.«

»Aber tot ist sie schon, oder?«

»Ja.«

»Aber das Baby, das sie vorher runtergeworfen hat, war nur eine Puppe.«

Stephan fuhr herum. »Woher weißt du das schon wieder? Ich habe es selbst erst gerade erfahren!«

»Mo hat gehört, wie die aus dem Schlauchboot den anderen zugerufen haben: Eine Puppe! Es ist nur eine Puppe!«

»Dir entgeht ja wirklich gar nichts«, kommentierte Stephan.
»Wenig«, schränkte Abdel ein.
Eine Weile sahen sie schweigend den kleinen Wellen zu, die sich in große verwandelten, sobald eines der Schiffe vorüberfuhr. Die Fahrrinne war schon wieder freigegeben. Stephan hob den Kopf. Da oben auf der Brücke würde die Spurensicherung noch eine Weile brauchen, aber morgen würde alles wieder so sein, als sei nie etwas geschehen. Nur er selbst würde nie mehr ohne flaues Gefühl diese Brücke benutzen können. Schade eigentlich. Wie viele Orte dieser Art sammelten sich in einem Polizistenleben? Abdel war Stephans Blickrichtung gefolgt.
»Eine Fahrspur haben sie schon wieder frei gemacht. Mann, das war vielleicht ein Megastau!«
Abdel ließ sich von Stephans mangelnder Gesprächigkeit wenig beeindrucken, sie schien ihn eher anzuspornen.
»Vielleicht werde ich eines Tages so wie hier am Geländer auf unserem Balkon stehen und den Schiffen auf dem Main zuschauen. Wissen Sie, drüben auf der Offenbacher Hafeninsel sollen bald neue Wohnungen gebaut werden. Meine Mutter hofft, dass wir dort dann eine mit vier Zimmern bekommen oder ein kleines Häuschen. Jedenfalls spart sie schon wie verrückt dafür. Sie geht putzen, macht Tagesmutter. Wir alle helfen sparen. Auch ich, nicht, dass Sie von mir denken, ich würde die ganze Kohle für mich nehmen.« Stephan gab einen brummenden Laut von sich, mehr nicht. Abdel legte ihm sanft eine Hand auf den Unterarm.
»Sie sind jetzt ziemlich schlecht drauf, weil Sie denken, dass heute alles schiefgeht, nicht wahr?« Stephan antwortete nicht. Abdel fuhr fort: »So Tage gibt es. Ein Araber würde dazu sagen: Muktab – Es ist, wie es vorherbestimmt wurde. Da dürfen Sie sich nichts draus machen.«

»Du bist gut«, schnaubte Stephan, »denkst du, das gleitet alles so an mir ab wie an einer Öl-Haut? Drei tote Frauen? Ein verschwundenes Baby?«
Abdel horchte auf. »Ein verschwundenes Baby?«
Stephan beobachtete Abdels Mimik. Da flackerte etwas. Sollte dieser kleine Alleswisser etwa ausgerechnet ... Eigentlich war ihm die Bemerkung über das Kind nur so herausgerutscht. Eigentlich hätte er das gar nicht erwähnen dürfen. Aber eigentlich war heute sowieso alles egal.
»Ja, wir suchen ein Baby. Es ist Hatice Ciftcis Kind und kurz nach ihrem Tod verschwunden. Wir wissen nicht, ob es tot ist oder noch lebt. Kennst du vielleicht jemanden, der in diesem Zeitraum ein Baby bei sich aufgenommen hat oder der plötzlich eines hat, das vorher nicht da war?«
Abdel hatte kleine Steinchen aufgesammelt und warf sie ins Wasser. Einige Möwen stürzten herbei, weil sie Brotkrümel erhofften. »Hatice Ciftci hatte ein Kind? Junge oder Mädchen?«, fragte Abdel.
»Mädchen.«
Abdel warf alle Steine gleichzeitig ins Wasser und rieb sich die Handflächen an den Hosen ab. »Ich muss dann auch mal gehen.«
Stephan packte ihn am Arm. »Stopp! Hier ist meine Karte, auch mit Handynummer. Wenn du etwas erfahren solltest, meldest du dich!«
»Gibt es eine Belohnung?«, fragte Abdel.
»Klar doch«, antwortete Stephan schnell. Notfalls aus dem Privatvermögen, dachte er.
Abdel nickte und lief in seinem wiegenden Schritt davon.
Stephan ließ einen letzten Blick über das Brückenpanorama gleiten. Der Nebel hatte sich verdichtet. Die gewaltigen Bögen schienen sich im Himmel aufzulösen. Er wandte sich ab

und machte sich zu Fuß auf den Weg zum Präsidium. Obwohl man das Offenbacher Nordend mit seinen Lagerhallen, Ladenketten, teilweise leerstehenden Bürokästen und Brachen nicht gerade als Idylle bezeichnen konnte, hing in der nachmittäglichen Herbstluft doch das Aroma von feuchtem Laub und Holzfeuer und erinnerte ihn an eine unbeschwerte Kindheit auf dem Land.
Das half ein bisschen gegen die momentane Depression. Auch die Erinnerung an Abdel, diese geschäftige Micky Maus, hob seine Stimmung. Wie hieß noch einmal dieses arabische Wort? Wahrscheinlich hatte der Kleine recht. Es gab Dinge, die man nicht ändern konnte. Das zu ertragen, war schwer zu lernen. Die Kling hatte sich längst entschieden, hinunterzuspringen. Er hatte es nicht verhindern können. Muktab. Jetzt fiel es ihm wieder ein. Sein Handy meldete sich. Hölzinger.
»Wo steckst du?«
»Bin auf dem Weg ins Präsidium. Gleich da.«
»Okay, ich auch«, sagte Hölzinger und nieste.
Sie saßen im Halbdunkel an ihren Schreibtischen, die Kaffeebecher vor sich. Hölzinger schneuzte sich ausgiebig die Nase.
»Du warst eben noch beim Polizeipräsidenten?«, näselte er.
»Ja, er bat mich um einen ausführlichen Bericht. Ich dachte schon, er will mich suspendieren.«
Hölzinger hob die Augenbrauen. »Und?«
»Er fragte mich, ob ich psychologische Hilfe benötige.«
»Und?«
Stephan nahm einen tiefen Schluck aus der Tasse. »Nein, brauch ich nicht!«
Hölzinger machte eine abwägende Geste. »Du solltest das nicht auf die leichte Schulter nehmen. Das war ein ziemli-

cher Schock heute für uns beide. Vielleicht sollten wir gemeinsam …«

Stephan unterbrach ihn mit einer abwehrenden Handbewegung. »Ach, was soll das schon bringen? Ich habe das mal vor Jahren gemacht. Du fühlst dich anschließend nicht besser mit deinem Erlebnis, du lernst höchstens, es besser wegzustecken. Aber wirklich los wirst du es nie. Da bleibe ich lieber Autodidakt und muss mich nicht auch noch vor so einem Seelenklempner entblößen. Komm, lass uns jetzt den Bericht schreiben, das ist die beste Therapie.« Stephan schaltete den Computer ein und öffnete die nötigen Dateien.

In die Stille hinein nieste Hölzinger. »Ich glaube, morgen bin ich krank.«

Stephan warf ihm einen kritischen Blick zu. »Wo, um alles in der Welt, hast du dir das eingefangen? Oben auf der zugigen Brücke?«

Hölzinger schüttelte den Kopf. »Das hat mir nur noch den Rest gegeben. Ich hatte es vorher schon. Gestern kratzte es im Hals. Das wird eine richtig heftige Erkältung.«

Das Telefon auf Stephans Schreibtisch klingelte. Stephan hob ab. Eine nasale Frauenstimme sagte: »Guten Tag. Mein Name ist Sümeyye Onurhan. Entschuldigen Sie bitte die Störung. Eigentlich möchte ich Tobias Hölzinger sprechen, aber er geht nicht an sein Handy. Können Sie mir sagen, wie ich ihn erreichen kann? Hatschi.«

Stephan zuckte zusammen. Er reichte den Hörer zu Hölzinger hinüber. »Hier, deine Infektionsquelle will dich sprechen.«

Hölzinger griff danach. »Ach, du bist es. Wie geht es dir? … Besser? … Nein, mir geht es gut …«

Hölzinger erhob sich ein wenig vom Sitz, um etwas aus seiner engen Hosentasche zu ziehen. Es war sein Handy.

»Sorry. Es war nicht eingeschaltet. ... Auf der Brücke heute? Ja, da war ich. ... Im Fernsehen? ... Auch das noch! ... Ja, ich komme später noch mal vorbei. ... Weiß ich noch nicht. ... Bis dann.«
Er gab den Hörer an Stephan zurück. Der legte auf.
Hölzinger nieste wieder und krächzte: »Wir kommen heute in der Hessenschau. Bei YouTube sind wir schon in den verschiedensten Variationen zu sehen.«
»Das kommt sicher von den vielen Schülern auf der Brücke«, vermutete Stephan. Hölzinger nickte.
Stephan fixierte den Bildschirm und sagte plötzlich: »Wo triffst du dich nachher mit ihr? In der Domstraße? Ist das euer Liebesnest?«
Hölzinger fuhr auf. »Wie kommst du darauf? Nein! Ich fahre zu ihr nach Hause.«
Stephan grinste ungläubig. Hölzinger sah sich genötigt, eine längere Erklärung abzugeben.
»Gegen Abend trifft sich die ganze Familie bei den Eltern. Erst gibt es Tee, danach Essen. Meistens laden sie mich dazu ein. Es ist sehr nett mit ihnen.«
»Und wie unterhältst du dich mit den Eltern. Ich denke, die sprechen kein Deutsch?«
Hölzinger rutschte verlegen auf dem Stuhl hin und her. »Doch, sie sprechen Deutsch. Die Mutter perfekt. Der Vater etwas holperiger, trotzdem ist er gut zu verstehen.«
»Aha. Aber bei der Vernehmung haben sie Sera brav übersetzen lassen.«
»Von dieser umständlichen Prozedur erhofften sie sich, dass sie nicht zu viel rauslassen müssen. Für sie war wichtig, die Angelegenheit mit Hatice und Özlem so lange wie möglich zurückhalten zu können.«
»Tolle Strategie! Merkst du eigentlich, dass du da inzwischen

mittendrin hängst? Der Fall ist noch nicht abgeschlossen, und du unterhältst private Kontakte zu den Beteiligten.«

»Hast du Heck inzwischen davon erzählt?«

»Nein.«

Hölzinger atmete erleichtert auf. Stephan fixierte ihn eindringlich.

»Kannst du die Geschichte mit deiner Sümeyye nicht wenigstens aufschieben, bis der Fall abgeschlossen ist?«

»Nein.«

»Und warum nicht?«

»Wer weiß, wann wir diesen Fall endgültig erledigt haben. Und ich möchte sie jeden Tag sehen oder sprechen. Ein Tag ohne sie, das ist für mich wie, wie …« Hölzinger rang nach Worten.

Stephan unterbrach ihn grinsend. »Döner ohne Fleisch.«

»Blödmann!«

Stephans Gesicht wurde ernst. »Dich hat es ja wirklich heftig erwischt, Kollege!«

Hölzinger nickte. »Ich bin noch nie so einer Wucht von Mädchen begegnet. Alles an ihr ist perfekt. Sie ist nicht nur schön, sie ist intelligent, zuverlässig, heiter. Man spürt, dass sie aus einem warmen Nest kommt.«

Stephan runzelte die Stirn. »Was meinst du damit?«

»Ihre Familie. Weißt du, ich habe so etwas noch nie erlebt. Die halten zusammen. Einer ist für den anderen da. Sie achten aufeinander. Meine Eltern ließen sich scheiden, da war ich gerade in die Schule gekommen. Ich kann mich eigentlich nur an ewigen Streit zwischen den beiden erinnern und an viele Stunden, in denen ich allein in der Wohnung hockte und darauf wartete, dass meine Mutter von der Arbeit zurückkommt. Bei den Onurhans ist irgendwie immer jemand da.«

Stephan lachte. »Und dich haben sie jetzt adoptiert.«
Hölzinger setzte eine leicht beleidigte Miene auf. »Du nimmst mich nicht ernst. Die Onurhans haben mich mit einer Herzlichkeit und einer Unvoreingenommenheit empfangen, da könnte sich in diesem Land so mancher eine Scheibe davon abschneiden.«
Stephan kniff die Augen zusammen. »Vielleicht versprechen sie sich davon, dass du an geeigneter Stelle ein gutes Wort für sie einlegst.«
»Das ist eine Unterstellung!«
»Und wenn sie merken, dass du ihrer Tochter an die Wäsche willst, verstehen sie schnell keinen Spaß mehr. Die haben da sehr strenge Regeln.«
»Das ist in Ordnung. Ich kann warten.«
Stephan schaute Hölzinger verblüfft an. »Willst du damit sagen, ihr habt noch kein bisschen mal …?«
Hölzinger nieste und wischte sich mit dem Handrücken die Tränen aus den Augen. »Nein – und außerdem geht dich das nichts an.«
Stephan schüttelte grinsend den Kopf. »Es ist in gewisser Weise beruhigend. Schließlich ist sie noch minderjährig.«
»In drei Monaten nicht mehr«, erklärte Hölzinger.
Stephan atmete seufzend tief durch. Dann schrieb er weiter an seinem Bericht. Eine Weile war nur das Klappern der Tastatur und Hölzingers Schneuzen zu hören. Beide fuhren erschrocken hoch, als die Tür aufsprang. Serafettin Gümüstekin tauchte auf.
»Hier seid ihr ja noch! Habe von eurer Aktion auf der Brücke gehört. Das war heftig! Wisst ihr, dass ihr das schon bei YouTube bewundern könnt?«
Beide nickten müde. In dem Moment meldete sich Stephans Handy. Einen Moment lauschte er schweigend, und Höl-

zinger und Gümüstekin beobachteten ihn gespannt. Stephan erhob sich.
»Aha, und wo genau seid ihr jetzt? ... Wie? Hier auf dem Parkplatz vor dem Präsidium?«
Stephan ging zum Fenster und sah hinab. Die anderen taten es ihm nach und fanden trotz der Enge zwischen den Möbeln einen schmalen Stehplatz. Gümüstekin schob eine Topfpflanze zur Seite.
»Wer ist das da unten?«
»Ist das nicht unsere Micky Maus?«, fragte Hölzinger.
Stephan nickte. Gümüstekin musterte die beiden Kollegen verständnislos und schaute wieder hinab. Dort im schummerigen Licht der Parkplatzbeleuchtung waren zwischen den geparkten Wagen schemenhaft Gestalten zu erkennen: ein kleiner Jugendlicher, eine füllige Frau in einem langen Mantel und mit Kopftuch, ein junger Mann, der die Frau um einen Kopf überragte. Der junge Mann hielt eine Tragschale in der Hand, wie man sie für den Transport von Babys im Auto benutzte.
Stephan sagte in sein Handy: »Hör zu, Abdel, ich sag an der Pforte Bescheid, dann lässt man euch rein. Ja, zum K elf. Ich ahne da was«, flüsterte Stephan in den Raum. »Gut, dass du da bist, Sera, wir können dich gleich als Dolmetscher gebrauchen.«
»Wofür?«, fragte Gümüstekin.
Stephan antwortete: »Da kommt jetzt die Familie Ben Alhallak. Die haben uns vermutlich viel zu erzählen.«
Serafettin Gümüstekin trat einen Schritt zurück. »Das ist Arabisch, und ich bin für Türkisch zuständig.«
»Ist das nicht dasselbe?«, fragte Stephan erstaunt.
Serafettin Gümüstekin schüttelte mitleidig den Kopf. »Nein. Viel Erfolg weiterhin.« Dann ging er hinaus.

»Du musst noch viel lernen, Kollege«, flüsterte Hölzinger spöttisch.
»Ich bin gerade dabei«, entgegnete Stephan. »Ein bisschen Arabisch kann ich schon. Salamalaikum und Muktab. Da staunst du, was?«
Wenig später befanden sie sich mit den Ben Alhallaks im Vernehmungszimmer.
Stephan kam nicht dazu, seine Arabischkenntnisse anzuwenden, denn alle sprachen Deutsch.
»Wir sind Deutsche«, erklärte Frau Ben Alhallak. »Alle hier geboren.« Sie war es auch, die den Hauptanteil des Gesprächs bestritt. Selbst der sonst nicht auf den Mund gefallene Abdelhamid verhielt sich so still und zurückhaltend wie sein großer Bruder Mohamed. Auf dem Tisch stand die Babyschale mit einem friedlich schlafenden Baby. Frau Ben Alhallak hatte den Reißverschluss des Baby-Overalls geöffnet und die Mütze ausgezogen. Dichte, schwarze Haare bedeckten den kleinen Kopf. Das Baby hatte bei dieser Prozedur eine Schnute gezogen, kurz die dunklen Augen geöffnet, den Kopf zur Seite gedreht und war wieder eingeschlafen.
Ein echtes Baby aus Fleisch und Blut, das atmete und sichtlich zufrieden war. Das zu sehen tat gut, nach all dem, was Stephan in den letzten Tagen erlebt hatte.
»Es ist, damit sie nicht schwitzt hier in diesem warmen Zimmer«, erklärte Frau Ben Alhallak.
Sie öffnete ihren Mantel und setzte sich auf den nächsten Stuhl. Alle nahmen rund um den Tisch Platz. In dem Moment kam Ernestine Hoff dazu.
Sie beugte sich über das Kind und flüsterte: »Was für ein süßes Baby! Und wie brav es schläft!«
Frau Ben Alhallak lächelte wie eine stolze Mutter. »Das war

nicht so, als wir sie bekamen. Sie hat viel geweint, denn sie war wund bis auf das rohe Fleisch und hatte oft Bauchweh. Nächtelang haben wir sie abwechselnd herumgetragen.«
Die beiden Söhne nickten bestätigend. Stephan sah lächelnd zu dem Baby, das seine Faust in den Mund geschoben hatte und daran nuckelte. Abdelhamid hatte das ebenfalls beobachtet. Er entnahm einer großen Tasche, die er umgehängt hatte, eine Box, zog einen Schnuller heraus und steckte ihn dem Baby vorsichtig zwischen die Lippen. Mit einem kleinen Schmatzgeräusch sog es den Schnuller in den Mund. Alle lachten leise.
»Erzählen Sie! Wie sind Sie zu dem Baby gekommen?«, bat Stephan.
Frau Ben Alhallaks Augenbrauen zogen sich zusammen. »Bitte, Sie müssen verstehen, Herr Kommissar, wir haben nichts Unrechtes getan. Wir wussten nicht, dass Sie ein Kind suchen. Erst als Abdel heute nach Hause kam und uns erzählte, dass die ermordete Frau in der Domstraße ein Baby hatte, das verschwunden ist, haben wir etwas geahnt. Ich muss ehrlich sagen, so ganz hatte ich die Geschichte von Anfang an nicht geglaubt.«
»Welche Geschichte?«
»Nun, dass die Mutter des Babys eine Drogenabhängige ist, die sich nicht kümmern kann, die aber verhindern will, dass das Jugendamt ihr das Kind wegnimmt, solange sie auf Entzug ist. Für diese Zeitspanne sollten wir uns kümmern. Ich mache so etwas schon lange, ich betreue oft Kinder. Ich habe ein Zertifikat als Tagesmutter. Ich …«
»Schon gut, ich glaube Ihnen das«, unterbrach Stephan. »Wer hat Ihnen das Kind gebracht?«
Frau Ben Alhallak fragte ihren jüngsten Sohn: »Hast du ihm das nicht gesagt?«

Abdel schüttelte stumm den Kopf und sah seine Mutter schuldbewusst an.
Sie wandte sich wieder an Stephan. »Florian Sauer. Er brachte das Baby eines Tages zum Sanitätsdienst mit. Es ging ihm sehr schlecht. Florian erzählte diese Geschichte und fragte, ob wir das Kind vorübergehend aufnehmen könnten. Mohamed rief mich auf dem Handy an, und ich sagte zu. Er brachte die Kleine dann gleich zu uns.« Mohamed nickte bestätigend.
»Florian hat mir die Geschichte glaubhaft vermittelt. Und es passt auch zu ihm. Er ist ziemlich hilfsbereit. Darum dachte ich mir dabei nichts.«
»Wissen Sie etwas genauer, wann das war?«, fragte Hölzinger.
»Am zwölften Oktober«, antwortete Frau Ben Alhallak und erklärte: »Es ist mein Geburtstag, und Mohamed kam mit der Kleinen im Arm.«
Stephan schaute Mohamed an.
»Hat Florian Sauer noch mehr zu dem Kind oder seiner Mutter berichtet. Hat er Namen genannt, Orte, das Geburtsdatum des Kindes?«
»Nein, nur das, was Ihnen meine Mutter gerade gesagt hat. Wir sahen, wie schlecht es der Kleinen ging, und meine Mutter hat sich vor allem darum gekümmert, sie zu versorgen.«
»Hat Florian Sauer Ihnen dafür Geld gegeben?«, fragte Stephan.
Frau Ben Alhallak zögerte. Abdel antwortete schnell für sie: »Nur für Windeln und Essen.«
Von wegen, dachte Stephan. Er konnte sich gut vorstellen, dass der wohlhabende Arztsohn einiges für die Versorgung des Säuglings auf den Tisch geblättert hatte. Warum aber hatte er das überhaupt getan?

»Noch nicht einmal einen Namen hatte die Kleine«, berichtete Frau Ben Alhallak. »Als sie zu uns kam, schätzte ich ihr Alter auf knapp vier Wochen. Wir haben sie Fatima genannt.«

Stephan horchte auf. »Fatima? Hat das etwas mit diesem Schmuckstück zu tun, dieser Hand, die vor dem bösen Blick schützt?«

Frau Ben Alhallak lächelte. »Wollen Sie das wirklich wissen?«

»Ja, ich interessiere mich für die arabische Sprache und Kultur«, erklärte Stephan und warf Hölzinger einen vielsagenden Blick zu. Der grinste breit und nieste unterdrückt, die Hand vor der Nase.

Ernestine fauchte ihn an: »Halte deine Viren von dem Baby weg!«

Frau Ben Alhallak zog die Schale mit dem Kind näher zu sich heran. »Wir haben sie Fatima genannt, weil sie so ein liebes, sanftes Kind ist und weil Kinder, die ein besonderes Schicksal haben, von Allah besonders beschützt werden. Fatima hieß die jüngste Tochter unseres Propheten. Bei ihrer Geburt wollte keine Frau der Mutter helfen. Da kamen Engel aus dem Himmel und andere Bewohnerinnen des Paradieses herab zu ihr. Auch die heilige Maria war dabei. Sie halfen, Fatima auf die Welt zu bringen. Fatima ist für die Muslime die reinste und beste aller Frauen. Sie hat die Kraft, vor dem Bösen zu bewahren.«

Stephan hörte interessiert zu. Hölzinger seufzte ungeduldig und schaute auf seine Uhr.

»Und was machen wir jetzt?«, fragte er.

Stephan wurde aus seinen Gedanken gerissen.

»Wir müssen erst einmal eine DNS-Probe nehmen, um festzustellen, ob das überhaupt unser Kind ist.«

Die Familie Ben Alhallak sah ihn alarmiert an.
»Keine Sorge, tut nicht weh«, beruhigte Stephan. »Es reicht, wenn Sie uns den Schnuller überlassen und diese kleine Mütze. Da sind dann genug Zellen dran, um es zu untersuchen.«
Abdel holte einen weiteren Schnuller aus der Box, tauschte ihn blitzschnell gegen den des Babys aus und reichte ihn Ernestine, die ihn in einem Beutel verwahrte.
»Können wir Fatima jetzt wieder mitnehmen?«, fragte Mohamed.
»Nein, das geht leider nicht«, antwortete Stephan. »Wir werden sie dem Jugendamt übergeben, bis geklärt ist, was mit ihr geschieht.«
In Frau Ben Alhallaks Augen glitzerten Tränen. »Aber wir würden uns doch gut um sie kümmern. Wir würden sie auch behalten. Sie ist ja schon ein Teil unserer Familie geworden.«
»Das geht aber leider nicht. Solange es niemanden mit Sorgerecht für sie gibt, ist automatisch das Jugendamt für sie zuständig.«
»In Marokko wäre das einfacher«, erklärte Frau Ben Alhallak. Sie beugte sich über die Kleine, streichelte ihr sanft die Wange und küsste sie auf die Stirn. Ebenso taten es ihre Söhne, danach verließen sie schweigend den Raum.
Stephan starrte einen Moment auf die geschlossene Tür. Plötzlich riss er sie auf und stürzte hinterher. »Abdel!«, rief er. »Warte!« Die Familie war gerade am Treppenabsatz angekommen. Stephan winkte Abdel zu sich heran. »Die Belohnung!«, flüsterte Stephan.
Abdels Knopfaugen glänzten. »Ist nicht so wichtig«, erwiderte er.
Stephan zog sein Portemonnaie aus der Hosentasche und steckte ihm einen Fünfzig-Euro-Schein in die Brusttasche

seiner Jacke. »Du bist ein cleverer Junge! Danke, dass du so schnell geschaltet und das einzig Richtige getan hast, nämlich das Baby zur Polizei zu bringen.«
»Hab ich ja gar nicht«, erwiderte Abdel. »Ich hab es erst mal meiner Mutter erzählt.«
Stephan lächelte. »Auch gut. Auf jeden Fall bedanke ich mich für deine Hilfe.«
Abdel grinste scheu und wandte sich in Richtung seiner wartenden Leute. Dann jedoch zögerte er noch einmal und sagte: »Eigentlich hätten Sie das mit dem Baby schon viel früher rausfinden können.«
»Aha. Und wie?«
»Na ja, weil ich mich doch verplappert hatte neulich, als Sie mich nach meiner Familie gefragt haben. Da habe ich von dem Baby erzählt, und mit ihm wären wir auch ein Kind mehr gewesen. Aber Sie hatten zum Glück nicht richtig mitgezählt.«
»So? Hab ich das? Mathe war irgendwie immer mein Problem.« Abdel nickte grinsend, und Stephan tippte sich leise lachend an die Stirn. Dann hob er die Hand, und Abdel schlug ein.
Als er wieder ins Büro zurückkehrte, begegnete er Ernestine in der Tür. Sie trug die Schale mit dem schlafenden Baby und schaute vorsichtig den Flur entlang. »Sind sie weg?« Stephan nickte.
»Ich kümmere mich um das Jugendamt«, sagte sie und verschwand.
»Für das Baby wäre es bestimmt besser, wenn es bei den Ben Alhallaks bleiben könnte«, sagte Stephan beim Betreten des Büros zu Hölzinger.
»Die bekämen nie im Leben eine Erlaubnis für die Adoption«, wandte dieser ein.

»In Marokko bestimmt. Hast du ja gerade gehört«, konterte Stephan.
Hölzinger grinste. »Klar, Bakschisch ist auch so ein arabisches Wort.«
»Als ob es das hier nicht gäbe!«, entgegnete Stephan.
Wieder nagte in ihm der Gedanke, was diesen Florian Sauer dazu getrieben hatte, das Kind zu verstecken. Voller Groll dachte er an die Bemerkung der Stummer: Der Florian ist ein Kümmerer, so ein ganz Lieber. Hölzinger nieste und schaute ungeduldig auf die Uhr.
»Jetzt können wir eigentlich Schluss machen, oder?«
»Der Bericht ist noch nicht fertig«, mahnte Stephan.
»Hat das nicht Zeit bis morgen?«, drängte Hölzinger.
»Morgen ist Anselm Kling von seinem Kongress zurück und kommt hierher.«
Hölzinger schneuzte sich. Seine Augen waren glasig. »Ich habe bestimmt Fieber.«
»Wir müssen uns heute Abend auf jeden Fall noch Florian Sauer greifen.«
»Du willst ja nur nicht, dass ich mich mit Sümeyye treffe.«
»Es ist mein Ernst, dass wir heute Abend noch zu Florian Sauer müssen.«
»Weswegen willst du ihn denn verhaften?«, fragte Hölzinger.
Stephan brauste auf: »Na, hör mal, immerhin hat er sich das Kind genommen und es vor uns versteckt.«
Ein mitleidiges Lächeln glitt über Hölzingers Gesicht. »Er ist der Vater. Er kann sein Kind betreuen lassen, von wem er will. Außerdem hat er ihm sogar das Leben gerettet. Einen Tag länger bei dieser Schnapsdrossel, und es wäre vorbei gewesen. Und vor uns hat er gar nichts versteckt, er wusste ja noch nicht einmal, dass wir nach dem Kind suchen.«

»Oh, Mann, du redest ja schon wie sein Anwalt. Und so einfach ist es auch wieder nicht. Florian Sauer hat noch kein Sorgerecht, erst muss er mal die Vaterschaft offiziell anerkennen.«
Hölzinger hob die gefalteten Hände in die Höhe. »Heiliger Sankt Bürokratius«, sagte er und stöhnte, »das ist ja nun wirklich das geringste Problem und muss nicht heute Abend geklärt werden.«
»Na gut, dann geh jetzt zu deinem türkischen Abendessen«, gab Stephan endlich nach, und Hölzinger verschwand sofort.
Stephan setzte sich an seinen Schreibtisch und schrieb weiter an dem Bericht, da die Erinnerung jetzt noch frisch war. Wenig später kam Ernestine herein und setzte sich ihm gegenüber an Hecks Schreibtisch.
»Du hast auch kein Zuhause, oder warum sitzt du noch hier?«
»Ich will das erledigen. Morgen kommt wieder was Neues dazu, und da verliert man schnell den Überblick.«
»Sehr ordentlich!«, lobte sie.
»Was macht Hecks Schuss«, fragte er scherzhaft.
»Er hat sich eine Spritze geben lassen. Ich konnte ihn anschließend nur mit Mühe davon abhalten, hier wieder aufzutauchen. Er hätte es fertiggebracht, mit dir auf der Brücke herumzuturnen. Morgen will er unbedingt dabei sein, wenn wir mit Anselm Kling sprechen.«
Stephan nickte. »Das wird nicht nur ein Gespräch, sondern es wird in eine Vernehmung ausarten.«
»Ach, wieso?«, fragte sie.
»Morgen habt ihr meinen Bericht, dann könnt ihr alles nachlesen.«
Es war bereits dreiundzwanzig Uhr, als er endlich den Com-

puter herunterfuhr. Sollte er Maren jetzt noch anrufen? In den letzten Tagen war es nicht so einfach mit ihr gewesen. Sie reagierte kurz angebunden und ging ihm aus dem Weg. Am Sonntag wäre vielleicht Zeit, einmal ausführlich zu sprechen. Das nahm er sich vor. Er schickte ihr eine SMS und erhielt keine Antwort.
Dann verließ er das Präsidium. Es gab noch einige Fenster, hinter denen es hell war. Die Luft war kalt und feucht, aber es hatte aufgehört zu regnen. Er schwang sich auf sein Fahrrad und fuhr den Dreieichring entlang Richtung Kaiserlei. Diese Brücke würde er so schnell nicht wieder betreten. Am Main angekommen, wählte er die entgegengesetzte Richtung. Er fuhr einen großen Umweg über die Karl-Ullrich-Brücke in den Frankfurter Stadtteil Fechenheim. Von dort aus gelangte er über die Hanauer Landstraße ins Ostend und übernachtete nicht bei Maren, sondern in seiner Wohnung.

Samstag, der 10. November

Heck thronte wieder hinter seinem Schreibtisch. Er wirkte noch breiter als sonst, weil er sich in die Sicherheitsweste gezwängt hatte, die seinen Oberkörper in einen prallen Insektenpanzer verwandelte.

»Jetzt guck mich nicht die ganze Zeit an, als käme ich vom Mars«, sagte er keuchend. »Ich hab die Weste angezogen, weil dadurch die Wärmflasche besser hält, die ich mir in den Rücken gesteckt habe.« Stephan grinste. Heck überging das mit gequälter Miene und fragte: »Wann kommt er?«

»Zehn Uhr habe ich mit ihm ausgemacht«, erklärte Ernestine. »Es war gestern gar nicht so einfach, ihn zu erreichen. Zwei Kollegen aus Düsseldorf leisteten Amtshilfe und wollten ihn dort bei dem Ärztekongress aufsuchen, um ihm die Todesnachricht von seiner Frau zu überbringen. Doch er war nicht da. Ich habe mir dann von einer seiner Arzthelferinnen die Handynummer geben lassen. Es war abgeschaltet. Ich machte es dringend und erzählte ihr, was passiert war. Da rückte sie mit der Adresse von einem Wellnesshotel im Odenwald heraus und flehte mich an, niemandem zu sagen, dass ich das von ihr hätte. Offensichtlich gibt es in der Praxis offene Geheimnisse. Die Odenwälder Kollegen fuhren hin und überbrachten ihm die Nachricht. Sie berichteten mir später, er sei in Damenbegleitung gewesen.«

Heck pfiff durch die Zähne. »Die Welt ist schlecht!«

Das sagt genau der Richtige, dachte Stephan und schielte zu Ernestine, die dicht neben Hecks Schreibtisch auf einem Hocker saß. Heck war heute Morgen Punkt sieben Uhr erschienen und hatte aufmerksam Stephans Bericht über den Vorfall auf der Brücke gelesen. Dann hatte er ihn an Ernestine weitergegeben und Stephan gefühlte tausend Fragen zu den Details gestellt. In gleicher Weise verfuhr er mit Stephans zweitem Bericht über die Rückgabe des Kindes.
»Haben wir schon ein Ergebnis wegen der DNS?«, fragte er.
»Frühestens morgen«, antwortete Ernestine.
»Und das Kind, wo ist das jetzt?«
»Der Notdienst vom allgemeinen sozialen Dienst hat es gestern in einer Pflegefamilie untergebracht, die sie für solche Fälle haben. Sie wollten von mir die Daten des leiblichen Vaters, um sich mit ihm in Verbindung zu setzen.«
»Hast du sie ihnen gegeben?«, fragte Heck.
»Ja. Spricht etwas dagegen?«
»Eigentlich nicht, oder?«, fragte Heck in Richtung Stephan. Der spürte ein widerstrebendes Gefühl in sich aufsteigen.
»Eigentlich darf der noch gar nichts über das Kind sagen, solange er nicht die Vaterschaft anerkannt und das Sorgerecht bekommen hat. Auch muss ja erst mal durch den DNS-Test bewiesen werden, dass es das richtige Kind ist.«
»Das ist jetzt aber kleinlich«, kritisierte Heck. »Ich denke, es ist das richtige Kind. Und die übrigen Formalien wird das Jugendamt mit Sauer klären. Der Fall ist gelöst!«
»Und was passiert, wenn er das Kind nicht will?«, fragte Ernestine. »Dann kann er es wohl zur Adoption freigeben, oder was meinst du, Lars?«
Stephan zuckte mit den Schultern. »Vermutlich.«
Heck schob seine Kaffeetasse zur Schreibtischkante. »Kannst du mir noch was nachschenken, Tinchen?«

Ernestine griff nach der Thermoskanne. Heck bedankte sich mit einem Lächeln. »So oder so. Für das Kind ist auf jeden Fall gesorgt.«
»Sofern es das richtige Kind ist«, räumte Stephan ein.
»Das wissen wir morgen.« Heck stöhnte. Seine Miene zeigte deutlich, dass das Kapitel Kind für ihn abgeschlossen war. Für Stephan nicht, etwas nagte in ihm, das er selbst noch nicht genau beschreiben konnte.
Anselm Kling wirkte wie immer gehetzt. Er saß mit ihnen im Vernehmungszimmer und trank nervös aus einem Wasserglas. Er hatte die Beileidsbekundungen regungslos entgegengenommen. Dann hatte er sich schildern lassen, wie die Ereignisse auf der Brücke im Einzelnen abgelaufen waren. Stephan berichtete. Die Inhalte des Gesprächs mit Veronika Kling auf dem Brückenbogen ließ er zunächst aus. Ernestine saß mit aufgeklapptem Laptop am Tisch. Immer wieder schielte Dr. Kling zu ihr hin.
»Gibt es denn etwas, das Sie mir vorwerfen, oder warum sitzen Sie hier mit mir wie im Verhör.«
Heck erwiderte verärgert: »Noch sind wir im Stadium der Befragung. Es geht darum, mit Ihrer Hilfe die Umstände, die zum Tod Ihrer Frau führten, zu klären. Sie können natürlich gerne einen Anwalt …«
Dr. Kling winkte ab. Er starrte vor sich auf die Tischplatte. So, wie er dasaß im offenen Mantel und auf der Stuhlkante, hatte man den Eindruck, dass er jeden Augenblick aufspringen und davonrennen wollte. »Eine Puppe, sagen Sie, hat sie ins Wasser geworfen?«
»Haben Sie dafür eine Erklärung?«, fragte Heck.
Dr. Kling nickte. Dann fuhr er sich mit der Hand über die Stirn, als wolle er unliebsame Gedanken wegwischen.
»Im Grunde genommen muss man sagen, dass Veronikas

Verhalten längst pathologisch war. Sie wollte es sich nicht eingestehen, aber sie war geradezu besessen von ihrem Kinderwunsch. Die Ursache ist leicht erklärt. Veronika ist … war ein absolut perfektionistischer Mensch. Alles, was sie tat, erledigte sie hundertprozentig. Sie verzieh keine Fehler, am wenigsten sich selbst. Höchstleistung war die Norm. Abitur mit einer glatten Eins. Medizinstudium mit besten Bewertungen. So lernte ich sie kennen. Ich bewunderte ihre Intelligenz und ihren Fleiß. Ich selbst war eher ein bequemer Student. Unsere Beziehung war schon damals durchaus konfliktbeladen, dennoch kamen wir nicht voneinander los. Kurz vor dem Studienabschluss wurde sie schwanger. Wenn es nach mir gegangen wäre, hätten wir das Kind bekommen können, ich wäre dafür sogar zu Hause geblieben. Doch für Veronika gab es keine Diskussion. Sie entschloss sich zur Abtreibung und überstand den Eingriff zunächst ohne Probleme. Nach dem Studium arbeitete sie in einer Klinik. Sie litt unter der Hierarchie der ›Götter in Weiß‹ und fühlte sich als Frau trotz ihrer hervorragenden Leistungen nicht genug gewürdigt. Eines Tages zeigte sie den damaligen Chefarzt wegen eines vermeintlichen Kunstfehlers an. Ab dem Tag hatte sie das Gefühl, alle hätten sich gegen sie gewandt. Sie wechselte die Arbeitsstelle, doch sie glaubte, überall ein unsichtbares Netzwerk zu spüren, das sich gegen sie verschworen hatte. Sie nahm Aufputschmittel, um trotz der Schlaflosigkeit leistungsfähig zu bleiben, dazu abends immer mehr und stärkere Schlafmittel. Immer häufiger plagten sie heftige Migräneattacken und machten sie dienstunfähig. Ihr Ziel, eine anerkannte und erfolgreiche Ärztin zu sein, hatte sie verfehlt. Sie brach psychisch zusammen und gab auf. Danach wollte sie sich ins Privatleben zurückziehen, was finanziell kein Problem für uns war.

Längst arbeitete ich in der Gemeinschaftspraxis, längst hatten meine Eltern uns das Haus überschrieben. Anfangs ging es Veronika besser. Sie begann, sich mit Chinesischer Medizin zu beschäftigen, und kritisierte die Schulmedizin und auch mich immer heftiger. Sie gab nun der Schulmedizin die Schuld an ihrem Versagen. Dazu kam, dass sich das erwünschte Kind nicht einstellen wollte. Sie steigerte sich in den Wahn hinein, dass ihr Leben nur mit einem Kind perfekt werden kann. Im Haus hat sie ein Kinderzimmer eingerichtet. Als das Kind nicht kam, hat sie das Zimmer mit Puppen ausgestattet und dafür ein Vermögen ausgegeben. Stundenlang hat sie sich manchmal dahin zurückgezogen. Ich denke, sie hat den Suizid begangen, weil sie ihr Leben ohne Kind für sinnlos hielt, und sie hat die Puppe als Zeichen des persönlichen Scheiterns ins Wasser geworfen.«
Die Tastatur klickerte. Niemand sagte etwas.
Dr. Kling erhob sich. »Mehr ist dazu wohl nicht zu sagen.«
Stephan und Heck warfen einander Blicke zu.
Heck begann: »Bitte setzen Sie sich noch einen Moment, Dr. Kling. Herr Stephan hatte Ihnen vorhin ja berichtet, dass er und Herr Hölzinger versucht haben, Ihre Frau von dem Sprung abzuhalten. Dabei hat Ihre Frau noch einige Dinge angesprochen. Hauptkommissar Stephan wird Ihnen das jetzt berichten.« Heck wies mit der Hand in seine Richtung.
Stephan schilderte detailreich und möglichst wortgenau, wie sich das Gespräch mit Veronika Kling abgespielt hatte. Dr. Kling saß vornübergebeugt da und schaute regungslos auf seine gefalteten Hände. Manchmal schloss er die Augen. Dann wieder presste er die Lippen zusammen.
Als Stephan geendet hatte, sagte Kling bestürzt: »Sie war es, die diese furchtbaren Morde begangen hat? Das ist ja kaum

zu glauben. Aber daran sehen Sie, wie krank sie war, wie sehr sie das alles in den Wahnsinn getrieben hat.«
Stephan ergriff das Wort: »Ihre Frau behauptete, Sie hätten Hatice Ciftci als Leihmutter für Ihren letzten Embryo engagiert.«
»Davon ist kein Wort wahr!«, entrüstete sich Dr. Kling.
Stephan hob beschwichtigend die Hände und fuhr fort: »Nun, sagen wir mal, es hat sich etwas anders abgespielt, als Sie Ihrer Frau das glauben machen wollten. Hatice Ciftci war ungewollt schwanger geworden. Der Kindsvater hatte sich von ihr getrennt. In ihrer Not fragte sie bei Ihnen an, ob Sie vielleicht einen Arzt vermitteln könnten, der ohne Krankenkasse und ohne nach ihrer Identität zu fragen, eine Abtreibung vornehmen würde. Da kam Ihnen eine andere Idee. Sie hofften, endlich die Lösung für Ihre Frau gefunden zu haben. Sie kauften Hatice Ciftci das Kind ab und erzählten Ihrer Frau die Geschichte, dass Sie eine Leihmutter für den letzten Embryo gefunden hätten. Ihren Freund Dr. Sauer weihten Sie ein. Er übernahm die Vorsorgeuntersuchungen, zu denen Ihre Frau regelmäßig mit Hatice Ciftci ging. Ihre Frau verkleidete sich als Schwangere, um der Nachbarschaft, Freunden und Verwandten die Ankunft eines Babys plausibel machen zu können. Der Kinderwagen wurde gekauft. Das Kinderzimmer stand ja schon lange bereit. Es war geplant, dass Ihre Frau am Tag der Geburt gemeinsam mit Hatice Ciftci in die Klinik geht und das Kind als ihr eigenes in Empfang nimmt. Dann jedoch wird alles anders. Hatice informiert Ihre Frau nicht über die Geburt, sondern bringt das Kind in der Klinik zur Welt und verschwindet dann wieder. Aus irgendeinem, momentan nicht erklärbaren Grund hat auch Ihr Freund Dr. Sauer es versäumt, Sie oder Ihre Frau zu benachrichtigen. Herr Dr.

Kling, Ihre Frau wurde zur Mörderin, weil sie glaubte, dass Hatice ihr das eigene Kind gestohlen hat. Ihre Lüge hat sie dazu getrieben!«

Dr. Kling starrte kopfschüttelnd vor sich hin.

Heck schaltete sich ein: »Was wir Ihnen vorwerfen, Dr. Kling, ist nichts Geringeres als Menschenhandel. Sie haben die Notlage der Hatice Ciftci ausgenutzt und ein Kind gekauft. Ihren Freund Dr. Sauer haben Sie offensichtlich in die Angelegenheit eingeweiht, so dass seine Mitwisserschaft und Unterstützung ebenfalls strafbar ist. Zumindest moralisch haben Sie eine Mitschuld an den Morden, die Ihre Frau beging.«

»Von alldem ist kein Wort wahr!«, stieß Dr. Kling hervor. »Ich habe kein Kind gekauft. Dr. Sauer hat damit nichts zu tun. Ja, meine Frau hat eine Schwangerschaft vorgetäuscht, aber das war Teil ihres Wahns. Und mehr sage ich ohne Anwalt jetzt nicht mehr dazu.« Dr. Kling erhob sich.

»Stopp!«, rief Heck. »Wollen Sie im Ernst behaupten, dass alles, was Ihre Frau in den letzten Minuten ihres Lebens gesagt hat, Lüge war? Es gab keinen Grund für sie, in diesem letzten Moment zu lügen. Im Gegenteil: Sie wollte die Wahrheit ans Licht bringen. Viele Selbstmörder handeln so. Was Ihre Frau sagte, war wie ein mündlicher Abschiedsbrief. Ich denke, mein Kollege hat das eben sehr realitätsnah rekonstruiert. Vielleicht waren einige Details ein bisschen anders, aber im Großen und Ganzen sind wir der Wahrheit damit doch sehr nahegekommen. Wollen Sie Ihrer Frau nicht den letzten Dienst erweisen und sich auch endlich zur Wahrheit bekennen?«

Dr. Klings Gesicht war grau und wie erstarrt. »Ich habe alles gesagt.« Er ging schnurstracks zur Tür und ließ sie laut hinter sich ins Schloss fallen.

Ernestine klappte das Laptop zu. »Der ändert seine Meinung nicht mehr.«
Heck presste die Lippen aufeinander und nickte schweigend. »Alle Zeugen, die gegen seine Version aussagen könnten, sind tot. Wir können ihm nichts beweisen. Das ist ihm klar. Ich hatte gehofft, dass er so kurz nach ihrem Tod emotional aufgewühlt genug ist, um meinem Appell zu folgen.«
Stephan winkte ab. »Er war aufgeregt, aber nicht wegen des Todes seiner Frau, sondern eher, weil er befürchtet hatte, dass wir von diesem Kindeskauf erfahren haben.«
Heck nickte, dann schlug er mit beiden Händen auf die Tischplatte. »Sei es, wie es sei. Diesen Handel zu entlarven war nicht unser Hauptanliegen. Wir hatten zwei Morde aufzuklären und ein Kind zu finden. Beides erledigt! Der Rest sind nicht aufklärbare Randerscheinungen. Wie wir aus Erfahrung wissen, ist das unser täglich Brot. Wir sind hier nicht im Fernsehkrimi, wo alles am Ende lückenlos geklärt ist. Wir haben gelernt, mit der Lücke zu leben! Also, auf ins Wochenende mit uns!«
Ernestine nickte ihm lächelnd zu. Heck schaute zu Stephan. Doch der starrte nachdenklich vor sich hin.
»Ich habe das Gefühl, da ist noch eine ganz große Geschichte am Laufen, die wir noch gar nicht überblicken. Es hat etwas damit zu tun, dass uns kein plausibler Grund einfällt, warum Florian Sauer der Schröder das Kind weggenommen und es dann bei den Alhallaks versteckt hat.«
Ernestine erwiderte nachdenklich: »So abwegig finde ich sein Verhalten nicht. Er ist der Vater und hat auf eigene Faust versucht, herauszufinden, wo sein Kind sein könnte. Vielleicht hat Hatice ihm ja sogar gesagt, dass sie Andrea Schröder ins Vertrauen gezogen hat, um das Kind dort in Sicherheit zu bringen.«

»Vor wem sollte es in Sicherheit gebracht werden?«, fragte Stephan.
»Vor Veronika Kling, die darauf bestand, es zu bekommen. Hatice und Florian hatten sich wieder versöhnt und planten eine Zukunft als kleine Familie im Ausland.«
Stephan schüttelte den Kopf. »Warum sagt er uns dann nicht, dass es bei der Schröder ist? Warum kommt er dann nicht mit dem Kind im Arm zu uns und sagt: Seht her, hier ist mein Kind, alles in Ordnung? Warum verbirgt er es vor uns, obwohl er weiß, dass wir es suchen?«
Ernestine zuckte mit den Schultern. Heck erhob sich und rieb sich den Rücken, stöhnte und sah auf die Uhr: »High Noon, Kinder! Lars hat durchaus recht mit seinen Bedenken. Aber wir können das auch am Montag noch klären. Schluss für heute.«
In dem Moment meldete sich Hecks Handy. Er hielt es ans Ohr und lauschte. Seine Miene verdüsterte sich zusehends.
»Wann war das?«, fragte er. »Und warum erfahren wir das erst jetzt? Wo? Gut, wir kümmern uns darum.«
Er legte das Handy beiseite und schaute in die erwartungsvollen Gesichter von Ernestine und Lars.
»Ihr werdet es kaum glauben. Unser Kind ist schon wieder weg. Heute Morgen war die Pflegefamilie mit ihm auf dem Wochenmarkt am Wilhelmsplatz einkaufen. Sie sind noch nicht einmal in der Lage, genau zu sagen, wann oder wo das Kind verschwand. Sie hatten den Kinderwagen an verschiedenen Ständen abgestellt und eingekauft. Das Kind war wegen des schlechten Wetters dick eingepackt. Irgendwann haben sie plötzlich bemerkt, dass sie die ganze Zeit einen leeren Kinderwagen herumgeschoben haben. Inzwischen suchen Streifenbeamte den ganzen Bereich ab und befragen die Leute. Bisher ohne Erfolg.

Wenig später stand Stephan auf dem Wilhelmsplatz mitten im chaotischen Treiben eines Marktes. Verführerische Düfte nach Geräuchertem und exotischen Gewürzen erinnerten ihn daran, dass sein dürftiges Frühstück bereits einige Stunden zurücklag. Daher gönnte er sich eine Bratwurst und ein Brötchen und schlenderte in einen etwas ruhigeren Randbereich. Von hier aus ließ er das Geschehen auf sich wirken. Wieder einmal war er völlig erstaunt, eine neue, unerwartete Seite von Offenbach kennenzulernen. Der riesige Marktplatz war umsäumt von herrlichen, teilweise frisch renovierten Gründerzeithäusern, in denen sich Lokale, Feinkostgeschäfte und viele andere Läden befanden. Über den Platz verteilten sich Verkaufsstände unterschiedlichster Art. Es gab unzählige Käsesorten, frischen Fisch, Fleisch, Wurst, Obst und Gemüse, Gewürze, Kräuter – Bio oder konventionell. Hier schien kein kulinarischer Wunsch offenzubleiben. Das würde er demnächst einmal Maren zeigen. Was für ein Vergnügen musste es sein, mit ihr zwischen den Ständen zu flanieren und sich für ein gemeinsames Kochen am Abend ausgewählte Zutaten zusammenzustellen? Dazu noch einen guten Tropfen aus der Weinhandlung da drüben. Er hatte sich schon erkundigt. An drei Vormittagen in der Woche – Dienstag, Freitag und Samstag – war der Markt geöffnet.

»Was? Du kennst den Markt am Wilhelmsplatz nicht?«, hatte sich Heck entrüstet. Genauso hätte er fragen können: »Was? Du kennst das Alphabet nicht?«

Inzwischen war Heck gemeinsam mit Ernestine irgendwo dort im Gewimmel in den engen Gassen verschwunden. Die Pflegefamilie und die Frau vom Jugendamt hatten sie am Markthaus auf dem Platz erwartet.

»Ja, wenn wir gewusst hätten, dass eine Gefahr für das Kind

besteht, hätten wir die Familie ganz anders instruiert«, hatte die Frau vom Jugendamt leicht vorwurfsvoll gesagt. Die Pflegemutter war völlig außer sich. Wild gestikulierend erklärte sie, sie habe nur hier ... und dort an dem Stand dann ... und da etwas gegessen oder vielleicht auch dort drüben?

Schnell hatte Stephan festgestellt, dass mit ihren Schilderungen nichts anzufangen war. Er kniff die Augen zusammen und beobachtete die Menschen in dicken Jacken und Mänteln, mit Kinderwagen, Einkaufskörben, Taschen, Babys im Känguru-Sack vor Papas oder Mamas Bauch. Es gab kaum einen besseren Ort, um ein kleines Kind unauffällig verschwinden zu lassen, und es gab kaum einen schlechteren Ort, um auf die Frage: Haben Sie hier eine Person mit einem Baby gesehen?, eine brauchbare Antwort zu erhalten. Nachdem er gesättigt war, umrundete Stephan den Platz, um festzustellen, ob es Kameras gab und welche Bereiche damit überwacht wurden. Das Ergebnis war ernüchternd. Selbst wenn die Geräte, die er entdeckt hatte, funktionierten und gute Bilder lieferten, so würden sie doch kaum in das Gedränge zwischen den Buden und Ständen hineinreichen. Einen hohen Mast, von dem aus eine Kamera aus großer Höhe alles im Blick haben würde, gab es nicht. Stephan schauderte. Die nebelnasse Kälte kroch durch die Kleidung. Stephan zog sich in eine Bäckerei zurück, ließ sich einen Becher duftenden, heißen Kaffees geben und stellte sich an einen Stehtisch. Von dort aus beobachtete er das Geschehen auf dem Marktplatz und genoss es, wie die Wärme ihn belebte.

Zufrieden registrierte er, dass auch seine grauen Zellen ihre Arbeit wieder aufgenommen hatten. Wie von selbst begannen sie zu rekonstruieren, wie der Plan des möglichen Täters abgelaufen sein könnte. Schloss man aus, dass es sich bei diesem Kindesraub um eine zufällige Tat handelte, die nichts mit dem aktuellen Fall zu tun hatte, so drängte sich als Erstes die Frage auf, wie der mögliche Täter vom Aufenthalt des Kindes erfahren haben konnte. Diese Frage hatten sie schon bei der Herfahrt im Dienstwagen erörtert. Heck hatte Ernestine ungewöhnlich scharf auf ihre Gedankenlosigkeit hingewiesen, mit der sie dem Jugendamt erlaubt hatte, mit Florian Sauer in Kontakt zu treten.

Stephan hatte das mit einer gewissen Genugtuung registriert und der Hoff einen entsprechenden Blick zugeworfen, der in etwa bedeutete: Du machst doch keine Fehler, hast du neulich gesagt, nicht wahr? Beinahe trotzig hatte sie erwidert, dass auch die Familie Ben Alhallak durchaus Gründe gehabt hätte, sich das Kind anzueignen. Kein Problem wäre es gewesen, am nebeltrüben Freitagabend draußen vor dem Präsidium im Gebüsch des Dreieichparks zu lauern und den Leuten vom Jugendamt bis zur Pflegefamilie zu folgen. Damit hatte Ernestine zweifellos recht. Heck hatte gemeint, dass auch Anselm Kling für ihn nicht außen vor sei. Auch der könnte den Aufenthaltsort des Kindes in Erfahrung gebracht und sich das Kind geholt haben.

Stephan trank einen Schluck von seinem Kaffee. Wie ging man als Kinderdieb vor? Folgte man den Leuten dicht auf den Fersen und wartete dann eine günstige Gelegenheit ab? Oder beobachtete man sie erst eine Weile bei ihren Einkäufen? Die Pflegefamilie war zu dritt unterwegs gewesen. Die Mutter mit ihren beiden älteren Kindern im Alter von zehn und zwölf Jahren. Drei Personen. Sechs Augen, die den Kinderwagen immer irgendwie im Blick hatten. Da lief man als Verfolger schnell Gefahr, entdeckt zu werden. Also musste man genügend Abstand halten. Aber wann ergab

sich die Gelegenheit, das Kind aus dem Wagen zu nehmen? Immer dann, wenn alle sechs Augen auf dasselbe Ziel gerichtet waren! Eine Frau und zwei Kinder. Welches gemeinsame Interesse gab es da? Sicherlich nichts am Gemüsestand. Essen! Die Frau hatte doch davon gesprochen, dass etwas gegessen wurde. Er hatte vorhin die Erfahrung am Bratwurststand gemacht. Eigentlich brauchte man in dem Gedränge sechs Hände. Zwei, die bezahlten, zwei, die das Essen entgegennahmen, zwei, die die Getränke trugen.
Stephan zog sein Handy und tippte in die Tasten.
»Heck«, bellte es am anderen Ende.
Stephan teilte seine Idee mit und schlug vor: »Wir müssen die Pflegemutter und die Kinder noch einmal befragen, ob sie sich erinnern können, wo genau sie haltgemacht haben, um etwas zu essen. Dann fragt auch einmal ringsum in den Läden und Lokalen, ob dort jemand aufgefallen ist, der sich in der Nähe der Fenster aufgehalten und draußen den Markt beobachtet hat. Dann müsste man …«
»Halt!«, unterbrach Heck. »Der Markt macht in einer halben Stunde zu. Wir haben nicht mehr viel Zeit. Wir versuchen das mal. Wo bist du jetzt?«
Stephan nannte seinen Standort.
Heck entschied: »Gut, dann nehmen wir uns die Süd- und Westseite vor. Du übernimmst Nord und Ost.«
Heck hatte aufgelegt, und Stephan blinzelte irritiert in den nebelgrauen Himmel. Wo, um alles in der Welt, waren hier Nord oder Süd? Die Verkäuferin zuckte mit den Schultern.
»Ich war immer schlecht in Geometrie«, gestand sie, und Stephan lächelte gequält. Ein Kunde deutete auf eine Kopftuchträgerin, die draußen vor der Scheibe vorbeikam.
»Fragen Sie doch die, die weiß wenigstens, wo Osten ist.« Er kicherte.

Stephan ignorierte den Witzbold und wandte sich wieder an die Verkäuferin: »Ist Ihnen heute Morgen zufällig jemand aufgefallen, der sich hier drin aufgehalten hat und mit einer gewissen Anspannung Leute draußen auf dem Markt beobachtete?«

Der Blick, den sie ihm zuwarf, war eine Mischung aus Erstaunen und Herablassung. »Außer Ihnen niemand. Aber ich habe hier hinter der Theke auch viel zu tun, da kann ich nicht ...«

»Schon gut.« Stephan winkte freundlich ab und verließ den Laden. Unschlüssig schaute er sich um. An einigen Ständen hatte bereits der Aufräumbetrieb begonnen. Einige Marktschreier boten ihre Ware deutlich herabgesetzt an und lockten damit Scharen von Schnäppchenjägern an. Es musste nicht unbedingt ein Stand mit Essen gewesen sein. Es gab hundert Möglichkeiten auf einem solchen Markt. Am Himmel über den Giebeln der alten Häuser zeichnete sich ein heller Fleck ab. Dort also befand sich die Sonnenscheibe auf ihrem Weg nach Westen. Also stand er jetzt gerade im Norden, und linker Hand war Osten. Dort gab es ein Lokal am anderen. Alle mit großen Fenstern mit Blick auf den Markt. Vor einigen standen noch Tische und Sitzgelegenheiten. Das allgemeine Rauchverbot hatte die Freiluftsaison eindeutig verlängert. Auch von diesen Sitzplätzen aus hätte der Täter sein Ziel im Auge behalten können. Stephan seufzte. Da hatte er einiges zu tun. An der Ecke der Häuserreihe befand sich ein Buchladen mit einer Schaufensterseite in Richtung der Bieberer Straße und einer in Richtung des Marktplatzes. Mit wenig Hoffnung betrat er den Laden und sog genüsslich den Duft des bedruckten Papiers ein, der den kleinen Verkaufsraum ausfüllte und ihn an Zeiten in seiner Kindheit erinnerte, wenn die Mutter mit ihm und den Geschwistern für Einkäufe in die Stadt gefahren war und ihm als Ältestem zwei Stunden selbständigen Umherstreunens erlaubt hatte. Irgendwann, vielleicht an einem kalten Tag wie diesem, hatte er entdeckt, welche Schätze man in einem Laden voller Bücher erschmökern und wie selbstvergessen und gut aufgehoben man sich in diesen Läden fühlen konnte. Für ihn war das vermutlich der erste Schritt in Richtung der großen, weiten Welt gewesen, weg aus den engen, dörflichen Verhältnissen. Noch immer umwehte ihn in Buchhandlungen wie dieser jener Hauch von innerer Freiheit. Die Regale reichten rundherum bis zur Decke. Trotz der Enge gab es Sitzgelegenheiten, Ablageflächen und eine Leseecke. Es war ein bis auf den letzten Zentimeter genutztes Aufbäumen gegen die Flut der Angebote aus dem Internet.

Stephan warf einen Blick durch die Scheibe auf den Markt. Dort stand ein Wagen, an dem Döner verkauft wurde. Jetzt um die Mittagszeit herrschte dort reges Gedrängel.

»Kann ich Ihnen irgendwie helfen?«

Die Stimme, die ihn ansprach, war eindeutig nicht hessisch eingefärbt und gehörte zu einem weißhaarigen Herrn, in dessen gutmütigem Gesicht tausend lustige Fältchen hüpften. Stephan trug sein Anliegen vor. Der Alte hörte ihm aufmerksam zu. Er schob die Unterlippe vor. »Doch«, sagte er, »da war heute Morgen jemand. Ich hab mich schon gewundert, ob des einer ist, der mir bloß hier hereinwill, um sich aufzuwärmen. Er ist die ganze Zeit hier an der Scheibe gestanden und hat geschaut. Dann ist er auf einmal wie der Blitz hinausgeschossen – weg war er.«

In Stephans Adern kribbelte es. Endlich! »Würden Sie den Mann wiedererkennen, wenn ich Ihnen ein Foto zeige?«

Der Buchhändler schüttelte bedauernd den Kopf. Leider

habe er den jungen Mann nur von hinten gesehen. Er selbst habe gerade am Jugendbuchregal eine Kundin beraten und konnte den jungen Mann nicht ansprechen. Er sei etwa so groß wie Stephan gewesen, schlank, dunkel gekleidet, trug eine sehr weite, schwarze Jacke. Auf dem Kopf hatte er eine schwarze Wollmütze. Aber im Nacken seien rötliche Haare zu erkennen gewesen. Stephan atmete auf. Florian Sauer! Es könnte Florian Sauer gewesen sein! Das war immerhin eine Spur. Er bedankte sich und verließ den Laden.
Auf dem Weg ins Präsidium probierte er, Maren auf dem Handy zu erreichen. Abgeschaltet. Er wählte die Festnetznummer. Julia meldete sich.
»Mama hat sich hingelegt. Ich soll sie nicht stören.«
»Ist sie krank?«
»Keine Ahnung. Sie sagt ja nie etwas.«
»Richte ihr aus, dass ich sie später noch einmal anrufe. Ach ja – und dass ich heute nicht kommen kann, es wird hier länger dauern und …«
Julia unterbrach ihn. »Ich kann ihr nichts ausrichten. Gleich holt mich Kathi aus meiner Klasse ab. Ich bin über das Wochenende bei ihr, bis Mittwoch sogar. Schreib ihr doch eine SMS! Es klingelt. Tschüs.«
Aufgelegt. Stephan starrte auf das Handy in seiner Hand. Dann schrieb er mit wenig Hoffnung eine SMS. Die von gestern hatte sie noch nicht beantwortet. Aus welchem Grund hatte sie Julia so lange bei der Freundin untergebracht. Oder war das Zufall?
»Wo bleibt eigentlich Hölzinger? Wir brauchen jetzt jeden Mann!«, raunzte Heck.
Ernestine konterte in spitzem Ton: »Frau nicht? Dann kann ich endlich gehen. Meine Freundin will auch nicht den ganzen Tag Kind hüten.«

Irgendetwas splitterte gerade zwischen den beiden, registrierte Stephan. Aber er sollte sich lieber auf seine eigenen Angelegenheiten besinnen. Was hatte sich da zwischen Maren und ihm eingeschlichen?

»Hölzinger ist krank«, erklärte Ernestine und legte den Hörer zur Seite. »Er wird vermutlich auch am Montag nicht kommen.«

Durch einen Anruf in Florian Sauers Elternhaus erfuhren sie von Jutta Sauer, dass Florian heute den ganzen Tag in der Klinik des Vaters sei und dort im Pflegebereich aushelfe.

Wenig später fuhr Stephan im noblen Storchennest vor. Heck und Hoff begleiteten ihn nicht, schließlich waren sie hier unter anderer Identität bekannt. Es gab besondere Parkplätze, die mit einem Storch gekennzeichnet waren. Ein Schild mahnte: *Bitte frei halten! Babys haben es eilig!* Einer dieser Parkplätze war besetzt. Stephan hielt ehrfürchtig inne und nahm das Auto dort ins Visier. Ein Porsche Cayenne! Ein Traum, den er sich nie würde leisten können. Die Kundschaft von Dr. Sauer spielte eindeutig in einer anderen Liga als er. Gerade als Stephan aussteigen wollte, erschien ein Paar auf dem Parkplatz. Er trug stolz einen Babytragesitz. Das ein wenig müde wirkende Gesicht der Frau strahlte eine milde Freude aus. Ganz dicht ging sie neben dem Arm des Mannes und konnte sich vom Anblick des Kindes nicht losreißen. So sah Glück aus! Ein wenig unbeholfen plazierten sie den Babysitz auf die Rückbank des Autos.

Eine Pflegerin im Storchenkittel war dazugekommen. Sie half den frischgebackenen Eltern und überreichte eine dick gefüllte Tasche mit Storchenaufdruck. Junge Eltern?

Stephan runzelte die Stirn. Die grau durchwirkten Haare des Mannes ließen auf ein Alter weit jenseits der vierzig schließen. Die Frau hatte durch ein perfektes Make-up und Styling einige Jahre gutgemacht. Hochgerechnet schätzte Stephan auch sie in die Altersklasse des Mannes. Insofern wären beide für eine reguläre Adoption nicht mehr in Frage gekommen. Es war ihnen also keine andere Möglichkeit geblieben, als sich den Hormonprozeduren des Dr. Sauer zu unterwerfen. Oder?

Stephan sprang aus dem Wagen. Gerade streifte die glückliche Mutter den Stoff ihres teuren Kostümrockes glatt, um neben ihrem Baby auf dem Rücksitz Platz zu nehmen, als Stephan sie zurückdrängte und ihr seinen Ausweis unter die Nase hielt. Der Mann stieg aus dem Auto und protestierte. Die Pflegerin ebenfalls, allerdings mit weniger wohl gewählten Worten.

Stephan ließ sich nicht beirren. Er beugte sich in das Auto und zog dem Baby das Mützchen vom Kopf. Es war ein runzeliges Neugeborenes, höchstens eine Woche alt und hatte einen leichten Flaum dunkler Haare auf dem Kopf. Das war nicht Fatima. Das Baby begann zu quäken. Stephan trat von dem Auto zurück und versuchte zu erklären. Die Frau blitzte ihn mit einem vernichtenden Muttertierblick an und beugte sich dann in das Auto zu dem Kind. Der Mann ließ ebenfalls nicht mit sich spaßen. Er verlangte Stephans Visitenkarte.

»K elf – Offenbach. Sie werden von mir hören, Herr …« Er runzelte die Stirn. »Spricht man sich bei Ihnen in Offenbach nur mit Vornamen an?«

»Stephan ist mein Nachname«, erklärte Stephan finster. Die Pflegerin flötete in Richtung des Paares einen Abschiedsgruß, half beim Schließen der Tür und winkte dem davonfahrenden Wagen nach. Ohne Stephan auch nur eines Blickes zu würdigen, wandte sie sich um und lief auf den Eingang der Klinik zu. Verbrannt, dachte Stephan und ärgerte sich über seinen Auftritt. Damit hatte er sich jegliche Möglichkeit vermasselt, durch liebenswürdiges Plaudern mit den Pflegerinnen an Informationen zu kommen. Sein Blick wanderte über die im Bauhausstil gestaltete Fassade des Fortpflanzungsbunkers. Zu gerne hätte er gewusst, ob da oben in einem der Zimmer jetzt das Baby Fatima im Bettchen bei einer Frau lag, die ihre Bauchattrappe für viel Geld gegen sie eingetauscht hatte. Hinter seiner Stirn begann sich eine Geschichte zu entwickeln, die ihm sehr plausibel erschien. Plötzlich hatte er eine Erklärung für viele Ungereimtheiten der letzten Zeit gefunden.

Eine SMS meldete sich mit zarten Glockentönen. Maren. *Bin übers Wochenende mit Sybille im Taunus. Brauche Ruhe und Abstand.* Das Wort *Abstand* bohrte in ihm. Dazu fielen ihm Floskeln ein wie: *Wir können Freunde bleiben, aber … Ich muss mich neu orientieren, mich erst einmal selbst verwirklichen …* und was er in dem Bereich schon alles zu hören bekommen hatte. Er hätte nicht geglaubt, dass Maren seiner so schnell überdrüssig werden könnte. Aus heiterem Himmel! Eigentlich hatte er sich doch alle Mühe gegeben, lobte er sich selbst ein wenig. Bezüglich seines Berufes und der schwer kalkulierbaren Freizeit hatte er sie nicht im Unklaren gelassen. Trotzdem, er hatte gespürt, dass etwas in ihr gearbeitet hatte. Nur was? Wie hoch waren ihre Ansprüche? Warum redete sie nicht? Er erinnerte sich gut an das Gefühl damals, als sie sich schon einmal unvermittelt von ihm getrennt hatte. Diese Seite gab es an ihr. Dann wollte sie den Cut und war völlig kompromisslos. Er spürte eine tiefe Kränkung. Sie hatte ihn einfach so per SMS abgebügelt. Das hatte er nicht verdient.

Montag, der 12. November

Heck legte den Hörer an seinen Platz. Er prostete Stephan mit seinem Kaffeebecher zu und sang auf eine schräge Melodie: »Heute haben wir allein, die Wacht am Rhein!« Dann verschwand die Weinlaune aus seinem Gesicht, und er brummte düster: »Ernestine kommt heute auch nicht. Der Kleine hat Magen-Darm, und sie kann ihre Freundin nicht schon wieder …«

Stephan nickte stumm. Heck beäugte sein Gegenüber misstrauisch.

»Gesund siehst du aber auch nicht aus. Eher so, als hättest du den Rasierapparat mit einer Planierraupe verwechselt. Wie war dein Wochenende, Kollege?«

Stephan verzog das Gesicht. Er nahm einen Schluck aus seiner Tasse und winkte mit der anderen Hand ab.

»Oje, so schlimm«, kommentierte Heck. »Dann sollten wir uns schnell in die Arbeit stürzen. Also zunächst einmal die Nachricht aus dem Labor: Fatima ist das Kind von Hatice Ciftci und Florian Sauer. Und jetzt mein Bericht über unsere Suche am Samstagnachmittag: Ernestine und ich konnten bezüglich des verschwundenen Kindes nichts Bedeutendes herausfinden. Nur, dass die Pflegemutter mit ihren Kindern an dieser Dönerbude war, die man von dem Buchladen aus im Blick hat. Also, deine Idee, dass der dunkel gekleidete Rothaarige unser Florian Sauer auf der Lauer war, gewinnt Substanz. Nun freu dich doch mal mit dem

Gute-Laune-Onkel!« Heck winkte ihm mit seiner fleischigen Pranke zu.

Stephan kniff die Augen zusammen.

Heck stöhnte leise. Er startete einen neuen Versuch, Stephan zum Reden zu bringen. »Und wie war dein Flug zum Storchennest?«

In Stephan lief der Film, der sich in einer Endlosschleife und mit wachsender Bilderflut das ganze Wochenende in seinem Kopf abgespult hatte. Der Titel: *Maren will dich nicht mehr sehen.*

Stephan holte Luft, was Heck aufmerksam registrierte. »Das sind mafiöse Strukturen, dort im Storchennest«, begann Stephan. »Die Fruchtbarkeitsbehandlung ist nur ein kleiner Bereich des Geschäftes. Die wirkliche Kohle machen sie, indem sie denen, bei denen die Hormonbehandlung versagt oder die ganz darauf verzichten wollen, Kinder verkaufen. Die Masche ist ganz einfach. Sie finden eine Schwangere, die ihr Kind nicht haben will oder kann, also Frauen, die wie Hatice Ciftci in sozialen Nöten stecken und entsprechend finanzielle Probleme haben. Sie bieten ihnen – ich schätze mal, einen Betrag von etwa dreißigtausend Euro an, vielleicht sogar mehr. Dr. Sauer verlangt von den neuen Eltern vermutlich das Doppelte und erzielt fünfzig Prozent Reingewinn.«

»Sechzigtausend und mehr für ein Kind? Ist das nicht ein bisschen teuer?«, rief Heck dazwischen.

Stephan schüttelte den Kopf. »Die Kundschaft von Dr. Sauer ist wohlhabend. Für die ist das nicht mehr als ein Autokauf.«

Heck lachte bitter. »Und wie erhalten die dann das gekaufte Kind? Als reguläre Adoption läuft das ja wohl nicht ab.«

Stephan fuhr fort: »Die Schwangere bekommt kostenlose

ärztliche Versorgung im Storchennest bis zur Geburt. Genau wie es bei Veronika Kling gelaufen ist, läuft es auch bei den anderen. Die Frauen täuschen mit Gummibauch ihrer Umgebung eine Schwangerschaft vor, rechnen vermutlich auch alles schön über ihre Krankenkasse ab und gehen mit der echten Mutter zu den Untersuchungen im Storchennest. Keiner, wahrscheinlich noch nicht einmal die Pflegerinnen dort, höchstens vielleicht eingeweihte, zusätzlich bezahlte Personen, wissen etwas über diese Deals. Am Tag der Geburt wird das Kind an die neue Mutter übergeben. Geburtsurkunde und alle Formalitäten laufen automatisch auf den Namen der neuen Familie.«

Heck schob die Unterlippe vor und runzelte die Stirn.

»Und du meinst, Florian Sauer hat das Kind am Samstag geklaut, um es in Papas Klinik zu verkaufen? Aber wie soll das gehen, wie haben sie so schnell Eltern gefunden?«

Stephan lächelte wissend. »Die hatten sie längst. Hatice und er haben das Baby zweimal verkauft. Einmal an Veronika Kling und dann an ein anderes Paar.«

»Wie kommst du darauf?«

»Ich habe am Sonntag Andrea Schröder besucht und mit ihr einen Kaffee getrunken. Sie erzählte mir, sie hätte so ein Gefühl gehabt, dass Hatice das Baby weggeben wollte. Das Baby hieß immer nur ›das Baby‹ oder ›das Bündel‹. Andrea drängte Hatice, ihm endlich einen Namen zu geben. Da meinte Hatice: Den bekommt es nicht von mir. Als Andrea Näheres wissen wollte, hat sie geblockt. In einem anderen Gespräch ging es um Geld. Sie unterhielten sich über Preise. Da hat Hatice ihr die Frage gestellt: Was meinst du, wie weit kommt man mit siebzigtausend Euro? Andrea konnte sich nicht vorstellen, woher Hatice so viel Geld haben sollte, und hat nicht weiter nachgehakt.«

Heck stieß einen Pfiff aus. »Dafür kriegst du Papiere und Tickets für ein neues Leben.«

Dann jedoch machte sich Skepsis auf seiner Miene breit. »Aber eines ist mir unklar. Kling und Sauer sind doch befreundet. Meinst du, Sauer hat gemeinsam mit seinem Sohn hinter Klings Rücken das Kind zum zweiten Mal verkauft, und der hat nichts davon mitbekommen? Spätestens als Veronika Kling nicht bei der Geburt dabei sein durfte, hätte er doch misstrauisch werden müssen!«

Stephan nickte. »Darüber bin ich auch erst gestolpert. Andersherum wird ein Schuh daraus. Kling hatte längst vor, sich von seiner Frau zu trennen. Denk an die Damenbegleitung im Odenwälder Wellnesstempel! Er wollte sich durch das Kind jetzt nicht mehr binden und bereute seinen Deal, den er mit Hatice geschlossen hatte. Er war daher mit von der Partie, als Sauer ihm vorschlug, das Kind an andere Eltern zu verkaufen. Finanziell war das kein Verlust für ihn, vermutlich hat Sauer ihm das Geld, das er an Hatice Ciftci bezahlte, zumindest teilweise zurückerstattet. Irgendwie sind sie von der falschen Vorstellung ausgegangen, dass Veronika Kling sich schon damit abfinden würde, wenn Hatice ihr plötzlich sagte, dass sie ihr das Kind nicht geben wolle.«

»Und warum haben sie das Kind nicht wie die anderen gleich bei der Geburt übergeben, sondern erst bei Andrea Schröder geparkt?«

»Ich vermute mal, dass das Angebot für die neuen Eltern etwas plötzlich kam. Die Idee reifte vielleicht vor einem halben Jahr. Die brauchten einfach noch ein bisschen Zeit zum Aufbau ihrer Legende. Später, als Sauer es der Schröder wegnahm, ging es dem Kind nicht gut, also gab er es den Alhallaks zum Aufpäppeln. Schließlich ist das wie bei jedem Verkauf: Nur erstklassige Ware bringt einen hohen Preis.«

Heck schüttelte den Kopf. »Wie kaltschnäuzig! Dieser Florian Sauer übertrifft seinen gelackten Vater ja noch um Längen! Er hat nicht nur sein eigenes Kind zweimal verkauft, sondern er hat seinem Vater auch vorenthalten, dass er gerade seinen Enkel vertickt.«

Stephan nickte. »Das ist unter anderem ein Grund, warum Florian Sauer sich nie als Freund von Hatice zu erkennen gab und sehr darauf bedacht war, alle Spuren zu verwischen. Es war ja wirklich nur Kommissar Zufall, der mich zu ihm brachte. Hätte Andrea Schröder nicht damals in ihrer Panik alle Schlüssel vom Brett genommen, hätte Florian Sauer, der gerade seine Spuren im Bad beseitigte, auch noch seinen Wohnungsschlüssel mitnehmen können. Auf die Idee, dass der später wieder dort am Schlüsselbrett auftauchen könnte, kam er nicht. Und wenn Sümeyye Onurhan wiederum nicht aus Versehen den Schlüssel, den ich mitgebracht hatte, eingesteckt hätte, hätte ich mir niemals den Schlüssel von Florian Sauer vom Haken genommen, da ich ja irrtümlich glaubte, das sei ein Zweitschlüssel zu Hatices Wohnung.«

Heck schüttelte den Kopf. »Was für ein Irrsinn! Da waren in dieser Geschichte Schlüssel der Schlüssel zum Erfolg. Woher wusste Sauer von der Schröder?«

»Ich denke, dass Hatice ihm sagte, wer die Schröder war und wo sie wohnte, vielleicht hat die ihm sogar verraten, wo der Ersatzschlüssel versteckt ist. Eher wahrscheinlich ist, dass er vorhatte einzubrechen und genau wie ich das Schlüsselversteck in der Vase fand.«

Heck nickte zufrieden. »Das klingt alles sehr plausibel. Und wie viel von dieser Geschichte hast du durch die Befragung

von Dr. Sauer und seinem Sohn im Storchennest herausgefunden? Was geben sie zu?«
Stephan lachte bitter. »Gar nichts. Ich habe dir voll und ganz die Version erzählt, von der ich überzeugt bin. Dr. Sauer und sein Filius weisen jeden Verdacht von sich. Ich hatte sogar die Bombe hochgehen lassen und gesagt, dass das Kind, das wir suchen, die Tochter von Florian Sauer ist, um den Alten aus der Reserve zu locken.«
Heck lächelte böse. »Und? Wie hat er reagiert?«
»Er wurde blass und schaute seinen Sohn an. Der guckte auf den Boden und schwitzte ein bisschen. Dr. Sauer behielt ein Pokerface und forderte mich auf, die nächste Frage zu stellen, er hätte nicht viel Zeit.«
»Und? Was hast du ihn dann gefragt?«
»Ich habe die beiden nach ihrem Alibi für Samstagvormittag befragt. Sie behaupteten, die ganze Zeit in der Klinik gewesen zu sein. Sie riefen sogar so eine Art Oberschwester und vermutlich Mitwisserin herein, die das bestätigte. Florian Sauer war freundlicherweise bereit, mir seine Kleidung zu zeigen. Er präsentierte einen hellen Trenchcoat mit kariertem Futter. Eine schwarze Mütze besitze er nicht, sagte er. Dr. Sauer bot mir sogar an, einen Blick in das Babyzimmer zu werfen. Das lehnte ich ab, denn Fatima war vermutlich längst bei ihren neuen Eltern. Der Deal war wahrscheinlich durch die Hintertür abgelaufen.«
»Das heißt, wir haben eine Geschichte, aber keine Beweise. Das ist bitter.«
Stephan bestätigte: »Wir würden damit auch keinen Durchsuchungsbeschluss für die Klinik bekommen. So hätten wir wenigstens die Chance, anhand der verzeichneten Geburten die Spuren zu den fingierten Eltern aufzunehmen und herauszufinden, wo Fatima gelandet ist.«

Heck nickte. »Durchsuchungsbeschluss kannst du vergessen, zumal mit Sicherheit der Herr Staatsanwalt und Dr. Sauer und Dr. Kling im gleichen Golfclub oder Jagdverein oder, oder … sind. Außerdem hat Dr. Sauer jetzt alle Zeit der Welt, die Aktenlage zu bereinigen. Und durch einen öffentlichen Aufruf würdest du die Kinderkaufkunden auch nicht finden!«

Stephans Handy klingelte. Eine Frau meldete sich. Sie klang so aufgelöst und hektisch, dass es ihm nur mit Mühe gelang, aus ihren zusammenhanglosen Satzfetzen einen Sinn abzuleiten. »Ich weiß, es ist falsch, aber egal, wie ich es entscheide, es wird immer falsch sein. Maren wird mich auf immer verdammen, wenn ich das tue. Ich hatte ihr versprochen, dir nichts zu sagen, aber es geht nicht, ich kann es nicht zulassen, ich kann damit nicht leben. Verstehst du?«

»Sybille?«, fragte er vorsichtig.

Ohne dies zu bestätigen, redete sie weiter: »Ich habe sogar noch am Wochenende versucht, sie zu überzeugen. Ich helfe ihr, ich unterstütze sie, nicht nur finanziell! Aber sie tut es wegen dir! Sie tut es, weil du es nicht willst, weil du es nicht verkraften würdest. Verstehst du das? Sie ist so radikal in ihren Entscheidungen. Sie kann es selbst nicht verkraften, nimmt aber Rücksicht auf dich. Und sie meint, du hast ihr klar gesagt, dass es für dich nicht in Frage kommt. Ich habe ihr gesagt, sie soll noch einmal mit dir reden …«

Er unterbrach sie. »Sybille? Worüber soll ich mit ihr reden?«

Am anderen Ende der Leitung herrschte Schweigen.

»Sybille? Bist du noch dran?«

Ein Aufschluchzen war zu hören. »Warum tust du so, als wüsstest du nichts?«

»Wovon weiß ich nichts?«

»Von eurem Kind!«

»Von unserem Kind?«, rief Stephan. Seine Blicke trafen auf Hecks verblüfftes Gesicht.
Die Stimme am anderen Ende der Leitung war kaum noch zu verstehen. Mühevoll formulierte sie die Worte: »Maren lässt es wegmachen. Heute um acht Uhr hat sie Termin.«
Stephan spürte, wie das Blut durch seine Adern schäumte. Sein Blick flog zur Wanduhr über der Tür. Es war zwanzig nach acht. »Wo ist sie?«, rief er.
Sybille nannte eine Adresse in der Frankfurter Innenstadt. Stephan sprang auf. Heck erhob sich ebenfalls.
»Ich brauch das Auto!«, rief Stephan. Heck warf ihm den Schlüssel zu.
»Soll ich mitkommen?«, fragte Heck. Jetzt erst wurde Stephan klar, dass Heck das Telefongespräch anders interpretiert hatte. Er war zu aufgeregt, um vernünftige Erklärungen abgeben zu können.
»Es ist nicht unser Kind«, sagte er. »Es ist – unser Kind. Also vielmehr … Ich erklär's dir später.«
Die Tür schlug hinter Stephan zu, und Heck starrte entgeistert auf das Türblatt. Dann trat er langsam zum Fenster. Er sah, wie Stephan ins Auto sprang, das Blaulicht aufs Dach setzte und davonraste.

*

Es war kurz nach neun, als Stephan das Auto mit blinkendem Signal auf der vielbefahrenen Straße abstellte. Wenige Sekunden später stand er vor einer sauber geputzten Glasflügeltür. Rechts und links an der Wand reihten sich unzählige Praxis- und Firmenschilder. Eine Werbefirma, eine Rechtsanwaltskanzlei, Psychotherapie, Homöopathie … Seine Blicke irrten über das Gewirr der Angebote. Endlich fand er, was er suchte. Gynäkologie. Schauder liefen ihm über den Rücken. In seiner persönlichen Skala standen Gynäkologen kurz nach Dr. Frankenstein. Mehrere Namen. Eine Gemeinschaftspraxis. Sechster Stock. Auch das noch. Auf der Straße gab es ein Hupkonzert wegen des sich bildenden Staus.

Stephan hastete am Aufzug vorbei die Treppen hinauf. Keine Sekunde würde er jetzt noch auf etwas warten können. Er nahm gleich mehrere Stufen auf einmal. Sein Knie meldete sich schmerzhaft. Er ignorierte es und war nur noch getrieben von dem Gedanken, nicht zu spät zu kommen, obwohl er wusste, dass er das längst war. Wegen des kürzeren Weges hatte er vorhin sogar zum ersten Mal wieder den Weg über die Kaiserlei-Brücke gewählt. Wenn das kein schlechtes Omen war! Endlich stand er vor der Tür zur Praxis. Im Schnelldurchlauf spulten sich Bilder vor ihm ab, was ihn dort jetzt erwarten könnte. Maren in einem Behandlungszimmer, an einen dieser gruseligen Stühle geschnallt. Er, der hineinstürmte, den Ausweis zeigte. Und dann? Im Augenwinkel bemerkte er eine Bewegung. Er schaute zur Seite und sah ihre Silhouette vor der bodentiefen Fensterfront. Sie stand mit dem Rücken zu ihm und schaute hinaus in den grauen Himmel.

Mit zwei Schritten war er bei ihr und berührte sie vorsichtig an der Schulter. Sie fuhr herum. Schrecklich sah sie aus. Wie ein Gespenst. Ihre Haut war teigig, die Augen rot gerändert und glasig.

»Es tut mir so leid«, flüsterte er. Mehr Worte fand er nicht.

Sie nickte. Aus ihren Augen lösten sich die Tränen.

Er zog sie fest in die Arme. *Warum hast du mir das nicht gesagt,* wollte er fragen. Doch jetzt war keine Zeit für Vorwürfe. *Ich hätte gerne ein Kind mit dir gehabt.* Das durfte er erst recht nicht sagen. *Du hast mich da missverstanden.* Bloß nicht! Er entschied sich dafür, sie schweigend im Arm zu halten. Sein Herz hämmerte.

»Hat Sybille dich geschickt?«, fragte Maren plötzlich. Er schreckte ein wenig zusammen und zögerte mit der Antwort. Maren löste sich aus seiner Umarmung und sah ihn an. Er nickte.

»Diese blöde Kuh«, sagte sie. Dann glitt ein Lächeln über ihr Gesicht. »Diese liebe, blöde Kuh«, korrigierte sie. Ein wenig Röte stieg ihr dabei in die Wangen. Sie wischte sich mit einer nachlässigen Geste die Tränen aus den Augen. »Sie will mir helfen, hat sie gesagt. Wenn du nichts damit zu tun haben willst, will sie mir zur Seite stehen. Erst habe ich gedacht, das schaffe ich nicht, aber vorhin, als es ernst wurde, da wusste ich es auf einmal. Ich bin denen förmlich vom Stuhl gehüpft. Und dann habe ich erst einmal nur noch geheult. Nicht vor Kummer, sondern weil ich froh war, mich für dieses winzige Es entschieden zu haben.«

Er schaute sie an, als sei sie eben erst vor ihm entstanden.

»Willst du damit sagen, du hast nicht …?«, fragte er zaghaft.

Sie schüttelte den Kopf. »Anfang der fünften Woche. Und es bleibt da drin, auch wenn du …«

»Nicht«, unterbrach er sie und legte ihr den Zeigefinger auf die Lippen. Dann küsste er sie.

*

Heck schreckte vom Aktenstudium hoch, als Stephan ins Büro stürmte und in den Kleidern feuchte Herbstluft mitbrachte. Das hatte etwas von dem Elan, mit dem sonst eigentlich nur Hölzinger auftrat.

»Du warst drei Stunden weg«, stellte Heck mit einem Blick

auf die Wanduhr fest. Stephan nickte. In seinen Haaren hingen Nebeltröpfchen. Sein Gesicht war gerötet.
»Wir waren spazieren. Dann habe ich ihr noch eingekauft. Jetzt hat sie sich hingelegt und schläft sich aus«, erklärte er. Heck sah Stephan besorgt an. »Du hast doch hoffentlich nichts getrunken?«
Stephan schüttelte lächelnd den Kopf. Heck war noch nicht zufrieden.
»Und das Kind?«, fragte er.
»Kommt im Juli auf die Welt«, sagte Stephan.
Heck sah erstaunt auf. Dann schlug er sich mit der flachen Hand an die Stirn und lachte. »Und alles ganz ohne Dr. Sauer & Co.?«
»Ja, ganz ohne.« Stephan grinste.
Heck streckte Stephan die Hand entgegen, und dieser schlug ein.
»Gratuliere!«, dröhnte Heck. Dann schob er Stephan einige Papiere über den Tisch. »Ich war fleißig. Habe den Bericht zu Samstag geschrieben und auch deine Hypothese drangehängt. Man kann ja nie wissen, eines Tages vielleicht …«
»Du meinst, wir kommen jetzt nicht weiter?«
Heck schüttelte den Kopf. »Zurzeit können wir niemandem etwas nachweisen. Aber wie das so ist mit Netzwerken: Die sind immer so schwach wie ihr schwächster Faden. Irgendwann fühlt sich eines dieser Paare falsch behandelt oder eine Krankenschwester oder eine dieser angeworbenen Mütter unterbezahlt, und schon singt das Vögelchen. Wir müssen einfach nur Geduld haben. Kennen wir ja. Die Geduld des Jägers steckt in jedem guten Polizisten.«
»Und Fatima?«, fragte Stephan.
»Die heißt jetzt Pauline oder Charlotte, wird eine Kindheit

haben mit Ballett, Reiten und Privatschule. Ich denke, das wird sie verkraften.«
»Es ist Menschenhandel«, wandte Stephan ein.
»Hm«, brummte Heck, und seine breiten Finger schlugen auf die Tastatur ein. Anscheinend war der Fall für ihn abgeschlossen. Doch dann hielt er einen Moment inne und sah Stephan an. »Wo kriegen diese Doctores eigentlich die ganzen Mütter her, denen sie die Kinder abkaufen? Sie können ja schlecht annoncieren!«
»Das ist ein guter Ansatzpunkt«, lobte Stephan. »Es geht gar nicht anders, als dass sie Leute in Jugendämtern, Sozialämtern …«
»Arztpraxen«, ergänzte Heck.
Stephan nickte zustimmend und fuhr fort: »… auf der Gehaltsliste stehen haben.«
Heck schlug wieder in die Tasten. »Irgendwo dort wird es die undichte Stelle geben. Eines Tages. So ist das bei der Mafia auch.«
Eine Weile saßen beide konzentriert vor ihren Bildschirmen. Plötzlich sagte Heck: »Und da wir gerade beim Thema *Plötzlich Papa* sind, möchte ich etwas klarstellen. Ich habe gehört, ihr zerreißt euch schon die Mäuler.«
Stephan blickte interessiert auf.
»Sie ist meine Tochter«, sagte Heck.
Stephan musterte den Kollegen verständnislos. »Wer?«
»Ernestine. Sie ist von einer früheren Freundin. Es hatte nicht lang gedauert mit uns. Die hatte mir nie etwas über ihre Schwangerschaft gesagt. Ihrer Tochter auch nicht. Erst letztes Jahr, als sie kurz vorm Sterben war. Krebs. Da hat sie das Geheimnis gelüftet und Ernestine meinen Namen genannt. Da war Ernestine schon längst bei der Polizei. Plötzlich stand sie vor mir.«

»Hast du das durch einen Test überprüfen lassen?«, fragte Stephan.
Heck lachte auf. »Nein! Guck ihre Hände an, dann weißt du es. Das arme Mädchen! Schaufeln wie ein Kohlenträger!«
Stephan lachte. Er erhob sich, um das Fenster zu kippen. Irgendwie hatte er Sehnsucht nach Frischluft und Freiheit. Sein Blick fiel auf den Parkplatz. Dort stand der Polizeipräsident und unterhielt sich mit einem Mann, dem Stephan schon einmal begegnet war.
»Ist das da unten eigentlich der Direktor der Hochschule für Gestaltung?«, erkundigte er sich.
Heck richtete sich ein wenig auf und schielte durch die Scheiben. »Das ist unser großer Häuptling Silberhaar.« Er grinste.
Stephan schüttelte den Kopf. »Ich meine doch nicht den Polizeipräsidenten, ich meine den anderen. Ich hab ihn mal auf einem Fahrrad gesehen. Offenbacher sind überall, stand drauf. Er kennt sich ziemlich gut aus hier.«
Heck lachte laut. »Den meine ich doch auch. Das ist der Offenbacher Oberbürgermeister! Liest du in der *Offenbach Post* außer dem Sportteil auch mal was anderes?«
»Oh«, sagte Stephan.

*

Sie hatten einen Tisch im Basilikum reserviert. Als sie das Lokal betraten, schreckte Lars zurück. An einem Fenstertisch saß Andrea Schröder mit einer anderen Frau etwa gleichen Alters. Vor beiden standen gut gefüllte Rotweingläser.
»Wir können auch woanders hingehen«, flüsterte Maren. Doch in dem Moment hatte Andrea Schröder sie bereits entdeckt und winkte ihnen zu.

»Passt schon«, sagte Stephan. Der Kellner kam und zeigte ihnen einen Tisch. Maren hatte den gewählt, an dem sie auch bei ihrem ersten Treffen gesessen hatten.
Sie studierten die Speisekarte. Lars sah öfter über den Kartenrand und ließ seine Blicke über Maren gleiten. Schön sah sie aus in diesem weichen Kerzenlicht. Der Nachmittagsschlaf hatte ihr gutgetan. Ihre Wangen glühten. Als sie die dunklen Haare hinter die Ohren schob, glitzerte es an ihren Ohrläppchen. Sie hatte seinen Blick bemerkt und lächelte ihm zu.
»Zum wievielten Mal fangen wir heute eigentlich von vorn an?«, fragte sie.
»Es dürfte das dritte Mal sein«, spekulierte er.
Sie nickte. »Aller guten Dinge sind drei! Sollen wir wieder die Fischplatte nehmen wie neulich?«
Lars schüttelte den Kopf. »Ich muss dir ein Geständnis machen.«
»Ja, Herr Kommissar, ich höre!«
»Ich mag keinen Fisch!«
Sie lachte. »Aber warum hast du dann mitbestellt?«
»Du warst damals so begeistert, und da wollte ich dir nicht gleich etwas abschlagen.«
Sie kicherte. Inzwischen waren die Getränke eingetroffen.
Er hob sein Bierglas. »Also, auf ein Neues!«
Sie prostete ihm mit dem Wasserglas zu. »Auf ein Neues, und diesmal wirklich ohne Flunkereien und Geheimnisse.«
Er war sich nicht sicher, ob er das versprechen konnte, doch er hielt das Glas hoch und trank dann in langen, durstigen Zügen.
»Habt ihr den Fall mit dem Halstuchmörder aufklären können?«, fragte sie.
»So gut wie«, antwortete er.

Am Fenstertisch hörte man Andrea Schröder lachen. Sie setzte ihr Glas an den Mund und trank in gierigen Schlucken, bestellte sofort nach, und der Kellner reagierte schnell auf ihren Wink.

»Na, der scheint es ja wieder bestens zu gehen«, sagte Lars ironisch.

»Es geht ihr wirklich wieder gut. Sie hat in dieser Gruppe der Anonymen Alkoholiker Anschluss und Halt gefunden«, erklärte Maren.

Lars grinste. »Und so stützen sie sich gegenseitig auf dem Heimweg, wenn sie sich mit Rotwein abgefüllt haben.«

»Ich glaube nicht, dass das Rotwein ist«, entrüstete sich Maren.

»Wetten, dass?«, entgegnete Lars.

Andrea Schröder schien ihre Blicke bemerkt zu haben. Sie erhob sich und trat an ihren Tisch.

»Hallo, Maren, hallo, Lars, schön, euch hier zu sehen, nur dass keine Missverständnisse auftreten! Wir trinken Johannisbeersaft. In Rotweingläsern sieht das edler aus. Habt ihr eigentlich das Kind gefunden?«

»Nein«, antwortete Lars.

Andrea wechselte noch ein paar Sätze mit Maren und berichtete ihr, dass sie bald wieder in der Schule anfangen würde. Sie verabredeten sich, gemeinsam den Kunstunterricht vorzubereiten. Lars atmete auf, als die Schröder endlich wieder zu ihrem Tisch zurückkehrte.

»Seit wann seid ihr per du?«, fragte Maren.

»Ich war bei ihr zum Kaffee, hatte noch einige Fragen an sie. Es war schließlich so etwas wie ihre Freundin, die da in Offenbach umgebracht wurde.«

»Ist das inzwischen sicher, dass es mit meinem Halstuch passiert ist?«, fragte Maren.

Stephan musterte sie sorgenvoll. Er wollte mit ihr nicht über dieses Thema reden. Am Ende regte sie das zu sehr auf. In ihrem Zustand musste sie jetzt geschont werden.
»Hm«, antwortete er.
»Wie schrecklich«, hauchte sie. »Und diesen Mörder habt ihr hinter Gitter gebracht?«
»Hm.«
»Und das Halstuch?«
»Ist bei den Asservaten.«
»Ich möchte weder das Tuch noch sein Duplikat zurückbekommen, und noch heute Abend werde ich die Vorlage wegwerfen.«
»Ja, tu das. Kann ich verstehen. Ehrlich gesagt, würde ich dich auch nicht gerne mit diesem Tuch um den Hals herumlaufen sehen.« Er lächelte und stellte erleichtert fest, dass sie sich wieder entspannte.
»Von welchem Kind hat Andrea eben gesprochen?«, fragte sie, und Lars fühlte sich erneut alarmiert. Er hatte Maren seinerzeit nichts davon erzählt, dass es Hatices Kind war, das Andrea bei sich aufgenommen hatte.
Die Vorspeise wurde serviert und versprach Ablenkung. Er wollte das Gespräch auf die gesundheitlichen Vorzüge von Tomaten lenken, doch Maren blieb hartnäckig. Er entschloss sich, ihr möglichst schonend eine Variation der Wahrheit anzubieten. »Es ist das Kind dieser Freundin. Sie hat es zur Adoption freigegeben. Dabei ist formal etwas schiefgelaufen, und wir wissen jetzt nicht so genau, bei welchen Eltern das Kind gelandet ist. Jedenfalls aber geht es ihm gut.«
Maren kaute nachdenklich. »Apropos Adoption, da ist mir heute in der Praxis etwas passiert, das habe ich dir noch gar nicht erzählt.« Lars horchte auf.

Maren fuhr fort: »Ich sitze also da in einem Nebenraum und heule mir die Augen aus, da kommt die eine Arzthelferin zu mir, um mich zu trösten. Das war ja ganz nett von ihr. Aber weißt du, was sie sagt?«

Lars war bemüht, sich seine Aufregung nicht anmerken zu lassen. Bloß nicht, dachte er. Maren fixierte ihn.

»Sie sagte im Ernst zu mir, es sei gar nicht schlimm, dass ich das Baby nicht abtreiben lasse. Die meisten Frauen würden im letzten Augenblick Gewissensbisse bekommen. Sie hätte die perfekte Lösung für mich. Ich trage das Kind aus, bekomme medizinisch die beste Privatversorgung und gebe es dann an eine Frau weiter, die viel besser für es sorgen kann. Auch für mich wäre gesorgt. Fünfundzwanzigtausend Euro als Aufwandsentschädigung. Und wenn ein Elternteil blond und blauäugig ist, könnten es dreißigtausend Euro oder ein bisschen mehr werden. Das ist doch ein starkes Stück! Sie meinte, ich soll mich an einen Dr. Sauerbruch oder so ähnlich in einer Storchenklinik wenden. Was für ein Blödsinn! Die glaubte ernsthaft, dort in ihrem Klapperstorchhausen wäre so eine Art Laden, wo man Kinder verkaufen kann. So was wäre doch verboten! Ich habe die angeguckt und sie gefragt, ob sie noch alle beieinanderhat. Die war doch nicht ganz dicht, oder?«

In Stephan tönte ein vielstimmiger Chor fortissimo den Refrain: Wir haben die Storchenmafia! Wir haben sie! Doch dann verebbte der Gesang zusehends. Was bedeutete das? Es bedeutete, Maren zu vernehmen und als Zeugin gegen diese Arzthelferin auftreten zu lassen. Die Arzthelferin würde natürlich alles abstreiten. Aufgrund von Marens Aussage käme es vielleicht zur Durchsuchung in der Klinik, zur Vernehmung von Dr. Sauer und seiner Mitarbeiter. Dr. Sauer würde sein Netzwerk wirken lassen. Gegen Maren.

Die netteste Methode wäre noch, wenn er ihr Geld anböte, aber es gab noch ganz andere Möglichkeiten, unliebsame Zeugen unter Druck zu setzen. Wollte er Maren dieser Situation aussetzen? Ausgerechnet jetzt? Er begegnete ihrem herausfordernden Blick und bemühte sich, zu lachen.
»Na, das ist ja eine verrückte Geschichte! Die Dame hatte wirklich nicht alle Hühner auf dem Balkon!«
Maren lachte ebenfalls.
Der Hauptgang wurde serviert.

Doris Bezler

Schlaf still, mein Mädchen

Kriminalroman

Nach ihrer Scheidung wohnt Maren mit ihrer siebenjährigen Tochter Julia in einem abgelegenen Dorf im Hintertaunus. Überfordert von den neuen Lebensumständen, hat Maren immer öfter einen Alptraum, in dem ein Kind um Hilfe schreit. Als sie zufällig erfährt, dass in dem Ort vor wenigen Jahren ein kleines Mädchen spurlos verschwand, stellt sie mit wachsender Unruhe selbst Nachforschungen an. Doch da hat Julia schon längst die Bekanntschaft eines freundlichen Mannes gemacht …

»Phantastisch, voller Überraschungen und
natürlich richtig spannend.«
Mindener Tageblatt

KNAUR

Petra Busch

Zeig mir den Tod

Kriminalroman

Der Schauspieler Günther Assmann ist glücklich: Er glaubt sich vor dem internationalen Durchbruch. Hinter den Kulissen hat er viel dafür getan: intrigiert, gelogen, betrogen. Als kurz vor der entscheidenden Premiere seine Kinder Marius und Rebecca verschwinden, zerbricht die schöne Welt von Schein und Sein – und ein perfides Spiel beginnt: Ein Entführer stellt mit Hilfe kleiner Nachrichten Rätselaufgaben. Die Lösung soll Assmann jeweils öffentlich darbieten – sonst sterben die Kinder. Viel Zeit bleibt ihm nicht. Zumal Rebecca lebenswichtige Medikamente benötigt. Und was er da aufführen soll, wird seine Karriere zerstören. Um sie zu retten, muss Kriminalhauptkommissar Ehrlinspiel den Fall so schnell wie möglich lösen …

»In jeder Hinsicht eine ›ausgezeichnete‹ Autorin. Ein Muss für Fans intelligenter, psychologischer Krimi-Spannung.«
Sebastian Fitzek

KNAUR